ANNETTE WIENERS

Das Mädchen aus der Severinstraße

Autorin

Annette Wieners wurde in Paderborn geboren und schreibt bereits Geschichten, seit sie einen Stift halten kann. Nach dem Studium der Publizistik, Germanistik und Ethnologie in Münster arbeitete sie als Journalistin bei Fernseh- und Radiosendern in München und Hannover. In den 1990ern zog sie nach Köln, wo sie auch heute lebt, schreibt und im WDR zu hören ist. »Das Mädchen aus der Severinstraße« ist ihr erster Roman bei Blanvalet.

ANNETTE WIENERS

Das Mädchen aus der Severinstraße

ROMAN

blanvalet

Sollte diese Publikation Links auf Webseiten Dritter enthalten,
so übernehmen wir für deren Inhalte keine Haftung,
da wir uns diese nicht zu eigen machen, sondern lediglich auf
deren Stand zum Zeitpunkt der Erstveröffentlichung verweisen.

Penguin Random House Verlagsgruppe FSC® N001967

1. Auflage

Redaktion: Angela Kuepper
Umschlaggestaltung und -motiv:
© Johannes Wiebel | punchdesign,
unter Verwendung von Motiven von Shutterstock.com
(Gromovataya; Taras Atamaniv; Tupungato)
KW · Herstellung: eR
Satz: Uhl+Massopust, Aalen
Druck und Bindung: GGP Media GmbH, Pößneck
Printed in Germany
ISBN: 978-3-7341-0845-7

www.blanvalet.de

In Erinnerung an meine
Großmutter Maria Reymer

»Beim Umschalten keine Gewalt anwenden.
Die wesentliche Eigenschaft des Fahrzeugs ist seine unregelmäßige, nicht voraussehbare, selbständige Kurvensteuerung.«

Aus: Gebrauchsanweisung für Kölner Automodelle aus der Nachkriegszeit

Teil I
Kontrapost

1

Sie war nicht zum ersten Mal heimlich unterwegs, den Mantelkragen hochgeschlagen, den Hut tief über die hellen Haare gezogen. Aber heute saß sie in der Reichsbahn und verließ sogar Köln. Gleich nach dem Frühstück, kaum dass der Vater die Armbanduhr aufgezogen und die Stufen zum Kontor betreten hatte, war sie zum Bahnhof gelaufen. Nicht ohne nachzudenken: Sie war mit den polierten Schuhen über jede Pfütze gesprungen und hatte das Billett fest in der Hand gehalten. Aber erst als sie im Abteil saß und der Schaffner sie ansprach, konnte sie hochsehen. Sie reichte ihm den Fahrschein, er war feucht und weich.

Bestimmt würde der Vater denken, sie sei spazieren gegangen, aber später würde er sich Sorgen machen. Maria Reimer, schlank und groß wie Sankt Petrus Canisius, zog die Aufmerksamkeit auf sich, wie er fand, und Aufmerksamkeit war heikel, war unwägbar und gefährlich, vor allem, seitdem die Wehrmacht in Köln eingerückt war.

»Rede nicht mit ihnen, auch wenn sie dich dazu auffordern«, sagte der Vater neuerdings, und wenn sie dann fragte: »Warum denn nicht? Wir haben nichts zu verbergen«, erwiderte er, der langweilige, der wohl Deutscheste unter den Deutschen: »Trotzdem.«

Als ob sie so dumm wäre. Und als ob sie überhaupt

auf die Idee käme, mit Soldaten zu reden, die sich von der gesamten Stadt feiern ließen, ohne dass klar wurde, wofür.

Nein. Sie, Maria, siebzehn Jahre alt, wusste selbst, was gut für sie war.

Abends zum Beispiel, wenn der Vater zu seinem Debattierclub aufbrach, blieb sie nicht auf der Chaiselongue liegen, sondern schlich aus der Wohnung, die Gassen hinunter zum Rhein. Solange das Tageslicht ausreichte, konnte sie den Frauen, die am Ufer flanierten, ins Gesicht sehen. Das Rouge wurde seit Neuestem bis dicht unter die Augen gezogen, und die Brauen zupfte man sich vollständig aus, um sie mit einem Stift in einer feinen Linie nachzuzeichnen. Hohe, aufgemalte Bögen, darauf musste man erst einmal kommen!

Außerdem hatte sie viele Stunden damit zugebracht, das richtige Gehen zu lernen. Sie hatte an der Ecke gestanden und beobachtet. Die eine Frau wirkte elegant, wenn sie den Steg der Rheindampfer betrat, die andere schwankte wie ein Gaul. Wie kam das? Wie konnte Maria es selbst erreichen, besser zu gehen? Sie hatte einiges ausprobiert, und der Vater wusste gar nicht, wie bedeutend das war. Anstrengend auch und ernsthaft, und auf jeden Fall wichtig für die Zukunft, mit der Maria ihn noch überraschen würde, egal ob er versuchte, sie abzuschotten.

Im Grunde tat der Vater genau das, was er der Schuldirektorin vorgeworfen hatte. Er nutzte seine Macht aus, wollte über Maria bestimmen und am liebsten noch ihre Gedanken dirigieren. Dabei hatte er ihr persönlich beigebracht, sich solchen Versuchen zu widersetzen.

Die Schuldirektorin hatte neue Lehrpläne bekommen, von ganz oben, und dass die Mädchen plötzlich kochen und bügeln sollten, war schlicht idiotisch gewesen. Maria wuchs ohne Mutter auf, bei ihr zu Hause war die Haushaltsführung ein Beruf, den die kluge, freundliche Dorothea ausübte, weil sie nämlich Geld dafür bekam. Zum Glück hatte sich der Vater in diesem Punkt gegen die Schule und auf Marias Seite gestellt: »Du musst den Unterricht nicht länger besuchen als nötig.« Aber seither legte er die Hände in den Schoß. Er hatte keine Pläne mehr für Maria und erlaubte ihr auch nicht, selbst etwas zu planen. Seit Monaten, ja, seit dem Ende der Schulzeit, fand der Vater es ausreichend, wenn sie unbeschadet durch den Tag kam. Als ob das Nichtstun auf Dauer nicht ebenfalls Schaden anrichten könnte!

Der Eisenbahnwaggon ratterte über die Schienen, die Sitze vibrierten, die Türen klapperten erbärmlich. Der Herbst zog durch die Ritzen, das Fenster war nass. In Schleiern wehte Nieselregen über die Felder nördlich von Köln. Hecken und Bäume schwammen vorbei. Für einen Moment schien ein Bussard die Reichsbahn verfolgen zu wollen, er segelte mit, dann stürzte er herab.

Maria schob den Hut nach hinten und überprüfte den Scheitel. Er war noch glatt. Erst unterhalb der Ohren setzten die Wellen ein, wie gewünscht, und sie fielen ihr fast bis auf die Schultern.

Hoffentlich war es richtig gewesen, den halb langen Pageboy zu wählen. Bisher war die Frisur noch nicht allzu weit verbreitet, aber sie hatte darüber nachgedacht, welche Ansprüche das Atelier wohl stellen würde, gerade an eine junge Bewerberin. Man würde doch wahrscheinlich einen Hang zum Fortschritt verlangen? Eine Geste nach Übersee, auf die Leinwand vielleicht, warum nicht hin zu Ginger Rogers?

Andererseits würde es Geschmacksgrenzen geben, und vielleicht würde Maria unterstellt werden, es mit dem Pageboy zu übertreiben. Und dann würde man sie auslachen, anstatt ihre Fähigkeiten zu begutachten.

Vorsichtig stülpte sie den Hut wieder auf den Kopf. Mit einem Mal beklommen.

Schräg gegenüber saß ein dicker Mann mit Glatze. Er war eingeschlafen und drohte zur Seite zu kippen. Seine Frau knetete die hageren Finger und musterte die Mitreisenden aus dem Augenwinkel. Blasse Lippen, hochgezogene Schultern. Vielleicht war sie eine Jüdin? Ja, sie hatte wohl Angst, Maria kannte den Blick und hätte gern genickt oder gelächelt, um die Frau zu beruhigen, aber das stand ihr nicht zu.

Allerdings wollte Maria auch nicht falsch eingeschätzt werden. Es dachte doch hoffentlich niemand, dass sie auf dem Weg in die Große Reichsausstellung war? *Schaffendes Volk?* Sie würde zwar in Düsseldorf aussteigen, wie wohl die meisten, aber für die Leistungsschau hatte sie nichts übrig.

Die ängstliche Frau atmete durch den Mund. Ihr Kinn zitterte, vielleicht hatte sie Hunger, und Maria musste schon wieder an den Vater denken, der jeden Morgen ein Brot einpackte, angeblich für seine Frühstückspause, aber in Wahrheit war es für den kleinen Elias gedacht. Der Vater legte das Brot draußen im Hof auf die Fensterbank, damit der Junge es holen konnte, und Maria musste strikt so tun, als wüsste sie darüber nicht Bescheid.

Sie rutschte auf der Sitzbank ein winziges Stück nach vorn. Die Frau gegenüber hob sofort die Hände, als hätte sie sich erschrocken. Maria wurde rot. Wie verkehrt alles lief! Und dann war auch noch der Schaffner in der Nähe. Maria konnte sich der Frau nicht einmal erklären, dabei spielte für sie alles andere eine Rolle, nur nicht der rassische Gedanke!

Verlegen stand sie auf, wünschte »Eine angenehme Fahrt noch«, dann stellte sie sich in den Gang. Es war ohnehin besser zu stehen, damit das Kleid unter dem Mantel weniger knitterte.

Hinter dem Nieselregen lagen die Rheinwiesen mit den alten Weiden. Der Zug bog in eine Kurve, sie mussten auf der Höhe von Zons sein, jetzt war es nicht mehr weit. Leicht schwankend tastete Maria in der Handtasche nach dem Rouge und dem Nötigen für die Frisur. Sie wollte sich vor dem Termin noch einmal herrichten, aber am besten erst später, kurz bevor sie in der Weißen Villa, dem Fotoatelier, angekommen wäre.

Auch die Zeitungsanzeige, die sie neulich ausgeschnitten hatte, steckte in der Handtasche:

Sind Sie eine frische Frau mit Mut?
Haben Sie Interesse an deutscher Mode?

In winziger Schrift stand *Atelier Bertrand* unter den Zeilen. Sicher ein französischer Name, wie sollte es im Modefach anders sein, und allein ihn zu lesen ließ Marias Herz schneller schlagen: Das Atelier Bertrand fotografierte für *Die Dame*!

Sie straffte die Schultern, meinte dabei erneut, die Blicke der Frau hinter sich zu spüren, und zupfte am

Hut. Vergeblich, natürlich, der blonde Pageboy ließ sich nicht gänzlich verstecken, aber – warum denn eigentlich auch? Warum schämte Maria sich, warum bedauerte sie die Umstände und machte sich dadurch mit allem gemein, anstatt sich einmal zu zeigen?

Kurz entschlossen nahm sie die Packung Salzletten, die sie als Verpflegung für den heutigen Tag eingesteckt hatte, und überreichte sie der Frau. »Für unterwegs!« Es durfte jeder sehen und hören.

Der dicke Mann wachte auf. Die Frau schüttelte entgeistert den Kopf, aber jetzt gab es keinen Weg zurück. Maria stand da, den Arm gestreckt wie aus Kruppstahl, und brachte unter den Blicken der Leute keine weitere Silbe hervor. Bis die Frau ihr endlich, ganz langsam, die Salzletten abnahm und »Danke« flüsterte. Maria erwiderte: »Bitte«, und floh in ein anderes Abteil.

War es denn ihre Schuld?

Sie nahm ein Taschentuch und rieb über die Schuhe, damit sie wieder so glänzten wie am Morgen. Dann bremste der Zug und fuhr in Düsseldorf ein. Endlich.

Der Bahnhof war voll, Maria musste drängeln, und kaum dass sie nach draußen trat, wehte ihr Regen ins Gesicht. Sie blieb im Schutz der Backsteinfassade stehen, um den Uhrenturm zu suchen. Düster und triefend ragte er auf, die Zeiger glänzten. Was? So spät war es schon?

Den Mantelkragen noch höher gestellt, sodass er an den Hut stieß, lief sie los, auf den Ballen, um die Absätze zu schonen. Der Wilhelmplatz stand unter Wasser, aber bis zur Königsallee war es zum Glück nicht weit, und immer wieder gab es auch trockene Passagen, wo Markisen oder Balkone über das Trottoir ragten.

Allerdings waren die Kreuzungen überfüllt, und Maria musste mehrmals warten. Längs und quer liefen die Menschen, manche sprachen Italienisch, Französisch oder Englisch, und auch viele Automobile, die vorbeiröhrten, schienen aus dem Ausland angereist zu sein. *Schaffendes Volk.* Überall hingen Plakate.

Kurz vor dem Schlageter Platz stritt sich ein Paar in einer unbekannten Sprache. Der Mann schimpfte und fuchtelte mit den Armen. Maria wich ihm aus, und ganz unerwartet wurde ihr dabei leicht zumute. Jeder suchte sich eine eigene Art, durchs Leben zu kommen, also war vielleicht alles gar nicht so schlimm? Erst recht konnte es nicht schlimm sein, wenn man wie sie selbst nur stille Pläne verfolgte und nicht schimpfte und nichts brauchte.

Maria brauchte lediglich Verstand und Begabung. Gutes Licht und etwas Chemie. Und sie brauchte jemanden, der im richtigen Moment auf den Auslöser drückte.

2

Sabine öffnete das Fenster. Der Laserdrucker hinter dem Schreibtisch roch intensiv, und es war beschämend, dass sich in der gesamten Stadtverwaltung kein Ansprechpartner dafür fand.

Sie hatte auf einem siebenseitigen Formular den Sachstand beschrieben. Papierstau, wiederholtes Heißlaufen. Nur leider hatte sie die Netzwerknummer nicht eingetragen, und der IT-Service hatte das Formular so ungeschickt zurückverwiesen, dass es bei ihrem Chef gelandet war und jetzt wieder in Sabines eigener Vorgangsmappe lag. Obenauf ein großes Fragezeichen.

LP 270309, Herrgott noch mal. Und warum war es im Büro schon wieder so dunkel?

Sie drückte den Schalter für die Jalousie. Die Herbstmorgensonne schien schräg auf die Dächer von Köln, und ein Sensor regelte den Schattenwurf der Lamellen. Dabei war es viel besser, nach draußen zu schauen. Die vergangene Nacht war vorbei, war tatsächlich vorübergegangen, trotz der grässlichen Durchhänger, und Sabine sollte sich klarmachen, dass die Welt immer noch dieselbe war.

Jeder Dachziegel lag an Ort und Stelle. Jeder Stein war auf dem anderen geblieben. Drüben an der Dillenburger Straße zog sich grauschwarze Teerpappe über die Industriebrache, in endlosen Bahnen. Pfützen glitzerten wie frische Versprechen. Gegen Mittag würden sie verdunstet sein.

Nur Sabine fühlte sich gefangen und ernsthaft krank. Verheult auf der Arbeit zu erscheinen war schlimm genug, aber dazu kam noch die Sorge, es würde womöglich nie wieder besser. Weil diesmal der Wendepunkt, ab dem ihr alles egal war, sehr lange auf sich warten ließ. Wie viel Mut und Geduld musste sie denn noch aufbringen? Die fünf Phasen der Trennung reduzierten sich bei ihr bekanntlich auf drei.

Es klopfte. Sie drehte die Lamellen wieder steiler und verschränkte die Arme. »Herein!«

Sofort flog die Tür auf, und das halbe Jugendamt drängte ins Büro. *»Happy birthday!«*

Woher wussten die davon? Kollegen, die Sabine noch nie gesehen hatte, sangen ihr ins Gesicht. Zwei, drei von ihnen kannte sie bloß von den Planungskonferenzen, trotzdem drückten sie ihr die Hand, als wäre es eine Freude, Geburtstag zu haben, und als wären sie alle ganz wild darauf, Sabine dabei zu erleben.

»Ihr seid ja verrückt«, sagte sie und dachte daran, wie sie aussah, rotäugig und aufgedunsen. Gleich kämen die ironischen Sprüche, und es würde ihr heute schwerfallen, witzig zu reagieren.

»Hätte ich gewusst, wie im Jugendamt gefeiert wird …!«, rief sie in den Lärm.

Die Sekretärin stellte einen Präsentkorb auf den Schreibtisch, lila Schleife und viel Zellophan. »Wir hoffen, du magst das. Cognacbohnen, Wurst und Sekt.«

Augenblicklich schwankte der Boden unter Sabines Füßen. Der Präsentkorb stammte aus dem Geschenkekiosk unten im Haus, und jeder wusste, wie man ihn nannte. *Deep Throat,* stopf dir den Hals. Auf der alten Arbeitsstelle im Bürgerbüro hatte Sabine ihn fünfmal reingewürgt bekommen, begleitet von Obszönitäten. Warum hatte sie erwartet, in der neuen Abteilung etwas anderes zu erleben?

»Sabine?«

Das Gelächter wurde leiser. Sie hielt sich an der Tischkante fest. Sie verstand nicht.

Die Sekretärin, Friederike, legte ihr eine Hand auf den Rücken. »Hey, du musst vor Begeisterung nicht gleich zusammenbrechen.«

War das Spott? Nein, es klang nicht so, es war vom Ton her eher stumpf und warm und trieb Sabine die Tränen in die Augen. Alles war noch schräger als gewohnt!

Sie löste das Zellophan. War verwirrt. Der Korb roch nach Salami, und noch immer machte niemand eine blöde Bemerkung, stattdessen blieb Friederikes Hand auf Sabines Rücken liegen. Sie riss sich zusammen. Ließ den Korken schlaff aus der Flasche gleiten, goss den Schampus mit umso mehr Schwung in die Gläser und stieß mit Friederike an. Dann stellte sie sich den zwei, drei eher unbekannten Kollegen noch einmal ausdrücklich vor und verfolgte besorgt, wie der Chef näher kam, Stefan Kramer.

»Gratulation, Frau Schubert, ganz besonders von mir. Wobei ich den Termin fast verpasst hätte, wenn ich nicht zufällig Ihre Akte gelesen hätte.«

»Danke, ich freue mich, dass alle so nett sind. Aber warum lag meine Akte auf Ihrem Tisch?«

»Keine Sorge. Ich habe mir bloß noch einmal Ihre Qualifikation angesehen.«

»Ist denn alles in Ordnung? Als ich die Stelle gewechselt habe, hieß es …«

Der Chef lächelte. »Es tut Ihnen gut, im Team zu arbeiten, das merke ich. Allerdings würde ich Ihnen auch gern einen eigenen Klienten anvertrauen. Zum Beispiel den Jungen, über den wir neulich in der großen Runde gesprochen haben. Pascal, neun Jahre.«

»Ja! Natürlich, sehr gerne.«

»Wir reden morgen darüber. Heute machen Sie früher Feierabend.«

Sabine konnte ihr Glück kaum fassen. »Ich könnte auch schon die Akte einsehen …«

»Nein.« Der Chef schüttelte ihr die Hand. »Bei uns ist es üblich, an Geburtstagen kürzerzutreten. An allen anderen Tagen werden Sie sich danach zurücksehnen.«

Fast eilig verschwand er durch die Tür, und als hätte er damit einen Stöpsel gezogen, leerte sich nach und nach das Büro. Nur Friederike blieb zurück und half, die Gläser in die Teeküche zu bringen.

Sabine schwitzte. Erst der Schlafmangel, dann das Wechselbad der Gefühle. Geburtstag, ein erster Klient. Und das Geräusch war weg, dieses Säbelrasseln. Ja, wirklich? Die Feindseligkeit, der Spott?

Als Friederike die Gläser in den Schrank räumte, fragte Sabine doch noch einmal nach dem Präsentkorb, nur vorsichtshalber: »Wer ist eigentlich auf die Idee gekommen, mich so heftig zu testen?«

»Inwiefern testen?«

»*Deep Throat*. Drüben im Bürgerbüro war ich auf den Korb abonniert.«

»Wie bitte?« Friederike ließ das Trockentuch sinken.

»*Deep Throat?* Ich dachte, ich wüsste, was drüben mit dir abgegangen ist. Aber das toppt ja wohl alles!«

»Versteh mich nicht falsch …«

»So was musst du bekannt machen! Himmel noch mal, du Arme, und wir haben es nur gut gemeint.«

Es traf immer die Falschen, und was zu schnell wuchs, stürzte auch schnell wieder ein. Wie gern hätte Sabine ihre Frage nach dem Korb zurückgenommen.

Die Sonne leckte an der Fensterscheibe, irgendwo im Flur schlug die Tür zum Treppenhaus, nach draußen, ins Freie. Friederike aber nahm Sabines Hand und drückte sie tröstend, und das war das Unglaublichste von allem.

Sie aßen die Cognacbohnen aus dem Korb, »um dem Präsent den schlechten Ruf zu nehmen«, und lästerten über das Bürgerbüro. Erleichtert hörte Sabine, dass das Klima dort verschrien war, ganz unabhängig von ihr.

Als sie jedoch später wieder an ihrem Schreibtisch saß, setzten stechende Kopfschmerzen ein. Sie fand noch eine Tablette in ihrer Tasche.

Was bedeutete es eigentlich, dass man an seinem Geburtstag kürzertreten sollte? Ab wie viel Uhr galt die Regel – oder sollte sie die Zeit selbst bestimmen?

Sie sah im Computer nach, wie hoch die Zahl der ungelesenen E-Mails war. Dreiundfünfzig, das hielt sich im Rahmen. Ganz oben standen die Bitten um Rückruf beim Schulpsychologischen Dienst. Direkt dahinter eine interne Mitteilung: Der Chef hatte dem Team geschrieben, dass ab sofort sie, Sabine Schubert, für Pascal, neun Jahre, zuständig war. Und Sabine hatte sogar schon den Zugangscode für die Akte bekommen.

Sollte sie also? Jetzt?

So vieles könnte zurückkehren. All die guten Absichten, mit denen sie vor Jahren in den Beruf gestartet war. Die Vorsätze, Kindern und ganzen Familien zu helfen. Der Wechsel vom Erziehungsheim in den öffentlichen Dienst, weil sie Strukturen verändern und Grundlegendes verbessern wollte. Nichts müsste verloren sein, dachte Sabine, es war höchstens verschüttet.

Mit einem Klick rief sie Pascals Akte auf den Bildschirm. Der Junge spielte Fußball, sie sah Streichholzbeine in viel zu großen Shorts. Vor fünf Jahren, im Alter von vier, war das Kind von seinem Vater mit dem Bügeleisen malträtiert worden. Pascal hatte entsetzliche Narben auf dem Rücken. Der Vater hatte sich nach der Tat abgesetzt, der Junge war in Obhut genommen worden, durfte aber seit Neuestem wieder bei der Mutter wohnen, die mit dem Jugendamt kooperierte. Allerdings hatte die Mutter neulich erwähnt, dass sie ihren Sohn für einen Schwimmkurs anmelden wollte, und Sabine hatte daraufhin – zu ihrer eigenen Überraschung – in der Teambesprechung eingehakt, obwohl sie den Fall kaum kannte.

»Pascal in Badehose, einfach so?« Sie war aufgestanden, alle hatten sie angesehen. »Ist der Mutter denn klar, welche Sprüche ihr Sohn im Schwimmbad zu hören bekommt? Wenn die Haut auf dem Rücken so schlimm aussieht?«

Vielleicht war das der Punkt gewesen, an dem der Chef beschlossen hatte, Sabine den Fall zu überlassen. Wer sonst würde an Spott und Gemeinheiten gegen den Jungen denken, wenn nicht sie, die gemobbte Kollegin?

Ach, und wenn schon. Sabine verzog den Mund. Ihre

Aufgabe war ab sofort, das Kind zu fördern, und sie hatte eine Idee. Vielleicht könnte die öffentliche Hand dem Jungen einen Schwimmanzug finanzieren, der seinen Oberkörper bedeckte. Wenn Pascal sich darin wohlfühlte? Oder war das Jugendamt für so etwas nicht zuständig?

Sie googelte nach Sportkleidung. Dann suchte sie ein Formular, mit dem sich ein Schwimmanzug beantragen ließe, bloß konnte der Computer leider keine Vordrucke laden, und als sie Friederike um Hilfe bitten wollte, war der Platz im Sekretariat leer. Die Telefone blinkten. Zwei, drei Anrufe, die Sabine als Neue kaum annehmen konnte.

Und wenn sie für heute tatsächlich kürzertrat? Und morgen dafür etwas länger blieb – wäre das üblich?

Auf der A3 war kaum etwas los. Sabine freute sich, die kurze Strecke von Köln nach Forsbach zu fahren und ihre Großmutter noch heute Mittag zu überraschen. Die Route führte durch den Königsforst, und wie immer an Sabines Geburtstag leuchtete der Wald in warmen Farben. Wacholder, Eichen, Buchen. Rotgoldene Kronen auf dunklen, schlanken Stämmen.

Sie dachte an die Mutter, mit der sie früher so gerne durch den Forst gefahren war. Mit der einen Hand hatte die Mutter das Auto gelenkt und mit der anderen Hand Sabines Bein gestreichelt. Die Seitenscheiben hatten offen stehen müssen, bei jedem Wetter, denn im Königsforst sollte man durchatmen.

Damals hatte Sabine noch andere Vorstellungen von einer Familie gehabt. Für sie war es normal gewesen, mal hier und mal dort zu schlafen. Ständig zu spät zu kommen. Tochter einer Anti-Atomkraft-Ikone zu sein, Enkelin eines Fotomodells. Sie hatte sich nur über die Nachbarn gewundert, die getuschelt hatten.

Permanent war Sabine zwischen Mutter und Großeltern gependelt, hatte vor allem die Fahrten nach Forsbach geliebt, denn die Kölner Mutter war mit Karacho durch den engen Dorfkern gekurvt, am Whisky Bill vorbei und den Julweg hoch, wo die Großmutter, Maria, damals meist schon vor dem Haus stand und wartete.

Der Großvater hatte oft hinten im Garten zu tun. Sobald er Sabine entdeckte, hob er sie hoch in den Himmel. Er hatte riesengroße Ohren, und manchmal ratschte sie sich an den Metallklipsen seiner Hosenträger. Er konnte zaubern und saß gern mit Sabine im Keller, während Maria und die Mutter oben in der Küche Makkaroni kochten.

Im Keller hatte der Opa eine Bar. Die Wände und die Decke waren aus Holz, und anstelle einer Tür gab es einen schweren Vorhang aus grünem Samt, damit die Wärme aus dem Heizlüfter in der Bar blieb und es gemütlich war. Sabine kletterte auf die klobige Eckbank und legte die kleinen Fäuste auf den Tisch. Der Opa lachte, dass die Ohren und die Koteletten hüpften. Dann holte er zwei Gläser, goss Eierlikör hinein und gab Himbeersauce dazu.

Vor drei Jahren erst war er gestorben, es war nicht einmal plötzlich gekommen, aber die Großmutter hatte trotzdem Zeit gebraucht, um sich daran zu gewöhnen. Und jetzt wollte sie Konsequenzen ziehen, zu Sabines Überraschung. Allen Ernstes wollte Maria das Haus am Julweg verkaufen, angeblich war es ihr zu groß. Dabei konnte sie noch sehr gut die Treppen steigen und sich selbst versorgen, das wusste Sabine, und es war auch kein Geheimnis, wie sehr Maria an ihrem Zuhause hing.

Der Garten suchte seinesgleichen, die Küche, die Balkendecke, die alten Möbel hatten Charakter. Wenn der Sommer schwül war, knarrten die Zedernholzschränke, und im Winter klopften die Heizkörper ihr Morsealphabet.

Nein, dachte Sabine, es gab noch eine Menge zu besprechen, bevor sie einen Makler in das Haus lassen konnten.

Sie bog in die Einfahrt ein und stieg aus dem Wagen. Ihr Kopf dröhnte, dabei war es am Julweg so still. In den meisten Häusern und Villen wohnten ältere Leute, die wahrscheinlich Mittagsschlaf hielten. Zwei Kurven weiter begannen die Hügel und Wiesen des Bergischen Landes. Ein Spaziergang wäre schön, später, vielleicht gemeinsam mit der Großmutter.

Mit einem Mal ging es ihr gegen den Strich, an der Haustür zu klingeln wie eine Fremde. Lieber öffnete sie das kleine Gartentor und betrat den Plattenweg, der um das Haus herumführte. An den Rosen hingen Hagebutten. Der Lavendel duftete, obwohl er längst verblüht war. Vor der Garage wuchsen Sonnenblumen im Spalier, jeder Stängel dick wie ein Kinderarm.

Das Küchenfenster an der Hausecke stand sperrangelweit offen, und Sabine hörte Geklapper. Sie lächelte. Die Großmutter war beschäftigt und würde hoffentlich nicht nach draußen blicken und sich vor ihr erschrecken.

Leise lief sie an den Sonnenblumen vorbei und gelangte in den hinteren Garten. Das Hochbeet war halb verrottet. Steine lagen im Gras. An den Apfelbäumen schrumpelten Früchte zu braunen Mumien, die sich an den Ästen festbissen. Nur die Grisbirnen waren noch genießbar.

Sie pflückte zwei Hände voll und machte sich auf der Terrasse bemerkbar. Sofort riss die Großmutter die Tür auf: »Mein Geburtstagskind!« Ihre berühmten grünen Augen strahlten. Sie trug die schöne Tunika und ein breites Band im Haar, von den Händen tropfte Wasser.

»Hast du Zeit?«, fragte Sabine, aber Maria packte sie fröhlich am Kinn.

»Wie siehst du denn aus? Hattest du eine anstrengende Party, oder hast du dich schon wieder von jemandem getrennt?«

»Letzteres«, Sabine trocknete ihr Kinn an der Schulter. »Du konntest den Mann sowieso nicht leiden, Oma.«

Sie versuchte, die Birnen festzuhalten, aber Maria schloss sie ungestüm in die Arme. Ihr weißer Scheitel duftete, Sabine gab ihr einen Kuss. Vor vielen Jahren waren sie noch gleich groß gewesen, mit ähnlichen schmalen Schultern und gleich langen Füßen.

»Wir backen Waffeln«, verkündete Maria. »Außerdem glaube ich, du könntest einen Kaffee vertragen.«

Ja, tatsächlich, Sabine spürte die Müdigkeit wieder, aber auf eine behagliche Art, so wie man nach einem Arbeitstag bequeme Klamotten anzieht.

Sie brachte die Birnen zur Spüle und stieg in den Keller hinab, um das Waffeleisen zu holen. Die alte Glühlampe sirrte, und vor der Bar hing der herrlich schwere Samtvorhang.

In den Regalen stand allerdings etwas Neues. Kartons voller Bücher, Schuhe und geblümter Tassen. Sabine wollte nicht stöbern, aber … Ob die Großmutter aufgeräumt hatte? Ob der Makler etwa doch schon hier gewesen war?

Zurück in der Küche, suchte sie nach einer Gelegenheit, die Kartons zu erwähnen, aber Maria war mit dem Handmixer beschäftigt, und dann, während sie Waffeln backten, war die Stimmung so gut, dass sie es nicht über sich brachte, kritische Fragen zu stellen. Schließlich nahmen sie das heiße Gebäck mit auf die Terrasse und setzten sich in die Hollywoodschaukel. Den Blick auf den Garten gerichtet, auf die hohen, sonnengefleckten Bäume, aßen sie und schwiegen.

Die Schaukel schwang träge vor und zurück. Eine Armlehne klapperte, aber das störte nicht. Gummihammer und Schraubendreher lagen seit Wochen bereit, ohne zum Einsatz zu kommen.

Früher hatte Sabine mit den Großeltern zwischen den Obstbäumen Krocket gespielt. Wenn es kälter geworden war, hatten sie Laub und Zweige für ein Lagerfeuer gesammelt und Kartoffeln geröstet. Der Qualm war hoch in das Kinderzimmer gezogen, ein herber Kontrast zu dem Apfelshampoo, dessen Geruch in dem Plüschkissen hing.

Maria bremste die Schaukel ab. »Wie ist dein Geburtstag bisher verlaufen?«, wollte sie wissen, und Sabine tauchte aus ihren Gedanken auf. Sie erzählte von den Kollegen, ihrem ersten eigenen Klienten und von Friederike.

»Nach den Cognacbohnen war uns schlecht.«

»Ich schlage drei Kreuze, dass du die Stelle gewechselt hast.«

»Allerdings. Aber es hat sich auch gelohnt zu warten, bis im Jugendamt etwas frei wurde.«

»Aus meiner Sicht hat es ewig gedauert.« Maria lehnte den Kopf an das Polster. »Ich hätte es nicht geschafft, so lange stillzuhalten.«

»Na ja, du bist schon immer entscheidungsfreudiger gewesen als ich.«

»Das stimmt nicht.« Maria lachte. »Denk an deine Männergeschichten. Da fackelst du nicht lange.«

Etwas verhalten stimmte Sabine in das Lachen ein. Sie war froh, der Großmutter nichts entgegnen zu müssen. Die Entscheidungen und das Alleinsein. Das ständige Abwägen fiel ihr manchmal schwer.

Für eine Weile schaukelten sie wieder, dann berührte Maria Sabines Arm.

»Hör mal, ich hoffe, es verdirbt dir nicht den Geburtstag, aber ich muss dich leider um etwas bitten. Kannst du mir beim Umräumen helfen? Der Makler bringt morgen jemanden mit.«

»Oma!«

»Du warst doch eben im Keller und … Manches muss zum Sperrmüll, oder wir könnten die Sachen spenden. Ich bin selbst überrascht, wie schnell es vorangeht.«

»Was heißt das – der Makler bringt jemanden mit?« Sabine stand auf, die Hollywoodschaukel ächzte. »Ich habe den Makler noch nicht einmal kennengelernt! Und außerdem kann ich mir für morgen nicht freinehmen.«

»Wirklich«, Maria hob bedauernd die Schultern. »Ich schaffe das auch allein.«

»Nein! Das lasse ich nicht zu.«

»Sabine, wir müssen uns dringend um das Haus kümmern.«

»Das tun wir doch!«

»Aber nicht richtig. Nicht für die Zukunft gedacht.

Seitdem dein Großvater gestorben ist und wir beide allein sind, begreife ich, dass es nicht ausreicht, Sonnenblumen vor die Garage zu pflanzen, um zu vergessen, was dort …«

»Doch«, unterbrach Sabine sie. »Ich kann vergessen. Solange ich weiß, dass alles andere seine Ordnung hat.«

»Ordnung?« Maria griff nach dem Seitengestänge und zog sich hoch. »Ich bin steinalt und finde den Gedanken furchtbar, dich mit dem Haus zurücklassen zu müssen. Wie willst du das schaffen? Wie willst du zurechtkommen?«

»Ach, es liegt also an mir? Du denkst, ich kriege es nicht hin, wenn du … wenn ihr alle …?«

Empört nahm Sabine die Teller und lief in die Küche. Sie war nie die Stärkste in der Familie gewesen, jedenfalls hatten die anderen das von ihr gedacht. Aber sie hatte sich auch nie unfähig gefühlt, die Dinge zu meistern. Hatte immer alles ertragen, alles ausgehalten, und zwar von Kindesbeinen an. Selbst in der Garage, damals, als die Mutter am Seil gebaumelt hatte. Tot, den Kopf in der Schlinge. War es nicht sie, Sabine, gewesen, die den Großvater herbeigerufen hatte? Und die Großmutter auch? Und war es nicht Sabine gewesen, die letztlich ganz allein dagestanden und sich um ihre weißen Kniestrümpfe gekümmert hatte, anstatt wie die anderen nach oben zur Mutter zu starren, die keine Hilfe mehr gebraucht hatte?

Nein, nein, das alles gehörte nicht hierher. Nicht mehr in den heutigen Geburtstag.

Sabine räumte die Teller in die Spülmaschine und ging ins Wohnzimmer, um ein paar weitere Minuten allein sein zu können. Sie stupste die grünen Sessel an, die klobigen Bücherregale, das Sofa mit der hohen Lehne. Was sollte wohl mit den Möbeln geschehen? Ob der Makler auch darauf spekulierte?

»Sabine?« Maria kam durch den Flur, die Absätze klackerten auf dem Parkett. »Es tut mir so leid, und ich verstehe auch, wenn du möglichst viel für dich erhalten willst. Du könntest den großen Teppich haben. Für dein Schlafzimmer vielleicht?«

Aber so konnte doch keine Entscheidung fallen! Das Fleddern beginnen!

Sabine bückte sich. Der schöne Orientteppich war ein dickes, fransiges Ding. So oft hatte sie als Kind darauf gelegen, unter dem Schreibtisch, dem Großvater zu Füßen. Sie erinnerte sich an seine Pantoffeln, die wippten, während oben der Füller über das Papier kratzte, aber jetzt saß ihr die Erinnerung quer. Sie hasste den Teppich unvermittelt und wollte ihn doch keinen einzigen Tag mehr hier liegen lassen.

Sie schlug den Rand um und zog mit aller Kraft. Der schwere Teppich blieb am Fleck. Da wuchtete sie ein noch größeres Stück hoch, riss daran und wollte es in Schwüngen zusammenschlagen. Aber was war das? Etwas wirbelte vom Boden auf, ein Stück Papier flog durch den Staub. Braun und mit Zahlen. Ein Geldschein?

Die Großmutter stieß einen Schrei aus, Sabine fuhr herum. »Was ist das, Oma? Geld?« Ja, es war vollkommen unglaublich, auf dem Boden lag altes Geld! Und es war nicht wenig.

Maria fiel Sabine in den Arm, blass, wie vom Donner gerührt. Sabine brachte sie zum Sofa und schlug dann noch mehr von dem Teppich um, bloß behutsamer jetzt.

Schein für Schein lag darunter, platt nebeneinander, Kante an Kante. Braune Tausender, D-Mark-Scheine, sauber und kaum benutzt.

»Das ist nicht wahr.« Die Großmutter klammerte sich im Sitzen an das Sofa, wie unter Schock.

»Oma, wo kommt das Geld her?«

»Das darf nicht sein! Das kann er nicht getan haben!«

»Was denn? Wen meinst du?«

Doch Maria wehrte ab. Sie krümmte sich, wimmerte, und als Sabine sie trösten wollte, ließ sie keine Berührung zu, sondern arbeitete sich wieder vom Sofa hoch. Ihr Gesicht zuckte, der Hals… es war ein furchtbarer Anblick.

Später saßen sie in der Küche. Sabine kochte Tee und brachte der Großmutter eine Strickjacke, die sie vehement ablehnte. Angeblich machte es ihr nichts aus, in der Bluse dazusitzen und zu frösteln. Dabei war das Zittern besorgniserregend, auch wenn Maria sich kerzengerade hielt.

Das Geld hatten sie im Wohnzimmer auf dem Boden liegen gelassen. Fünfzehntausend Deutsche Mark. Eine eiserne Reserve wahrscheinlich, die der Großvater vor Urzeiten versteckt haben musste.

»Was für eine Überraschung«, sagte Sabine möglichst ruhig. »Aber es ist keine so hohe Summe, dass wir Probleme kriegen. Ich gehe morgen ans Gustav-Heinemann-Ufer zur Bundesbank und tausche die Scheine in Euro um.«

»Nein.«

»Oma, selbst wenn es Schwarzgeld von früher sein sollte…«

»Das Geld bleibt, wo es ist.«

Unter dem Teppich?

Sabine rührte im Tee. Maria presste die Lippen aufeinander und zog sich das Haarband vom Kopf. Sie war ruppig, eisig und gleichzeitig außer sich. Was war bloß mit ihr los?

Um Zeit zu gewinnen, nahm Sabine eine Grisbirne, schnitt sie auf und schob der Großmutter ein Viertel zu.

»Hat Opa viel Geld verdient?«

»Er war Betriebsleiter.«

»Also ist es kein Wunder, dass er etwas auf die Seite schaffen konnte.«

»Niemand behauptet, dass es so gewesen ist.«

»Na ja, du hast eben selbst gesagt: Das kann er nicht getan haben. Hast du damit nicht Opa gemeint?«

Marias Wangen röteten sich. Sie schob die Birne beiseite und stemmte sich mit den Fäusten auf dem Tisch in die Höhe.

»Nimm du das Geld, Sabine. Nimm alles, was du noch finden kannst in diesem verdammten Haus.«

Damit schritt sie aus der Küche, die Wohnzimmertür schlug, und es wurde still.

Verblüfft blieb Sabine sitzen. Wusste die Großmutter noch, was sie sagte? Niemals würde Sabine das Geld nehmen, sondern sie würde die Scheine einsammeln und auf Marias Konto einzahlen. Erst recht, wenn morgen ein Kaufinteressent kam, um das Haus zu inspizieren.

Sie goss den Tee aus beiden Tassen in die Spüle und legte die Strickjacke zusammen, die von der Stuhllehne gerutscht war. Dann öffnete sie leise die Wohnzimmertür. Maria lag rücklings auf dem Sofa, einen Arm auf der Stirn. Ihr Atem ging flach und schnell, die Augen waren geschlossen. Als Sabine eine Hand an ihre Wange legte, merkte sie, dass Maria weinte.

»Oma, entschuldige.«

»Du musst suchen.« Maria war kaum zu verstehen. »Es könnte noch viel mehr versteckt sein, und ich will, dass du es findest.«

Sabine runzelte die Stirn. »Für heute passiert gar nichts mehr. Aber ich bleibe über Nacht bei dir.«

Sie breitete eine Decke über die Großmutter und streichelte ihr Haar. Dann stellte sie im Keller die Heizungsanlage an, es zischte und gluckerte in den Rohren. Als sie an der Bar vorbeikam, blickte sie hinter den Samtvorhang. Die Luft war feucht. Der Heizlüfter stand in der Ecke, ein klobiges Nachkriegsgerät. Auf dem Tisch schimmerte ein runder Fleck wie von der Eierlikörflasche des Großvaters früher.

Ob es stimmen konnte, was die Großmutter eben geflüstert hatte? Dass noch mehr Geld im Haus versteckt war als die fünfzehntausend Mark? Aber woher wollte sie das eigentlich wissen? War sie vorhin etwa nicht überrascht gewesen?

Sabine nahm einen Lappen und den Vierkantschlüssel aus der Werkstatt, um die Heizkörper zu entlüften. Im Dachgeschoss fing sie damit an, in ihrem alten Kinderzimmer.

Der Großvater, Heinrich Schubert, war bodenständig gewesen, vor allem, wenn es um die Finanzen ging. Das Geldversteck im Wohnzimmer würde er wohl sorgfältig ausgesucht haben. Der Teppich war so groß, dass man ihn selbst am Putztag nie vollständig beiseitezog. Man hob die Ränder an, die schwere Mitte blieb liegen. Einzigartig – oder nicht? Könnte es in diesem Haus etwa noch eine andere, ähnlich gute Möglichkeit zum Verstecken gegeben haben?

Prüfend sah Sabine sich um, fand aber nur schmale Läufer auf Parkett oder fest verklebte Linoleumböden. Trotzdem knibbelte sie an den Ecken, es war beinahe lächerlich, und dann, weil es unten im Haus immer noch ruhig blieb, schlich sie sogar an das Bett der Großeltern. Der dunkle Kasten hatte ihr immer Respekt eingeflößt. Jetzt tastete sie über die Leisten, griff unter die Matratzen und hinter das Kopfteil. Nichts. Da lag nur das feine Nachthemd der Großmutter, und plötzlich schämte sie sich.

Sie kehrte ins Wohnzimmer zurück, das Sofa war inzwischen leer. »Oma?« Die Tausendmarkscheine lagen noch an Ort und Stelle, aber Maria war fort.

»Oma?« Auch in der Küche war sie nicht, also dann vielleicht im Garten. »Bist du hier?«

Nichts. Stille, und Sabine konnte es nicht nachvollziehen. Maria hätte ihr doch Bescheid sagen müssen, wenn sie weggegangen wäre?

Im Garten war es mittlerweile kühler geworden. Von den Obstbäumen schoben sich Schatten über die Terrasse, der Rasen schien im Abendtau zu ertrinken. Die Hollywoodschaukel hing schlapp am Gestänge, und das Werkzeug fehlte, das am Nachmittag noch auf dem Boden gelegen hatte. Gummihammer und Schraubendreher.

»Oma?«

Konnte Maria das Werkzeug genommen haben? Von irgendwoher kam ein merkwürdiges Geräusch. Als ob etwas zersplitterte, etwas zerbrach. Doch nicht im Haus?

Nein, im Haus war die Großmutter nicht, und Sabine fand sich schon wieder albern, weil sie so aufgeregt wurde. Maria konnte nicht weit weg sein, oder war das Geräusch etwa von der Straßenseite gekommen?

Sie hastete über den Plattenweg. Ihr Blick fiel auf die Garage, den Sichtschutz aus Sonnenblumen, dick wie Kinderarme, und ihr Herz schlug immer härter.

»Oma!«

Da endlich sah sie Licht. Es kam von unten aus dem Haus, aus dem Kellerfenster. Sabine atmete aus. Maria musste in der Bar sein!

Sie rannte zurück zur Terrasse, über die Stufen nach unten und tauchte mit den Ellbogen voran durch den grünen Samtvorhang.

»Stopp!«

Die Großmutter stand krumm im Raum. Sie hielt tatsächlich den schweren Hammer und den Schraubendreher in den Händen, offenbar hatte sie sich verausgabt. Denn in der Vertäfelung an der Wand klaffte ein Loch. Die Paneele waren zerbrochen. Kleine Päckchen glänzten zwischen dem Holz.

»Was ist das?«, fragte Sabine.

Maria ließ das Werkzeug auf den Teppich fallen. »Das da, Sabine?« Ihre Stimme war voller Abscheu. »Das ist in Plastik eingeschweißtes Gold.«

3

Als Maria an der Weißen Villa ankam, troffen Mantel und Hut vom Regen. Die Schuhe waren nass, die Füße kalt, und die Strümpfe waren gesprenkelt von der Gischt der Straße. Doch das war egal, denn jetzt, wo sie so weit gekommen war, erfolgreich von zu Hause verschwunden und durch Düsseldorf geeilt, spürte Maria eine Kraft, mit der sie alles bewältigen würde.

Sie strich die Tropfen vom Mantel, und obwohl sie das Messingschild neben der Haustür zum ersten Mal sah, kam es ihr vertraut vor, als hätte es schon immer zu ihrem Leben gehört und als wäre alles, was bisher passiert war, eine Vorbereitung auf die persönliche Begegnung heute gewesen, auf Maria Reimer im Atelier Bertrand.

Sie betätigte den Türklopfer, und nachdem niemand öffnete, stieß sie die schwere Holztür auf und betrat eine imposante Eingangshalle. Ein Kristallleuchter hing von der Decke. Ringsum zog sich verschnörkelter Stuck. Am Boden glänzte Marmor in dem Schachbrettmuster, das Maria aus dem Kontor des Vaters kannte, aber anders als in den Räumen in Köln hätte man in der Halle des Ateliers einen Tanztee abhalten können. Oder eine *Couture*-Schau.

»Guten Tag!« Ihre Stimme verlor sich, es kam keine Antwort. Nur der Kristallleuchter knackte am Seil.

Zwei hohe, weiß lackierte Türen befanden sich hinten in der Wand. Es stand kein Schriftzug daran, kein Hinweisschild. Ob Maria auch dort anklopfen sollte? Vielleicht war es höflicher, noch einen Moment zu warten?

An der rechten Seite der Halle führte eine Treppe nach oben, ausgelegt mit rotem Teppich, und vor den Stufen stand ein zierlicher Sessel. Ein Sessel zum Warten wohl, denn daneben türmten sich Zeitungen auf einem Tisch. *Völkischer Beobachter*, *Westdeutscher Beobachter*, darunter lugte die *Dame* hervor, eine Ausgabe, die Maria noch nicht kannte. Behutsam zog sie die Zeitschrift aus dem Stapel.

Schon auf Seite drei war ein enormes Hutmodell abgebildet, schwarzer Samt, getragen von Marion Morehouse, einfach fantastisch. Mit Seitenlicht fotografiert, wie es auch in der *Vogue* üblich geworden war und wie man es hoffentlich im Atelier Bertrand nachahmen würde, um mit Paris und New York Schritt zu halten.

»Vorsicht!«, rief plötzlich jemand von oben. »Sie tropfen ja auf das Papier.« Auf dem Podest der Treppe stand eine Frau, sie lächelte mit einer langen Zigarettenspitze am Mund.

»Entschuldigung.« Eilig schlug Maria die *Dame* zu. Zum Glück sah sie keine nassen Flecken.

»Ah! *Vous avez l'air nerveux*, Sie Ärmste.« Die Frau kam Schritt für Schritt die Stufen herunter, blies den Zigarettenrauch durch die Nase und streichelte das Treppengeländer, als wäre es ein Tier.

Maria erkannte den Gang, eine in Paris geläufige Mischung aus Präzision und Lässigkeit, die viel Übung verlangte: Die Frau setzte die Füße gekreuzt voreinander, um sich weich in den Hüften zu wiegen, und lehnte den Rücken ein wenig nach hinten, um die Brust zu betonen. Und dann sprach sie auch noch Französisch, wie Maria es sich erhofft hatte – und wie sie es dem Vater nicht erzählen dürfte. Er machte seit Wochen ein Gewese um die Sprache, als besäße das Handelshaus Reimer keine stolze internationale Tradition.

»*Bonjour, Madame*. Ich bin Maria Reimer aus Köln.« Sie nahm den nassen Hut vom Kopf. »*C'est un plaisir d'être ici*.«

Die Frau musterte Marias Frisur. Wahrscheinlich klebte der Pageboy an den Schläfen.

»Öffnen Sie den Mantel, Fräulein Reimer, und zeigen Sie mir Ihr Kleid.«

»Ich würde mich gern erst einmal frisch machen.«

»Das deutsche Mädchen soll ungeschminkt sein. Wissen Sie das nicht?«

Vorsichtshalber nickte Maria. Die Frau trug selbst ein modernes Rouge und Lippenstift. Ihr enger blauer Rock musste teuer gewesen sein. Der Bolero saß perfekt auf den Schultern, und die Haare waren sorgfältig zu einer golden schimmernden Olympiarolle gedreht.

»Sind Sie eine Mitarbeiterin von Herrn Bertrand?«, fragte Maria und legte so viel Weltläufigkeit in die Aussprache des Namens, wie sie konnte.

Die Frau spitzte belustigt die Lippen. »Denken Sie, Herr Bertrand persönlich wird Sie fotografieren?«

»Bei ihm habe ich meinen Termin. Um zwölf Uhr.«

»Wissen Sie, wie viele Bewerberinnen wir heute schon hatten? Also hoffen Sie nicht auf den Chef. Ich vermute eher, dass Noah die Aufnahmen von Ihnen machen wird.«

»Gerne.«

»Oder haben Sie Bedenken gegen jemanden, der den Namen Noah trägt?«

Das war ja wohl keine ernst gemeinte Frage. Oder doch, denn die Frau hob die nachgezeichneten Augenbrauen und schien sich zu wundern, dass Maria keine Antwort gab.

»Fräulein Reimer, Sie kommen mir recht jung vor.«

»Ich bin bald achtzehn. Es ist der richtige Zeitpunkt, um in einen Beruf einzutreten.«

»Und Ihre Eltern sind damit einverstanden, dass Sie sich bei uns ablichten lassen?«

»Sonst wäre ich nicht hier.« Die Lüge klang etwas kratzig. »Außerdem kann ich mir gar keine andere Zukunft vorstellen als in der Modefotografie!«

In diesem Moment ertönte Applaus von oben. Schon wieder hatte sich jemand auf das Podest der Treppe geschlichen, ein Mann, ein Nazi in Reitstiefeln und schwarzer Uniform.

»Sei nicht so streng, Greta«, rief er fröhlich und kam nach unten gelaufen. »Freu dich, wenn die jungen Mädchen sich für unsere Sache engagieren. Und dann auch noch mit Eltern, die sie darin unterstützen!« Er übersprang die letzten Stufen und knallte vor Maria die Stiefel zusammen. »Sagten Sie Reimer?«

»Maria Reimer aus Köln.«

»Den Namen werde ich mir merken, für den Fall, dass Sie Karriere machen.«

Er salutierte und verschwand vergnügt durch die Haustür. Die Frau allerdings, Greta, wirkte verstimmt. Sie legte die Zigarette fort und lief dem Mann nach. Maria blieb allein in der Halle zurück.

Ob es schlimm gewesen war, dass sie mit dem Uniformierten gesprochen hatte? Und auch noch geschwindelt hatte?

Sie steckte den nassen Hut in die Tasche. Das lange Warten strapazierte die Nerven. Immer noch holte sie niemand aus der Halle ab. Weder Herr Bertrand noch der Fotograf Noah wollten sich um ihre Anwesenheit kümmern. Sie blätterte noch einmal in der *Dame*, aber inzwischen fehlte ihr die Muße zum Lesen.

Schließlich ließ sie den Mantel von den Schultern gleiten, korrigierte mithilfe des Taschenspiegels ihr Aussehen und näherte sich den beiden weiß lackierten Türen.

Hinter der linken fand sie bloß ein Badezimmer. Durch die rechte Tür aber gelangte sie in einen langen, dämmrigen Flur, der sie um mehrere Ecken in den hinteren Teil des Gebäudes führte. Am Ende des Flurs stand eine weitere Tür einen Spalt offen, und Licht drang heraus. Möglicherweise war hier das berühmte Studio, und sie könnte Herrn Bertrand treffen? Oder wurden gerade kunstvolle Fotos angefertigt, von Noah? Sie sollte unbedingt leise sein, um niemanden zu stören.

Auf Zehenspitzen, die Tasche an sich gedrückt, sah sie um die Ecke, nur leider entpuppte sich der Raum hinter der Tür als ganz normales Büro. Ein junger Mann stand über einen Schreibtisch gebeugt und blickte durch ein kleines silbernes Gerät. Dunkle Locken hingen ihm in die Stirn, und obwohl er sehr in seine Tätigkeit vertieft schien, fuhr er plötzlich hoch, als hätte er Maria atmen gehört. Das silberne Gerät ließ er in der Hosentasche verschwinden und schob mit der anderen Hand etwas auf dem Tisch durcheinander. Fast wie ertappt.

»Mademoiselle?« Er warf die Haare zurück.

Dunkle, wache Augen, hübsch und verwegen. Bloß seine Miene war abweisend.

»Ich habe einen Termin«, sagte Maria, »um mich für die Modeaufnahmen zu bewerben. Ich habe auch schon ziemlich lange in der Eingangshalle gewartet.«

»Wirklich?« Er knöpfte sein Jackett zu. »Wie heißen Sie bitte?«

»Maria Reimer. Ich bin extra aus Köln angereist.«

Sie sah, dass sich seine Lider zusammenzogen, es war ein merkwürdiger Reflex.

»Noah Ginzburg mein Name, freut mich.«

Er reichte ihr nicht die Hand und nickte auch nur sehr sparsam, ja, er schien sich jede Geste förmlich abringen zu müssen. Maria spürte, wie sich ihr Rücken versteifte. Gefiel sie ihm nicht? Ausgerechnet ihm nicht, dem Fotografen?

»Sie haben sicher schon auf mich gewartet«, sagte sie. »Sie müssen ja gedacht haben, ich käme zu spät.«

»Nein.« Er sah knapp an ihr vorbei. »Offen gestanden sind die Bewerbungen für heute abgeschlossen, Fräulein … Reimer, und die Damen, die wir eingeladen hatten, sind sämtlich im Studio erschienen. Uns fehlte niemand.«

»Das kann nicht sein …«

»Um fünf nach zwölf habe ich alle nach Hause geschickt.«

»Ich stand vorne in der Halle!«

»Der Eingang für die Bewerberinnen ist an der Seite des Hauses, im Hinterhof.«

»Oh, bitte nicht.« Sie stieß gegen die Schreibtischkante. »Ein Missverständnis, Herr Ginzburg! Aber

Sie werden jetzt trotzdem noch mit mir ins Studio gehen?«

Ohne zu antworten, durchsuchte er die Mappen und Papiere, die auf dem Tisch lagen, und sie musste sich zwingen, ruhig zu bleiben. Er suchte doch hoffentlich nach ihrer Bewerbung? Er wollte ihr glauben? So fest sie konnte, verschränkte sie die Finger ineinander und wartete ab.

Er war ein Franzose, das verriet sein Akzent. Er sah auch durchaus künstlerisch aus, so, wie seine Locken nach vorn fielen. Bestimmt war es für jedes Fotomodell eine Ehre, mit ihm zu arbeiten, aber möglicherweise wusste er das auch und bildete sich viel darauf ein.

Jetzt ließ er einen Stapel Fotos über die Tischplatte rutschen. Aufnahmen von Kleidern und Frauen und Landschaften. Maria sah das Schlageter Denkmal, einen Militärwagen am Rhein und eine posierende Dame davor. War das nicht Greta mit der Olympiarolle?

Endlich hob Noah Ginzburg den Kopf. »Sie sind in unseren Unterlagen nicht verzeichnet, Maria.«

»Dann zeige ich Ihnen meine schriftliche Einladung zum Bewerbungstermin.«

Sie konnte den Brief kaum aus dem Umschlag klauben, so aufgeregt war sie inzwischen. Und dann las der Fotograf das Schreiben, und zu ihrem Schreck schien er dabei nur noch skeptischer zu werden.

»Warum haben Sie eine Postlageradresse benutzt?«, fragte er.

Was sollte sie antworten? Mit dem Postfach hatte sie verhindert, dass der Vater die Bewerbung entdeckte.

»Ich bin zweifellos Maria Reimer, und der Brief ist eindeutig an mich gerichtet.«

»Gut. Dann muss der Fehler wohl bei uns liegen. Leider lässt er sich jetzt nicht mehr beheben.«

Bitte?

Sie stopfte den Brief zurück in die Tasche, fieberhaft um Worte bemüht. Doch der Fotograf kam schon um den Tisch herum, Noah Ginzburg, und sie konnte sich hervorragend vorstellen, wie er eine Kamera in den schlanken Händen hielt. Aber stattdessen? Wies er zur Tür!

»Sie wollen mich nicht im Ernst hinauswerfen?«

»Es liegt nicht an Ihnen. Unser Atelier hat sich für eine andere Bewerberin entschieden. Entgegen der ursprünglichen Pläne wird nun doch kein junges, sondern ein erfahrenes Fotomodell bevorzugt.«

»Das glaube ich nicht!« Wo war nur die Zeitungsanzeige? *Sind Sie eine frische Frau mit Mut?* Frisch!, doch Herr Ginzburg wollte den Text nicht einmal anschauen, sondern schob Maria am Ellbogen Richtung Flur. Empört riss sie sich los.

»Ich verstehe!«, rief sie. »Es ist Greta, mit der Sie die Position besetzen wollen. Also bin ich von ihr mit Absicht in der Halle aufgehalten worden!«

»Es ist nicht gut, wenn Sie jetzt laut werden.«

»Sie wissen ja gar nicht, was es mir bedeutet hat hierherzukommen.«

Er wiegte den Kopf, und das Zimmer begann sich um Maria zu drehen. Wie überheblich er war! Wie ignorant! Ja, es war insgesamt ein sehr ignorantes Atelier. Verschickte Einladungen, ohne es ernst zu meinen. Ließ es zu, dass ein Mädchen wochenlang übte und an seinem Auftritt feilte, und sah sich das Ergebnis nicht einmal an.

Den Tränen nahe lief sie über den Flur, um die Ecken herum dem Schachbrettmuster entgegen, doch kaum hatte sie die Halle erreicht, trat ihr schon wieder Greta in den Weg.

»Was ist passiert?«

»Ich habe mich im Termin geirrt. Auf Wiedersehen.«

Greta versuchte, sie festzuhalten, und auch Noah Ginzburg schlitterte eilig heran, einen Mantel in der Hand: »Warten Sie, Maria, ich bringe Sie zum Bahnhof!«

»Ich gehe sehr gern allein. Und richten Sie Herrn Bertrand aus, dass er noch einmal Post von mir bekommen wird.«

»Noah!« Greta lachte. »Du hast Fräulein Reimer bei der Bewerbung durchfallen lassen?«

Energisch drängte der Fotograf Greta zur Seite, und Maria wurde klar, dass die beiden sich ziemlich gut kannten, und zwar bestimmt nicht nur von der Arbeit. Dabei war Greta mindestens zehn Jahre älter als er!

Ach, wie weit war es noch bis zur Haustür? Maria wollte vor den Augen der anderen nicht wieder rennen und setzte die Füße bewusst voreinander, während hinter ihr hörbar gerangelt wurde.

»Noah, ich fasse es nicht!«, rief Greta. »Du hast sie gar nicht fotografiert, oder? Kann das möglich sein? Halt, Fräulein Reimer! Bleiben Sie stehen!«

»Greta, lass sie, sie ist minderjährig.« Noahs Stimme bekam einen hässlichen Ton. »Sie konnte mir keine Erlaubnis ihrer Eltern vorlegen.«

Wie dreist von ihm! Maria wirbelte herum. »Sie haben mich gar nicht nach einer Erlaubnis gefragt, Herr Ginzburg! Stattdessen haben Sie mir mitgeteilt, dass Sie sich längst für eine andere Bewerberin entschieden haben.«

»Für wen?« Greta hob verwundert das Kinn. »Warum weiß ich davon nichts?«

»Weil Bewerberin wohl das falsche Wort ist«, schleuderte Maria ihr entgegen. »Wenn man sich kennt.«

»Ach, Sie reden von mir?« Greta griff sich ans Dekolleté. »Ich stehe doch gar nicht zur Verfügung!«

Das Blut rauschte in Marias Ohren. Noah kniff den Mund zusammen, und Greta ließ ihre Zigarettenspitze auf die Fliesen fallen.

»Jetzt mal im Ernst, Fräulein Reimer. Ich begleite das Auswahlverfahren, und ich habe Sie für eine unserer besten Kandidatinnen gehalten. Wir suchen exakt einen deutschen Typ wie Sie.«

»Ihr Fotograf sucht nicht.«

»Aber ja! Und er weiß auch um Ihre Qualitäten, da bin ich mir sicher.«

Nach Bestätigung heischend, wandte Greta sich an Noah. Er aber schwieg, und auf seinem Gesicht lag nicht etwa Betretenheit oder gar die Bitte um Verzeihung, sondern ein Anflug von Furcht. Na also, dachte Maria, er hatte wohl doch etwas zu verbergen, nämlich dass er sie abgekanzelt hatte. Und … ihr fiel das kleine silberne Gerät ein, das er so flink in die Hosentasche gesteckt hatte.

»Ich habe den Fotografen gestört«, sagte sie. »Er hatte wichtigere Dinge zu tun, als sich mit mir zu befassen.«

»Was meinen Sie damit?«, wollte Greta wissen, und jetzt wurde Noah schlagartig weiß wie die Wand. Aber wenn schon! Maria durfte wohl auch einmal unhöflich sein, gerade wenn es ihm peinlich war.

Und trotzdem zögerte sie weiterzusprechen. Der Fotograf ballte die Hände. Sein Augenausdruck wurde geradezu verzweifelt. Hatte er denn tatsächlich solche Angst, und wusste Maria wirklich über ein Geheimnis Bescheid?

Mühsam presste Noah ein paar Worte hervor: »Sie hat gesehen, dass ich im Büro die Bewerbungsfotos sortiert habe. Und ja, ich gebe es zu, ich habe sie etwas barsch behandelt. Aber Herr Bertrand war auch nicht mehr im Haus.«

»Ja und?«, fragte Maria, doch Greta unterbrach sie: »Noah! Der Chef hätte gewollt, dass du dieses Mädchen fotografierst. Sieh sie dir an! Und denk nach.«

»Das Studio war abgeschlossen, und selbst wenn ich den Schlüssel gefunden hätte«, er wurde lauter, »darf ich ohne Erlaubnis von Herrn Bertrand kein Filmmaterial mehr benutzen. Ich kann es mir nicht leisten, die Vorgaben für jüdische Mitarbeiter zu ignorieren.«

Marias Herz zog sich zusammen. Also ging es auch hier nur um das eine. Selbst in diesem Atelier wurde arisiert. So wie bei Photo Brenner in Köln oder im Stoffladen Schmitz, der früher Blumenberg hieß und wo die beiden Verkäufer entlassen worden waren. Entlassen und angezeigt, für nichts.

»Ich hätte Ihre Situation verstanden, Herr Ginzburg«, sagte sie mit heller Stimme.

»Sie wissen ja nicht, wovon Sie sprechen!«

»Sie auch nicht. So.«

Denn wann wurde sie einmal etwas gefragt? Wann erkundigte sich jemand nach ihrer persönlichen Meinung zu dem, was rundum geschah? Arisierung! Die Reimers machten da nicht mit.

Maria riss die Haustür auf, für heute gänzlich bedient. Der Wind zog um ihre Beine, die Strümpfe waren immer noch feucht vom Regen vorhin.

»Fräulein Reimer!« Greta hielt Maria am Ärmel fest. »Sie wünschen sich doch eine Karriere. Darum sind Sie ja zu uns gekommen.«

»Lassen Sie mich los.«

»Ich bitte Sie, nehmen Sie die Gelegenheit wahr. Ich hole gern die Erlaubnis ein, dass Herr Ginzburg das Filmmaterial für Sie verwenden darf.«

»Ich ziehe meine Bewerbung zurück.«

Doch Greta packte noch fester zu. Ihr Atem roch nach Zigaretten, und Maria fiel auf, dass sie sich an der rechten Augenbrauenlinie vermalt hatte.

»Der Obersturmbannführer wird nach Ihnen fragen, Maria. Nach dem blonden Mädchen aus Köln.«

»Ich kenne keinen Obersturmbannführer.«

»Ach nein? Sie haben sich vorhin mit ihm unterhalten, in unserer Eingangshalle. Er hat großen Gefallen an Ihnen gefunden, das hat er mir gesagt. Also was denken Sie: Wie wird der Obersturmbannführer der Waffen-SS reagieren, wenn er hört, dass der Jude Noah Ginzburg ausgerechnet Sie, das deutsche Mädchen, aus dem Atelier verscheucht hat?«

»Ich lasse mich nicht erpressen und erst recht nicht verscheuchen. Aber wenn es hilft, bezeuge ich gerne, freiwillig und aus eigenen Gründen gegangen zu sein.«

»Aha.« Gretas rot geschminkte Lippen wurden schmal. »Vorhin habe ich Sie gefragt, ob es Sie stört, sich von jemandem fotografieren zu lassen, der Noah heißt. Und jetzt?«

Entgeistert machte Maria sich los und lief über

das Trottoir. Wie bösartig Greta war. Wie gemein ihre Unterstellung!

Noah rief ihr etwas nach: »Gehen Sie schneller! Laufen Sie, Maria!«

Wollte er sie verspotten? Sie bremste ab. »Herr Ginzburg, es hat nichts damit zu tun, dass Sie ein Jude …«

»Ich weiß es doch. Es ist alles gut, aber bitte gehen Sie.«

Von wegen! Nichts war gut. Sie trat auf der Stelle. Aber sie konnte ihm doch nicht helfen?

Schon wieder war Greta bei ihr. »Geben Sie sich einen Ruck, Fräulein Reimer«, drängte sie. »Kommen Sie noch einmal herein, uns allen zuliebe.«

Maria zuckte mit den Schultern – und nickte.

Im Studio saß sie zunächst vor einer Kommode, und Greta schaffte alles herbei, was nötig war: Spiegel und Bürste, Tiegel und Schwamm. Mit fachkundigem Blick legte sie Marias Pageboy in neue Wellen, tupfte auf ihrer Nase herum und wies sie an, ruhiger zu atmen.

Noah hantierte schweigend im Halbdunkel. Maria konnte ihn nur aus dem Augenwinkel beobachten. Er bewegte sich routiniert, wirkte aber auch widerwillig und auf keinen Fall dankbar. Wie würde er gleich mit der Kamera umgehen? Wie sollte sich bei einer solchen Laune bloß alles zum Guten wenden? So lange hatte Maria auf eine Gelegenheit als Modell gewartet, hatte geübt, und jetzt würden die Umstände ihr alles verderben.

Mit mürrischer Miene balancierte Noah die Scheinwerfer aus und zog einen Hintergrund aus grünem Papier hoch. Dann bat er Maria knapp, sich ins Licht zu stellen, und hob eine Leica ans Auge, einen handlichen Apparat. Sie schaffte es kaum zu lächeln. Denn wenn Noah nicht die große Atelierkamera verwendete, war es ihm auch nicht ernst.

Ob sie ihn umstimmen könnte? Wenn sie möglichst unbeirrt blieb? Sie wollte sich konzentrieren und wenigstens richtig stehen: Das Gewicht nach vorn verlagern, die Fersen durften vom Boden abheben, ja, so war es gut. Sie hielt sich nur auf den Ballen. Taumelte leicht, und nein, die Hände mussten in die Seiten gestützt sein, und sie musste sich noch mehr straffen. Freundlich gucken. Und weiter straffen! Und vielleicht drehen?

Nach einer Weile, in der Noah den Auslöser kein einziges Mal betätigt hatte, ließ er die Kamera sinken. »Greta, lass uns allein«, sagte er.

Es raschelte in der dunklen Ecke des Studios. Greta ging tatsächlich hinaus, und Maria biss die Zähne zusammen.

Vor ihr glänzte die Linse der Leica, Noah fingerte am Objektiv, dann brach er wieder ab.

»Was jetzt, Maria? Ich muss Sie fotografieren.«

Sie ließ die Arme hängen. »Nach all der Aufregung kann ich es nicht besser.«

»Ce n'est pas vrai«, erwiderte er. »Sie können sich durchaus präsentieren, bloß… Nein, es liegt nicht an Ihnen. Nicht so jedenfalls, wie Sie meinen.«

Lauernd – oder lässig? – ging er um sie herum, die Leica auf halber Höhe und plötzlich sehr nah.

»Ist das denn schon der richtige Fotoapparat?«, fragte sie, und er antwortete: »Ich würde es vorziehen, wenn wir nicht mehr reden.«

Direkt unter einem Scheinwerfer blieb er stehen. Das Licht fing sich in seinen Wimpern, die Wangenknochen warfen Schatten. Er starrte Maria an, ein wenig unheimlich, düster und verschlossen, bis er entschied, doch wieder etwas zu sagen.

»Wissen Sie eigentlich, was passiert, wenn ich ein schönes Bild von Ihnen mache, Maria? Herr Bertrand wird es nach Berlin schicken, an die höchste Stelle, wo man sich neuerdings für Mode interessiert. Für deutsche Mode, selbstverständlich. Und dann wird man überprüfen, wie völkisch Sie sind.«

»Sie werfen verschiedene Dinge in einen Topf, Herr Ginzburg.«

»Leider nicht.«

Oh, wie anstrengend. Die Haut auf Marias Wangen juckte unter dem Puder, und der frisch gelegte Pageboy drückte inzwischen wie ein Helm. Wofür bloß das Ganze?

»Also gut«, sagte sie. »Wenn Sie partout nicht abdrücken wollen, kann ich auch gehen.«

Sie bückte sich und stieg aus den Schuhen. Denn besser als Gehen würde in diesem Fall Laufen sein. Blitzschnell nach draußen an Greta vorbei.

Ihr Herz schlug heftig, enttäuscht, erbost.

»Maria?«

»Ja?«

Sie sah zurück über die Schulter, die Schuhe in der Hand. Noah Ginzburg stand breitbeinig da und hatte sich zu ihr gebeugt, was wollte er noch?

Die Leica schwebte, Maria… Aber da! Es klackte: Der Fotograf drückte ab.

4

Komisch, wie sich das Leben vom einen auf den anderen Tag verändern konnte. Neulich noch stand Sabine verheult am Bürofenster, und jetzt fühlte sie sich, als könnte sie Bäume ausreißen.

Entspannt wie nie hatte sie sich in der Früh vom Strom der städtischen Mitarbeiter ins Kalk-Karree tragen lassen, wo das Jugendamt saß. Sie hatte im Pulk die Drehtür benutzt und dem Pförtner, der mit hochrotem Kopf versuchte, den Überblick zu behalten, ein lautes »Guten Morgen!« zugerufen. Die Typen vom Zentralen Aktendepot hatten Sabine natürlich entdeckt und schon wieder dreckig mit den Zungen geschlackert, aber sie hatte einfach weggeschaut.

In ein paar Wochen, vor der Weihnachtsfeier, würde das Zentrale Aktendepot wie immer das Bürgerbüro stürmen, aber diesmal würde Sabine nicht verschreckt hinter dem Kopierer hocken, sondern gut gelaunt im Jugendamt feiern, umringt von den neuen Kollegen. Erlöst von den bescheuerten Wichtelgeschenken der vergangenen Jahre. Nie wieder Beate Uhse in der Hauspost.

Sie fuhr den Computer hoch, zog das Kabel aus dem defekten Drucker und räumte ihn zur Seite. Es lohnte sich nicht, auf den IT-Service zu warten. Außerdem hatte Friederike ihr angeboten, den Drucker im Sekretariat mitzubenutzen.

Schade, dass es auf der Büroetage noch still war. Die meisten Kollegen nutzten die Gleitzeit und kamen später. Der Kölner Verkehr staute sich höllisch, und auf der Dillenburger Straße hatte es schon wieder einen Unfall gegeben. Vom Fenster aus war die Kreuzung nicht einsehbar, aber über die Fassade des Kalk-Karrees huschte Blaulicht, und der Widerschein verfing sich in der trüben Luft.

Der Computer lud ein Update. Sabine rollte den Schreibtischstuhl zum Fenster, zog die Boots aus und klemmte die Füße in die Rippen der Heizung. Der Herbst war da, und sie genoss eine Aufbruchstimmung. Etwas war weg, und etwas kam. Auch weil sie neuerdings häufiger in Forsbach übernachtete.

Sie konnte dort so gut schlafen, tatsächlich in ihrem alten Kinderzimmer bei Maria, und heute Morgen war sie vor dem Frühstück ins Dorf gelaufen, um Brötchen zu holen. Die Jahre waren zusammengeschnurrt, als sie den Whisky Bill passiert hatte. Im Nu war sie wieder zur kleinen Schubert geworden, zu dem pummeligen Ding, über das damals jeder getratscht hatte, weil es in Wolle gekleidet Vollkorn kaufte, als hätte sich seine Öko-Mutter nicht in der Garage erhängt.

Aber heute Morgen, und das war irre gewesen, hatten die Blicke auf der Straße ihr nichts ausgemacht. Auch nicht, als in der Schlange vor der Brötchentheke eine Nachbarin aufgetaucht war. Eine von denen, die Sabine damals so eklig über den Kopf gestrichen und ihr Kräuterbonbons zugesteckt hatten.

»Sabine?« Die Nachbarin hatte genauso geguckt und gesprochen wie früher. »Dich habe ich ja lange nicht getroffen. Gut siehst du aus.«

»Ja, ein Besuch in Forsbach wirkt wie Urlaub.«

»Ich habe gehört, deine Großmutter verkauft das Haus?«

»Nein.«

»Wirklich nicht?«

»Wir hatten es kurz überlegt, aber letztlich bringen wir es nicht übers Herz. Der schöne Garten, die Terrasse, überall sind noch Spuren von Großvater.«

»Ach, ich mochte ihn. Er war so ein guter Mann.«

Sabine hatte sich beherrschen müssen, denn die Nachbarin wusste ja nicht, wie recht sie hatte. Der Großvater war wirklich ein guter Mann gewesen!

Ab sofort mussten Sabine und Maria alles überdenken. Gab es im Haus weitere Hohlräume? Was war mit den Bäumen, den Beeten und dem Rasen? Überall konnte der Großvater etwas versteckt haben. Es war unmöglich, das Haus in die Hände von Fremden zu geben.

»Wir müssen deinem Makler kündigen, Oma«, hatte Sabine gesagt, »und dann werden wir systematisch vorgehen.«

Maria hatte genickt, aber nicht so, als ob sie es schlussendlich verstanden hätte. »Dass dein Großvater das gewagt hat!«, war alles, was sie sagte.

Seit dem Geld- und Goldfund fuhr Sabine meist direkt nach der Arbeit an den Julweg. Sie kochte und hielt den Haushalt am Laufen, denn die Großmutter musste die Ereignisse noch verkraften: Sie saß im Wohnzimmer, wo der Teppich wieder flach lag und die messingfarbene Jahresuhr pendelte wie eh und je, und sah aus dem Fenster. Eine alte Frau, die in ihrem Inneren vermutlich einiges umsortierte. Aber spätestens, wenn ihr klar würde, wie reich sie geworden war, würde sie sich erholen.

Der Großvater hatte die Familie zeitlebens kurzgehalten. Sabine erinnerte sich an die ewigen Ermahnungen. Alles Überkandidelte wurde abgelehnt, auch wenn der Garten großzügig sein durfte, das Haus gemütlich und schön. Im Alltag sollte Bescheidenheit herrschen.

»Meine Frau ist der einzige Luxus, den ich verlange«, hatte der Großvater gesagt, und bestimmt hatte er mit genau dieser Haltung den Grundstein für sein heimliches Vermögen gelegt.

Eines blieb allerdings rätselhaft: Wenn die Großmutter von dem Goldschatz nichts gewusst hatte, wieso hatte sie dann so gezielt in der Bar danach gesucht? Welchen Hinweis hatte ihr das Geld unter dem Teppich gegeben?

Sobald es Maria besser ging, würde Sabine einmal konkreter mit ihr reden, ganz vorsichtig. Und dann würde sich das Bild vom Großvater hoffentlich wieder geraderücken lassen.

Der Großvater war Sabine immer sehr klug vorgekommen, vor allem, als sie noch klein gewesen war. Er war ihr Aufpasser gewesen, als Sabines Mutter noch gelebt und nichts als Chaos verbreitet hatte. Mit der braunen Wolldecke hatte er eine Höhle unter seinem Schreibtisch gebaut. Wann immer Sabine nach Forsbach kam, durfte sie hineinkriechen und sich ausruhen.

Sie war damals das einzige Mädchen, dessen Mutter ständig in der Zeitung stand. Irene Schubert, manchmal mit Bild: vorneweg bei Demonstrationen oder hoch oben in einem Baumhaus mit den bärtigen Freunden.

Jeder wollte mit Irene zusammen sein oder mit ihr sprechen, das Telefon klingelte, sobald sie zu Hause war. Sie war ja auch klasse, mal lustig und mal nachdenklich, und auf ihrem Schoß zu sitzen war auch für Sabine ein Fest. In den lustigen Phasen machte Irene Quatsch, und in den nachdenklichen sprach sie über die Welt. Sabine war dann froh, der Mutter die Hand an die Wange legen zu dürfen.

Großmutter Maria wirkte dagegen oft streng. Ihr gefielen weder die schmutzigen Jeans noch die Bundeswehrparkas. Zwar verabscheute sie genau wie Irene die Soldaten und die Atomkraft, aber sie konnte es trotzdem nicht leiden, wenn ihre Tochter sich an Zäune ketten und fotografieren ließ. »Die Reporter stürzen sich auf jeden«, pflegte Maria zu sagen. »Wenn es um ein Foto geht, kennen sie keine Hemmungen.« Und Irene antwortete: »Du musst es ja wissen.«

Der Großvater beurteilte die Situation meist anders, nämlich aus Sabines Sicht. Er fand es nicht richtig, dass Sabine nach dem Kindergarten nie nach Hause gehen konnte, in die Kölner Wohnung zu Irene, sondern zu den Großeltern nach Forsbach kutschiert wurde, häufig sogar bis zum nächsten Tag, zum nächsten Kindergartenmorgen, weil Irene wieder so lange unterwegs war. Der Großvater meinte, ein Kind brauche Regelmäßigkeit, und wenn Irene sich als Mutter nicht ausreichend kümmern könnte, sollte die kleine Sabine lieber komplett nach Forsbach ziehen. Aber das kam nicht infrage, im Gegenteil, die Mutter fing an zu schreien, wenn sie das hörte. Woraufhin der Großvater den Arm um Sabine legte und anmerkte, es gehe Irene doch tatsächlich nur um das, was in der Zeitung stünde.

Als Sabine in Köln in die Schule kam, wurde es schlimmer. Sie fing an, nachts in ihr Bett zu pinkeln. Noch heute wusste sie, wie es sich angefühlt hatte. Warm, wenn sie davon aufwachte, kalt, wenn sie zu müde gewesen war, um es gleich zu merken. Und überirdisch schön, wenn es wider Erwarten einmal ausblieb.

Irene hatte ein schlechtes Gewissen. »Es tut mir so wahnsinnig leid«, sagte sie und blieb seitdem häufiger zu Hause. Holte Sabine von der Schule ab, legte den Telefonhörer schneller wieder auf die Gabel und schimpfte auch nicht, wenn sie in der Nacht das Bett frisch bezog. Sie fragte nach Schulfreundinnen und übte Schreiben und Rechnen mit Sabine, und wenn sie die Zeitung las, kommentierte sie nichts mehr.

»Es ist nicht deine Schuld, Mama«, sagte Sabine jede Nacht, denn sie selbst war doch diejenige, die es nicht schaffte, ab mittags nichts mehr zu trinken. Die zu doof war, rechtzeitig aufzustehen, um aufs Klo zu gehen. Die sich heimlich nach der Höhle des Großvaters sehnte, obwohl die Mutter es nur gut meinte, wenn sie Sabine in Köln behielt und Zeit mit ihr verbrachte.

Wenn die Mutter sich mit der Oma stritt, schlug Sabine sich auf die Seite der Mutter. Stritt sich die Mutter dagegen mit dem Opa, wollte Sabine unbedingt zum Opa halten. Denn er plante, zwei Hühner zu kaufen, um Leben in den Garten zu bringen. Das war doch eine gute Idee?

Aber dann kam der Tag, an dem der Großvater die Großmutter fotografierte, seine Maria im Wohnzimmer zu Hause, und Sabines Welt wurde noch einmal neu auf den Kopf gestellt.

»Mach, Maria, ich sterbe sonst«, sagte der Großvater, und die Oma zog den Rock nach unten. Als es klickte, trug sie fast nichts mehr am Leib, nur noch die Unterwäsche.

Sabine hockte heimlich hinter dem Sofa. Ach, wie schrecklich die Oma aussah, vor allem an den Knien, bloß und verfroren, während der Opa der glücklichste Mensch auf der Welt zu sein schien. Er schwenkte die Kamera. Maria hob für ihn die Arme und drehte sich, aber nicht weich und elegant wie sonst, sondern starr und eckig und stumm.

Von Sabine lugte höchstens das halbe Gesicht hinter der Sofalehne hervor, und trotzdem wurde sie entdeckt. Der Blick der Oma fiel auf sie, schwer wie ein Sack Zement, und sämtliche Haare stellten sich an Sabines Armen und Beinen auf. Denn die Oma reagierte nicht. Sie sah Sabine an und sah sie gleichzeitig nicht an, und das hatte es bisher nur bei der Mutter gegeben. Diesen abwesenden, bodenlos traurigen Blick.

So war es passiert: Sabine hielt auf einmal zur Oma, mit heißem, hartem Herzen, und der Opa wurde ihr komisch fremd und unangenehm. Obwohl sie mit eigenen Ohren gehört hatte, dass er sterben müsste, wenn Maria sich nicht fotografieren ließe, und obwohl Maria persönlich entschieden hatte, ihrem Heinrich zu gehorchen.

Damals konnte Sabine der Mutter erst mit wochenlanger Verspätung erzählen, was vorgefallen war. Irene lachte nur, und sie telefonierte bestimmt auch sehr lustig mit Forsbach, um alles weiterzusagen, denn bei Sabines nächstem Besuch klangen die Stimmen der Erwachsenen flach und flirrend.

»Dir geht es bald besser, mein Schatz«, flüsterte die Mutter am Kaffeetisch und lud noch mehr Sahne auf den Kuchen, aber sie täuschte sich leider. Das Bettpinkeln ging weiter, und Sabine hatte Angst vor der Erinnerung an den abwesenden Blick. Erst die Mutter, dann die Großmutter. Was, wenn es ein Familienblick war?

Die Mutter wurde immer stiller, fuhr noch häufiger mit Sabine nach Forsbach, weil es ihnen ja guttat. Erhängte sich dann aber doch in der Garage.

Ab da wohnte Sabine fest bei den Großeltern, und der Opa zeigte ihr im Sommer, wie man Kirschkerne spuckte. Nicht irgendwie und nicht irgendwohin, sondern mit gespitzten Lippen und einem Schnauben in das Loch des Sonnenschirmständers auf der Terrasse hinein. Ein riesengroßer Spaß, bis Maria nach draußen kam, Saftgläser in der Hand, und schimpfte, weil der Sonnenschirm jetzt nicht mehr in den Ständer passte. Sabine lehnte sich an den Opa wie früher, fühlte seine Beine fest und warm wie einen Pferderücken und fasste einen Entschluss. Sie spuckte noch einmal. Treffer. Mitten hinein in das Loch, für Opa, gegen Oma, und alles war wieder in Ordnung.

Später kam der Sonnenschirmständer weg, und die Hollywoodschaukel hielt Einzug. Heinrich saß so gerne darin, dass die Schaukel bald Schieflage bekam. Noch nach Jahren, in seinen letzten Lebenstagen, hatte er versucht, vom Polster aus in den Garten zu sehen. Am Ende hatte es nicht mehr geklappt, stattdessen war die Armlehne aus der Verankerung gebrochen.

Das Blaulicht zuckte immer noch von der Dillenburger Straße her, und immer noch schien das Jugendamt weitgehend unbesetzt zu sein. Sabine hörte, wie im Büro nebenan das Telefon klingelte. Im Sekretariat sprang der Anrufbeantworter an, samt schepperndem Lautsprecher: »Amt für Kinder, Jugend und Familie der Stadt Köln, Friederike van der Lohe, Sie rufen außerhalb unserer...« Klack. Der Anrufer hatte aufgelegt.

Sabine stieg wieder in die Boots, füllte die Süßigkeiten, die vom Präsentkorb noch übrig waren, in eine Schale und stellte sie im Sekretariat auf Friederikes Tisch. Es musste Schluss sein mit dem Gedankennachhängen, sonst verlor sie womöglich den Schwung, mit dem sie in den Tag gestartet war.

Als sie in ihr Büro zurückkehrte, blinkte auch bei ihr das Telefon. Es war der Pförtner, er kündigte eine Frau an, die ins Jugendamt kommen würde, um Ärger zu machen. Gerade eben hatte die Frau am Empfang gefragt, bei wem sie sich über Stefan Kramer, den Chef, beschweren könnte, und als der Pförtner ihren Namen aufschreiben wollte, war sie wütend in den Aufzug gestiegen.

Für alle Fälle klopfte Sabine an das Büro des Chefs, um ihn vorzuwarnen, aber wie erwartet war Stefan Kramer nicht da. Also musste sie sich wohl selbst wappnen. Empörte Kundschaft gehörte im städtischen Dienst zum Alltag, nur leider hatte sie im Jugendamt noch wenig Erfahrung damit.

Etwas nervös wartete sie im Sekretariat, von wo aus man den besten Überblick hatte, und hörte bald energische Schritte. Eine junge Frau trat ein.

»Sorry, ist Frau van der Lohe da?«

»Noch nicht.«

Sabine nahm den Telefonhörer zur Hand. Die Frau

hatte hektische Flecken im Gesicht. Sie war auffallend ordentlich gekleidet, die Regenstiefel hatten noch nie eine Pfütze gesehen, und das Cape war modisch geblümt, aber sie schnaufte, als würde sie gleichzeitig mit den Zähnen knirschen.

»Ich habe keinen Termin«, sagte sie. »Trotzdem wollte ich Frau van der Lohe bitten, mich bei Herrn Kramer dazwischenzuschieben. Oder könnten Sie das für mich organisieren?«

»Hm. Der Chef ist vermutlich auf einer Konferenz.«

»Dann warte ich hier.« Die Frau reckte das Kinn. »Die anderen hätten nichts dagegen, wenn ich mich setze, keine Sorge. Ich bin schon ziemlich oft hier gewesen. Marion Lüdtkehaus.«

Lüdtkehaus? Verblüfft legte Sabine den Telefonhörer zurück. Die Frau war die Mutter von Pascal, ihrem ersten eigenen Klienten!

»Ist etwas mit Ihrem Sohn, Frau Lüdtkehaus?«

»Nein. Warum fragen Sie?«

»Mein Name ist Sabine Schubert. Ich habe mehrfach auf Ihre Mobilbox gesprochen und Sie vergeblich angeschrieben. Herr Kramer hat mir Ihre Angelegenheiten übertragen.«

»Ach, Sie sind das?« Die Flecken wurden dunkler. »Also ohne unhöflich zu sein: Herr Kramer kann das nicht einfach so entscheiden. Ich will keine neue Sachbearbeiterin, und genau darum bin ich hier.«

»Kommen Sie doch bitte in mein Büro.«

Sabine lächelte, aber Frau Lüdtkehaus setzte sich nur unter Protest in Bewegung. Wie schade, dachte Sabine. Ihre erste Begegnung hätte besser ausfallen können.

Im Büro bot sie der Mutter den grau gepolsterten Besucherstuhl an. Dann holte sie mit freundlicher Miene die Daten von Pascal auf den Bildschirm und zog auch die Papierakte aus dem Regal. Frau Lüdtkehaus blieb patzig.

»Eine läppische E-Mail habe ich von Herrn Kramer gekriegt, dass mein Fall ab sofort von Ihnen bearbeitet wird. Dabei habe ich überhaupt nichts verbrochen!«

»Ihnen entstehen keine Nachteile, machen Sie sich keine Sorgen, Frau Lüdtkehaus. Wir haben in den Konferenzen über Ihren Sohn gesprochen, und ich habe mich eingearbeitet.«

»Hätte ich bloß nie gesagt, dass er den Schwimmkurs machen soll. Das ist doch der Grund, richtig?«

Woher wusste sie das?

»Der Schwimmkurs ist im Prinzip eine gute Idee«, erwiderte Sabine. »Auch dass Sie das Bildungs- und Teilhabepaket in Anspruch nehmen.«

»Es geht um beschissene fünfundzwanzig Euro im Monat!«

Sabine blieb freundlich. »Nein, es geht um Pascal. Um seinen Zustand.«

»Welchen Zustand meinen Sie?« Frau Lüdtkehaus regte sich immer mehr auf. »Sie kontrollieren doch alles bei uns, also ist auch alles okay. Aber wenn Sie darauf bestehen, ziehe ich meinen Antrag auf Zuschuss zurück. Und kriege den alten Sachbearbeiter wieder.«

»Wir sollten über die Bedenken sprechen, die wegen des Schwimmkurses aufgekommen sind.«

Betont ruhig holte Sabine den Umschlag mit den Fotos von Pascals verletztem Rücken hervor. Frau Lüdtkehaus zurrte das Cape straff über ihren Schoß.

»Aha. Von Bedenken hat Herr Kramer mir nichts geschrieben.«

»Waren Sie schon einmal mit Pascal im Schwimmbad? Hat er Erfahrung damit, sich in Badehose zu zeigen?«

Obenauf lag eines der grausigsten Bilder. Pascals blutiger Rücken. Die Spitze des Bügeleisens zeichnete sich ab.

Frau Lüdtkehaus versteinerte. »Sie fangen wieder ganz von vorne an. Da würde ich doch gerne mal wissen, was Sie sonst noch alles in Ihrer Akte haben, Frau Schubert. Sie bilden sich irgendwelche Meinungen über uns, und ich habe keinen Schimmer, woher die stammen.«

Vehement verlangte sie, sämtliche Unterlagen zu sehen, in die Sabine sich eingearbeitet hatte, und warum auch nicht? Wenn sie nachher friedlicher war und kooperierte?

Sabine ließ die Computerdateien mit den Kommentaren verschwinden und zeigte vor allem die Bilder: Pascals Rücken in Nahaufnahme im Kinderkrankenhaus, roh, schwarz und verschmort. Ein Jahr später: der schmale Rücken mit einer Haut, die wie Papier spannte. Noch ein Jahr später hatten sich Narbenwülste gebildet.

Frau Lüdtkehaus seufzte einige Male, allerdings sehr verhalten, und erst bei dem letzten Foto zeigte sie eine offene Reaktion. Pascal sah auf dem Bild aus wie ein ganz normaler Junge, er fuhr Skateboard vor dem Kinderheim. Frau Lüdtkehaus traten Tränen in die Augen.

»Entschuldigung«, sagte sie.

»Sie haben viel mitgemacht, und ich erkenne an,

dass Sie sich Ihrem Sohn zuliebe noch einmal in den Fokus stellen wollen. Denn im Schwimmbad würden die Leute nicht nur ihn ansprechen, sondern auch Sie als seine Mutter. Meinen Sie nicht? Dass Sie sich Antworten überlegen sollten?«

Schweigen. Atmen. Eine qualvolle Minute verging. Im Nebenbüro traf ein Kollege ein, man hörte ihn lachen.

Schließlich stöhnte Frau Lüdtkehaus auf. »Pascal wird jeden Moment hier sein. Ich weiß nicht, ob es gut ist, wenn er die schlimmen Fotos ...«

Bedeutungsvoll blickte sie zur Tür, und jetzt sah auch Sabine, dass sich die Klinke bewegte. Ganz langsam, in Zeitlupe, ging sie runter und hoch, runter und hoch, als sendete sie Zeichen.

Erschrocken drehte Sabine die Fotos auf dem Tisch um, mit der Bildseite nach unten. »Warum steht Pascal auf dem Flur? Allein?«

Frau Lüdtkehaus erhob sich. »Er musste vorhin noch auf die Toilette und braucht immer so lange. Ich dachte, ich gehe schon mal vor und ...«

»Moment!« Sabine lief selbst zur Tür. Vor ihr stand ein Junge in einem roten Anorak. Er versteckte die Hände hinter dem Rücken. Halb lange wirre Haare und Segelohren. Dreckige Turnschuhe.

Sie kniete sich zu ihm. »Hallo, du bist Pascal? Ich bin Frau Schubert.«

Er versuchte, hinter Sabine seine Mutter zu erspähen. Sein Gesicht war kränklich beige, und seine grauen Augen glänzten.

»Ich freue mich«, sagte sie, »dass du mein Büro gefunden hast.«

»Ich möchte zu meiner Mutter.« Seine Stimme klang wie ein kleines Reibeisen, und er hatte eine Zahnlücke oben links. »Ich wollte nicht anklopfen.«

Staksig schob er sich ins Büro. Er ging, als wären Arme und Beine zu schnell gewachsen, dabei war er kaum größer als eins dreißig. Seine Turnschuhe machten dumpfe, hohle Geräusche.

Frau Lüdtkehaus packte Pascal am Handgelenk und zog ihn zu sich. Der Griff kam Sabine hart vor. Zu hart sogar?

Ohne die beiden aus den Augen zu lassen, setzte sie sich wieder hinter den Schreibtisch. Dabei fiel ihr auf, dass die Fotos, die sie vorhin umgedreht hatte, auf der Rückseite mit dem Stempel des Kinderkrankenhauses gekennzeichnet waren. Möglichst beiläufig legte sie die Aktenmappe darauf.

»Woher wusstest du eigentlich, in welchem Büro du nach deiner Mutter suchen musstest?«, fragte sie den Jungen. »Kanntest du meinen Namen und hast das Türschild gelesen?«

»Ich bin neun.«

»Und du willst schwimmen lernen? Ist das richtig?«

Ungeduldig rutschte Marion Lüdtkehaus mit dem Stuhl über den Boden. »Erzähl Frau Schubert ruhig, wie viele Jungs in deiner Klasse schon im Schwimmkurs sind.«

Aber Pascal zog nur die Nase hoch. Dann langte er flink auf den Schreibtisch und erwischte eines der Fotos unter der Aktenmappe. Die Narbenwülste. Verdammt.

»Pascal!« Klatschend schlug Marion Lüdtkehaus auf den Anorak, auf den Rücken des Jungen.

»Stopp!«, rief Sabine entsetzt, und Pascal wirbelte jetzt erst recht alles durcheinander. Die Fotos flogen hoch, segelten zu Boden, er trampelte darauf herum.

»Ich gehe nur mit T-Shirt ins Schwimmbad!« Seine Stimme überschlug sich.

Marion Lüdtkehaus versuchte, ihn einzufangen. Sabine sprang zwischen die beiden, gewaltlos, körperlos, dabei hätte sie die Mutter am liebsten aus dem Büro geschmissen.

»Sabine?« Jetzt tauchte auch noch Friederike auf. »Was ist hier los?«

Schnell hockte Sabine sich zu dem Jungen. Friederike hielt die Mutter in Schach, und Pascal starrte die Bilder vor seinen Füßen an, als sähe er sie zum ersten Mal. Als Sabine die Fotos aufheben wollte, stieß er sie zur Seite und rannte zur Tür hinaus.

Frau Lüdtkehaus tobte. »Da sehen Sie, was Sie angerichtet haben!«

Sie stürmte ihrem Sohn hinterher, und auch Sabine schnappte sich ihre Jacke, aber Friederike hielt sie zurück.

»Das darfst du nicht. Bleib hier.«

»Der Junge hat einen Schock wegen der Fotos! Und seine Mutter schlägt ihn!«

»Dann musst du Frau Lüdtkehaus anzeigen und alles Weitere der Polizei überlassen.«

»Warum habt ihr sie bloß als kooperativ beschrieben? In der Akte steht: ansprechbar und verständig!«

»Jetzt beruhige dich. Es ist alles relativ, das wirst du noch kapieren.« Friederike schüttelte den Kopf. »In diesem Job muss man die Messlatte tiefer anlegen.«

5

Das Foto sah fantastisch aus. Oder sah sogar Maria fantastisch aus? Aber nein, von ihr war nur ein gekrümmter Körper zu sehen. Wild fliegendes Haar und ein Blick, den sie im echten Leben hoffentlich nie an den Tag legte.

Sie stand mit zitternden Knien im Atelier Bertrand, war wieder in der Weißen Villa in Düsseldorf und konnte kaum glauben, wie ihr geschah. Sie bewarb sich nicht länger als Fotomodell, sie war angenommen worden!

Herr Bertrand paffte an seiner Zigarre, und als der Rauch ihm die Sicht versperrte, fächelte er ihn weg und vertiefte sich wieder in das Foto. Maria hatte auf dem Bild ein Bein hochgezogen, sie war ja im Begriff gewesen wegzulaufen. Das Kleid war bis über das Knie gerutscht, und die Strümpfe ließen ihre Muskeln durchscheinen. Der Hals bog sich, die Lippen glänzten, die Hände hielten die Schuhe gepackt. Mit jeder Faser wirkte Maria wie eine widerstrebende Erscheinung, aber Herr Bertrand interpretierte das Bild anders.

»Als wären Ihnen mitten im Aufbruch Zweifel gekommen«, sagte er. »Oder als hätten Sie vergessen, sich von Ihrem Liebsten zu verabschieden, und Ihr Liebster hätte noch einmal beleidigt nach Ihnen gerufen. Sie wenden den Kopf nach ihm, ein klein wenig schnippisch, es ist herrlich! Sie rufen: *Adieu!*, aber es nützt Ihrem Liebsten nichts mehr. Ihr Schwung zieht Sie voran. Unaufhaltsam in eine verlockende Zukunft.«

Maria drehte ihr Sektglas in der Hand. Sie war verlegen und glücklich zugleich. Herr Bertrand redete seit einer geschlagenen Stunde so schön über sie. Er würde ihr den Vertrag als Fotomodell geben, und es sei ihm ein Anliegen, sagte er, schon heute in seinem Büro mit ihr zu feiern. Auch mit Noah Ginzburg und Greta wollte er feiern, selbstverständlich, aber die beiden hielten sich bisher im Hintergrund. Dabei gehörten sie doch alle vier ab sofort zusammen?

Das Büro duftete nach Leder, die Teppiche waren so dick, dass Marias Absätze darin versanken. An den Wänden reihten sich dunkle Bücherregale auf, dazwischen hingen gerahmte Porträts echter Stars. Marion Morehouse, Marlene Dietrich, Anny Ondra und Karin Lahl. Hinter der Stehlampe, fast durch den braunen Stoffschirm verborgen, tanzten die Tiller Girls mit viel bloßer Haut.

In der Mitte des Raumes stand der bedeutende Schreibtisch. Veredelt mit einer grünen Einlage, grub er sich in den Teppich wie ein Schleppkahn, der auf Grund gelaufen war. In dem Ledersessel dahinter hätte eine Person wie Maria sich verloren. Herr Bertrand aber konnte würdevoll darin Platz nehmen, das wuchtige Möbelstück passte um seinen Leib *comme un gant*.

»Nun, das Foto ist sehr informell«, sagte Maria und hoffte, dass es klug klang.

»Eben!« Herr Bertrand legte die Zigarre ab und griff zum Sektglas. »Das deutsche Mädchen zeigt sich ungekünstelt, oder, wie Magda Goebbels sagt, es zeigt sich als wahrer Typ der Rasse.«

Sein Glas stieß gegen Marias, ein feiner Klang, aber sicher auch ein wenig spöttisch, denn Herr Bertrand hatte gerade eine Prise Ironie eingestreut. Hoffentlich. Bei Maria zu Hause in Köln wurde ja auch über Magda Goebbels gewitzelt.

Herr Bertrand goss neuen Sekt in ihr Glas. »Nicht ohne Grund war das bisherige Jahr 1937 für die Fotostudios unruhig. Ich habe schon immer dafür geworben, die fremden und ungesunden Einflüsse auf das deutsche Modefach auszumerzen, aber es ist wohl nicht jedem gegeben, die reine Linie im Bild auszudrücken. Umso mehr freue ich mich über Sie, Fräulein Reimer. Wenn Sie an Bord sind, steht unserer Zusammenarbeit mit der *Dame* nichts mehr im Weg.«

»Sie meinen, ich komme in die *Dame?*«

»Unsere Konkurrenz in Berlin wird Zeter und Mordio schreien! Ich warne Sie allerdings, Sie dürfen nicht viel Mitleid haben. Nehmen wir das Atelier der guten Yva: Sie kann im Deutschen Reich sowieso nicht mehr lange bestehen, habe ich recht?«

Maria nickte, obwohl sie Schwierigkeiten hatte, Herrn Bertrand zu folgen. Es ging alles so schnell!

»Ich mochte Yvas Fotoarbeiten«, fuhr er fort. »Ihre Vorführdamen sind Geschmackssache, aber Yva inszeniert präzise. Trotzdem musste ich neulich erst zu ihr sagen: Yva, du stehst nicht über den Dingen, und du wirst es noch bedauern, die Nase so hoch getragen zu haben. Die Beste der Branche bist du nämlich nicht.«

Aber aus dem Atelier Yva stammte eines von Marias Lieblingsfotos. Das Crêpe-Birmann-Ensemble mit Fuchsbesatz, vorgeführt von der wunderbaren Viola Garden. Durfte sie das sagen?

»Yva ist als Fotografin eine Legende«, wagte sie zaghaft anzubringen.

Herr Bertrand lachte auf. »Yva hat uns im Modefach schon lange provoziert, nicht erst, seitdem sie auch noch reich geheiratet hat. Die Juden kriegen den Hals nicht voll!«

Maria setzte das Sektglas an und trank in einem Zug aus. Herr Bertrand konnte nicht meinen, was er da sagte! Sie mussten sich dringend besser kennenlernen, dann könnten sie sich auch entspannter unterhalten.

Zum Glück war Noah im Zimmer. Schräg hinter Maria, an der Wand. Er würde wissen, welche Gesinnung im Atelier herrschte, und wenn er so ruhig blieb wie jetzt, konnte auch sie sich entspannen. Oder sagte er nur deshalb nichts, weil er sich ebenfalls über Herrn Bertrands Bemerkung erschrocken hatte?

Das Schweigen im Raum wurde dichter. Herr Bertrand wartete offenbar auf eine Antwort von Maria oder zumindest auf einen allgemeinen Redebeitrag.

»Ich bedanke mich«, sagte sie. »Ich bedanke mich, dass in Ihrem Atelier die Mode im Vordergrund steht, Herr Bertrand, und dass sowohl Sie als auch Herr Ginzburg mir zutrauen, mit Ihnen zu arbeiten.«

Der Atelierchef musterte sie von oben bis unten, die Finger am Kapitänsbauch gespreizt. Irgendetwas gefiel ihm nicht, seine Stirn verdüsterte sich, es war ein wenig beklemmend. Da löste sich Greta vom Bücherregal.

»Fräulein Reimer ist ein Naturtalent, das habe ich sofort gemerkt.« Sie berührte Herrn Bertrand an der Schulter. »Kaum dass ich ihr das Studio erklärt hatte, wusste sie, was zu tun war.«

»Wir müssen sie unter Umständen schulen«, erwiderte er. »Ihr allgemeines Auftreten muss absolut sicher sein.«

Greta stimmte ihm zu, nahm die Sektflasche und füllte Marias Glas von Neuem. Dabei zuckte sie so bedeutungsvoll mit den Augenbrauenlinien, als handelte es sich um Peitschen.

Maria nickte: »Ja, eine Schulung könnte mir gefallen«, und spülte das Unbehagen mit dem Sekt weg. Im Zweifelsfall war ihr Vater schuld, der es versäumt hatte, sie in Konversation zu schulen. Er hatte sie chronisch aus allem herausgehalten, was anspruchsvoll war.

Aber jetzt wollte Maria sich doch einmal zu Noah umdrehen, oh, ihr wurde schwindelig dabei. Sie hob das Glas.

»Ich bedanke mich bei Ihnen, Herr Ginzburg. Sie haben das Allerbeste aus dem Fototermin herausgeholt. Und dazu hatten Sie viel Geduld mit mir.«

»Ich erinnere mich.«

Er lächelte sie an, und sie war so froh darüber, als hätte sie nicht nur dreieinhalb, sondern schon sieben Gläser Sekt getrunken. Seine anfängliche Abneigung gegen sie hatte sich also in Luft aufgelöst? Und seit wann? Seitdem er in der Dunkelkammer den herrlichen Fotoabzug hergestellt hatte, neugierig über die Entwicklerflüssigkeit gebeugt, während sich langsam, aber immer deutlicher die Konturen des Bildes ausprägt hatten? Marias Waden, das bloße Knie und ihr Schulterblick, mit dem sie jemanden zu locken schien. Was dachte Noah Ginzburg darüber?

Er zog ein mahnendes Gesicht. Sie sollte jetzt nichts

weiter sagen, das verstand sie, dabei waren Greta und Herr Bertrand schon längst wieder abgelenkt. Sie besprachen am Schreibtisch den Vertrag, speziell für Maria sollte ein Passus über nordische Kleidung ergänzt werden. Und über die Vorgaben des Deutschen Mode-Instituts in Berlin.

Höflich bat Noah um Erlaubnis, das Foto zur Hand nehmen zu dürfen, und trat damit zu Maria.

»Entscheidend sind die grafischen Grundformen, Fräulein Reimer. Die angewinkelten Ellbogen und Beine wirken wie Dreiecke oder Pfeile, die den Betrachter ins Bild ziehen. Sehen Sie hier? Auch der Knick in der Hüfte nimmt diese Grundform auf.«

Seine Locken waren kürzer als bei ihrer ersten Begegnung, und weil er kein Jackett trug, konnte Maria seine Schultern erahnen. Die Knochen drückten sich durch das Hemd. Seine Wangen waren glatt, die Hände lang und schmal, wie es ihr neulich schon aufgefallen war. Er war jung, deutlich jünger als zum Beispiel Greta. Und nur wenige Jahre älter als Maria selbst.

»Was denken Sie über das Kleid?«, fragte sie. »Wenn Sie *Couture* fotografieren, zum Beispiel ein Kleid von Chanel, können Sie es doch nicht genauso arrangieren wie hier, so … verrutscht?«

Er lächelte schon wieder. »Das ist nicht verrutscht, sondern Sie zeigen eine Abwandlung des Kontraposts, Fräulein Reimer. Die Schulterlinie wendet sich gegen die Hüftstellung, und ich prophezeie, dass es sich in der Fotografie immer weiter durchsetzen wird, Modelle in dynamischer Bewegung abzulichten.«

Dynamisch wie ein Spaziergang mit dem Fotografen, dachte sie. Oder wie eine gemeinsame Studie am

Rhein, um mehr über den Kontrapost zu erfahren, den die Damen an Bord der Dampfer wohl ebenfalls einnehmen mussten, wenn sie winkten und die Planken schwankten. Dynamisch wie tausend andere Möglichkeiten, den Körper zur Kamera auszurichten, wenn man es nur ausgiebig lernen durfte und wenn man jemanden hatte, der kenntnisreich mit einem umging. Der sich vielleicht noch einen Schritt weiter wagte, als beim Anblick von bloßen Beinen an Geometrie zu denken.

»Sagten Sie *Couture?*« Herr Bertrand hatte die kleine Unterhaltung belauscht. »Sie werden bei uns kein Chanel tragen, Fräulein Reimer. Aber wie finden Sie die Kreationen von Hilda Romatzky?«

»Wunderbar«, antwortete sie. »Wobei ich Romatzky bisher nur an reiferen Frauen kenne. Na ja, eigentlich nur an Magda Goebbels.«

Hatte sie das gerade gesagt? Hoffentlich hatte sie es wenigstens gut artikuliert.

Herrn Bertrands dicker Hals begann zu beben, und bevor Maria entscheiden konnte, ob es ein heiteres oder ein beunruhigendes Beben war, nahm Greta ihr das Glas aus der Hand und führte sie zu einem der Sessel.

»Wir sollten Fräulein Reimer einen Künstlernamen geben«, schlug Greta vor. »Dann kommt der Glanz von ganz allein.«

»Unsere Modelle brauchen überhaupt keine Namen«, entgegnete Herr Bertrand. »Das Atelier findet seine Erwähnung: Fotografie Bertrand. Das reicht. Oder was amüsiert Sie so, Herr Ginzburg?«

Noah entfernte sich einen Schritt von Maria. »Mary Mer«, er räusperte sich. »Von Reimer die letzte Silbe, also Mer. Und Mary, weil es uns Möglichkeiten in der internationalen Presse eröffnen könnte.«

Marias Herz machte einen Satz. Mary Mer! Das war es!

Herr Bertrand jedoch schüttelte den runden Kopf. »Ist das die Sprache meiner Heimat? Nein. Also bitte. Die deutsche Kultur verbreitet sich in der Welt und nicht die Welt hier bei uns.«

Aber trotzdem, oder genau deshalb: Mary Mer! Maria stand wie an Fäden gezogen aus dem Sessel auf. »Der Name wird den Menschen in New York genauso gut über die Lippen gehen wie den Schweden.« Und den Franzosen erst! Mer. Wild wie die See. *La Mer!* Sie schmeckte das Salz.

»Ich glaube, Fräulein Reimer hat genug Sekt getrunken«, sagte Herr Bertrand und lachte, jetzt wieder herzlich. »Ich hatte vergessen, wie jung sie ist.«

»Wenn Sie erlauben, begleite ich Fräulein Reimer zum Bahnhof«, bot Noah an, doch Greta fiel ihm ins Wort:

»Ich werde sie mit dem Mercedes-Benz nach Köln bringen. Über die Reichsautobahn ist das ein Klacks, und dann kann ich bei der Gelegenheit auch mit den Eltern sprechen und die Unterschrift für den Vertrag einholen.«

»Mein Vater ist auf Geschäftsreise«, hörte Maria sich antworten. »Und ich fahre sehr gern mit dem Zug zurück und habe auch schon eine Fahrkarte gelöst.«

Herr Bertrand winkte sie zu sich. »Sie müssen sich an etwas mehr Luxus in Ihrem Leben gewöhnen.«

»Unsere Haushälterin holt mich vom Bahnsteig ab.«

»Ach, eine Haushälterin haben Sie? Dann grüßen Sie Ihren Herrn Vater und Ihre Frau Mutter. Wir lernen uns bei anderer Gelegenheit kennen. Für Greta würde es sowieso etwas eng, wir haben noch einen Abendtermin.«

Herr Bertrand verließ den Raum, und Noah holte die Mäntel. Er war nicht davon abzubringen, Maria zum Bahnhof zu begleiten, und spannte sogar einen Schirm auf, als sie über die Königsallee liefen und es anfing zu nieseln.

»Atmen Sie, Fräulein Reimer, lassen Sie die kalte Luft in Ihre Lunge.«

»Ich bin nicht beschwipst.«

Es wurde schon dunkel, die schwarzbraunen Stämme der Kastanienbäume glänzten. Automobile rauschten vorbei, nur wenige Menschen waren zu Fuß unterwegs. Der Ansturm aus dem Ausland, den Maria neulich noch in Düsseldorf bewundert hatte, war vorüber. Die Plakate für die Große Reichsausstellung hingen in Fetzen.

»Freuen Sie sich auf die Zusammenarbeit mit mir?«, fragte Maria. »Oder würden Sie mich immer noch gerne los sein, wie zu Anfang?«

Noah Ginzburg dachte nach, und sie fürchtete schon, zu forsch gewesen zu sein, da schenkte er ihr einen freundlichen Blick: »Das Bild von Ihnen ist äußerst gelungen.«

Aus den eleganten Cafés und Geschäften fiel warmes Licht auf seine Wangen. Unter dem Regenschirm wurde es fast gemütlich. Maria erinnerte sich an einen Ausflug, den sie einmal mit ihrem Vater nach Düsseldorf gemacht hatte. Sie hatten es sich gut gehen lassen, bloß – wo waren die Geschäfte von damals, die exklusiven Adressen geblieben? Die berühmte Galerie Flechtheim oder das Hutgeschäft Leeser, in dem der Vater für

Maria einen Fedora aus rotem Filz gekauft hatte. »Da wird die Frau Mama neidisch werden«, hatte der Verkäufer zu ihr gesagt, und der Vater hatte zugestimmt, als hätte es die Frau Mama wirklich gegeben.

Maria zog an Noahs Arm. »Alles hat sich verändert. Hier sah es früher ganz anders aus.« Vor allem standen früher noch keine SA-Männer in den Hauseingängen herum.

»Lassen Sie uns weitergehen«, drängte Noah.

Musste er Angst haben? Wieder? Nein, Noah wirkte heute recht zufrieden. Und als ein Militärwagen vor ihnen hielt und drei Soldaten von der Ladefläche sprangen, zuckte er keinen Moment zusammen und trat auch nicht einen Schritt zur Seite. Maria hätte sich gern bei ihm untergehakt, aber das war sicher unmöglich.

Vor dem Hauptbahnhof mussten sie sich verabschieden: »Auf bald!« – *»Au revoir.«* Dann verlor Maria den Fotografen aus dem Blick.

Der Zug fuhr ab, kaum dass sie eingestiegen war. Die Lokomotive ächzte und heulte, die Räder kamen nur langsam in Schwung. Der Bahnsteig glitt vorbei, die Häuser, der Abend, ganz Düsseldorf wich zurück. Maria wurde wehmütig ums Herz.

Sie fuhr Holzklasse, denn in den billigen Waggons war die Wahrscheinlichkeit geringer, Bekannte des Vaters zu treffen. Leider war es aber auch sehr voll, es gab kaum Platz, um die Beine übereinanderzuschlagen, dabei wollte Maria gern eine grafische Grundform bilden. Sie sah aus dem Fenster.

Wie Noah wohl so schnell auf den Namen Mary Mer gekommen war? Ob er vorher schon einmal darüber nachgedacht hatte? Über sie?

Sein Händedruck beim Abschied war angenehm gewesen. Und auch seine Stimme. Nur sein Lächeln machte Maria im Nachhinein traurig. Die Wirkung des Sekts ließ wohl nach.

Und das schlechte Gewissen kehrte zurück. Der Vater wusste immer noch nicht über die Bewerbung Bescheid, und jetzt müsste er sogar schon den Vertrag unterschreiben. Wie sollte Maria das regeln, das Gespräch geschickt darauf bringen? Und Greta würde doch nicht unangemeldet in Köln vorbeikommen? *Très chic* mit dem Mercedes-Benz?

Marias Kopf sank gegen die Scheibe, sie wollte ein wenig wegdämmern, da wurde es im Waggon plötzlich laut. Der Schaffner kontrollierte die Karten, und in einer Sitzbank hinter ihr gab es Probleme.

»Selbstverständlich kann ich verlangen, dass Sie den Hut absetzen«, schimpfte eine kehlige Stimme. Maria richtete sich auf und blickte über die Schulter. Der Schaffner drohte mit der Faust: »Wird's bald! Den Hut abgesetzt!«

Jemand erhob sich von der Bank, jemand Schlankes, der den Schaffner um zwei Kopflängen überragte, und Maria verschlug es den Atem. Es war Noah!

Still setzte er den Hut ab, seine Locken klebten auf der Stirn. Sein Gesicht war blass.

Auch Maria stand auf. Was ging da vor sich?

Der Schaffner versetzte Noah einen Stoß: »Drehen Sie die Taschen nach außen!«

»Warum?«, fragte Noah.

»Jemand wie Sie in so feinen Sachen!«

»Es sind meine Sachen.«

»Ach. Und wo hat er die her?«

Noah nestelte an seinem Jackett, als wollte er klein beigeben, doch das konnte Maria nicht ertragen.

»Lassen Sie den Mann in Ruhe!«, rief sie über die Fahrgäste und die Bänke hinweg.

Die Leute drehten sich erstaunt um, auch der Schaffner. »Meine Dame«, sagte er, »das ist Judenpack. In einem gestohlenen Anzug.«

»Das wüsste ich aber.« Maria stolperte in den Gang. »Er ist Fotograf und veröffentlicht in der *Dame*.«

Ihre Schläfen pulsierten, und sie begriff nicht, warum Noah sich von ihr abwandte. Er legte seinen Hut auf die Bank und stülpte demonstrativ die Taschen um. Sie waren leer, der Schaffner schnaubte, und Marias Gesicht brannte wie Feuer. Dass sie Noah so gedemütigt sehen musste! Und dass er so tat, als wäre sie eine Fremde. War sie nicht gut genug, um zu ihm zu halten? Oder war es ihm peinlich? Nein, peinlich sollte es dem Schaffner und den gaffenden Leuten sein!

Sie blieb stehen, Noah auch, aber selbst nachdem der Schaffner weitergezogen war, richtete er kein einziges Wort an sie. Bis Köln nicht! Dann stieg sie aus, und er folgte ihr wie ein Schatten. Blieb dicht bei ihr, ohne sie anzusehen, und spannte diesmal nicht den Schirm auf, selbst als sie am Dom vorbeiliefen und der Regen ihnen entgegenpeitschte.

Schließlich brach Maria das Schweigen. »Was machen Sie hier, Herr Ginzburg?«

»Bleiben Sie ruhig, bitte. Lassen Sie uns unauffällig weitergehen.«

»Wenn Sie gedacht haben, ich nehme Sie mit nach Hause …!«

»Nein.« Beschwörend hob er die Hände. »Ich werde

Sie nicht brüskieren, mir ist doch klar, dass Ihr Vater über keinen Ihrer Schritte informiert ist.«

»Bitte?«

Zwei Männer kamen näher, Abrissarbeiter, die ihre Spitzhacken geschultert hatten. »Brauchst du Hilfe, Mädchen?«

Sie schüttelte den Kopf, und Noah wartete ab, bis die Männer verschwunden waren, dann überreichte er ihr den Regenschirm. »Folgen Sie mir, Maria, wir gehen an den Rhein.«

Er eilte voran, am Domhof vorbei in die Mühlengasse, und nun war sie es, die ihm nachrennen musste. Ihr blieb ja nichts anderes übrig, denn er wollte sie wohl wegen ihres Vaters zur Rede stellen, oder nicht? Würde er ihr am Ende drohen?

Am Ufer, unter einem der Bögen der Hohenzollernbrücke, hielt er schließlich an. Der Fluss gurgelte eiskalt, der Regen prasselte auf die Uferböschung, aber sie standen immerhin im Trocknen.

»Ich muss Ihnen etwas Dringendes sagen, Fräulein Reimer. Bitte suchen Sie sich ein anderes Atelier für Ihre Karriere.«

»Sind Sie verrückt?«

»Ecoutez-moi! Sie dürfen die Arbeitsstelle auf keinen Fall antreten.«

»Warum? Was passiert sonst?«

»Ich kann Ihnen keinen Grund nennen.«

»Haha!« Ihre Stimme bekam ein Echo unter der Brücke. »Weil der Grund lächerlich ist! Weil Sie von vornherein eine dubiose Abneigung gegen mich hatten, obwohl ich Ihnen nichts getan habe.«

»Ich habe keine Abneigung gegen Sie.«

Es war so dunkel, sie hätte gern sein Gesicht gesehen. Nur seine Augen glänzten. Sein Tonfall veränderte sich, er wurde weicher:

»Ich habe auch selten eine so gute Fotografie zustande gebracht wie mit Ihnen, Maria. Ich… Sie sollten nur… Wenn Sie vielleicht erst später…«

»Nein. Ich bin jetzt ein Fotomodell. Ob es Ihnen passt oder nicht.«

Der Fluss rauschte, in der Altstadt wurde gesungen, und Maria ballte die Hände. Noah beugte sich zu ihr herunter, sie ahnte es mehr, als dass sie es erkennen konnte, und sie spürte seine Wärme. Es hätte sogar schön sein können. Sie hätten den Händedruck von Düsseldorf wiederholen, alles Mögliche bereden können, auch den Ärger mit dem Schaffner vorhin. Aber sie verstanden einander nicht. Denn Noah begriff nicht, was er Maria antat, indem er sie maßregeln wollte, und sie konnte sich wirklich nur wundern, warum er sich so verhielt und gleichzeitig hinter ihr herlief.

»Was meinten Sie eben?«, flüsterte sie. »Dass Sie glauben, mein Vater wüsste nicht Bescheid?«

»Mir ist sehr viel an Ihnen gelegen. Mary Mer. Ich wünschte, Sie könnten mir verzeihen, dass ich Sie mit meiner Fotografie in diese Lage gebracht habe. Und wenn es möglich wäre, würde ich auch Ihren Vater um Verzeihung bitten.«

Sie fühlte seine Fingerspitzen an ihrer Hand, tastend, als ob er den Regenschirm, den eleganten Parapluie, zurückhaben wollte. Oder nein, er tastete sich höher. Sie hielt still, dann hatte sie von dem ewigen Zögern genug. Sie hob ihr Gesicht und griff an seinen Hinterkopf.

6

Am Gustav-Heinemann-Ufer zog es wie Hechtsuppe, und Sabine wartete vergeblich auf ihre Großmutter. Sie drehte den Rücken zum Wind. Unter dem Vordach der Bundesbank hätte sie sicher Schutz gefunden, aber das Gebäude flößte ihr Respekt ein. Es duckte sich unter den rasenden Wolken und hatte die steinernen Flügel auf den Boden gebreitet. Vor den Fenstern saßen Betonstreben, und um das Dach lief ein Panzergürtel aus Zink.

Bestimmt gab es Überwachungskameras, die Sabine schon verfolgten. Seit einer halben Stunde spazierte sie vor der Bank herum, die Hände in den Taschen, die Kapuze auf dem Kopf, und war darauf gefasst, von einem Wachmann angesprochen zu werden. Doch als eine der dunklen Glastüren aufging, kamen lediglich zwei Männer heraus, um zu rauchen. Die Jackettschöße flatterten, und als Sabine zum zweiten Mal hinsah, waren die Männer schon wieder verschwunden.

Sie überprüfte ihr Handy und blieb etwas abseits neben den parkenden Autos stehen. Kein Anruf von Maria, dabei verspätete sie sich sonst nie, ohne sich zu melden. Allerdings konnte die U-Bahn in einem Tunnel feststecken, in einem Funkloch, denn wenn sie Marias Nummer wählte, sprang sofort die Mobilbox an.

Unruhig blickte Sabine die Straße hoch. Der Mantel

der Großmutter würde ihr sofort auffallen, er war rot wie eine Kirsche.

Ein Lastwagen donnerte vorbei und wirbelte Gischt auf. Sabine sprang zurück. Die Autos hatten Platz auf fünf Spuren, aber der Gehweg war schmal.

Möglichst unauffällig versuchte sie, in die Bankräume zu spähen, leider spiegelten die Fensterscheiben zu stark. Sie konnte sich vorstellen, dass drinnen große Geschäfte getätigt wurden, digital und in Konferenzen. Normale Kunden aus Fleisch und Blut schienen eher die Ausnahme zu sein. Die gesamte Zeit über, die Sabine schon wartete, hatte sie außer den beiden Rauchern niemanden hineingehen oder herauskommen sehen, und das bedeutete, dass sie mit ihrer Großmutter gleich sehr auffallen würde, wenn sie den dicken Umschlag mit den Tausendmarkscheinen auf den Tresen legte.

Auf der Internetseite der Bundesbank stand, dass alte D-Mark-Bestände in unbegrenzter Höhe in Euro umgetauscht wurden. Also würde die Bank wenigstens nicht fragen, woher das Geld stammte, und es gäbe keine Komplikationen.

Vielleicht war es wirklich Schwarzgeld von früher? Ja, meine Güte, aber warum reagierte Maria dann so extrem? Einen Steuerbetrug konnte man zur Not aus der Welt schaffen, man brauchte auf keinen Fall zu zittern und sich vor die Brust zu schlagen, als hätte der eigene Ehemann einem das Herz aus dem Leib gerissen.

Und das Gold? Allen Ernstes hatte Maria die Barren in einen alten Karton gepackt und in den Garagenschrank gestellt. Gut sechs Kilo feinstes Gold im Wert von nahezu zweihunderttausend Euro, ausgerechnet in der Garage! Angeblich war es der beste Schutz vor Dieben, ein guter Trick, sagte die Großmutter, wenn man Kostbares nicht wie etwas Kostbares behandelte, sondern wie ein Sortiment an rostigen Schrauben. Hilfe! Sabine war drauf und dran gewesen, das Gold mitzunehmen, aber sie konnte sich doch nicht so harsch über die Großmutter hinwegsetzen.

Schade, dass sie nicht wusste, wie viel der Großvater als Betriebsleiter verdient hatte. Auch Maria konnte keine Summe nennen. Früher hatten sich die Ehefrauen ja nicht um die Finanzen gekümmert – oder sie hatten sich nicht kümmern dürfen. Heinrich Schubert war morgens in die Firma gegangen, zu Nordmann & Söhne, und abends war er wieder nach Hause gekommen. Montags legte er das Haushaltsgeld auf den Tisch. Über sein Gehalt wurde nicht gesprochen.

Als Kind war Sabine neidisch auf seine Arbeit gewesen. Der Großvater hatte so schön von den wunderbaren, teuren Spielzeugautos erzählt, die Nordmann & Söhne baute. Modelle alter Wagen, handgroße Jaguar, Buick oder Mercedes-Benz aus Metall. In der Westentasche hatte er einen verschnörkelten Schlüssel gehabt, mit dem er die Wagen aufziehen und herumfahren lassen konnte. Manchmal hatte er ein nagelneues Modell mit in den Julweg gebracht und im Wohnzimmer vorgeführt. Die Wagen waren um die Sesselbeine gekurvt und hatten geschnurrt.

Steuern sich selbst, diese Worte aus der Bedienungsanleitung hatten Sabine beeindruckt, und zur Einschulung hatte sie von Nordmann & Söhne einen eigenen Brezelkäfer bekommen, in Grün. Aber sie hatte nur selten damit gespielt, er war ihr zu wertvoll gewesen.

Immer noch keine Spur von Maria, und der Wind trug von irgendwoher den Duft von Mittagessen heran. Sabine hockte sich auf den Fahrradständer vor dem Bankhaus und ging mit dem Handy ins Internet.

Die alten Nordmann-Wagen wurden heutzutage auf Sammlerbörsen gehandelt. Ein Buick Roadmaster ohne Lackschäden brachte eintausendvierhundert Euro, und allein ein Aufziehschlüssel kostete neunzig Euro, wenn er aus dem Originalguss stammte. Der grüne Brezelkäfer würde die Sammler verrückt machen, falls Sabine ihn eines Tages verkaufen sollte.

Sie googelte den Großvater, Heinrich Schubert, in Verbindung mit dem Firmennamen. Leider nichts. Es gab eine Homepage von Nordmann & Söhne Metallpräzisionsguss, aber sie lieferte keine Personalien, sie lieferte überhaupt kaum Angaben zur Vergangenheit der Firma. Nur, dass sie 1933 in Köln von einem Mann namens Kurt Postel gegründet worden war. Die Spielzeugautos wurden ab 1946 gebaut, dreizehn Jahre nach Firmengründung also.

Und womit hatte sich Nordmann & Söhne vorher befasst, zwischen 1933 und 1946?

Na, die Jahreszahlen sagten wohl alles. Nazizeit. Nazigeschäfte. Sabine verzog das Gesicht. Schrecklich war, dass sie vorher nie darüber nachgedacht hatte.

So weit sie wusste, hatte der Großvater als junger Mann bei Nordmann & Söhne angefangen, das musste Ende der Dreißigerjahre gewesen sein. Also durchaus in der Zeit, als es noch nicht um Spielzeugautos ging.

Kriegswichtiger Betrieb, Metallpräzisionsguss. Firmengründung 1933. Sabine steckte das Handy weg, ein wenig betreten.

Und jetzt war es schon fast dreizehn Uhr. Für das Projekt Geldumtausch wurde es zu knapp. Warum hatte sie bloß den Fehler gemacht, die Tausender nicht selbst mitzubringen, sondern sie Maria zu überlassen?

Geld, das keiner sehen durfte. Gold und die Nazizeit. Was verknüpfte sich da? Das konnte doch nicht wahr sein!

Wieder ging sie auf und ab, die Kapuze festgezurrt und die Taschen beulig von den Fäusten, und schon wieder traten Raucher aus der Bundesbank nach draußen, andere Raucher diesmal, ein Mann mit blitzenden Schuhen und eine Frau, die in ihrem kurzen Rock gewiss erbärmlich fror.

Hoffentlich war Maria nichts passiert. Sabine war sicher, dass die Großmutter sie nie so lange hätte warten lassen, ohne wenigstens anzurufen. Selbst wenn sie tausend Geheimnisse hätte, Unzuverlässigkeit war ihr zuwider. Oder hatte Sabine auch in diesem Punkt etwas übersehen?

Und es war so schwierig gewesen, sich ausgerechnet heute im Jugendamt die Mittagspause freizuschaufeln. Alles war liegen geblieben. Auf dem Schreibtisch schmorte die Akte Pascal vor sich hin. Das Debakel von neulich mit dem Jungen im Büro war noch nicht aufgearbeitet, es gab wahnsinnig viel zu tun.

»Niemand ist perfekt«, hatte der Chef zu Sabine gesagt. »Und jedem unserer Kollegen ist schon einmal ein Termin mit einem Klienten aus der Hand geglitten.«

»In der Akte war nicht vermerkt, dass die Mutter Pascal schlägt«, hatte Sabine erwidert.

»Ja, eben. Darum ist es so toll, dass Sie jetzt bei uns sind und ganz genau hinsehen, Frau Schubert.«

Toll. Pascal war ihr erster eigener Klient, und das Einzige, was sie bisher getan hatte, war, ihn mit Fotos zu schockieren und seine Mutter gegen ihn aufzubringen.

Immerhin war es Sabine gelungen, dem Amt für Soziales einen Sportanzug für Pascal aus den Rippen zu leiern. Jetzt musste sie nur noch klären, ob der Junge einen solchen Anzug überhaupt tragen und ob auch das Schwimmbad keine Einwände erheben würde. Doch dafür brauchte sie wiederum Zeit! Zeit, die gerade verrann.

Sie verließ ihren Posten vor der Bundesbank und eilte zur Bahnhaltestelle zurück. Sie nahm den kleinen Weg unten am Rhein. Der Fluss schäumte, und das Wasser stand hoch. Ein Frachter kämpfte gegen den Strom, an Bord türmten sich Berge aus Kohle.

An der Schönhauser Allee erwischte Sabine gerade noch die Straßenbahn und fuhr ins Rechtsrheinische zurück. Eingezwängt zwischen fremden Menschen, rief sie ein weiteres Mal bei Maria an. Wieder vergeblich, also musste sie wohl die Nummer der Nachbarin in Forsbach wählen, die sie für Notfälle eingespeichert hatte. Luise Ulbrich sollte im Julweg nebenan klingeln und nachsehen, ob alles in Ordnung war.

Frau Ulbrich versprach, sich so schnell wie möglich zu melden, und dann konnte Sabine auch schon wieder aus der Bahn springen und losrennen, um wenigstens die Recherche im Schwimmbad zu schaffen.

Das Höhenbergbad lag nicht weit vom Jugendamt entfernt. Schon von Weitem hörte man Kinder kreischen. Die lange Rutsche stülpte sich wie eine blaue Ader aus dem Gebäude. Auf dem Parkplatz hatten sich

Autos festgefahren, die Buchten waren eng. Auspuffgase stanken, es wurde gehupt. Ein paar junge Türken oder Araber tanzten vor dem Eingang. Als Sabine kam, hielten sie ihr die Tür auf.

Vor der Kasse war es leer. Der Kassierer war ein älterer Mann, der Sabine freundlich entgegensah, und sie war erleichtert, ungestört mit ihm sprechen zu können, denn bei allem, was sie in der Öffentlichkeit unternahm, musste sie an den Datenschutz denken.

»Ich komme vom Jugendamt«, sagte sie leise. »Ich möchte den Trainer sprechen, der den Kindern nachmittags das Schwimmen beibringt.«

»Der kommt erst um drei. Ist denn etwas passiert?«

Sie schüttelte den Kopf. »Vielleicht können Sie mir sagen, ob die Jungs bei Ihnen generell Badehosen tragen müssen oder ob auch ein Schwimmanzug erlaubt ist?«

»Gute Frau, wir erlauben inzwischen Burkinis, da ist noch viel mehr Stoff im Spiel.«

»Und die anderen Kinder spotten nicht, wenn jemand etwas Besonderes trägt?«

»Um welchen Jungen geht es denn? Und warum interessiert sich das Jugendamt dafür?«

Der Schweiß stand ihr auf der Stirn. Sie zog die dicke Jacke aus, die Luft war stickig und feucht.

»Der Junge ist noch nicht angemeldet«, sagte sie. »Ich denke, wir werden das seiner Mutter überlassen.«

»Sie sollte sich beeilen. Die Plätze sind begrenzt.«

Hilfsbereit wollte er Sabine einen Flyer geben, doch da vibrierte ihr Handy, und sie entschuldigte sich kurz. Luise Ulbrich schrieb, es sei alles in Ordnung in Forsbach, Gott sei Dank. Aber …

Ihre Großmutter hatte wohl keine Lust,
nach Köln zu fahren.

»Was ist denn?«, fragte der Mann an der Kasse. »Eine schlimme Nachricht?«

Atmen! Wo gab es frische Luft? Sabine nahm den Flyer, stand dann aber plötzlich nicht mehr auf ihren Beinen, sondern saß auf dem Boden. Und sie hatte auch das Telefon nicht mehr in der Hand, sondern hörte es über die Fliesen schlittern.

»Hallo!« Der Mann beugte sich über den Tresen. »Haben Sie sich wehgetan?«

»Nein, danke. Überhaupt nicht.«

7

Maria Reimer bemühte sich, so zu tun, als wäre nichts passiert. Sie brühte morgens stets den Kaffee auf, während sie darauf wartete, dass Dorothea, die Haushälterin, in die Wohnung kam und frische Brötchen mitbrachte oder zumindest etwas Brot, das sich noch einmal frisch rösten ließ. Dann setzte Maria sich zu ihrem Vater an den dunklen Esstisch und frühstückte mit ihm wie eine brave Tochter des Hauses. Freundlich und ruhig.

In ihrem Inneren aber schlugen die Glocken – Alarmglocken der Schuld, vermischt mit dem festlichen Läuten des höchsten Triumphs. Mary Mer war geboren, und das ließ sich nicht mehr rückgängig machen. Mary Mer, der aufgehende Stern am Modehimmel, der kommende Liebling der *Couture*-Schauen, umworben von internationalen Redaktionen. Sie würde in die großen Städte eingeladen werden, würde schillernde Gespräche führen, und das Reisen wäre bald Normalität. Zwischendurch würde sie sich nach ruhigeren Stunden im Atelier sehnen, nach verschwiegenen Momenten mit dem Fotografen aus Düsseldorf.

Denn Noah Ginzburg hatte Maria geküsst, oder umgekehrt: Sie hatte ihn geküsst, und sie wollte es wieder und wieder tun. Sie hatte neulich unter der Hohenzollernbrücke den Parapluie fallen lassen, dann Noah gepackt und ihn zu sich herangezogen. Hatte sich der Wärme nähern müssen, die sein Mund abstrahlte.

Allerdings war es nicht leicht gewesen. Kaum hatten ihre Lippen die seinen berührt, war er zurückgezuckt wie von einem Stromschlag getroffen. Entsetzlich! Sie hatte nicht gewusst, wie sie es ungeschehen machen sollte. Doch dann war Noah wieder näher gekommen und hatte es noch einmal versucht, mit seinem Mund auf ihrem, aber anders, als sie es getan hatte. Eher sacht. Etwas zittrig vielleicht, wie ein Nachtfalter, der sich für eine Weile niederlässt. Und dann war alles gut gewesen.

Sie hatte die Finger beider Hände in Noahs Locken geschoben, um ihn gefangen zu nehmen. Dabei hatte er gar nicht probiert zu entkommen, im Gegenteil, er hatte ebenfalls in ihr Haar gegriffen, sich an sie gedrückt, sie hatte den mageren Leib gespürt, die tastenden Lippen, und nicht genug bekommen. Hatte mehr gewollt. Noch mehr Druck und noch mehr Geschmack. Mehr Geruch und Gefühl und die leisen, aufregenden Geräusche.

Sie war gefallen und geflogen, bis sie ein klein wenig Angst bekommen hatte, denn es war keine Grenze in Sicht gewesen. Jedenfalls keine, mit der sie einverstanden gewesen wäre. Kein Ende, keine eiserne Form für ihr Verhalten! Stattdessen hatte sie sich in Noahs Nacken gewühlt und dann auch in seine Kleidung, und es hatte in ihren Ohren gerauscht, als wollte es den Rhein übertönen.

Eigentlich hatte sie sich eingebildet, sie wüsste im Großen und Ganzen, wie Küssen und Streicheln verliefen. Weil sie im vergangenen Sommer in der Flora ja nicht nur zum Flanieren unterwegs gewesen war. Aber nein, offenbar wusste sie gar nichts, das hatte sie unter der Hohenzollernbrücke glasklar erkannt. Denn mit Noah war nichts mehr peinlich gewesen. Es hatte auch nicht zu lang gedauert, sondern eher zu kurz.

Ab sofort würde Maria es immer so machen: sich nehmen, was sie wollte, selbst wenn es abends unter einer Rheinbrücke stattfinden musste. Wobei es ihr egal wäre, wenn es irgendjemanden störte, was sie tat. Sie musste, sie wollte, tausendmal und immer nur mit ihm, mit Noah aus Frankreich. Und seiner liebevollen Stimme an ihrem Ohr: »Ich sehe dich.«

In aller Dunkelheit. In nassen Mänteln.

Ach, überglücklich hatte Maria sich am Ende doch noch nach dem Parapluie gebückt. Sie hatte die Kleidung geschlossen und mit Noah gemeinsam auf den Fluss geblickt, in dem sich wie jeden Abend das Zwielicht der Altstadt fing. Drüben in den Gassen war immer noch gesungen worden. Das Horst-Wessel-Lied.

Noah war spürbar nervös geworden, als er das gehört hatte, und seine Unruhe hatte sich auf Maria übertragen. *Die Straße frei den braunen Bataillonen.* Es war unwirklich gewesen.

»Was ist los? Mein Kind?« Der Vater lächelte über den Frühstückstisch. Auf Marias Teller lag das Brötchen mit der Marmelade nach unten.

»Ich habe keinen Hunger.«

»Schon wieder nicht?«

Prüfend sah Theodor Reimer sie an, aber nur für Sekunden, dann schien ihm der Blickkontakt unangenehm zu werden. Als ob in Marias Gesicht mehr zu lesen wäre, als er aushielt. Oder als ob es für ihn schwer zu ertragen wäre, dass sie unter seinen Blicken neuerdings nicht nachgab. Sie war kein Kind mehr. War sie erwachsen?

Sie schob das Brötchen hin und her.

Sowohl sie als auch der Vater mussten sich an neue Zeiten gewöhnen. Aber selbst wenn es ihn schmerzen würde und selbst wenn vor Maria noch ein Berg an Geständnissen lag, den es zu überwinden galt: Die Sache mit Noah war in der Welt. Ebenso wie der Vertrag als Fotomodell.

Könnte sie bloß endlich offen reden und für sich einstehen! Wann käme die Gelegenheit, reinen Tisch zu machen und dem Vater zu sagen, was auf ihn zukam? Als Vater von Mary Mer.

Natürlich hatte sie in den vergangenen Tagen schon mehrfach Anlauf genommen, alles zu erzählen, aber im letzten Moment hatte sie stets den Mund gehalten. Sie war zu unsicher gewesen, weil der Vater so streng sein konnte. Und weil sie vielleicht doch noch zu wenig vorzuweisen hatte. Sie sollte warten, bis sie den Vertrag mit dem Atelier Bertrand schwarz auf weiß vorliegen hatte, damit der Vater nicht meinen könnte, sie sei Hirngespinsten erlegen.

Herr Bertrand hatte sich bisher leider nicht mehr bei Maria gemeldet. Und Noah auch nicht, aber das stand auf einem anderen Blatt. Sie wollte und musste Geduld haben.

Vor allem durfte sie den Vater nicht unnötig reizen. Er war in letzter Zeit dünn und empfindlich geworden. Manchmal, wenn er die Kaffeetasse abstellte, schien er zu vergessen, wo er war. Auch ließ er sich selbst Dinge durchgehen, die er sich früher nie gestattet hätte, zum

Beispiel fand man auf seiner Serviette nach jedem Essen große Flecken. Darüber hinaus räusperte er sich ständig, und ab und zu vernachlässigte er die Rasur. Wenn Dorothea nicht wäre, die ihm die Kleidung in Ordnung hielt, würde er jeden Tag dasselbe Hemd und dieselbe Weste tragen.

Er war doch nicht besonders alt? Eher einsam vielleicht, er lebte ja nun schon seit siebzehn Jahren ohne Ehefrau, und die Freunde, mit denen er jeden zweiten Abend exakt drei Stunden im Debattierclub verbrachte, kamen auch nicht auf die Idee, ihn einmal zu Hause zu besuchen.

Was würde der Vater tun, wenn Maria demnächst nicht mehr bei ihm wäre? Würde er sein Leben noch einmal ändern? Mit wem und für was? Und worüber hatte er abends im Club eigentlich so viel zu debattieren?

Seine Tasse klirrte, als er sie auf den Unterteller setzte, und schon wieder entstand eine Pfütze. Räuspernd und hüstelnd tupfte der Vater mit dem Serviettenzipfel daran herum. Der Anblick ging Maria ans Herz.

Vielleicht wurde er doch alt. Und vielleicht war es ihm ganz recht, in seinem Alltag einsam zu sein, zumal er im Kontor von Angestellten umgeben und damit genug herausgefordert war. Er hatte immer gern nach seiner Routine gelebt, tat am liebsten jeden Tag, ja fast jede Stunde dasselbe und würde wohl vor Schreck die Contenance verlieren, wenn es einmal an der Wohnungstür klopfte, ohne dass er darauf vorbereitet war.

Du liebe Güte. Wie sollte sie ihn jemals verlassen? Nach Paris. Nach Berlin. Vielleicht würde sie das Atelier Yva kennenlernen.

Jetzt legte der Vater die Serviette zusammen und bat Dorothea, sich zu ihnen an den Tisch zu setzen. Also war das Frühstück endlich beendet, und es galt nur noch, Doros Rapport zu überstehen und dabei zu hoffen, dass das Gespräch nicht allzu sehr ausufern würde.

Denn seitdem der Vater keine Zeitung mehr las, ließ er sich von Doro in allen Details Bericht über das Leben auf der Straße erstatten. Er wollte hören, was sie bei ihren Bahnfahrten erlebte oder was beim Bäcker los gewesen war, als wäre die Haushälterin seine einzige Möglichkeit, am Leben der ganz normalen Menschen teilzuhaben. Und es war Marias Pflicht, den Berichten allmorgendlich zuzuhören, so als fände sie es spannend.

»Konrad hat seinen Obstladen dichtgemacht«, begann Doro.

»Konrad in der Schildergasse?«, fragte der Vater. »Ich kannte noch seine Eltern, beide waren Deutsche.«

»Eben, und darum hat Konrad auch gedacht, es könnte ihm nichts passieren, und als Arier könnte er denen da oben schon zeigen, wo Hammer und Sichel hängen.«

»Interessant.«

»Ich habe ihm natürlich ins Gewissen geredet. Lieber keine Apfelsinen als Apfelsinen von Wihl & Bosnak, habe ich ihm gesagt.«

»Wihl und ...?«

»Ach, Herr Doktor Reimer. Konrad hat sich das Obst für sein Geschäft von Juden liefern lassen. Wihl & Bosnak. Ich weiß ja, wie Sie dazu stehen, aber in diesem Fall wäre es mir lieber gewesen, Konrad hätte an sich selbst gedacht. Bloß nein, er wollte stur so weitermachen und war inzwischen wohl der Einzige, der überhaupt noch bei den Juden bestellte.«

»Und dann?«

Doro ließ den Kopf hängen. »Ich glaube, die SA war dreimal bei Konrad im Laden, um ihn zu warnen. Hat ihn viel gekostet, nicht zurückzuschlagen.«

»Warum haben Sie mir bisher nichts davon erzählt, Dorothea?«

»Weil … weil ich nicht wusste, ob ich dann noch bei ihm einkaufen darf oder ob Sie mich zur Vorsicht in einen anderen Laden schicken, Herr Doktor Reimer.«

Der Vater nickte, aber Maria runzelte die Stirn.

»Das hättest du nicht getan, Vater. Uns ist es wohl egal, ob das Obst von einem Juden stammt.«

»Es stammte ja nur im zweiten Schritt vom Juden«, sagte Doro. »Der Laden von Konrad war arisch, aber der Importeur dahinter …«

»Ja und?« Maria konnte sich nicht beherrschen. »Das Handelshaus Reimer lebt selbst von Importeuren aus aller Welt, soweit ich weiß!«

Sie merkte, dass ihre Stimme auffallend schrill geworden war. Der Vater beugte sich vor und klopfte ihr sacht auf die geballten Hände.

»Sprich über nichts, wenn es dir unklar ist, Maria, oder wenn du es dir nicht vorher genau überlegt hast.«

Empört stieß sie seine Finger fort. »Was soll das heißen? Hältst du mich für dumm?«

Der Vater wandte sich wieder der Haushälterin zu, als wäre Maria Luft. »Ich hoffe, Konrad ist unversehrt geblieben, Dorothea?«

»Die SA hat ihm heute früh die Regale und Kisten

zertrampelt mit ihren schwarzen Stiefeln, feste drop. Und er hat auch leider selbst was abgekriegt, er musste ja dazwischengehen.«

»Und, es ist mir unangenehm, das zu fragen, Dorothea, aber musste er auch eine Liste herausgeben, wer seine Kunden sind?«

Doro malträtierte das Tischtuch, dass es Falten warf. »Ja, natürlich, Herr Doktor. Die SA hat das von ihm verlangt.« Eine Träne lief über ihre Wange.

Maria sprang auf: »Vater! Dann stehen wir eben auf der Liste. Oder was willst du? Kauft deutsch, denkt deutsch?«

»Schweig still.«

»Niemals!«

Marias Stuhl fiel um, sie ließ ihn liegen. Fassungslos war sie, konnte nicht glauben, wie der Vater sich gab. Wo war seine Meinung geblieben? Das, worüber sie sich einig gewesen waren? Wollte er wirklich vor den Nazis kuschen?

Schweigend betrachtete er das Besteck neben dem Frühstücksteller. Dann richtete er Messer und Gabel parallel zueinander aus. Und schwieg weiter.

Doro putzte sich unterdessen die Nase und sah bedrückt von einem zum anderen. »Also, Konrad hat eine Kundenliste geschrieben, ja, und er hat die Namen von fünfzehn Herrschaften genannt. Fein säuberlich mit dem Bleistift. Aber ich glaube, wir sind nicht darunter, ich würde sogar die Hand dafür ins Feuer legen, Herr Doktor Reimer. Weil ich Konrad kenne, und wenn ihm die Nase blutet, gehorcht er erst recht nicht, sondern legt noch einen drauf. Er hat zum Beispiel den Propagandaminister genannt. Das hat er getan. Er hat Josef

Goebbels auf die Liste geschrieben und der SA gesagt, Goebbels hätte für seine Kölner Geliebte Apfelsinen gekauft.«

»Um Himmels willen!«, entfuhr es dem Vater. »Das war doch gelogen?«

Erneut stiegen Doro Tränen in die Augen, aber jetzt räumte sie unter lautem Geklapper den Tisch ab. Maria blieb noch immer vor dem umgekippten Stuhl stehen und war wie vom Donner gerührt. Auch dass der Vater zwei Scheiben Brot bereitlegte, um sie wie üblich mit Leberwurst zu bestreichen, fand sie empörend. »Für später im Kontor«, würde er sagen, und wie immer würde Maria stumm für sich korrigieren: »Nein, das Brot ist für den kleinen Elias, er darf es im Hinterhof von der Fensterbank klauben.« Denn Elias war ein Jude, den der Vater versorgte. Also wie stand er dazu? Was offenbarte sich hier für ein Durcheinander?

Maria fröstelte, und erst als der Vater in die Küche ging, um das Butterbrot in Papier einzuschlagen, bückte sie sich, um den Stuhl aufzuheben. Dann setzte sie sich steif an den mittlerweile leergefegten Tisch.

Den armen Konrad würde die Gestapo abholen. Schon morgen würde Doro noch Schlimmeres erzählen als heute, und der Vater würde zuhören und nicken und froh sein, dass er nicht betroffen war. Und dann wieder ein Leberwurstbrot schmieren.

Und Maria? Sie war durchaus betroffen, von jetzt an für immer. Denn für sie standen die Gesetze zur Debatte. Die Gesetze der anderen. Die Rassengesetze. Wie das klang! Übertrieb sie es vielleicht?

Noah Ginzburg war offenbar privilegiert und geduldet. Er durfte arbeiten, auch wenn ein Obersturmbannführer das Atelier Bertrand kontrollierte. Demnach stand Noah unter einem höheren Schutz, vielleicht weil das deutsche Modefach ihn brauchte? Die meisten erfolgreichen Fotografen, deren Bilder Maria kannte, waren nicht volksdeutsch. Waren Juden. Also durfte Noah Maria küssen? Und sie ihn?

Pah! Sie würden es sowieso tun! Und für sich behalten.

Also doch nicht den Vater einweihen?

Eigentlich hatte der Vater Maria von klein auf geraten, die Welt mit eigenen Augen zu sehen. Und er hatte früher auch viel von fernen Ländern und Völkern erzählt, weil es überall auf der Welt Schönes und Interessantes zu entdecken gab. Noch heute war die Wohnung voll mit Souvenirs, und es war wenig Deutschblütiges dabei. Da hing die Gardine mit dem Spitzenbesatz aus Amsterdam. Da lag der Orientteppich aus Bombay, und da stand der gedrechselte Schaukelstuhl, der einmal auf eine Veranda in Mombasa gehört hatte und den der Vater gerade deshalb in Ehren hielt, weil er ihn an seine Reisen erinnerte. An die Zeit, bevor er das Handelshaus der Eltern in Köln übernehmen musste. Als er sich noch nicht zu einem kleinmütigen Menschen entwickelt hatte.

Maria hob die Schultern, sie hörte, dass der Vater aus der Küche kam. Er blieb hinter ihrem Stuhl stehen und räusperte sich.

»Ich werde Konrad für seine Dienste danken. Vielleicht kann ich ihn im Kontor einsetzen, falls er etwas von der Buchhaltung versteht.«

»Wir werden ihn nie wiedersehen, das weißt du genau.«

»Die Gestapo gibt die leichteren Fälle wieder frei.«

Kalter Schweiß lief Maria über das Steißbein, aber sie rührte sich nicht auf ihrem Stuhl. Der Rücken blieb gerade, das Kinn erhoben. Grafische Grundposition.

Schließlich hörte sie hinter sich ein leises Sirren, der Vater zog die Armbanduhr auf.

»Ich möchte, dass du heute zu Hause bleibst, Maria, und dass du Dorothea zur Hand gehst.«

»Die Sonne scheint. Ich werde am Rhein spazieren.«

»Wir sehen uns zum Mittag, und ich verlasse mich auf dich.«

Die Badezimmertür klappte zu, wenig später schlug die Wohnungstür, und dann stieg Theodor Reimer die Holztreppe zum Kontor hinunter. Bedächtiger als sonst, fand Maria, oder vielleicht war er auch betrübt, denn er musste doch bemerkt haben, dass seiner Tochter hundeelend zumute war.

Sie zwang sich aufzustehen. An der Garderobe wechselte sie die Schuhe und zog den Mantel so leise vom Bügel, dass Dorothea es nicht mitbekam.

8

»Es ist Nazi-Gold, stimmt's?«

Sabine lief in Forsbach in der Küche auf und ab, nassgeregnet und verspannt. In einer Familie sollte es möglich sein, einander wichtige Fragen zu stellen. Nur war die Frage nach dem Gold am Julweg wohl noch nie harmlos gewesen. Damals nicht für den Großvater, der das Gold sonst nicht so akribisch versteckt hätte, und heute nicht für Maria.

»Du tropfst«, sagte Maria. »Zieh doch bitte deine Jacke aus.«

Ihre Stimme klang, als stünde sie unter Druck. Von ihrem Gesicht ließ sich dagegen kaum etwas ablesen. Sabine wischte die Tropfen auf, die sie auf den Fliesen hinterlassen hatte, und war entschlossen, sich um keinen Preis von ihrem Ziel abbringen zu lassen. Heute war es so weit, sie musste Maria zum Reden bringen.

»Oma, wir waren vor der Bundesbank verabredet. Ich habe mir den Hintern abgefroren, weil du nicht erschienen bist, und als ich auf dem Handy die Nachricht von deiner Nachbarin bekommen habe, ist mir vor Erleichterung ganz schwindelig geworden. Aber ich habe mich auch mit der Firma beschäftigt, in der Opa gearbeitet hat, und was ich gelesen habe, gibt mir zu denken. Ich frage dich freiheraus: Ist es Nazi-Gold, das wir gefunden haben?«

»Du hast etwas gelesen? Was soll das denn gewesen sein?«

»Und was ist mit den Geldscheinen? Was weißt du darüber, Oma?«

Die Großmutter schüttelte den Kopf, dann legte sie die Arme fest um Sabine. »Es tut mir unendlich leid, aber ich fürchte, ich kann das alles nicht aufklären. Nicht jetzt und nicht so, dass du zufrieden wärst. Ich konnte auch den Umschlag mit den Tausendern nicht zur Bank bringen. Es wäre plötzlich alles weg gewesen, ohne dass ich … Es kam mir nicht richtig vor. Zu schnell, verstehst du?«

»Zu schnell? Du guckst dir das Geld und das Gold doch gar nicht mehr an!«

»Ich weiß. Leider bin ich zu überhaupt nichts in der Lage.«

So aufrichtig klang die Großmutter, dass Sabine schon wieder weich wurde, aber gerade das galt es heute zu vermeiden. Denn sonst wäre auch Maria nicht geholfen, die sich von dem Schreck über ihren Ehemann wohl gar nicht mehr erholen wollte.

Auffällig war allerdings, dass Maria sich ausgerechnet heute lauter Dinge ausgedacht hatte, um sich und Sabine abzulenken. Schöne Dinge, mit viel Aufwand. In aller Frühe musste sie aufgestanden sein, um die restlichen Grisbirnen einzuwecken. Die Hälfte der Gläser stand bereit, um später in Sabines Auto geladen zu werden. Auf einem Tuch vor dem Küchenfenster lagen Zimtstangen und Nelken und verströmten einen betörenden Duft. Im Ofen ging ein Hefeteig für einen Kuchen auf, und die Stiefel zum gemeinsamen Spazierengehen waren geputzt.

»Also gut, Oma. Ein schwieriges Thema rollt man am besten von vorne auf. Lass uns bei dem Geld anfangen. Wenn du weißt, woher die Tausender kommen, sag es mir einfach und kümmere dich nicht um die Folgen.«

Wieder schüttelte Maria den Kopf. »Das Geld gehört niemandem mehr, und ich habe noch keine Haltung dazu gefunden. In Zukunft will ich mich aber zusammenreißen, du wirst nie wieder auf mich warten müssen, Sabine. Am besten nimmst du die Scheine nun doch mit nach Köln. Mach damit, was du willst.«

»Nein, nicht so. Und entschuldige bitte, aber ich nehme das Geld erst recht nicht, wenn es auf eine Nazigeschichte zurückgeht.«

Sabine verrenkte sich, um der Großmutter in die Augen sehen zu können. Hatte Maria etwa Angst, die Wahrheit zu sagen? Vertraute sie Sabine nicht – oder schämte sie sich?

»Nordmann & Söhne«, sagte Sabine. »Metallpräzisionsguss seit 1933, teure Modellautos. Allerdings wurden die Autos in den ersten Jahren, als Opa dort anfing zu arbeiten, noch gar nicht hergestellt. Das weiß ich inzwischen, auch wenn ihr mir das früher nie verraten habt.«

»Ja.« Maria setzte sich an den Küchentisch. »Als es vorbei war, haben wir nicht mehr darüber gesprochen.«

»Dann holen wir es jetzt nach.«

»Nein.«

»Bitte?«

»Es lässt sich doch sowieso nichts mehr gutmachen!« Maria hieb unvermittelt mit der flachen Hand auf den Tisch. »Dieses Unrecht nicht! Und es zerreißt mich, verstehst du das nicht, es tut mir nicht gut, daran zu denken.«

Sie weinte, von jetzt auf gleich, und Sabine wusste nicht, wie ihr geschah. Nur selten hatte sie Maria so aufgebracht erlebt, und noch nie war sie ihr so unlogisch vorgekommen.

»Oma, ich will dir nicht wehtun. Bitte beruhige dich.« Sie strich ihr über den Rücken. »Aber wir können doch nicht so tun, als ob nichts zu klären wäre, und wir können auch den Karton mit dem Gold nicht in der Garage verrotten lassen.«

Maria nickte schwer. »Du bist alles, was ich noch habe, Sabine, und du solltest mich eigentlich kennen. Ich habe die Nazis gehasst, und auch dein Großvater wusste, was ich unter ihnen zu erleiden hatte.«

Sie selbst hatte etwas erlitten? Meinte sie das mit dem Unrecht, das sich nicht wiedergutmachen ließ? Was war ihr denn passiert? Und warum blieb sie im Hinblick auf den Großvater so seltsam schwammig? Sie hatte nicht klipp und klar gesagt, dass er die Nazis genauso gehasst hatte wie sie.

Zögernd küsste Sabine den weißen Haarschopf. »Können wir beide nicht zusammenhalten?«

»Kannst du mir bitte ein Taschentuch bringen?«, antwortete die Großmutter.

Sabine zog die Schublade auf, in der die Taschentücher lagen, und dabei fiel ihr Blick auf die Wand über der Anrichte. Die Stelle, an der sonst ein Foto von dem Großvater hing, war leer.

»Was ist mit Opas Bild passiert?«

»Verschwunden. Vorübergehend.«

So schlimm war es also. Sabines Herz wurde schwer.

»Hat Großvater … hat er dir etwas angetan?«

»Was? Sabine!«

Sabine nickte, matt vor Enttäuschung. Der Plan von einer Aussprache war utopisch gewesen und überstieg vielleicht auch ihre eigene Kraft.

Maria putzte sich die Nase. »Verzeih mir, ich wollte nicht weinen. Also, möchtest du genauer erzählen, was du über die Firma gelesen hast?«

Sabine zuckte mit den Schultern. »Ich habe im Internet nachgeschaut, wie Nordmann & Söhne sich präsentiert.«

»Wird dein Großvater im Internet erwähnt?«

»Nein. Es gibt Jahreszahlen und Fotos von den Modellautos, aber keine Personalien.«

»Aha.« Maria stand auf und steckte das Taschentuch tief in den Müll. »Dann hat man Heinrich Schubert wohl vergessen.«

»Wahrscheinlich. Andererseits hat er über vierzig Jahre lang bei Nordmann & Söhne gearbeitet, das hinterlässt doch Spuren?« Sabine überlegte, aber mehr für sich selbst. »Es gab noch kein Internet, als Opa in Rente ging, 1980. Vielleicht existiert eine Firmenchronik auf Papier? Ich könnte bei Nordmann & Söhne nachfragen.«

»Nein. Was soll das bringen?«, warf die Großmutter ein.

Dass ich verstehe, was damals los war, dachte Sabine. Und dass ich nachvollziehen kann, was meine Großmutter quält. Aber sie antwortete bloß: »Ach, einfach so.«

Mit den Weckgläsern voller Grisbirnen auf dem Rücksitz fuhr Sabine zum Schwimmbad. Zum Glück saß heute ein anderer Mann an der Kasse. Sie nickte ihm zu und verschwand eilig in Richtung Umkleidekabine. Sie wollte nicht zu spät kommen, um Pascal zu sehen.

Der Boden war schmutzig. Jemand war mit Straßenschuhen über die nassen Fliesen gelatscht. Akrobatisch stieg sie aus der Jeans und verstaute sie im Schrank. Aus der Schwimmhalle kam lautes Geschrei. Eine Trillerpfeife, das Geräusch einer Arschbombe dazwischen. Wochenend-Sound für Familien, nur für Sabine war es die Untermalung eines Arbeitseinsatzes.

Ob Pascal sich erschrecken würde, sie zu sehen? Ob er Sabine im Badeanzug überhaupt erkennen würde? Er rechnete ja nicht mit ihr, und wahrscheinlich würde es wohl eher seine Mutter sein, Marion Lüdtkehaus, die das Jugendamt am Beckenrand entdeckte.

Eben im Auto hatte Sabine noch überlegt, ob sie so tun sollte, als wäre sie privat unterwegs und würde Pascal und Frau Lüdtkehaus zufällig treffen. Aber dann hatte sie sich entschieden, doch lieber mit offenen Karten zu spielen. Schließlich trug das Jugendamt Verantwortung und sollte das auch nach außen zeigen. Jemand, also Sabine, musste überprüfen, ob Pascal in seinem Schwimmkurs gut aufgehoben war, gerade weil das Amt ihm den auffälligen Sportanzug verschafft hatte.

Sie duschte, wand sich das Handtuch um die Hüften und betrat die Schwimmhalle. Der Lärm war ohrenbetäubend. So viele Kinder. Sie hüpften vor der Treppe zur großen Rutsche herum. Auch der Dreier hatte geöffnet. Ein Bademeister hielt sich am Sprungturm bereit.

Vor dem Nichtschwimmerbecken stand Pascal in einer kleinen Gruppe. Sechs, sieben Kinder waren es, die einem Mann zuhörten, der eine Pfeife um den Hals trug. Pascal stach mit seiner Bekleidung heraus. Der Schwimmsuit war schwarz, hatte kurze Ärmel und Beine und saß so eng, dass der Junge darin noch dünner erschien.

Der Mann, der der Schwimmlehrer sein musste, war ein durchtrainierter Typ in den Vierzigern. Ob er in Pascals spezielle Situation eingeweiht war? Wie gut mussten die Sportvereine die Kinder kennen, die bei ihnen Kurse besuchten?

Langsam ging Sabine an die Gruppe heran, unbemerkt von Pascal. Er schien zu frieren und wippte von einem Fuß auf den anderen. Seine Haare hingen nass und verstrubbelt bis zu den Schultern des Anzugs herab, und Sabine merkte, dass sie sich freute, ihn wiederzusehen.

Ein anderer Junge, der kleinste, mit einem Rest von Babyspeck, hielt sich etwas abseits. Als aus einer Ecke des Schwimmbads ein Ball heranrollte, wollte er ihn zurückschießen, doch Pascal reagierte schneller. Die Jungs stießen zusammen, Pascal hielt den Kleinen fest, damit er nicht hinfiel, und zum Dank bekam er einen Schlag verpasst, mitten auf den Rücken. Es tat Sabine beim Zusehen weh, aber Pascal lachte nur, als wäre nichts gewesen.

Und wo war Pascals Mutter? Sabine drehte sich um. Auf der gefliesten Bank zwischen Nichtschwimmer- und Schwimmerbereich saßen einige Erwachsene. Marion Lüdtkehaus war nicht darunter.

Es schrillte. Der Schwimmlehrer hatte die Trillerpfeife im Mund. Die Kinder, auch Pascal, stiegen über die breite Treppe ins Lehrbecken, und Sabine war gespannt auf die ersten Schwimmversuche. Aber dann durften die Kinder doch noch nicht loslegen. Bis zu den Knien im Wasser mussten sie stehen bleiben, und der Trainer erklärte noch einmal die Abläufe. Er nahm es wirklich sehr genau.

Ob Sabine den Mann später noch ansprechen sollte? Nein, das würde zu weit gehen. Außerdem sah sie ja, dass es Pascal gut ging und er sich in der Gruppe unbefangen bewegte. Eigentlich könnte sie den Kontrollbesuch jetzt schon beenden und hätte dann sogar die Konfrontation mit der Mutter vermieden.

Oje, das waren keine guten Gedanken.

Sie schlenderte zum Bademeister. »Wie tief ist das Nichtschwimmerbecken?«, fragte sie ihn.

»Bis zu eins zwanzig«, antwortete er freundlich. »Machen Sie sich Sorgen? Gehören Sie zu den Eltern vom Schwimmkurs?«

»Nein. Ich bin nur neugierig.«

»Auf das Lehrbecken haben wir immer ein besonderes Auge. Wir sind ja froh über jedes Kind, das überhaupt noch schwimmen lernt.«

»Tja.« Sabine lachte. »Früher wurde man einfach ins Wasser geworfen.«

»Hier bei uns aber nicht!«

Doch, zum Beispiel von dem Großvater, von Heinrich Schubert, dachte Sabine, aber sie behielt es für sich. Der Großvater hatte sie damals, in dem Sommer, bevor sie in die Schule gekommen war, gelehrt, nicht zu ertrinken. Hier im Höhenbergbad, mit seinen Methoden. Sie hatte literweise Chlorwasser geschluckt, und es hatte ihr nichts ausgemacht. Sie war bloß stolz gewesen, dass der Großvater sich so viel Mühe mit ihr gegeben hatte.

»Gucken Sie mal, wie Jo das hinkriegt, unser Trainer«, sagte der Bademeister und deutete auf den Mann mit der Trillerpfeife. »Er hat eine Engelsgeduld, bei ihm kann man gut lernen. Wobei er heute natürlich seinen eigenen Sohn in der Gruppe hat, und da würde sich wohl jeder Trainer von der besten Seite zeigen.«

Sabine hielt noch einmal Ausschau nach Marion Lüdtkehaus. Die Frau schien tatsächlich nicht in der Halle zu sein. Na gut. Darüber müssten sie dann im Jugendamt reden.

Wieder schrillte die Pfeife, und diesmal ging es am Lehrbecken richtig zur Sache. Der Trainer, Jo, rief Pascal ins Wasser. Sabine beeilte sich, zur Sitzbank zu kommen. Pascal stieß sich von der Treppenstufe ab und holte weit mit Armen und Beinen aus. Sehr mutig. Das Wasser wirbelte. Zwei Meter schaffte er, dann ging er unter, strampelnd und prustend, und der Trainer schleppte ihn zur Treppe zurück.

Als Pascal die Stufen hochstieg, sah er sich immer wieder nach dem Trainer um. Misstrauisch, irgendwie.

Wer wohl der Sohn war, den der Mann heute dabeihatte? Bestimmt der Junge mit dem Babyspeck, der sich gerne abseits hielt. Jetzt gerade wurde der Kleine ins Becken gerufen, und Jo ließ ihn nicht herumprobieren, sondern hielt ihn sofort mit beiden Händen über Wasser. Der Junge lachte, und Jo feuerte ihn an.

Die anderen Kinder guckten vom Rand aus zu, auch Pascal. Doch sein Gesichtsausdruck war anders. Besorgniserregend.

Mit kurzen, schnellen Schritten ging Sabine zum Bademeister zurück. Der Boden war rutschig, und der Lärm hatte plötzlich einen irren Nachhall bekommen. Der Bademeister freute sich, sie wiederzusehen, aber sie musste ihn sofort unterbrechen.

»Entschuldigung, wie heißt der Trainer?«

»Warum?«

»Vielleicht will ich ihn empfehlen.«

»Er heißt Jo. Fragen Sie ihn ruhig, welche Kurse er gibt. Jo – oder Johannes Lüdtkehaus. Haben Sie gesehen, was für einen tollen Schwimmsuit er seinem Sohn gekauft hat?«

9

Die Sonne schien herrlich, die Luft war frisch, und die Menschen auf der Severinstraße gingen untergehakt. Maria war vermutlich die Einzige, die diesen klaren Morgen im November nicht genoss. Die Hände tief in den Manteltaschen, marschierte sie mürrisch voran und fühlte sich nun auch vom Wetter verraten, das, anstatt herbstlich trüb zu sein, die Naziherzen erwärmte.

Ein schwarzer Mercedes fuhr vorbei, Stoßstangen und Spiegel funkelten, jeder Lichtblitz war ein Hohn. An den Kotflügeln flatterten Hakenkreuz-Standarten. Schwarz, rot und weiß, wie die Farben im Stadtwappen von Köln.

Es gab kaum noch eine Ladenzeile, in der nicht mindestens ein Fenster mit Parolen oder Juden-Karikaturen beschmiert war. Juden verschwanden von jetzt auf gleich. Der Hausrat stand verlassen auf der Straße, damit die Allgemeinheit sich daran bediente. Bessere Möbel wurden versteigert.

»Alles dreht sich, alles wandelt sich«, hatte die Frau vom Postamt gestern gesagt, als Maria schon wieder vergeblich nach einem Brief aus Düsseldorf gefragt hatte. Aber solche Sprüche hingen ihr zum Hals heraus, denn anstatt sich zu wandeln, was eine gewisse gleichbleibende Grundkonstitution erfordert hätte, verformten sich die Menschen bis ins Letzte. Selbst gute

Bekannte waren inzwischen zu Taten bereit, die vor Kurzem noch undenkbar gewesen wären.

Karl, der Straßenkehrer, der in der Nachbarschaft wohnte, hatte eine schreckliche Geschichte erzählt. In der Roonstraße, in der Nähe der Synagoge, war ein Kind vor die Straßenbahn geschubst worden, vergangene Woche erst. Niemand, so Karl, half dem kleinen Mädchen, als es schreiend auf den Schienen lag. Die Bahn hatte angehalten, aber die kleinen Beine steckten schon unter den Stahlrädern, die Arme schlugen auf den Schotter. Und es kullerten wohl auch ein paar Kartoffeln umher, die das Mädchen vom jüdischen Hilfswerk bekommen hatte. Im Vorbeilaufen hatte sich eine Frau nach den Kartoffeln gebückt, und dann kamen zwei weitere Frauen, die sich die restlichen Kartoffeln gegenseitig aus den Händen rissen. Nur der Straßenbahnfahrer verscheuchte sie, alle anderen Leute guckten zu. Er hockte sich zu dem Kind und redete mit ihm, und als das Mädchen still wurde, richtete er ihm die Schleife im Haar.

Später gab es vor der Synagoge einen Menschenauflauf. Einen schweigenden Protestmarsch der Juden. Die Gestapo ritt mit zwei Pferden mitten hindurch.

Nein, dachte Maria, Köln drehte sich nicht und wandelte sich nicht, sondern verschob grundlegende Koordinaten. Und für Maria konnte das nur eines bedeuten: Sie musste noch dringender weg als ohnehin, und wenn Herr Bertrand sie nicht bald nach Düsseldorf rief, würde sie sich etwas anderes einfallen lassen.

Ihr Elan ließ manchmal schon nach. Nur ungern hatte sie sich für den heutigen Spaziergang hübsch gemacht. Sie lief Richtung Sankt Georg und dachte dabei nur an Noah. Ob die Sonne auch in Düsseldorf schien? Ob Noah das Licht nutzen würde, um Aufnahmen unter freiem Himmel zu machen? Natürlich mit Greta.

Ob er auch einmal an Maria denken musste? Vielleicht nicht so häufig wie sie an ihn, aber doch mit ähnlichen Gefühlen? Mit … Sehnsucht?

Manchmal fragte sie sich, ob Noah es unter der Hohenzollernbrücke überhaupt ernst gemeint hatte, als er sie geküsst und die Finger in ihren Mantelkragen geschoben hatte. Er hatte ja vorher ausdrücklich gesagt, dass er sie loswerden wolle. Dass sie das Atelier nicht mehr betreten solle. Aber sie hatte es nicht wahrhaben wollen.

Und was war mit Herrn Bertrand? Wie ernst war es ihm gewesen? Als er Pläne geschmiedet und teure Sektflaschen entkorkt hatte, hatte er Maria doch wohl nicht verschaukelt? Warum nur hatte sie ihn nicht gefragt, wie viele Wochen unter Umständen vergehen konnten, bis er den Arbeitsvertrag schickte? Warum hatte sie es allen Beteiligten so leicht gemacht und nur sich selbst so schwer?

Möglicherweise hatte Herr Bertrand sich umentschieden. Hatte ein besseres Fotomodell gefunden als Maria. Wozu sollte er ihr noch Bescheid geben?

Oder könnte man die Situation auch anders erklären? Es könnte im Vertragstext für Maria zum Beispiel einen juristischen Passus geben, der für Komplikationen und Verzögerungen sorgte. Und das könnte auch der Grund sein, warum Noah nichts mehr von sich hören ließ, denn er durfte seinem Chef kaum vorgreifen. Es gab ein Machtgefälle im Atelier – und zwischen den Rassen. Erst kam der Chef, dann der Fotograf. Aber wann kam das neue Fotomodell? Und wann Greta?

Neulich hatte Maria zu Hause einen unbeobachteten Moment abgewartet und in Düsseldorf angerufen. Zwar hing der Fernsprecher des Vaters ungünstig im Flur an der Wand, aber Dorothea war gerade zum Einkaufen gegangen, und Maria hatte von der stummen Warterei gründlich genug gehabt. Sie hatte sich für den Anruf einen schönen Text zurechtgelegt, doch dann hatte in Düsseldorf Greta den Hörer abgenommen, und Maria hatte schnell wieder auflegen müssen. Sie wäre gestorben, wenn sie von Greta ausgelacht worden wäre. Und wenn sie hätte hören müssen, dass es beim Sekt zu viele Missverständnisse gegeben habe und Herr Bertrand Fotomodelle bevorzuge, die keine Schulung mehr brauchten.

Mary Mer? Wer sollte das sein?

Immer schneller schritt Maria aus. Sie schwitzte schon, aber sie musste laufen, laufen. Musste auch fort von der Severinstraße, weil sie hier den Bekannten des Vaters begegnen konnte, deren Geplapper sie kaum noch ertrug.

Ihr kam eine Gruppe Stollwerck-Frauen entgegen. Sie gingen Arm in Arm, breit nebeneinander, sodass Maria in einen Hauseingang ausweichen musste. Wie üblich wurde sie kritisch gemustert, als hätte sie etwas an sich, das sie verdächtig machte, gerade bei den reichsdeutschen Frauen.

Auch Dorothea musste neuerdings Sorge haben, verdächtig zu sein. Anfang der Woche war sie von ihrem Vermieter aufgefordert worden, in die NS-Frauenschaft einzutreten. Dabei würde die NS-Frauenschaft Dorothea zerpflücken, sobald sie sich dort blicken ließe, denn sie war zwar verwitwet, aber in jüngeren Jahren ausreichend verheiratet gewesen, sodass sie ihre deutschblütige Pflicht hätte erfüllen können.

»Es hat nicht geklappt«, hatte Doro beim Frühstück gesagt. »Ich konnte leider keine Kinder bekommen.«

Sie hatte mehr in die Tischdecke hinein als in den Raum gesprochen. Der Vater hatte nach ihrer Hand gegriffen.

»Sie brauchen sich nicht zu rechtfertigen, Dorothea. Es könnte sogar klüger sein, gar nicht mehr darüber zu reden.«

Und das war wieder typisch gewesen. Nie sollte über Themen geredet werden, die für Frauen wichtig waren. Fast hätte Maria losgewettert, aber dann hatte sie einen Blick des Vaters aufgefangen, der ausnahmsweise jede Silbe erstickt hatte.

Der Vater litt an der Welt, und er litt vielleicht, genau wie Maria, daran, keinen Rat mehr zu wissen. Nur anders als sie wurde er nicht von dem Drang gepeinigt aufzubegehren, selbstverständlich nicht, denn er war ein Mann, und für ihn war vieles leichter. Männer hatten Spielraum, Frauen nicht. Für Frauen waren das Benehmen und der Lebensweg vorsortiert.

Zum Beispiel konnte der Vater sich entscheiden, wann er freundlich sein wollte. Draußen vor dem Kontor grüßte er jeden, der vorbeikam, und er vermied in der Öffentlichkeit jeden Streit. Drinnen in der Wohnung durfte er wortkarg sein.

Einzig gestern war er kurzzeitig aus der Bahn geraten, weil der kleine Nachbarsjunge Elias das Leberwurstbrot nicht von der Fensterbank geholt hatte, und zwar den zweiten Tag in Folge. Doch anstatt dass der Vater sofort losgezogen wäre und nach dem Jungen gefahndet hätte, hatte er Elias' Eltern nach Dienstschluss ins Kontor gebeten und sie den ganzen Abend über getröstet. Heimlich hinter vorgezogenen Gardinen.

Maria dagegen hatte sich in der Nachbarschaft umgehört, bei Karl, dem Straßenkehrer, und sogar bei der missgünstigen Familie Scherer unten im Haus. Sie erfuhr, dass der kleine Elias vor zwei Tagen schon in den falschen Laden gelaufen war, um ein Bonbon zu kaufen. Er habe sich mehr als eine Ohrfeige eingefangen, hieß es, und anschließend habe er wie ein zerlumptes Bündel in einem Hinterhof gelegen. Bloß wer hatte ihn von dort abgeholt? Wo war er jetzt? Sollte man nicht unter den Geschäftsleuten nachforschen? Oder im Krankenhaus?

»Nein, besser nicht«, sagte der Vater, als Maria ihm davon erzählte. Er schmierte ein neues Leberwurstbrot und legte es auf die Fensterbank, als könnte er sicher sein, dass Elias wiederkäme.

Maria drückte etwas im Hals. Sie spürte auch Seitenstiche, kein Wunder. Der Spaziergang ähnelte heute einem Parcours durch die Probleme, aber wie sollte sie ihre Gedanken auch im Zaum halten, wenn es so vieles gab, das verquer lief? So vieles, um das sie sich kümmern musste.

Und schon wieder schlich sich die Erinnerung an Noah ein, und diesmal tat es sogar sehr weh. Der Bauch wurde hart, der Kopf kochte. Aber man durfte den Sorgen nie, niemals, nachgeben.

Sie umkreiste den Kirchplatz von Sankt Georg. Es

zog um die alten Mauern, die Sonne konnte noch so hell scheinen, sie besaß keine Kraft. An der Ecke stand der neue Pfarrer, er schien mit jemandem zu ringen, und erst als Maria näher herankam, sah sie, dass er bloß unwirsch damit beschäftigt war, einen Schal um einen alten Mann zu wickeln.

Kinder rannten vorbei, Frauen und Männer hatten es eilig, durch die Gassen hinunter zum Rhein zu kommen. Die Altstadt wurde immer voller, und Maria hätte laut fluchen können. Hoffentlich wurde nicht wieder ein Aufmarsch erwartet!

Aber doch, leider, Hunderte Menschen verstopften die Gehwege an der Uferpromenade. Die Straße selbst wurde für den Aufmarsch freigehalten, und zwar akribisch. Bloß wie sollte Maria sich jetzt den Weg bahnen, um zum Postamt zu gelangen?

Sie beschloss, kurzerhand den Korridor zu nutzen. Mit hocherhobenem Kopf spazierte sie an den Zuschauerreihen vorbei, mitten auf der Straße, und reagierte auf kein Rufen. Es war doch Platz, warum nicht für sie?

Rechts und links schlugen die Hosenbeine der Herren im Wind. Schuhe glänzten, auch bei den Damen, aber die meisten Handtaschen, die vor den Hüften hingen, stammten aus der vorvorletzten Saison.

Plötzlich kam Bewegung in die Menge. Der Korridor wurde enger, Jubel brandete auf. Maria drehte sich um. Am Ende des Spaliers konnte sie Fahnen erkennen. Der Aufmarsch näherte sich, und es wurde Zeit zu verschwinden.

Sie suchte die Zuschauer nach einer Lücke ab, um den Korridor zu verlassen, aber niemand ließ sie durch. Es achtete auch niemand mehr auf sie, der Aufmarsch zog alle Blicke auf sich. Jeder reckte sich nach den wehenden Fahnen und rückte noch dichter an den anderen heran, sodass Maria bald wie vor einer Mauer stand.

Sie bat um Entschuldigung und zupfte einen Herrn am Mantel, aber er wehrte sie ab. »Heil Hitler!«, die Arme flogen hoch, und schon war auch das Stampfen von Stiefeln zu hören. Eine gewaltige Truppe kam näher, Gewehre blitzten in Achterreihen. War es ein Aufmarsch der gefährlichen SS?

»Deutschland erwache! Juda verrecke!«

In ihrer Not lief Maria hin und her. Wenn ihr niemand helfen würde, würde sie unter die Stiefel geraten!

Da packte sie jemand von hinten und riss sie in die Reihe, im allerletzten Moment. Die SS stampfte vorüber, nur Zentimeter von ihr entfernt. Die Arme schwangen wie Sicheln. »Heil Hitler!«, ein scharfer Luftzug, Maria roch Parfüm.

Ihr wurde übel, denn wer auch immer sie von hinten umklammert hielt, drückte unerbittlich auf ihren Magen. Sie wand sich, schnappte nach Luft und spürte einen Mund am Ohr: »Et hätt noch immer jot jejange!«

Halb ohnmächtig stolperte sie schließlich nach vorn, als die Schlussfahne vorbeizog und sie abrupt losgelassen wurde. Von allen Seiten stieß man gegen sie, rempelte hierhin und dorthin, und sie fühlte sich entsetzlich beschämt.

Ihr wurde schwarz vor Augen, sie hockte sich auf den Asphalt. Vor ihr lag ein Leistungsabzeichen auf dem Boden, ein Reichssportabzeichen in Silber. Sie klaubte es auf und steckte es ein.

Nach Minuten verebbte der Tumult. Auf der Straße fuhren wieder Automobile an. Marias Mantel war schmutzig geworden, wie betäubt setzte sie einen Fuß vor den anderen. Von der Frankenwerft hallten dumpfe Schläge herüber, die Rheinbahn klingelte, ein vollbesetztes Passagierschiff dampfte flussaufwärts, vermutlich zur Loreley.

Irgendwann kam das Postamt in Sicht, irgendwie, und Maria musste am Schalter hören, dass noch immer kein Brief aus Düsseldorf in ihrem Fach lag. Die Frau vom Amt machte eine mitleidige Bemerkung über Liebeskummer und vergebliches Warten, und Maria fand nicht die Kraft, etwas richtigzustellen.

Die Sonne stand inzwischen so hoch sie konnte, die Schatten auf dem Kopfsteinpflaster waren noch härter geworden. Das Hauptportal am Dom war ausnahmsweise nicht beflaggt, dafür parkten vor dem Brauhaus zwei Militärlaster. Es roch weithin nach Kappes und Hämchen. Musik und Gelächter schallten aus den gekippten Fenstern bis auf die Hohe Straße, die ihren Brautschleier trug. Hakenkreuzfahnen, dicht an dicht vor den Fassaden.

Zwei Kinder liefen Rollschuh und jagten sich. Ihr Anblick und ihr Juchzen machten Maria traurig. Wann war sie zuletzt so frei und unbeschwert gewesen?

Sie ging an Konrads Obstladen vorbei. Die Tür war eingetreten, Regale und Kisten lagen zersplittert am Boden. Konrad hatte nichts reparieren und nichts wegräumen können. Er war einfach verschwunden.

Bei Kurzwaren Freudenberg wurde schon wieder das Schaufenster geputzt. Ein Davidstern musste abgekratzt werden, der grobe Schwamm färbte sich rot von der Farbe. Maria grüßte, aber so beklommen, als trüge sie eine Mitschuld an der Schmiererei.

»Geh weg.« Die Frau mit dem Schwamm zischte. »Hier gibt's nichts. Nie wieder.« Hinter der Scheibe, im Halbdunkel des Ladens, zeigte sich ein alter Mann. Maria erkannte ihn, es war derselbe, den sie am Morgen vor Sankt Georg für einen Bettler gehalten hatte. Er trug den Schal des Pfarrers wie einen Verband um den Kopf.

Ausgelaugt erreichte Maria endlich das Wohnhaus in der Severinstraße und stieg die Treppe hoch. Sie hängte den Mantel an die Garderobe, ohne mit dem Bügel zu klappern, und zog leise die Schuhe aus. Vom Wohnzimmer her hörte sie die Stimme des Vaters und stutzte. Er schien mit jemandem zu reden, er hatte Besuch, das war schon lange nicht mehr vorgekommen.

Ging es womöglich um den kleinen Elias? Bestimmt ließ dem Vater das Schicksal des Jungen nun doch keine Ruhe.

Maria schloss sich im Badezimmer ein, um sich zu waschen. Aber kaum hatte sie das Gesicht abgetrocknet, flossen schon wieder die Tränen. Sie war so enttäuscht von sich selbst, weil sie sich hatte übertölpeln lassen, sowohl von dem Aufmarsch der SS als auch ganz grundsätzlich von Herrn Bertrand und Noah. Und vielleicht auch von Mary Mer.

War es früher denn nicht schön gewesen, als sie mit dem, was sie hatte, zufrieden sein konnte? Sie war so gerne sie selbst gewesen, Maria Reimer, und hatte sich nie fragen müssen, was in den Köpfen anderer Leute vorging.

Wenn es einmal Zweifel gegeben hatte, dann höchstens an den Gefühlen ihres Vaters. Sie hatte immer nur auf ihn geschaut. Ob sie es ihm recht machte, wollte sie wissen, und ob er sie so liebhatte, wie sie es brauchte. Er hatte ihr zugelächelt. Damals.

Jetzt sah sie in den Spiegel und suchte kleinlaut nach Familienmerkmalen. Das blonde Haar stammte von ihrer Mutter, die sie nie kennengelernt hatte. Wie es hieß, hatte sie von ihr die grünen Augen geerbt. Nur die Stirn konnte Maria von ihrem Vater haben, wenngleich seine kantiger war.

Reinrassig, deutschblütig, das waren sie beide. Sie alle drei gewesen. Ohne es zu wollen.

Vielleicht sollte Maria wieder etwas offenherziger zu ihrem Vater sein? Nicht so viel darauf achten, was er versäumte, sondern seine Vorteile schätzen? Er war beileibe kein Kämpfer, aber wenn sie es recht bedachte, musste ihm seine stille Art einiges abverlangen. Er trat ja zum Beispiel nicht in die Partei ein, obwohl alle anderen es für nötig hielten. Er verbrüderte sich nicht im Brauhaus, riss keine Witze über Homosexuelle, besuchte keine Aufmärsche oder Fackelumzüge und besaß keine rot-weiße Armbinde. Stattdessen warnte er Maria vor denen, die ein Hakenkreuz trugen. Und noch nie hatte er vor Kommunisten oder Zigeunern gewarnt – oder vor Juden.

Seine Stimme, die immer noch leise aus dem Wohnzimmer in den Flur drang, klang gepresst. Von langen Pausen unterbrochen, schien er ein ernstes Thema zu diskutieren. Maria wagte nicht, sich zu ihm und dem Besuch zu gesellen, sondern huschte in die Küche, wo Dorothea Kohlrabi schnitt.

»Mit wem redet Vater?«

»Ich habe nichts gesehen und nichts gehört«, antwortete Doro knapp. Ihr Gesicht war erhitzt.

»Sind Elias' Eltern bei ihm?«

»Nein. Der Junge ist auf dem Weg zu seiner Tante in England.«

»Ist er gesund? Und verreist? Woher weißt du das?«

»Von deinem Vater. Er hat es heute Vormittag erfahren und mich gebeten, das Leberwurstbrot von der Fensterbank zu nehmen. Ich soll den Eltern von Elias heute Abend gute Butter in die Wohnung bringen. Alle sind froh, dass der Junge in Ordnung ist.«

»Also sind seine Eltern nicht mit ihm nach England gefahren? Er ist doch noch so klein!«

»Nun lass mich in Ruhe.« Dorothea hackte auf den Kohlrabi ein. »Und deinen Vater lässt du auch in Ruhe. Er hat sowieso den Schlüssel herumgedreht.«

Wie eigenartig Doro den Kopf hielt. So schief. Und dass der Vater das Wohnzimmer abgeschlossen hatte! So als ob … Aber war das denn möglich? So als ob der Besuch delikat wäre. Ja, als ob der Vater eine Frau in die Wohnung gebracht hätte!

Auf Zehenspitzen lief Maria in den Flur zurück, konnte sich nicht zügeln und lauschte an der Wohnzimmertür.

Der Vater war kaum zu verstehen. »Ich weiß deine Offenheit zu schätzen, danke. Es muss dich große Überwindung gekostet haben, zu mir zu kommen.«

Mit wem redete er? Er räusperte sich schon wieder, und Maria drückte ihr Ohr noch fester an das Holz. Der Vater duzte den Besuch. Sie mussten sich schon länger kennen.

Ein Sessel wurde gerückt, dann herrschte Schweigen, eine Ewigkeit lang, und als der Besuch endlich etwas sagte, sprach er so leise, dass er nicht zu verstehen war. Aber die Stimme war tief, sehr dunkel und sonor. Das war doch keine Frau? Oder?

»Ich bringe alles in Ordnung«, sagte der Vater in einem bestimmenden Ton. »Du musst auf dich selbst aufpassen.«

»Ich weiß mich zu verhalten«, sagte der Besuch, kräftiger jetzt, und es versetzte Maria einen Schlag in den Magen. Der Mann hatte einen französischen Akzent. Er sprach mit dieser schönen Melodie, mit besonderen, klangvollen Tönen. Es war kaum zu glauben, aber Noah Ginzburg war hier!

Maria atmete ein, möglichst leise, und hoffte, nicht zu platzen. Noah! Bei ihrem Vater! Ihretwegen! Es konnte nicht anders sein: Er war als Abgesandter des Ateliers Bertrand gekommen, und sie sprachen im Wohnzimmer über Marias Zukunft, über Mary Mer. Über den Vertrag, den Maria zwar per Post erwartet hatte, der aber genauso gut persönlich vorbeigebracht werden konnte. Also wusste der Vater jetzt Bescheid? Maria schlug sich die Hände vor den Mund.

Warum hatte Noah sich nicht angekündigt? Warum hatte er Maria nicht gesagt, dass er sich persönlich um die Unterschrift kümmern wollte?

Ihr Noah. Der wohlschmeckende, aufregende Noah. Bestimmt machte er alles richtig.

Sie wollte lachen, jubeln, hatte den Wunsch, ohne anzuklopfen ins Wohnzimmer zu stürmen, dabei war abgeschlossen, und ihr fiel außerdem ein, dass sie sich gerade jetzt zu benehmen hatte. Der Vater musste ja aus allen Wolken gefallen sein.

Aufgeregt horchte sie noch einmal an der Wohnzimmertür. Noahs Worte ließen ihr Herz aussetzen.

»Sei stolz auf deine Tochter, Theodor. Sie hat viel von dir, und wenn ich nur halb so unerschrocken wäre wie Maria, hätte ich mich geweigert, sie zu fotografieren.«

»Mach dir keine Vorwürfe«, antwortete der Vater.

»Oh doch. *Pardon*, wenn ich widerspreche, aber ich ahnte vom ersten Moment an, dass Maria die Stelle im Atelier bekommt.«

Sie hatte das Gefühl, die Beine sackten ihr weg, und griff instinktiv nach der Klinke. Es klapperte metallisch, jemand rief. Und da wurde auch schon der Schlüssel herumgedreht, die Tür aufgerissen, und der Vater stand vor ihr.

»Maria!«

»Vater, ich …«

Hinter ihm, hoch aufgeschossen, blickte Noah auf Maria herab. Schon wieder blass, in dem Mantel, den sie ziemlich gut kannte. Seine Locken hingen wild um den Kopf, und sein Mund war dunkelrot.

»Fräulein Reimer, entschuldigen Sie mich«, sagte Noah.

»Was machst du … Woher kennst du meinen Vater?«

Noah zögerte, der Vater räusperte sich, dann drängte Noah in den Flur, schien aber um jeden Preis vermeiden zu wollen, Maria zu berühren. Sogar als sie die Hand nach ihm ausstreckte, sah er zu Boden! Setzte den Hut auf, packte die Haustür, und da!, entschied er sich doch noch anders und drehte sich zu ihr um.

Ein brennender Blick. Das schöne Gesicht, aufgewühlt und traurig.

»Verzeih mir, Maria. Ich hoffe inständig, du wirst mich eines Tages verstehen.«

»Aber warum …?«

»J'en suis mortifié et vraiment désolé.«

Noah? Was tat ihm leid? Maria bekam keine Luft. Das Atmen schmerzte, und viel zu schnell verklangen Noahs Schritte auf der Treppe. Ihr Mund stand offen, sie wollte fluchen, ihm nachstürzen, da packte der Vater ihren Arm. In scharfem Ton befahl er ihr, sich für eine Fahrt mit dem Automobil fertig zu machen, und zwar sofort.

»Wohin?«

»Nach Düsseldorf.«

Also hatte er doch unterschrieben? Aber warum war Noah dann weggelaufen?

Vollkommen durcheinander holte Maria ihren Mantel, wollte es nicht fassen, wollte das letzte Körnchen Hoffnung nicht aufgeben. Düsseldorf! Und doch war es ein Schock.

Weil auch der Vater so kühl wirkte, kalt bis ins Mark.

Er lenkte den Ford auf die Reichsautobahn und fuhr schneller als sonst. Seine Fingerknöchel schienen aus den Lederhandschuhen zu treten, und weil die Sonne immer noch blendete, hatte er die Brille mit den dunklen Gläsern aufgesetzt, die ihn streng und furchteinflößend aussehen ließ.

»Ich werde dir keine Strafpredigt halten«, sagte er nach einer Weile. »Hab keine Angst.«

Aber was war es dann, das er vorhatte? Marias Herz klopfte zum Zerspringen.

»Kennst du Noah Ginzburg schon länger?«, fragte sie gepresst.

»Mein eigenes Tun steht nicht zur Debatte.«

»Ihr habt euch geduzt.«

»Das haben wir nicht.«

Doch! Warum wollte er das nicht zugeben? Weil auch Noah seinerseits nie eine Andeutung gemacht hatte, dass er den Vater kannte? Und weil Noah »Fräulein Reimer« zu ihr gesagt hatte und so schnell über die Holztreppe davongerannt war, als hielte er Marias Anblick nicht aus?

Der Wagen sauste, doch die Fahrt dauerte lang, viel zu lang. Bäume und Büsche wischten vorbei. Köln, Düsseldorf, schien der Motor zu klopfen. *Sind Sie eine frische Frau mit Mut? Haben Sie Interesse an deutscher Mode?*

Maria umklammerte den Haltegriff, dass er fast abbrach. In ihr wuchs die Wut. Oder was wuchs da?

Hatte Noah seine Arbeitsstelle verloren? War er etwa ihretwegen entlassen worden, weil sie doch etwas falsch gemacht hatte? Dem Obersturmbannführer nicht gefallen hatte?

Oder – ihr wurde heiß – könnte man Noah und sie am Rhein beobachtet haben?

Sie strengte sich an, sich zu erinnern. Hatte es seltsame Geräusche hinter ihnen gegeben, vielleicht ein Rascheln, das nicht von ihnen beiden stammte? Einen Luftzug, der ihr vielleicht komisch vorgekommen war? Nein, nein, nein! Sie erinnerte sich nur an Noah. Und an das Horst-Wessel-Lied.

Als sie Düsseldorf erreichten, hatte Maria ihr Gehirn so sehr zermartert, dass ihr sämtliche Erklärungen wahrscheinlich erschienen. Sie gab auf, und der Vater schwieg immer noch.

Er parkte vis-à-vis der Weißen Villa, und nachdem er den Türklopfer betätigt hatte, hielt er inne, um das Messingschild des Ateliers zu studieren, genau wie

Maria es vor Wochen getan hatte. Drinnen ertönten schnelle Schritte, Pumps-Absätze, und Maria wusste, wer die Tür öffnen würde.

Greta dagegen war sehr erstaunt, sie zu sehen. »Eine exzellente Überraschung, Fräulein Reimer!«

Mit knappen Worten stellte der Vater sich vor und fragte nach Herrn Bertrand. Greta ließ sie eintreten, aber sie zog ein skeptisches Gesicht. Marias Anblick musste ja auch verheerend sein, während Greta mit jedem Zentimeter brillierte. Die Haare wie Zarah Leander, und der Rock war ein Traum von Schulze-Bibernell.

Herr Bertrand befand sich nicht in seinem Büro, sondern schien im Studio bei der Arbeit zu sein. Greta bot zwei Stühle an, auf denen sie warten sollten, aber dem Vater zitterte inzwischen das Kinn. Er stieß jede Tür auf, die er finden konnte, und zerrte Maria mit sich, bis er das Studio entdeckte.

Herr Bertrand stand ohne Jackett an der Atelierkamera. Vor ihm lag ein halb nacktes Modell im Scheinwerferlicht, ausgestreckt vor einem Hintergrund, der schneebedeckte Berge zeigte.

»Was erlauben Sie sich?«, rief Herr Bertrand.

»Das frage ich Sie!«, entgegnete der Vater scharf.

»Vater!«, flehte Maria. »Das ist nicht die Art von Arbeit, um die es mir geht.«

Aber Theodor Reimer trat entschlossen zu dem Modell, das hastig die Beine schloss. »Bedecken Sie sich, bitte«, sagte er. »Und entschuldigen Sie.«

Mit einem Klack drehte Herr Bertrand das große Deckenlicht an. »Sie sind der Vater von Maria Reimer? Es ist nicht üblich, in unsere Studioaufnahmen zu platzen.«

»Meine Tochter hat sich hinter meinem Rücken bei Ihnen beworben.«

»Umso bedauerlicher ist diese Art unseres Kennenlernens.« Herr Bertrand warf Maria einen strengen Blick zu, rang sich dann aber doch ein Lächeln ab. »Was Sie hier mitbekommen haben, ist eine Ausnahme für uns alle. Eine leider hochnotpeinliche Sonderanfertigung für einen hochrangigen Offizier, ich verrate es nicht gern. Ich möchte aber, dass Sie es richtig einschätzen, Herr Reimer.«

»Herr Dr. Reimer, bitte.« Der Vater drückte die Brust nach vorn. »Ich teile Ihnen mit, dass ich meiner Tochter keine Erlaubnis zum Antritt einer Arbeitsstelle gebe!«

»Vater!«

Das Fotomodell, eine zierliche Frau mit hell gefärbten Haaren, huschte aus dem Raum. Herr Bertrand breitete die Arme aus: »Einen Cognac, Herr Dr. Reimer? Hinten in meinem Büro.«

Aber der Vater verschränkte die Hände. Das künstliche Licht ließ seine Haut zerfurcht und krank erscheinen. Hinter ihm blähte sich das Alpenpanorama, eine lächerliche, stümperhafte Fantasie.

»Ich trinke nicht«, sagte er.

Maria spürte Gretas Hand auf ihrem Rücken. *»C'est très malheureux«,* flüsterte sie. *»Mais tout ira bien,* Maria.«

Und wie? Wie sollte alles noch gut werden? Maria war kaum in der Lage zu nicken. Denn was geschah da vor ihren Augen? Was wollte der Vater, und wo waren die eleganten Pläne hin? Wo war das berühmte Atelier von Herrn Bertrand, das für *Die Dame* arbeitete und ihr eine glorreiche Zukunft versprochen hatte?

»So hat Noah Ginzburg mich nicht fotografiert, Vater. Er hat damit nichts zu tun, und du weißt, dass auch ich niemals in solche Aufnahmen einwilligen würde.«

»Ja, das weiß ich tatsächlich. Aber ich werde dir diese Laufbahn trotzdem nicht erlauben.«

Greta trat vor, sie hielt Marias Bewerbungsbild in der Hand. »Sehen Sie, Herr Dr. Reimer, das ist hohe Kunst. Ihre Tochter hat ein großes Talent, und wir bieten ihr hervorragende Möglichkeiten. Die Mode wird im Deutschen Reich eine immer wichtigere Position einnehmen. In Berlin werden eigene Institute gegründet, es gibt eine Förderung durch die Ministerien, selbst das Propagandaministerium interessiert sich, und wir haben lange nach einem Fotomodell gesucht, das den neuen, besseren Ansprüchen gerecht werden kann.«

»Meine Tochter lässt sich nicht den Kopf verdrehen.«

»Natürlich nicht.« Herr Bertrand schaltete sich ein. »Aber ich sage Ihnen, Berlin wäre dankbar, wenn es uns gelänge, sich auch in der deutschen Hochmode ein wenig exklusiver zu zeigen. Mit Ihrer Tochter wird uns das mühelos gelingen, und es wird ihr und Ihnen ganz bestimmt nicht zum Nachteil gereichen. Wenn Sie heute nicht zu mir gekommen wären, Herr Dr. Reimer, wäre ich morgen sowieso zu Ihnen nach Köln gefahren. Der Vertrag ist wohl auf dem Postweg verloren gegangen?«

»Falls es schon einen Vertrag gibt, ist er gegenstandslos.«

»Bitte, betrachten Sie das Bild«, sagte Greta und hielt dem Vater das Foto noch näher hin. »Maria ist eine Naturbegabung. Ihr gutes Aussehen ist das eine. Aber Sie erkennen gewiss auch ihr Können in der Bewegung?«

»Nein, ich will gar nichts sehen.« Der Blick des Vaters streifte das Bild dennoch, er zögerte für den Bruchteil einer Sekunde und sah dann zu Maria. »Mein Kind.«

Ihr entfuhr ein Geräusch, als würgte man sie. Der Vater war sichtlich bewegt. Er sah noch einmal das Bild an, ja, die Kunst hatte ihn erreicht! Seine Tochter, die im Weglaufen zurückblickte. Was sagte das Foto ihm?

Er räusperte sich, zum ersten Mal, seitdem sie in Düsseldorf waren, und wandte sich an Greta und Herrn Bertrand. Seine Miene wurde fest.

»Meine Tochter wird nicht arbeiten. Weder hier noch in einem anderen, anständigeren Betrieb. Sie wird kein Fotomodell sein, auch wenn sie es könnte, und sie wird auch keinen anderen Beruf ergreifen. Sie ist eine Tochter aus allerbestem Hause, und Sie haben recht, sie hat Talent. Aber sie hat es nicht nötig, Geld zu verdienen. Ihre Aufgabe findet sie im Haushalt, und ich verlange, dass sie ab sofort von Ihnen unbehelligt bleibt.«

Teil II
Große Blende

10

Der Flur im Kinderheim war mit wasserblauem Teppich ausgelegt, sechs Türen gingen nach links ab, sechs Türen nach rechts. Ein freundliches Licht fiel durch die Fenster, und Sabine blieb vor der Reihe aus verschrammten Türklinken stehen und dachte, dass Pascal wahrscheinlich jeden Tag in irgendeinem der Zimmer sitzen und auf seine Mutter warten würde.

Marion Lüdtkehaus hatte Besuchsverbot, allerdings hatte sie bisher auch kein einziges Mal verlangt, ihren Sohn zu sehen. In den wenigen Telefonaten, die Sabine mit ihr geführt hatte, war Frau Lüdtkehaus ausschließlich mit Ausflüchten zu ihrem Exmann beschäftigt gewesen. Jo habe doch nichts Böses getan, und ihm täte alles so leid. Sabine konnte nur hoffen, dass Pascal nichts von dem Desinteresse der Mutter erfuhr. Er selbst fragte nämlich ständig nach seinen Eltern. Krank vor Heimweh, hing er Familienträumen nach, trotz allem. Er war eben ein Kind.

Für die Akten hatte Sabine die vergangenen Monate rekonstruiert, und das war ihr an die Nieren gegangen. Johannes Lüdtkehaus hatte seinen Sohn regelrecht heimgesucht. Eines Tages hatte er einfach so vor der Wohnungstür gestanden: »Erkennst du mich nicht, Pascal?«

Der Junge hatte die Tür zuschlagen wollen: »Mama!«,

und die Mama war auch angelaufen gekommen und hatte ebenfalls große Augen gemacht. Aber sie hatte Jo hereingelassen, tatsächlich in den Flur, wo er die Schuhe ausgezogen und in die Küche gelugt hatte, um sich dort auf den dritten Stuhl zu setzen. Und dann passierte: nichts. Nichts, was ihn aufgehalten hätte. Im Gegenteil.

»Nenn mich Jo – oder einfach Papa.«

Er freue sich, hatte Jo gesagt, seine Marion und Pascal, sein Fleisch und Blut, wiederzusehen. Denn er habe sich als Mann und als Vater in den letzten Jahren mächtig gebessert. Früher sei wohl viel schiefgelaufen, aber der Familie zuliebe würde er es neu angehen.

Angeblich war Marion Lüdtkehaus in Versuchung gewesen, die Behörden einzuschalten. Angeblich hatte sie auch ernsthaft überlegt, ob sie von Jo verarscht wurde. Aber dann war ihr eingefallen, wie es sich all die Jahre angefühlt hatte, alleinerziehend zu sein und vom Jugendamt gegängelt zu werden. Einsam nämlich. Wie oft hatten die Sachbearbeiter sie in die Pflicht genommen, als ob sie die Schuld an allem trüge? Während Jo sich lustig in der Weltgeschichte herumtreiben durfte. Nein, jetzt sollte er ruhig einmal mit anpacken. Und außerdem schuldete er ihr Geld.

In den Wochen nach jenem ersten Besuch klingelte Jo regelmäßig an der Wohnungstür. Er machte Komplimente, brachte Geschenke und stellte Tüten voller Lebensmittel ab. Er kochte auch und wollte mit Pascal spielen, egal was, und das hatte es noch nie gegeben: Fußball abends um zehn, wenn die anderen Jungs längst zu Hause sein mussten, Playstation sonntagmorgens um sechs.

Nie war Jo müde, nie genervt. Nie aggressiv. Aber er

redete auch nie über früher, und das beunruhigte Pascal mehr, als wenn sie sich gestritten hätten.

Marion Lüdtkehaus war bald geschmeichelt, dass der durchtrainierte Jo sich immer noch für sie interessierte. Pascal dagegen fing an, sich im Bad vor den Spiegel zu stellen und seinen Rücken zu betrachten. Früher hatte er den Anblick vermieden, aber das ging jetzt nicht mehr, denn er konnte neuerdings wieder das Bügeleisen riechen. Musste an das Zischen denken, die Schreie, die Schläge. An die Wucht, mit der Jo ihn verachtet hatte. Derselbe Jo, der zurückgekehrt war?

Natürlich wollte Pascal seiner Mutter nichts verderben, also riss er sich zusammen. Er hatte auch Angst, eine Chance zu vergeben, denn vielleicht könnten sie doch noch eine Familie werden, wenn er als Sohn gut genug funktionierte. Nichts Falsches sagte und Jo nicht reizte.

Was wäre geworden, wenn Sabine nicht zufällig dazwischengefunkt hätte? Sie quälte sich mit der Frage, wurde die Last nicht los, auch wenn sie eigentlich gar keine Zeit für Spekulationen hatte.

»Lass gut sein, bei solchen Eltern lohnt es sich nicht«, hatte Friederike im Sekretariat gesagt und auf den Ordner mit ähnlichen Fällen gezeigt.

An jenem Samstag im Schwimmbad hatte Pascal geschrien wie am Spieß, während die Polizisten seinen Vater zur Seite gedrängt hatten. Und als Sabine dem Jungen ein Handtuch hatte umlegen wollen, war er weggelaufen und auf den Fliesen ausgerutscht. Das Blut war aus einer Platzwunde am Kopf gespritzt, noch am selben Tag waren schauderhafte Videos im Internet aufgetaucht. Der *Express* hatte sich hinter den Fall geklemmt: *Jugendamt fällt auf Prügel-Eltern rein, Kind verletzt.* Zwei Tage später: *Wer schützt uns vor den Kinderschützern?* Bis der Chef, Stefan Kramer, einen offenen Leserbrief geschrieben und sich vehement vor Sabine gestellt hatte.

Im Jugendamt, auf den Konferenzen, wurde sie seitdem gelobt. Im Übermaß und paradox, der Chef hatte ihr zig neue Fälle auf den Tisch gelegt. Schulverweigerer, Ausreißer, vernachlässigte Kinder.

»Sie kriegen das hin, Frau Schubert, Sie haben ja gezeigt, wie toll Sie sich einsetzen wollen.«

Ein gigantischer Datenwust steckte in ihrem Computer, ein riesiger Stapel Papier lag daneben. Dabei fühlte Sabine sich wie gelähmt. Sie schlief schlecht, sie träumte furchtbare Dinge, und wenn sie aufwachte, musste sie sich zwingen, daran zu denken, dass sie von der Situation profitierte. Noch nie, seit sie bei der Stadt Köln angestellt war, hatte man sie in einem Team gefeiert.

Und Pascal?

Sie atmete durch und klopfte im Kinderheim an die Tür des Therapiezimmers. Der Junge saß schon in einem der Sessel am Tisch und begrüßte sie nicht. Er blickte aus dem Fenster, breitbeinig und mit den alten, riesigen Turnschuhen an den Füßen. Die Arme ruhten lässig auf den Lehnen.

Die Psychologin, Magdalene Meyer-Liszt, wies Sabine einen Platz ihm gegenüber zu, und auch wenn Sabine das zu konfrontativ erschien, setzte sie sich dorthin und packte ihre Tasche aus. Sie hatte den *Kicker* mitgebracht und schob die Zeitschrift in Pascals Richtung. Er schenkte ihr keine Beachtung.

Frau Meyer-Liszt dagegen beobachtete alles genau,

einen Notizblock vor sich. Sabine lächelte bewusst. Es roch nach Erdbeer-Kaugummi und Kaffee. Pascals Augen waren geschwollen, seine Beine wippten nervös. Er trug ein helles, gebügeltes Hemd, hatte sich vielleicht schick machen wollen, um sich gegen Sabine und das Jugendamt zu wappnen. Oder er war von seinen Betreuern dazu aufgefordert worden, einen guten Eindruck zu erwecken. Die Hemdknöpfe hielt er bis oben hin geschlossen.

»Frau Schubert wollte heute noch einmal nach dir sehen«, begann die Psychologin. »Magst du ihr Guten Tag sagen, Pascal?«

Er schwieg und betrachtete seine wippenden Beine.

»Du könntest Frau Schubert auch Fragen stellen«, fuhr Frau Meyer-Liszt fort. »Wir haben ja besprochen, dass dich bestimmte Abläufe bedrücken, und es wäre eine gute Gelegenheit, Unstimmigkeiten auf direktem Weg zu klären.«

Sie wartete, und auch Sabine wartete, aber Pascal blieb stumm. Seine Jeans schabten rhythmisch an der Sesselkante, die Turnschuhe seufzten.

»Alles klar.« Sabine beugte sich vor. »Du bist sauer auf mich, weil ich dir nur Ärger gebracht habe. Außerdem bist du sauer auf dich selbst, weil du nicht gemerkt hast, dass ich im Schwimmbad am Beckenrand stand. Vielleicht denkst du, deine Eltern hätten von dir erwartet, dass du mich rechtzeitig erkennst und sie vorwarnst. Aber ich muss dir sagen, es hätte nichts genützt, und es ist auch nicht deine Schuld. Im Badeanzug und mit nassen Haaren sehe ich ganz anders aus als sonst. Selbst deine Mutter hätte mich übersehen.«

Abfällig zog Pascal die Nase kraus. Immerhin.

»Ich wusste auch nicht«, sagte Sabine, »wie heikel es war, dass ich ins Schwimmbad gekommen bin. Ich wollte nur sichergehen, dass du dich in deinem Kurs wohlfühlst, und darum habe ich mich bei dir nicht angemeldet. So wie es gelaufen ist, war es natürlich chaotisch, trotzdem finde ich das Ergebnis gut.«

War das verständlich? Frau Meyer-Liszt machte ein Geräusch mit den geschminkten Lippen, und Sabine war die Situation plötzlich heftig zuwider. Ihr eigenes Pädagogen- und Jugendamtsdeutsch. Das Rechtfertigen. Das Einschleimen bei dem geschädigten Kind. Wie sollte daraus ein echter Kontakt entstehen?

Pascal blies verächtlich die Wangen auf. Mehr ging nicht.

Frau Meyer-Liszt tippte mit einem Finger auf den Notizblock. »Frau Schubert ist ja diejenige, die dir den Schwimmsuit organisiert hat.«

Als ob Pascal das nicht wüsste! Sabine machte eine abwehrende Geste. Die dünnen Beine des Jungen wippten schneller, das Schaben am Sesselstoff wurde lauter.

»Vermutlich wirst du Frau Schubert für einige Zeit nicht wiedersehen. Du solltest dir wirklich überlegen, ob du ihr nicht noch etwas mit auf den Weg geben willst.«

Da warf Pascal den Kopf herum. Die Platzwunde am Rand seiner Stirn war halbwegs verschorft. Die Haare sahen fettig aus, dabei wurde im Heim regelmäßig geduscht, und Sabine befiel sofort die Vorstellung, dass er von den anderen Kindern eingeölt worden war.

»Pascal?« Frau Meyer-Liszt machte Druck. Der Junge starrte ins Leere und schwieg.

Schließlich zog Sabine den *Kicker* zurück, das Mitbringsel war ungeeignet gewesen. Wenn bloß die Psychologin nicht so penetrant herübernicken würde. Was sollte Sabine denn tun? Und warum stellte Meyer-Liszt nicht selbst einmal eine echte Verbindung zu dem Jungen her?

Sabine stand auf und wollte Pascal die Hand zum Abschied reichen. Er aber schob rasch seine Finger unter den Hintern. Na gut.

»Bis dann«, sagte Sabine. »Es hat mich wirklich gefreut, dich kennengelernt zu haben. Und glaub mir, es tut mir alles sehr leid.«

Da stieß er ein raues Geräusch aus. »Ach! Und warum wollen Sie dann nicht mehr für mich zuständig sein?«

»Ich bleibe zuständig, aber du bist ja jetzt in dieser Einrichtung untergebracht, und da ist alles etwas anders organisiert.«

»Und wenn ich nicht will?«

Er sah sie an. Die grauen Augen schimmerten glasig und vorwurfsvoll, und Sabine dachte verblüfft, dass der Blick gut zu lesen war. Enttäuscht war er und wütend, denn sie, die Jugendamtstante, sollte sich nicht einfach in Luft auflösen dürfen. Sie sollte herhalten als Ziel für schlechte Gedanken und Wut. Weil sie es gewesen war, die alles hätte anders machen können, jedenfalls aus Pascals Sicht, und auch, weil sie im Fall seines Vaters so getan hatte, als ob jeder Erwachsene für seine Fehler geradestehen müsste. Nur nicht sie selbst.

Abrupt hörte Pascal auf, mit den Knien zu wippen. Frau Meyer-Liszt wurde nervös: »Wir müssen uns an Regeln halten, Pascal.«

Aber Sabine lächelte: »Du kannst mich jederzeit im Jugendamt erreichen. Willst du das?«

Da schnellte der Junge aus dem Sessel. »Ich will nach Hause, und ich will außerdem wissen, wie es meiner Mutter geht!«

Er hob die Fäuste, er lauerte und tänzelte wie ein Boxer vor dem Schlag. Frau Meyer-Liszt schien die Situation zu kennen: »Denk an den wichtigsten Vorsatz, Pascal.«

Doch er dachte nicht nach. Er sprang nach vorn und schlug nach Magdalene Meyer-Liszt. Mit der Faust traf er ihren bloßen Unterarm, sie schrie auf, dann folgte eine tiefschwarze Stille.

Wie zu Tode erschrocken, ließ Pascal die Fäuste sinken. Er wich zurück, immer weiter nach hinten, und als er mit dem Rücken gegen die Wand stieß, rutschte er zu Boden und fing an zu wimmern.

»Nichts passiert.« Die Psychologin rollte den Ärmel der Strickjacke herunter und bedeutete Sabine, sie allein zu lassen und, bitte!, nichts mehr zu sagen. Doch das war unmöglich.

Sabine hockte sich vor Pascal und legte ihre Hand auf seine Schulter. Er zitterte, und sie wusste, dass er alles dafür gegeben hätte, anders zu sein.

»Hab keine Angst«, sagte sie. »Das ist es nicht wert.«

Er schluchzte noch wilder und presste die Arme an die Rippen, wie um sein Herz zu zerquetschen. Ein kleines Kind, dachte sie, er war doch nichts als ein kleines Kind.

Sie umfasste seine Schulter etwas fester, spürte die dünnen Knochen und Sehnen, und ihr Herz klopfte, weil sie ihn drückte und er sich nicht wehrte. Im Gegenteil. Er bewegte sich in ihre Richtung. Er legte den Hals schief und näherte sein Gesicht ihrer Hand.

Sie wartete ab, dann liebkoste sie ihn.

11

Eins, zwei, drei. Kehrt um, Blick geradeaus. Vier, fünf. Sechs Schritte von Wand zu Wand. Das Esszimmer.

Die Küche: Vormittags tabu, denn dort wirtschaftete Dorothea in verbissenem Schweigen.

Also in den Flur, marsch, sieben, acht. Die Tür nach draußen war natürlich auch heute verriegelt. Einen eigenen Schlüssel besaß Maria nicht mehr, seitdem sie Hausarrest hatte, und in all den Wochen, in denen der Vater sich nicht geschämt hatte, wie ein Diktator über sie zu herrschen, hatte er seinen eigenen Schlüsselbund nie unbeaufsichtigt herumliegen lassen.

Die Tür zum Wohnzimmer saß stumm in der Wand. Dunkel und fleckig wie die Klappen in Marias Herz.

Das Eichenholz, an dem sie vor Wochen noch gelauscht und so unerwartet die Stimme von… Die Tür, die sich plötzlich geöffnet hatte und hinter der…

Der Abgrund, der Maria verschlungen und nicht wieder ausgespuckt hatte, den sie aber im ersten Moment des Fallens gar nicht wahrgenommen hatte, weil auf ihrer Nase damals noch die rosarote Brille geklebt hatte. Weil sie sich so schrecklich sicher gewesen war. Sich so sehr gefreut hatte, Noah wiederzusehen. Unerwartet in der Severinstraße. Wie bitter und beschämend, denn er… Noah hatte etwas ganz anderes im Sinn gehabt. Er hatte Maria verraten. Sie gedemütigt, so wie auch der Vater sie gedemütigt hatte, als er in Düsseldorf im Atelier Bertrand ihre Hoffnungen pulverisiert hatte.

Und Dorothea hatte Kohlrabi geschnitten, und Greta, elegant in Schulze-Bibernell, hatte die gepflegten Hände gerungen.

Dabei hätte vor allem Greta mehr Geistesgegenwart an den Tag legen können. Sie hätte in Düsseldorf alles verhindern können, wenn sie den Vater am Eingang der Weißen Villa abgewimmelt hätte, anstatt ihn hereinzulassen. Aber nein.

Und was hatte Herr Bertrand damit gemeint, dass der Arbeitsvertrag für Maria auf dem Postweg verloren gegangen sei? Hatte Herr Bertrand das Vertragswerk denn wirklich losgeschickt, und warum war er dem Verlust dann nicht nachgegangen? Er hätte sich doch zumindest telefonisch melden können, nachfragen können, ob Maria den Vertrag nicht unterschreiben wollte. Wie verheerend diese entsetzliche Gleichgültigkeit, diese Passivität doch war!

Auch jetzt noch ging es so weiter, denn seit dem Eklat, seit der Katastrophe im Studio, hatte Herr Bertrand nicht den kleinsten Rettungsversuch unternommen. War nicht nach Köln gekommen, um nach Maria zu sehen. Oder um dem Vater mit Muße auseinanderzusetzen, was es mit dem Beruf eines Fotomodells auf sich hatte und welche wunderbaren Möglichkeiten auf seine Tochter zukommen könnten, wenn sie bloß Mary Mer sein dürfte.

Eines Tages könnte der Vater sogar stolz sein. Wenn er bei den *Couture*-Schauen in Paris in der ersten Reihe sitzen und Maria zuwinken dürfte.

Wer wohl das halb nackte Modell gewesen war, das sich unter den Scheinwerfern im Atelier Bertrand geräkelt hatte? Und seit wann ließ sich das renommierte Atelier dazu herab, derartige Szenen zu fotografieren? Angeblich im Auftrag eines Offiziers. Oder gar des Obersturmbannführers, den Maria in Düsseldorf kennengelernt hatte?

Eins, zwei. Wohnzimmertür auf, drei, vier, Wohnzimmertür zu. Und stillstehen. Lange an einem Fleck ausharren und atmen. Die Hand federleicht auf der Klinke liegen lassen. Das blanke Metall auf der Haut spüren, das Metall, das auch Noah angefasst haben musste, als er zu Besuch gewesen war.

Die Klinke wurde warm, dann feucht, und schon kamen wieder die Tränen.

Noah hatte mutmaßlich auch die Sessellehne im Wohnzimmer berührt. Und eines der Wassergläser und den Korkuntersetzer auf dem Salontisch aus Glas. Wie weh es Maria jetzt tat! Denn wäre Noah nicht hier gewesen …

Was hatte er bloß vorgehabt, was hatte er ursprünglich bei seinem Besuch gewollt? Maria anschwärzen? Mary Mer vernichten? Oder hatte er gar nach einer Verabredung mit Maria fragen wollen und dem Vater dabei ganz ohne Absicht zu viel von Düsseldorf erzählt?

Oh nein, das waren blödsinnige Träume! Dumme, naive Entschuldigungsversuche, die Maria sich verbieten sollte. Denn Noah hatte sich im Wohnzimmer viel zu auffällig benommen und war am Ende schuldbewusst weggelaufen. *J'en suis mortifié et vraiment désolé.* Alles gelogen. Und vor allem war Noah mit dem Vater verdächtig vertraut umgegangen. Die beiden hatten sich geduzt, auch wenn es jetzt abgestritten wurde.

Warum hielt es niemand für nötig, Maria in die Hintergründe einzuweihen?

Désolé.

Wie Noahs Hände sich angefühlt hatten, vor vielen Wochen unter der Hohenzollernbrücke am Rhein, und wie sie zupacken konnten und wollten – wie sollte Maria das Gefühl je wieder aus dem Leib bekommen? Hatte es sich denn wirklich nur in ihr eingenistet und nicht in Noah, diese Erinnerung, dieses Brennen? Sein Herz musste doch genauso gepocht haben wie ihres, erst recht, als er hier im Wohnzimmer stand, in ihrer privaten, arglosen Umgebung mit den alltäglichen Maria-Spuren. Bestimmt hatte er heimlich auf die Severinstraße hinuntergesehen, ob Maria nicht nach Hause käme. Aber nein, sie war ja zur gleichen Zeit am Rheinufer in einen Aufmarsch der SS geraten. Das musste man sich einmal vor Augen führen!

Ob Noah bei seinem Besuch die Bilder auf dem Kaminsims betrachtet hatte? Er könnte sich vorgebeugt haben, die Hände, die Fotografenhände, auf dem Rücken verschränkt, um das Verlobungsfoto der Eltern ganz genau anzusehen. Und dann hatte er das Tanzstundenfoto von Maria entdeckt oder das Foto, das nach ihrem Schulabschluss angefertigt worden war. Ihre Haare waren auf dem Bild in furchtbar langweilige Wellen gelegt, aber sie trug immerhin einen Pullover mit kurzen Ärmeln und einem eng anliegenden Schnitt.

Hatte Noah sich amüsiert? Hatte er auf den Bilderrahmen geatmet, war das Glas beschlagen? Hatte er in Marias Fotoaugen geschaut, über ihre etwas freche Miene gelächelt? Oder hatte ihm die plumpe Bildinszenierung des Kollegen missfallen, die Standardkomposition von Photo Brenner?

Dong. In der Tiefe der Wohnung schlug die alte Pendeluhr. Maria fuhr von dem Porträtbild zurück. Es war erst zehn Uhr, nicht einmal der Vormittag war vergangen, und doch klebte ihr schon wieder das Unterhemd am Rücken. Sie schwitzte vor Scham und vor Wut. Sie schwitzte vor lauter Eingesperrtsein.

Vier, fünf, sechs.

Und sie hasste die dicke Wäsche, die Strümpfe, den wollenen Rock und die Jacke! Aber sie konnte sich nicht dazu entschließen, etwas davon abzulegen. Nicht hier, nicht in diesem Hausarrest. Sie war für die frische Luft gemacht. Für die Rheinpromenade, die Königsallee und für weitläufige Studios.

Und sie war dafür gemacht, einen klaren Blick auf die Welt zu richten, frei, offenherzig und neugierig, selbst wenn sie die Einzige im Haushalt von Theodor Reimer wäre, die dergleichen wagte.

Ein Mädchen, eine Frau konnte sich doch Möglichkeiten schaffen? Überall, wenn sie wollte. Und wenn man sie einsperrte, verbuchte man nur einen oberflächlichen Triumph, denn eine Frau war ohne Grenzen mit ihrem Verstand unterwegs.

Vergangene Nacht hatte Maria viel nachgedacht. Sie war den Schicksalstag, der sie in den Hausarrest geführt hatte, Schritt für Schritt durchgegangen und dabei an einer Information hängen geblieben, die Dorothea ihr in der Küche gegeben hatte: dass der kleine Elias ganz allein auf dem Weg nach England sei. Wie sollte sie das wohl glauben? Elias hätte sich erstens von Maria verabschiedet, wenn er auf Reisen gegangen wäre. Und zweitens waren seine Eltern gewiss viel zu besorgt, um ihn allein loszuschicken.

Mitten in der Nacht hatte Maria die Bilder geholt, die Elias ihr im Laufe der Zeit gemalt hatte. Viel Wasser, viele Schiffe, ein graublauer Himmel. Sie hatte dem Jungen einmal beibringen wollen, Menschen zu zeichnen, aber das wollte er nicht. Er war quirlig und voller Ideen, er hätte für Maria wie ein kleiner Bruder werden können, aber seine Eltern schirmten ihn seit seiner Geburt am liebsten ab, sogar vor ihr.

Am 1. Januar 1933 war er zur Welt gekommen, Maria war damals zwölf Jahre alt gewesen und hatte wie die gesamte Nachbarschaft danach gefiebert, das Baby zu sehen. »Nein, es geht der Mutter nicht gut«, hatte Dorothea gesagt, »du darfst nicht bei ihnen klingeln.«

Elias' Vater war Briefträger gewesen, und Maria hatte ihn auf der Severinstraße bestürmt. Welche Haarfarbe hatte das Baby? Wie viel trank es, wie viel schlief es?

»Meine Frau hat zehn Jahre gewartet, um unser Kind zu bekommen«, hatte der Briefträger erschöpft gesagt. »Jetzt lässt sie es nicht mehr aus den Augen, tut mir leid, sie erlaubt keinen Kontakt. Hab noch Geduld, Maria, bitte.«

Als Elias im März immer noch nicht herumgezeigt worden war, fingen die Leute an zu tuscheln. Doch dann, eines Tages, tauchte Selma, Elias' Mutter, plötzlich im Treppenhaus auf. Sie hielt ein Bündel aus Wolldecken im Arm und lief die Stufen hoch und runter, bis Doro sie energisch in die Wohnung der Reimers zog.

Selmas Mann, Elias' Vater, hatte seine Arbeit verloren. Ihm wurde vorgeworfen, Geld aus einem Brief gestohlen zu haben, dabei konnte er beweisen, dass er diesen Brief überhaupt nicht transportiert hatte.

»Und jetzt?«, fragte Doro entgeistert.

»Jetzt protestiert er, in aller Öffentlichkeit«, sagte Selma aufgeregt. »Ich glaube, er steht vor der Postdirektion und will so lange rufen, bis er angehört wird.«

»Um Himmels willen, halten Sie ihn zurück, Selma!«

Maria bekam Angst, als sie die Erwachsenen reden hörte. Aber in dem Wolldeckenbündel vor Selmas Brust gab es eine interessante Bewegung. Vier winzige rote Finger spreizten sich aus dem Stoff.

»Laufen Sie«, sagte Doro zu Selma. »Bringen Sie Ihren Mann zur Vernunft, und lassen Sie den kleinen Elias solange bei uns.«

»Das geht nicht. Ich muss das Baby mitnehmen.«

»Es würde sich in dem Tumult nur erschrecken! Bitte, Selma. Wir passen gut auf den Kleinen auf.«

Doro nahm das Bündel an sich, die roten Finger verschwanden, aber Selma lief tatsächlich los, und Maria wusste, dass ihre Stunde gekommen war.

Elias hatte rötliche Haare. Der Flaum stand ihm vom Kopf ab wie bei einem Küken. Seine Augen schimmerten dunkel, und als er sich die Fäuste vor den Mund hielt und schmatzte, war es um Doro und Maria geschehen.

Gegen Abend kehrte Elias' Mutter zurück, ihren Mann im Schlepptau. Seine Jacke war zerrissen, die Stirn blutig. Was vor der Postdirektion passiert war, hatte Maria nie erfahren, sie stellte nur fest, dass die Severinstraße von einem neuen Briefträger versorgt wurde.

Elias' Vater durfte seitdem manchmal bei Marias Vater im Kontor vorsprechen, um kleine Aufträge zu erhalten. Elias selbst aber blieb ein verborgenes Kind. Sogar als er größer wurde, ließ Selma ihn kaum aus dem Haus, und so konnte Maria ihn meist nur heimlich oder zufällig treffen, zum Beispiel im Hinterhof, wo das Leberwurstbrot für den Jungen lag.

Zu seinem vorletzten Geburtstag hatte sie etwas Ungehöriges getan: Sie hatte Elias ihren alten Tretroller geschenkt. Er war so glücklich gewesen und sofort um den Block gefahren, außer Sichtweite für fünf oder zehn Minuten. Der Tränenausbruch von Selma war schrecklich gewesen.

Und jetzt sollte Selma ihr Kind auf eine Reise nach England geschickt haben? Nachdem Elias zu Hause in Köln erst vor Wochen, im November, beim Bonbonkaufen zusammengeschlagen worden war? Nein, Selma würde an seiner Seite bleiben, und das war auch vernünftig. Dringender denn je brauchte der Junge inzwischen einen Geleitschutz.

Maria hatte die ganze Nacht lang gegrübelt und am Morgen, beim Frühstück, ihr selbst auferlegtes Hausarrest-Schweigen gebrochen:

»Vater, ich glaube nicht, dass Elias im Ausland ist. Vielmehr kommt es auf der Severinstraße in Mode, Märchen über Kinder zu erzählen, die plötzlich verschwinden. Was erzählt ihr den Nachbarn eigentlich über mich?«

»Maria!« Der Vater hatte sich streng geräuspert. »Dir geht es gut, und ich dulde nicht, dass du Elias' Geschichte für deine Zwecke benutzt.«

»Das will ich gar nicht. Ich will dich nur darauf aufmerksam machen, dass mit Elias' Eltern etwas nicht stimmen kann. Wir sollten ihnen nicht unbedingt glauben, sondern noch einmal nach Elias suchen, auch wenn es Mühe macht.«

»Das sagst ausgerechnet du? Seit wann interessierst du dich wieder für jemand anderen als für dich selbst?«

Oh, das war gemein gewesen, und der Vater hatte es wohl auch so empfunden, jedenfalls war er aufgestanden und gegangen.

Zwölf, dreizehn. Maria nahm ihren Marsch durch das Wohnzimmer wieder auf. Die Wand, in der das große Fenster saß, war zum Glück lang.

Kehrt um, Blick nach vorn, Kinn hoch. Das Gewicht in der Schulterpartie leicht nach hinten verlagert, die Füße in den Hausschuhen auf eine Linie gesetzt. Die Finger auf die Hüfte gelegt, die Mundwinkel gespannt.

Ein fester Körper. Ein Bollwerk gegen die Verzweiflung. Pläne ließen sich auch aus dem Käfig heraus schmieden.

Sie dachte an Selma und die Mutterliebe.

Sie dachte an Greta und ihre Pariser Art, eine Treppe hinunterzugehen.

Sie dachte an die vornehmen Kölner Frauen am Rhein, die sämtlich *Die Dame* lasen und sich von niemandem dabei stören ließen.

Auch Maria hatte in der neuesten *Dame* geblättert, Dorothea hatte sie ihr in den Arrest gebracht. Das Februar-Heft war es schon! Eine Abbildung war besonders aufregend gewesen. Das Fotomodell hatte nicht gestanden oder gesessen, sondern auf dem Boden gelegen. In einem atemberaubenden Paillettenkleid und mit einer dynamischen Geste, genau so, wie Noah es vorhergesagt hatte: Man fand neue Methoden. Bloß hatte Maria sich das Bild nicht lange ansehen dürfen, denn Dorothea hatte ihr die *Dame* aus der Hand gerissen.

»Ich habe gesagt, du darfst erst hineingucken, wenn du wieder ordentlich isst.«

»Der Arrest verdirbt mir den Appetit.«

»Dann nehme ich die Zeitschrift mit in die Küche.«

»Bitte nicht, Doro, bitte, bitte nicht!«

»Ach, Kind, was soll ich nur mit dir machen?«

Es hatte an der Wohnungstür geknackt, so als ob der Vater weit vor der Zeit nach Hause gekommen wäre, und Doro und Maria hatten sich darüber erschrocken. Aber es war dann doch nur jemand gewesen, der durchs Treppenhaus gerannt war, um Flugblätter durch die Türschlitze zu schieben:

Ein Volk, ein Reich, ein Führer. Die Heimkehr Deutsch-Österreichs muss gelingen.

Maria hatte das Blatt auf dem Boden liegen gelassen, trotz ihrer Abscheu. Sollte der Vater sich doch ärgern, wenn er es fand.

Vierzehn, fünfzehn.

Draußen war es kalt. Das erzählte Doro. Auch wenn kein Schnee mehr lag, hatte sich der Frost in Köln häuslich niedergelassen. Viele Leute froren, weil sie keine Kohlen mehr bekamen. So lief das moderne Leben 1938, das war das Ergebnis von fünf Jahren Hitler.

Ob Noah Ginzburg heizen durfte? Ob er zu essen hatte? Ob er als Jude überhaupt noch im Atelier Bertrand arbeiten konnte?

Manchmal sehnte Maria sich weit zurück, sie sehnte sich sogar nach ihrer Schulzeit. Nach einem längst versunkenen Alltag mit Wettrennen auf Rollschuhen und Torte im Café Silberbach in der Glockengasse. Wann würde je wieder etwas normal sein?

Bald würde sie achtzehn Jahre alt, im Mai, und dann würde der Vater sie außer Haus geben, in einen neuen Arrest, von dem er meinte, dass sie dort gut aufgehoben wäre. Sie blieb ohne Ausbildung, das hatte er deutlich gesagt, also würde sie wohl in einem Kloster oder in einem Kurs zur Vorbereitung auf Haushalt und Ehe landen.

Ehe!

Nie wieder wollte sie küssen.

Und nie wieder fröhlich sein, wie denn auch? Bald kämen die Karnevalstage, Tausende würden auf der Severinstraße unter dem Wohnzimmerfenster feiern, und sie stünde nur hinter der Scheibe.

Und es würde Frühling werden, Ostern, die Domglocken würden läuten und bis in die Südstadt klingen. An Elias würde niemand mehr denken und an Mary Mer auch nicht. Der Vater würde Maria ab und zu sonntags auf einem Spaziergang an die frische Luft ausführen. Um sie der Männerwelt zu zeigen? Sie dürfte strikt nur in seiner Begleitung gehen. Sie würde sterben. Und niemand würde sie vermissen, denn auch das hatte sie sich eingebrockt, indem sie in der Schule, in der Kirche und sogar im Umgang mit den alten Freundinnen widerborstig gewesen war. Sie hatte keine Gleichgesinnten gesucht, weil sie felsenfest davon überzeugt gewesen war, Köln in Kürze verlassen zu dürfen. Richtung Paris, Berlin und Übersee.

Mit bleischweren Schultern blieb sie am Wohnzimmerfenster stehen. Unten an der Straßenecke lungerten schon wieder die beiden Kerle mit Mänteln und Hüten herum, die genauso aussahen, wie die Gestapo aussah, wenn sie erkannt werden wollte. Den fünften Tag in Folge suchten sie die Severinstraße auf. Wem wollten sie Angst einjagen? Im Stoffladen Schmitz gab es nichts mehr zu beanstanden, und die Dachwohnung der Familie Seewi gegenüber stand leer.

Maria versteckte sich hinter der Gardine und beobachtete die Männer. Sie hasste die Gestapo, die verschlagenen Mienen und die bedrohlich in die Taschen geschobenen Hände. Die Gestapo kam stets im feinsten Zwirn, aber in ihren Büros, im EL-DE-Haus am Appellhofplatz, floss Blut, wie man sich überall erzählte.

Aus Richtung der Innenstadt näherte sich jetzt eine Mutter mit Kinderwagen, eingemummelt in eine Jacke und einen wuchtigen Schal. Auch sie schien die Männer zu erkennen, denn sie schlug einen Haken, um nicht zu dicht an ihnen vorbeigehen zu müssen. Leider wurden die beiden dadurch erst recht auf sie aufmerksam. Der eine zückte sein Notizbuch, der andere rannte auf die Frau zu und griff in den Kinderwagen.

Die Babydecke flog zu Boden, eine Rassel ebenso, die Frau warf sich schreiend über ihr Kind, und Maria konnte nicht anders, sie schrie ebenfalls – bloß gegen die Scheibe: »Nein!«

Aber natürlich, unten auf der Straße hörte man sie nicht. Die Gestapo drehte der Frau die Arme auf den Rücken, der Kinderwagen kippte um. Und was war das? Es fiel kein Baby heraus, sondern etwas, das wie eine Wurst aussah, rollte über den Boden. Eine Konservendose kollerte hinterher. Die Gestapo lachte.

Dorothea stürmte ins Zimmer und riss Maria vom Fenstergriff weg: »Mach dich nicht unglücklich, Mädchen!«

Und da mussten sie beide mit ansehen, wie unten auf der Straße der Mann eine Pistole aus dem Mantel holte. Er zielte auf den Kopf der Frau, aber er schoss nicht, noch nicht. Die Frau musste auf die Knie gehen, über den Asphalt rutschen und alles wieder einsammeln, die Wurst, die Rassel, auch die Babydecke. Unter ihr wurde es nass, und sie erbrach sich, als sie den Kinderwagen aufhob.

Maria schluchzte, dass sie kaum noch Luft bekam. Dorothea schlang die Arme um sie.

Einer der Gestapo-Männer führte die Frau ab, der Kinderwagen blieb stehen. Der andere Mann ließ die Pistole in der Tasche verschwinden und kehrte auf den alten Posten an der Ecke zurück.

»Was will er noch?«, flüsterte Doro. »Stand er nicht gestern schon da? Und vorgestern?«

Da wurde Maria die Umarmung zu eng. Sie sollten sich schämen, nur zugeguckt zu haben! Aus sicherer Entfernung, hinter sicheren Wänden! Sie stieß Doro von sich, und sofort tat es ihr leid.

Sie konnte nicht mehr, und sie wollte nicht mehr. Sie musste bloß noch hier raus.

12

Alles wie immer: Die Großmutter war fürsorglich und kümmerte sich um die Enkelin, dabei hatte Sabine sich fest vorgenommen, mit Maria die Rollen zu tauschen und ab sofort diejenige zu sein, die das Heft in der Hand hielt. So hatte sie eine E-Mail an Nordmann & Söhne geschrieben, um zu der Firma des Großvaters Kontakt aufzunehmen – bloß hatte sie immer noch keine Antwort erhalten. Und dann war es im Jugendamt immer turbulenter geworden, woraufhin sie kaum Zeit gehabt hatte, sich weiter um die Geld- und Goldfrage zu kümmern. Und schließlich war es passiert: Die alten Strukturen hatten sich in Forsbach eingeschlichen, und Maria hatte wieder angefangen, Sabine zu begroßmuttern.

»Zu viel Arbeit, zu wenige Pausen im Jugendamt«, sagte Maria. »Dein Chef sollte dir zur Belohnung für den Schwimmbadfall einen Sonderurlaub geben, anstatt dir ein paar Dutzend neue Kinder auf den Tisch zu legen.«

»Mein Chef weiß ja selbst nicht, wohin mit der Arbeit, und es ist schön für mich, so gut in das Team integriert zu sein. Aber ich verstehe natürlich, was du meinst, Oma.«

»Du hast deine Arbeitstasche sogar nach Forsbach mitgebracht.«

»Nur ein paar Akten, und auch nur die, die wirklich dringend sind. Meine Kollegen machen das übrigens alle so.«

»Und wenn alle vom Turm springen, springst du hinterher?«

Kopfschüttelnd gab die Großmutter Suppe auf die Teller und schnitt zwei dicke Scheiben von dem Weißbrot ab. Sie schien heute voller Energie zu sein, hatte sich geschminkt und das Haar hochgesteckt. Eine Schönheit nicht nur nach den Maßstäben des vorigen Jahrhunderts, dachte Sabine.

»Ich überlege, mir ein Homeoffice einzurichten«, sagte sie dann. »So könnte ich mindestens einen Tag pro Woche von zu Hause aus arbeiten.«

»Das klingt nicht fair. Man sollte Privates und Berufliches trennen dürfen.«

»Zu Hause wäre das Arbeiten entspannter, weil mich keiner stört. Im Büro möchten sie am liebsten, dass ich jeden einzelnen Fall in die Konferenz einbringe, dadurch verliere ich Zeit. Und wenn ich mich darüber beschwere, heißt es, ich sollte mich etwas freischaufeln. Mich vor allem nicht mehr mit Pascal beschäftigen, weil er jetzt im Kinderheim ist und mich nichts mehr angehen würde.«

»Ach, Kind, das klingt immer schlechter! Du kommst an dein Limit.«

Sabine lächelte. Die Großmutter betonte »Limit« auf der zweiten Silbe, als wäre es Französisch, und das klang amüsant. Wo das Französische wohl herkam? Von früher? Ob man da ansetzen könnte, um doch noch einmal über die Vergangenheit zu reden?

»Keine Sorge, Oma. Ich treffe Pascal meistens in

der Mittagspause, und zwar an der frischen Luft. Du kennst doch den Rheinpark. Die Kinder aus dem Heim gehen manchmal dort auf den Spielplatz, und ich setze mich dazu.«

Aber Maria fand auch das offenbar wenig beruhigend. Sie lehnte sich zurück und musterte Sabine mit ernstem Blick.

»Du hast dein Herz an den Jungen gehängt«, sagte sie. »Gehört es nicht zu deinem Beruf, auf Abstand zu bleiben?«

»Mein Beruf ist es, Kindern beizustehen, und Pascal lässt niemanden an sich heran, nur mich. Du müsstest einmal sehen, wie er sich verhält, wenn er mich im Rheinpark entdeckt. Er kommt angelaufen, und wir verbringen ein paar richtig schöne Minuten zusammen. Das kann doch nicht schlecht sein?«

»Nein. Schlecht ist es nicht.«

Maria betupfte ihre Lippen mit der Serviette, so ausgiebig, als wäre sie fertig mit dem Essen, dabei lag der Löffel noch unbenutzt neben dem Teller.

»Nimm dich trotzdem in Acht, Sabine. Für ein Kind erhofft man sich das Beste. Aber wenn sich diese Hoffnungen nicht erfüllen, wirst du ganz fürchterlich mit nach unten gezogen.«

»Huch. Es geht um einen traumatisierten Jungen, Oma. Er hat jede Aufmerksamkeit verdient.«

»Ich habe auch immer so gedacht wie du. Aber … es gibt Verluste, die können über dein ganzes späteres Leben bestimmen. Du solltest dir darüber im Klaren sein.«

»Genau deshalb lege ich mich ins Zeug. Ich werde Pascal nicht verlieren.«

»Du verlierst dich selbst, Sabine!«

Wieder kam die Serviette zum Einsatz, und jetzt stieg Sabine das Blut in den Kopf. Sie war doch nicht nach Forsbach gekommen, um dieselben Vorwürfe zu hören wie auf der Arbeit! Oder stand etwas ganz anderes hinter den Worten der Großmutter?

»Worüber redest du eigentlich? Hoffentlich nicht über unsere eigene Familie und deine Probleme? Den Tod meiner Mutter?«

Erschrocken richtete Maria sich auf. »Aber nein! Es tut mir leid, das ist ein Missverständnis. Ich spreche über… Du kennst die Leute gar nicht.«

»Egal. Du kannst jedenfalls sicher sein, dass ich gut auf mich aufpasse.«

Die Großmutter trank einen Schluck Wasser, trocknete sich den Mund ab und betrachtete ihre Hände.

»Hör mal. Es ging mir um einen Jungen aus der Nachbarschaft, von ganz früher. Er hieß Elias.«

Und? Sabine schob den Teller von sich. Es war nicht richtig, dass sie Maria alles aus der Nase ziehen musste.

Die Großmutter atmete schwer. »Elias hätte dir gefallen, weil er so fröhlich war und immer in Bewegung. Leider war er viel zu dünn und nicht sehr stark. Er ist der Grund, warum ich keine Leberwurstbrote mag.«

»Warst du in ihn verliebt?«

»Oh nein. Er war sehr viel jünger als ich. Jünger noch als dein Pascal heute. Er war einfach ein kleines Nachbarskind, dem es nicht besonders gut ging und das von meinem Vater, deinem Urgroßvater, Brote bekam, damit es nicht hungern musste.«

»Und was ist aus Elias geworden?«

»Wie gesagt, man verliert sich.« Maria hielt einen Moment inne. »Und darum wollte ich dir raten: Wenn es einmal so kommt und du jemanden nicht retten kannst, Sabine, obwohl du es dir so sehr gewünscht hast, dann denk daran, dass der Lauf der Welt nicht aufzuhalten ist. Du musst nicht alles schultern.«

»Oma …«

»Mehr gibt es dazu nicht zu sagen.«

Die Großmutter suchte auf dem Tisch, als wüsste sie nicht, wo der Löffel lag, und fing an zu essen. Die Energie allerdings, die Sabine eben noch an ihr bewundert hatte, war dahin. Ihr Kinn war fast auf die Brust gesunken, die Wangen zogen sich nach innen.

Am nächsten Tag verließ Sabine schon nachmittags das Jugendamt. Sie hatte zwei Stunden vorgearbeitet, um Zeit für private Dinge zu gewinnen. Sie musste Pascal im Rheinpark besuchen und wollte endlich etwas für Maria tun – und für ihr Verhältnis zueinander.

Hastig verstaute sie die Akten für zu Hause im Auto und fuhr zum Park. Es war kalt, ein typischer grauer Wintertag in Köln. Ein paar Jugendliche waren mit dem Skateboard unter der Zoobrücke unterwegs, ein Mann ließ seine Dogge auf der Wiese laufen. Der Spielplatz war halb leer, und Sabine stellte fest, dass Pascal heute nicht unter den Kindern war, die auf den Gerüsten turnten. Immerhin entdeckte sie die Jahrespraktikantin aus dem Kinderheim. Sie saß verfroren auf der Bank und flocht einem kleinen Mädchen einen Zopf.

»Hallo, wir kennen uns«, sagte Sabine. »Ich bin vom Jugendamt, wir haben uns schon einmal im Heim gesehen.«

»Ich weiß nicht. Tut mir leid.«

»Es geht um Pascal Lüdtkehaus. Warum ist er heute nicht dabei?«

»Das kann ich nicht sagen.«

Das kleine Zopfmädchen schaute hoch: »Pascal stinkt.«

»Nein, das tut er nicht«, sagte die Praktikantin. »Und so gehen wir auch nicht miteinander um.«

Sabine setzte sich neben sie. »Es gibt doch keine Probleme?«

»Nein. Aber eigentlich darf ich in der Öffentlichkeit keine Auskünfte über die Kinder erteilen.«

»Okay, dann richten Sie Pascal bitte Grüße aus, ja? Von Sabine Schubert, er weiß dann Bescheid.«

Auf dem Weg zurück zum Parkplatz wählte Sabine die Nummer des Kinderheims, aber das Verwaltungsbüro war nicht besetzt. Daraufhin schickte sie eine E-Mail mit der Bitte um einen aktuellen Bericht über den Jungen und legte sich selbst eine Notiz an, den Anruf im Heim zu wiederholen. Anschließend blätterte sie zu den E-Mails, die sie von ihrem privaten Account aus verschickt hatte. Es waren in letzter Zeit nicht mehr besonders viele gewesen, und die wichtigste E-Mail stand immer noch oben: die Anfrage an Nordmann & Söhne.

Sehr geehrte Damen und Herren, mein Großvater Heinrich Schubert war bei Ihnen lange Jahre als Betriebsleiter angestellt. Ich suche jemanden, der mir noch etwas aus jener Zeit erzählen kann.

Sabine überprüfte das Datum und rechnete nach: Sie wartete seit genau vier Wochen auf eine Reaktion der Firma.

Die Tankanzeige blinkte, der Nissan fuhr schon wieder auf Reserve, aber zum Firmengelände von Nordmann & Söhne am Hardtgenbuscher Kirchweg war es nicht weit. Das Firmenlogo thronte hoch über den Häusern. N&S. Zum ersten Mal fiel Sabine die Geschmacklosigkeit auf.

Um die Gebäude zog sich ein hoher Zaun, ein dicker grüner Sichtschutz aus Plastik war eingeflochten. Die breite Firmenzufahrt war mit Stahltoren gesichert. Videokameras hingen ringsum an den Masten, allerdings schienen die klobigen Geräte uralt zu sein.

Der Pförtner hinter der Scheibe blickte misstrauisch auf: »Sie wollen ohne Presseausweis in die Abteilung für Öffentlichkeitsarbeit? Wie stellen Sie sich das vor?«

Auf ihr Drängen hin telefonierte er trotzdem und stieg schließlich sogar aus der Loge, um ihr das Tor zu öffnen und sie über den Hof zu führen. Auf diesem Weg, dachte sie, auf diesem Asphalt, war ihr Großvater jahrzehntelang zur Arbeit gegangen.

Hinten rechts befand sich das Hauptgebäude der Firma. Ein alter Kasten aus Beton, drei Stockwerke hoch, in der Wand steckten rostige Ventilatoren. Links standen flachere Hallen mit Dächern aus Eternit. Sabine konnte nicht hineinsehen, aber es klirrte und stampfte, die Produktion lief.

»Wie lange arbeiten Sie schon hier?«, wollte sie von dem Pförtner wissen, da wurde am Zentralgebäude die Tür aufgestoßen, und ein Mann in Jeans und Pullover eilte ihnen entgegen.

»Schön, dass Sie endlich da sind, Frau Schubert!« Er lachte, und um seinen Kopf wippten die hellsten Locken, die Sabine je gesehen hatte.

»Ich bin Moritz Bremer, Presse und PR, und hatte schon befürchtet, Sie hätten Ihre Pläne geändert.«

»Ich glaube, Sie verwechseln mich.«

»Auf keinen Fall! Sie hatten mir doch geschrieben. Ich hatte Sie daraufhin ganz herzlich eingeladen, bloß leider habe ich nie wieder etwas von Ihnen gehört.«

»Nein, ehrlich.« Sabine war sich sicher. »Ich habe keine Einladung bekommen.«

Oder war sie im Spam-Ordner gelandet?

Moritz Bremer reichte ihr die Hand, und sie war sehr erleichtert über seinen herzlichen Empfang. Er lotste sie ins Gebäude und durchquerte mit ihr die Eingangshalle.

Der Boden war mit verkratzten Fliesen belegt. Die Decke der Halle war billig verkleidet. An den Wänden reihten sich Vitrinen auf, kalt beleuchtet und mit einer Staubschicht überzogen. Rostige Metallstücke wurden ausgestellt.

»Unsere Werkschau«, sagte der Pressesprecher und verzog das Gesicht. »Nicht schön, aber wir haben wenig Publikumsverkehr.«

Am Ende eines engen Flurs öffnete er eine Tür. »Bitte, mein Büro«, und Sabine war erstaunt, denn dieser Raum war hell und renoviert.

Ein Fenster nahm die gesamte Längsseite ein, ein moderner Schreibtisch stand auf gepflegtem Stäbchenparkett. Eine Sitzgruppe war mit petrolfarbenem Samt bezogen, eine Designerlampe schwebte darüber. Das Überraschendste aber war ein verglastes Regal an der Wand. Auf den schlichten, schmalen Brettern standen die alten Nordmann-Modellautos.

Moritz Bremer bemerkte Sabines Blick. »Das ist

meine private Sammlung«, sagte er, und sie trat näher an das Regal heran. Sie hatte die Autos schon lange nicht mehr gesehen. Da war der Buick 405 in Blau und in Rot, der Nachfolge-Buick stand daneben. Ein Adenauer-Mercedes guckte aus einer Original-Pappschachtel. Weißwandreifen, goldfarbene Lackierung. Auf dem obersten Brett reihten sich Schnittmodelle in mehreren Varianten. Ein Jaguar-Sport-Coupé, zweimal der Opel Kapitän.

Der Pressesprecher klappte das Schutzglas vom Regal. »Sie dürfen ruhig alles anfassen.«

Sabine nickte nur. Mit einer solchen Situation hatte sie nicht gerechnet.

»Könnte es sein, dass mein Großvater an diesen Autos mitgearbeitet hat?«, fragte sie.

»Selbstverständlich. Die Wagen sind hier am Hardtgenbuscher Kirchweg hergestellt worden, und die meisten Exemplare, die ich gesammelt habe, sind rund sechzig Jahre alt. Sie stammen also aus Heinrich Schuberts Zeiten.«

»Ich besitze einen Brezelkäfer. In Grün.«

»Im Ernst? Wissen Sie, aus welcher Serie?«

»Schon mit Motor und silbernen Scheinwerfern.« Und Kurvenautomatik, ergänzte Sabine in Gedanken. Selbststeuernd, vollautomatische Winker.

Wie es gerattert hatte, wenn die bunten Wagen in Forsbach um die Tischbeine gefahren waren, und wie es gescheppert hatte, wenn sie am Türrahmen hängengeblieben waren. Der Großvater hatte den Schlüssel aus der Westentasche angeln und die Motoren neu aufziehen müssen. Drei Vorwärtsgänge, Leerlauf, Rückwärtsgang.

»So etwas Schönes und zugleich Kompliziertes wie diese Autos hat es nie wieder gegeben«, sagte Moritz Bremer. »Für mich jedenfalls nicht.«

Sabine lächelte. Sie mochte die Begeisterung des Pressesprechers, auch wegen der feinen Selbstironie, die mitschwang.

Er langte auf den Schreibtisch, öffnete einen Laptop und drehte den Bildschirm zu ihr. »Gucken Sie mal, bitte. Das habe ich Ihnen vor Wochen schon auf Ihre E-Mail geantwortet.«

Sie bückte sich und las:

Liebe Frau Schubert, vielen Dank für Ihre Anfrage. Leider gibt es bei Nordmann & Söhne niemanden mehr, der Ihren Großvater persönlich kannte. Aber selbstverständlich ist der Name Heinrich Schubert in der Firma ein Begriff, und es wäre für uns ein sehr großes Vergnügen, Sie als Enkelin am Hardtgenbuscher Kirchweg begrüßen zu dürfen.

»Oh nein, wie unangenehm, Herr Bremer. Diese Mail ist mir durchgegangen.«

»Hauptsache, Sie glauben mir, dass ich die Wahrheit gesagt und Sie eingeladen habe. Und dass ich Sie nicht verwechselt habe, Frau Schubert.«

Er strahlte, keine Spur von Rechthaberei, und klappte den Computer zu, während Sabine plötzlich an der Frage festhing, wie gut er wohl über die Wirkung seiner blauen Augen Bescheid wusste.

»Ich möchte Ihre Zeit nicht über Gebühr in Anspruch nehmen«, sagte sie schnell. »Aber mich interessiert alles, womit mein Großvater bei Nordmann & Söhne beschäftigt war. Er war ja Betriebsleiter, aber bedeutete das, er war in einer bestimmten Abteilung tätig? Oder musste er bei allem mitmachen, was in der Firma vor sich ging?«

»Oha.« Moritz Bremer wiegte den blonden Kopf. »In Ihrer Frage schwingt einiges mit, oder?«

»Sie haben doch bestimmt ein Archiv. Ich hoffe, es existieren noch Unterlagen – von meinem Großvater oder über ihn.«

»Allerdings, und keine Sorge, es liegt alles für Sie bereit. Auch wenn es nur Kleinigkeiten sind.«

»Was haben Sie denn gefunden?«

»Wie gesagt, nicht viel, und vielleicht werden Sie enttäuscht sein, Frau Schubert. Aber ich dachte mir, da es um Ihre Familiengeschichte geht, werden Sie die Originale am sinnvollsten selbst sortieren.«

Sabine konnte ihr Glück nicht fassen und machte das auch deutlich, doch Moritz Bremer schien plötzlich Zeit schinden zu wollen. Er hantierte an der Espressomaschine, die in der Ecke stand. Kippte umständlich Kaffeebohnen in den Behälter und ließ die Maschine lärmen. Suchte Löffel für die dampfenden Becher, Milch, Zucker und drehte sich nur zögernd wieder zu Sabine um.

»Wissen Sie, was gut zueinanderpasst, Frau Schubert? Meine Aufgabe ist es, bei Nordmann & Söhne genau diese frühen Jahre aufzuarbeiten, in denen Ihr Großvater hier beschäftigt war. Ich bin sogar extra dafür eingestellt worden. Die Firma schöpft ein gutes Imagepotenzial aus den Modellautos und den Fans, aber als modernes Unternehmen will man dabei nicht stehen bleiben.«

Sie hob die Augenbrauen. »Und das bedeutet?«

»Über manche Dinge spricht es sich nicht leicht. Bitte, nehmen Sie einen Moment Platz.«

Irritiert nahm sie den Becher, den er ihr anbot, und setzte sich in einen der petrolfarbenen Sessel. Das Polster war weich, und es kostete Mühe, nicht zu tief hineinzurutschen.

Moritz Bremer blieb freundlich. »Rollen wir ruhig einmal die Firmengeschichte auf. Wie gut wissen Sie darüber Bescheid?«

Sabine überlegte. Sollte sie es sein, die die Nazizeit konkret erwähnte? Wollte der Pressesprecher das?

»Metallpräzisionsguss«, sagte sie. »Nordmann & Söhne wurde 1933 gegründet, und mein Großvater wurde Ende der Dreißigerjahre angestellt. Soweit ich weiß, ging es in der Firma damals noch nicht um Spielzeugautos.«

Moritz Bremer schlug die langen Beine übereinander. »Der Start der Firma hängt leider mit einem Besuch von Adolf Hitler in Köln zusammen.«

»Ach, bitte nicht.«

»Doch. Im Januar 1933 haben sich Bankiers und Bosse aus der rheinischen Wirtschaft mit Hitler getroffen, in einer Villa am Kölner Stadtwald. Es war kurz vor der Machtergreifung der Nazis. Über das, was die Männer besprochen haben, gibt es unterschiedliche Berichte. Tatsache ist aber, dass die Kölner Industrie- und Handelskammer unmittelbar darauf unter braunen Einfluss geriet. Die NSDAP besetzte wichtige Posten in Köln, und Nordmann & Söhne wurde in diesem Umfeld gegründet. Zuerst produzierte man kleine Metallwaren für die Partei. Anstecknadeln und Plaketten.

Später kamen Leistungsabzeichen für die Reichsjugend und den Reichssport dazu.«

Und der Großvater? Sabine zögerte zu fragen. Moritz Bremer schob die Milchtüte und die Zuckerdose über den Tisch.

»Später hat Nordmann & Söhne Waffen und Munition ins Programm genommen. Köln war ja eines der frühesten und brutalsten Nazizentren, wie man mittlerweile sagen darf – auch wenn die Kölner es jahrzehntelang anders darstellen wollten. Nordmann & Söhne konnte sich zu einem sehr aktiven Lieferanten der Waffen-SS, der SA und der Wehrmacht entwickeln. Ich habe die Produktionsziffern von damals aufgeschlüsselt, im Bundesarchiv in Berlin finden sich einige Dokumente. Unter dem Firmenchef Kurt Postel wurden Artilleriegeschosse, Torpedogeschosse und Patronenhülsen hergestellt.«

»Und mein Großvater?«

Moritz Bremer wiegte den Kopf. »Was Ihren Großvater betrifft, muss ich Ihnen ein Geständnis machen. Ich hatte mich nämlich schon längst an seine Fersen geheftet, bevor Sie sich bei uns gemeldet haben, Frau Schubert. Ich hatte überall nach Spuren von Heinrich Schubert gesucht, aber alles war vergeblich, und eigentlich hatte ich keine Hoffnung mehr, noch einen Kontakt zu ihm auszugraben. Sie können sich vorstellen, dass Ihre Anfrage für mich wie ein Geschenk war.«

»Nein, das kann ich mir ehrlich gesagt nicht vorstellen. Was wollten Sie denn von meinem Großvater?«

»Hat er Ihnen etwas hinterlassen? Fotos, die er hier auf der Arbeit gemacht hat? Oder Briefe, in denen er etwas aus dem Alltag schildert?«

»Nichts dergleichen.«

Sabine stand auf. Kopfschmerzen kündigten sich an. Sie wollte gehen, erst einmal nichts weiter fragen und nichts mehr beantworten müssen, sondern in Ruhe über alles nachdenken. Der Großvater in einem Nazibetrieb. In einem Rüstungsbetrieb erster Güte! Was würde die Großmutter dazu sagen? Wusste sie Bescheid?

Der Pressesprecher erschwerte Sabine einen höflichen Abschied. »Frau Schubert, bitte setzen Sie sich doch wieder, und machen Sie sich keine Sorgen. Ich dachte nur, Sie haben ja genauso wie ich ein Anliegen, das die Vergangenheit Ihres Großvaters betrifft. Sonst hätten Sie mir doch nicht geschrieben?«

»Trotzdem weiß ich nicht, worauf Sie hinauswollen. Was soll zum Beispiel so schwierig daran gewesen sein, Heinrich Schuberts Spur aufzunehmen? Mein Großvater hatte seit Jahrzehnten dieselbe Adresse und Telefonnummer. Sie hätten sich mit Leichtigkeit bei uns, seiner Familie, melden können. Oder etwa nicht?«

»Aber nein!« Moritz Bremer runzelte die Stirn. »Heinrich Schubert hat seine Wohnung im Jahr 1980 aufgegeben, an dem Tag, an dem er in Rente ging, und er hat keine neue Anschrift hinterlassen. Ich konnte nichts über ihn recherchieren.«

»Welche Wohnung? Mein Großvater hat in seinem Haus in Forsbach gelebt.«

»Entschuldigen Sie, aber der Heinrich Schubert, der bei Nordmann & Söhne Betriebsleiter war, wohnte bis 1980 in der Severinstraße in Köln. Da bin ich ganz sicher, ich habe es mit den alten Personalakten der Firma abgeglichen und in den historischen Adressbüchern der Stadt nachgeschlagen.«

Das war doch absurd, dachte Sabine, und zugleich war es schön! Denn jetzt wurde klar, dass es sich um einen Irrtum handeln musste, ja, es würde zwei Heinrich Schuberts gegeben haben. Einen Betriebsleiter aus der Severinstraße und einen Großvater aus Forsbach.

Auch der Pressesprecher lächelte. »Sicher wollen Sie erst einmal alles sacken lassen.«

»Nein, schon gut. Wir reden vermutlich aneinander vorbei. Obwohl… Meine Großmutter ist ausgerechnet in der Severinstraße aufgewachsen, und sie hat dort auch ihren späteren Mann kennengelernt, nämlich den Heinrich Schubert, den ich meine.«

Das war ein Zufall zu viel.

»Da haben Sie's«, bestätigte der Pressesprecher. »Die Severinstraße ist der Ausgangspunkt. Bis 1980.«

»Nichts da. Meine Großeltern haben sofort nach dem Krieg ein Haus in Forsbach gebaut und sind um 1950 herum aus der Severinstraße weggezogen. Als ich klein war, noch vor 1980, habe ich selbst miterlebt, wie Heinrich Schubert jeden Morgen vom Haus aus, von Forsbach aus, zur Arbeit gefahren ist. Zu Nordmann & Söhne.«

»Das ist wirklich seltsam.« Moritz Bremer rieb sich das Gesicht. »Und es tut mir leid. Es muss für Sie schrecklich sein, mir zuzuhören. Weil ich so beharrlich bin.«

Ja, da hatte er recht, es war anstrengend, auch wenn er nichts dazukonnte, dass er so schräge Informationen besaß. Sabine spürte ein Stechen bis in die Ohrmuscheln hinein. Wie ungerecht, dass ihre Welt ausgerechnet in dieser Firma ins Wanken geriet. Und warum sollte die lückenhafte Recherche des Pressesprechers eigentlich glaubwürdiger sein als ihre eigene Erinnerung an ihr Familienleben?

Moritz Bremer deutete noch einmal auf die Sessel. »Könnten Sie sich vorstellen, mit mir zusammenzuarbeiten?«, fragte er. »Ich plane eine Broschüre über die Firmengeschichte. In diesem Zusammenhang wird auch an ein Wiedergutmachungsprojekt gespendet.«

»Ach so?« Sie schluckte. Sie musste an das Gold denken, das der Großvater versteckt hatte und von dem sie immer noch nicht sagen konnte, woher es stammte. Die Theorie, es könnte Nazi-Gold sein, bekam durch Moritz Bremers Bemerkungen scheußlichen Auftrieb.

»Ich werde sehr sorgfältig vorgehen«, sagte er freundlich, doch sie fuhr ihm dazwischen: »Wenn mein Großvater sich in der NS-Zeit schuldig gemacht hat, möchte ich es erfahren. Aber verstehen Sie bitte, ich möchte ihn nicht an den Pranger stellen, solange es nur Vermutungen gibt und wir nicht einmal wissen, welcher Heinrich wohin gehört.«

»Stopp. Um das sofort richtigzustellen: Ihr Großvater ist für mich nicht automatisch schuldig. Im Moment ist er nur ein Zeitzeuge in einem Umfeld aus widersprüchlichen Fakten. Er hat in den Dreißigern hier am Hardtgenbuscher Kirchweg zu den führenden Köpfen gehört und ist später trotzdem verschwunden.«

Moritz Bremer wandte sich ab, beleidigt wahrscheinlich, und Sabine schwankte zwischen Trotz und Einlenken. Ihre Gedanken drehten sich im Kreis, das Gold, die Nazifirma, die Severinstraße, Forsbach und das Schweigen der Großmutter – und eigentlich kam auch noch Elias dazu, der Junge, dessen Schicksal Maria neulich beklagt hatte. Elias war doch ein jüdischer Name?

Der Pressesprecher öffnete den Schreibtischcontainer und holte eine Mappe heraus. »Also das sind die Unterlagen, die ich über Ihren Großvater zusammengestellt habe.«

»Herr Bremer, entschuldigen Sie. Ich würde Ihnen gerne weiterhelfen, aber …«

»Ich weiß. Ich an Ihrer Stelle wäre fuchsteufelswild vor lauter Fragezeichen.« Er gab ihr die Mappe. »Schauen Sie mal rein. Es handelt sich um alte Skizzen, die Ihr Großvater zu den Modellwagen angefertigt hat, vor allem zu dem Adenauer-Mercedes. Und dann gibt es noch ein paar Kalkulationen und Spesenabrechnungen.«

»Handgeschrieben?«

»Ja, zum Teil. Wieso?«

Sie verzog das Gesicht. »Ich kenne die Schrift meines Großvaters. Zackige Buchstaben, ziemlich groß.«

Sie spähte in die Mappe und schüttelte den Kopf, so eindeutig war das, was sie sah. Die Schrift auf diesen Unterlagen sah genauso aus wie diejenige, die sie in Erinnerung hatte.

Sie zog einen vergilbten Zettel hervor. Es war eine Quittung aus dem Whisky Bill in Forsbach. Vierundneunzig Mark achtzig. Dann nahm sie eine Bestellliste für Büromaterial von Nordmann & Söhne zur Hand, und schließlich fand sie eine Notiz auf dickerem, liniertem Papier:

Verehrter Herr Postel, meine Frau Maria bittet um Nachricht, was wir Ihnen am Freitagabend bei Tisch servieren dürfen.

Sie tauschte einen Blick mit Moritz Bremer und holte auch den Rest aus der Mappe. Zeichnungen, Tabellen, die zum Teil kaum noch lesbar waren. Aber dazwischen steckte ein einzelnes schwarz-weißes Foto. Vorsichtig nahm sie es hoch. Nanu? Darauf war doch die Großmutter zu sehen? Das Foto war offenbar von einem anderen Bild abfotografiert worden. Es hatte nicht die beste Qualität, aber Sabine fand es wunderschön. Bestimmt handelte es sich um eine der seltenen Arbeiten aus Marias Zeit als Fotomodell. Sabine hatte bisher vier, fünf der Aufnahmen zu Gesicht bekommen, aber dieses Bild war ihr vollkommen neu. Und es war einzigartig, es wirkte wie ein Schnappschuss, falls Schnappschüsse damals überhaupt möglich gewesen waren. Oder es könnte sehr aufwendig arrangiert worden sein, spontan und gleichzeitig kunstvoll, verheißungsvoll und verführerisch. Wer auch immer der Fotograf gewesen war, er hatte Maria hervorragend in Szene gesetzt: Sie hielt ein Bein angewinkelt, die Schuhe in der Hand. Das Kleid war hochgerutscht und zeigte ein helles schlankes Knie, das nur von einem feinen Strumpf bedeckt war. Die Lippen glänzten, die Haare sahen wild aus, als hätte Maria soeben den Kopf herumgeworfen. Sie blickte über die Schulter, wollte nach vorne loslaufen, sah aber trotzdem zum Fotografen zurück.

»Das ist meine Großmutter«, sagte Sabine rau.

»Ja, tatsächlich«, Moritz Bremer kam näher. »Ich hatte mir schon …« Er schaute ihr ins Gesicht, dann auf das Bild. »Lebt Ihre Großmutter noch?«

»Also, falls Sie wegen der Broschüre über die Firmengeschichte Kontakt zu ihr …«

»Nein, ich dachte nur, das Bild ist sehr ungewöhnlich für die damalige Zeit. Außerdem hat es sich in dieser Firma verbreitet. Vielleicht freut es Ihre Großmutter, davon zu hören.«

Behutsam steckte Sabine das Foto in ihr Portemonnaie und schob die Papiere zurück in die Mappe. »Meine Großmutter war eine Zeit lang ein Fotomodell. Ich denke, sie war sogar berühmt, aber sie spricht nicht gern darüber.«

»Vielleicht sagen Sie ihr, dass das Bild nicht nur bei den Akten Ihres Großvaters lag, sondern auch in einigen anderen Mappen, die ich gesichtet habe. Bei dem damaligen Chef von Nordmann & Söhne, Kurt Postel, zum Beispiel, und auch bei manchen Vorarbeitern.«

Bei den männlichen Mitarbeitern also. Nein, Sabine würde es nicht erwähnen.

»Aber auch bei der legendären Chefsekretärin«, ergänzte Moritz Bremer. »Ihre Großmutter erinnert sich bestimmt an sie. Die Sekretärin war sehr lange hier in der Firma, das Herz des Unternehmens.«

»Ich würde mich wundern, wenn die Erinnerung meiner Großmutter so sehr ins Detail ginge.«

»Vielleicht helfen Sie ihr auf die Sprünge? Die Chefsekretärin hieß Greta Bertrand.«

13

Maria hatte sich nun doch auf die kontrollierten Spaziergänge an der frischen Luft eingelassen, und es war grotesk, wie erleichtert der Vater darauf reagierte. Er ließ die Arme schwingen und schob den Hut Richtung Nacken, um in den Himmel zu blinzeln. Und dann vergewisserte er sich mit tausend Seitenblicken, ob auch Maria die paar Sonnenstrahlen genoss, die durch die Wolkenknollen stachen. Ja, was wollte er denn? Dass sie vergaß, unter Arrest zu stehen? Dass sie nicht daran dachte, wie kurz der Augenblick der Freiheit war? Ach was, Freiheit! Sie musste neben dem Vater hergehen wie angekettet, und sobald sie sich nur einen Zentimeter von ihm wegbewegte, weil sie Luft brauchte und weil sie den Vater nicht so dicht an ihrem Ohr schnaufen hören wollte, setzte er nach und hielt sich sofort wieder eng an ihrer Seite.

Er ahnte wohl, dass sie ans Weglaufen dachte. Ans Losrennen, um auf die nächste Straßenbahn zu springen. Dabei wusste sie gar nicht, wohin sie fliehen sollte. Minderjährig, kein Geld in der Tasche und ohne Gepäck. Sie würde als Streunerin verhaftet werden.

Also braves Marschieren. Anderthalb Stunden gestand der Vater ihr zu, immer nur sonntags, und immer gingen sie zuerst Richtung Dom und dann an den Rhein. Nie blieben sie stehen, wenn sie gegrüßt wurden, und es war aberwitzig, in welchem Tempo der Vater den Hut zog, nickte und weiterpreschte, um bloß niemandem erklären zu müssen, warum man seine Tochter nur noch so selten sah.

Sollte Maria schreien und die Menschen auf sich aufmerksam machen? Um Hilfe bitten? Aber auf wen sollte sie dabei hoffen? Auf das Winterhilfswerk der Nazis, das drüben mit der Sammelbüchse klapperte? Auf den SA-Trupp, der den Ablauf des Karnevals kontrollierte? Morgen war Rosenmontag, die gesamte Stadt war in Aufruhr und schmückte sich.

Auch das Kontor Reimer hatte seine Preziosen bereitgelegt. Verstohlen hatte Maria von oben aus der Wohnung hinuntergeblickt, um welche Fahnen es sich in diesem Jahr handelte, und sie war für einen Moment unglaublich froh gewesen, den uralten Reimer'schen Festschmuck zu sehen, den immer noch prächtigen Stoff mit der goldenen Kordel und den Farben der Hanse.

Doch wenn die Gauleitung damit nicht zufrieden war, was würde der Vater tun? Würde er doch noch ein Hakenkreuz dazuhängen? Ach, Maria kannte den Vater, kannte Theodor Reimer nicht mehr. Sie konnte sein Handeln nicht vorhersagen.

Im vergangenen Jahr hatte der Rosenmontag im Kontor schlimme Folgen gehabt. Die Karnevalsvereine und die Gauleitung waren wild entschlossen gewesen, die neue Regel durchzusetzen, dass Männer nur noch Männerkostüme tragen durften. Die traditionellen männlichen Tanzmariechen hatten Angst gehabt. Natürlich hatten sie wie immer trainiert, hatten gehofft, dass die Regel noch rechtzeitig vor den Festtagen abgeschwächt würde, aber nein, das Gegenteil trat ein, und sie, die geschmeidigen, muskulösen Mariechen, mussten sich widernatürlich nennen lassen. Also tanzte beim Fest im Kontor zum ersten Mal nicht Hans, der Buchhalter, auf der Bühne, sondern Gertrud, das Lehrmädchen. In Uniformjacke, mit Dreispitz und Zöpfen, als wäre es immer schon so gewesen.

Hans stand währenddessen in der Ecke und trank ein Kölsch nach dem anderen, um sich zu beruhigen. Dann aber hielt es ihn nicht mehr unten. Er kletterte auf die Bühne, hakte sich bei Gertrud ein und schwang die Beine genauso hoch in die Luft wie sie. Der Saal tobte vor Vergnügen, und auch Gertrud fand es lustig. Ausgelassen hüpfte sie mit Hans um die Wette und drückte ihm sogar den Dreispitz auf den Kopf. Für eine Weile schien alles leicht und miteinander versöhnt. Doch dann knallte etwas, die Leute liefen durcheinander, und Hans war plötzlich verschwunden. Nur seine Jacke hing noch an der Garderobe, und eine alte Tasche stand darunter, die angeblich ihm gehörte, die vorher aber noch gar nicht da gewesen war. Die Polizei riss die Tasche auf und förderte Spitzenwäsche und ein Paar Seidenstrümpfe zutage. Draußen vor dem Kontor wurde alles verbrannt.

»Ich kenne Hans«, sagte der Vater am nächsten Morgen vor der versammelten Belegschaft. »Das war nicht seine Tasche. Und selbst wenn: Es ginge niemanden etwas an, welche Wäsche er besitzt.«

Doch es änderte nichts, und als Hans nach vier Wochen noch nicht wieder aufgetaucht war, musste der Vater einen neuen Buchhalter einstellen.

In diesem Jahr sollte die klassische Karnevalsfeier

im Kontor ausfallen. Möglichst diskret, wie könnte es anders sein. Der Vater hatte nach außen geschmückt, nach innen hatte er eine dringende Inventur angesetzt, und weil die Mitarbeiter wussten, worum es ihm ging, hatten sich fast alle freiwillig gemeldet, um bei der Scheininventur mitzuhelfen. Im Gedenken an Hans.

Auch Maria hätte sich gemeldet, wenn sie ein freier Mensch gewesen wäre. Und wenn der Vater sie gefragt hätte, ob sie teilnehmen wollte.

»Die Kälte scheint endlich vorbei zu sein«, sagte er jetzt wie ein harmloser Spaziergänger und öffnete den Mantelkragen, obwohl die Wolken sich immer mehr zusammenzogen. »Hast du die Postkarte vom kleinen Elias gelesen, Maria?«

»Ich bekomme ja sonst nicht viel zum Lesen.«

»Du kannst jedenfalls aufhören, dir Sorgen zu machen. Der Junge hat es geschafft, sich in England heimisch zu fühlen.«

»Woher weißt du, dass es stimmt? Woher weißt du, dass die Karte wirklich von Elias geschrieben wurde?«

»Lass uns schneller gehen.«

Doch sie sperrte sich, ja, sie trat vielleicht etwas schneller auf, aber sie machte noch kleinere Schritte als zuvor. Denn der Vater sollte ruhig begreifen, wie wenig er vom Leben verstand. Dass er meinte, einer Nachricht aus England vertrauen zu können, bloß weil sie ihm angenehm war. Und dass er meinte, Maria ließe sich eine Geschwindigkeit vorschreiben, bloß weil er selbst vorankommen wollte. Für seinen Geschmack waren zu viele Leute unterwegs, die Gegend um den Dom war sehr beliebt. Maria aber genoss es, wenn er sich nervös umsah.

An diesem Wochenende legte sich Köln für die Touristen ins Zeug, es gab Karnevalsgeschenke, Narrenkappen und Eintrittskarten. Vom Bahnhof her drängten immer neue Gruppen heran, *Kraft durch Freude*. Der Vater lenkte Maria um eine Menschentraube herum. Ein Gästeführer erläuterte lauthals den Dom und seine deutsche Geschichte. Ein Standfotograf bot ein paar Meter weiter seine Dienste an. Die letzten Holztribünen für den Rosenmontagszug wurden aufgebaut. Maria trippelte und guckte, solange es möglich war.

Schließlich aber bog der Vater zum Rhein ab, und es wurde leerer. Maria verlor schon wieder den Mut, als ihr plötzlich ein Paar auffiel, das quer über die Straße kam. Der Mann war halbwegs jung und hatte eine Brille, die ihn ernst wirken ließ, und die Frau war so groß und kräftig, dass sie es übernommen hatte, ihren offenbar schweren Koffer zu tragen. Jetzt!, dachte Maria. Diese Leute würden ihr helfen.

»Bitte, Sie da drüben … ich möchte Sie etwas fragen!«

Der Mann und die Frau wurden langsamer. Der Vater packte Maria fest am Arm. »Entschuldigen Sie die Störung«, sagte er laut. Maria übertönte ihn trotzdem:

»Finden Sie, dass ein Mädchen nichts anderes lernen darf, als einen Haushalt zu führen?«

Die Frau stutzte, auch der Mann runzelte die Stirn und nahm geschwind den Koffer an sich, als befürchtete er einen Überfall.

»Meine Tochter ist siebzehn.« Der Vater lachte künstlich und hielt Maria eisern fest. »Ich bitte nochmals um Entschuldigung.«

Da wirbelte das Paar um die eigene Achse und verschwand hinter der nächsten Ecke. Was für eine Enttäuschung.

»Du bringst uns in gefährliche Situationen«, flüsterte der Vater.

Marias Oberarm brannte, sie riss sich los. Wie blamabel und demütigend alles war! Und niemand interessierte sich für sie.

Sie lief los, schneller, als der Vater reagieren konnte, und preschte durch die Gassen zum Wasser, zum kalten Rhein. Die Bäume waren kahl, das Ufer hässlich braun. Pfützen spritzten unter den Stiefeln, und je länger Maria lief, umso mehr verrutschte der Mantel und scheuerte unter den Achseln. Doch sie musste weiter voran, bloß nach vorn, die Hohenzollernbrücke kam in Sicht. Die gemauerten Bögen mit den verschwiegenen Winkeln, die dunkel und feucht waren und in denen sie, Maria, damals noch Mary Mer, für eine Stunde einmal wichtig gewesen war.

Womöglich gab es noch Zeugen dafür? Asseln und Spinnen in den Ritzen der Mauern, Zeugen für Noah Ginzburg und seine Küsse?

Sie lief wie im Rausch, atmete falsch, ihr wurde übel, und kurz vor den Brückenbögen fiel ihr ein, dass Noah sie in Wahrheit gar nicht gewollt hatte, dass er sie sogar an den Vater verraten hatte. Also nahm sie, ohne abzubremsen, nun doch lieber den Anstieg, anstatt nach unten in die Erinnerung zu laufen, und dann, als sie es fast geschafft hatte und oben auf der Brücke angekommen war, merkte sie, dass ihr die Knie wegknickten. Die Beine zitterten. Der Arrest war schuld, der Vater war schuld, Maria war schwächlich geworden. Die Lunge stach.

»Maria!« Mit riesengroßen Schritten schloss der Vater zu ihr auf. »Bitte, sei vorsichtig!«

Sie hing über dem Brückengeländer, wild atmend, der Körper schaukelte vor und zurück. Unter ihr wirbelte der Rhein, das Wasser jagte nach Norden, nach Düsseldorf natürlich.

»Mein Kind.« Jetzt hatte der Vater sie erreicht, seine Hand schwebte über ihrer Schulter, aber er wagte nicht, sie zu berühren. Wie alt er aussah, nein, Maria blickte in den Fluss. Sie wollte sich nicht um Theodor Reimer kümmern. Ihr eigenes Herz raste schlimmer als seines, und ihre eigenen Augen brannten wohl stärker, und überhaupt: Sie würde sich nie wieder von diesem Tag erholen! Anders als der Vater.

»Ich könnte die Zügel lockern, Maria, wenn du versprichst, besser auf dich aufzupassen.«

»Ich passe sehr gut auf mich auf«, fauchte sie. »Nur ein einziges Mal war ich unaufmerksam, nämlich als ich in dein Auto gestiegen bin, um mit dir nach Düsseldorf zu fahren.«

»Sieh mich an. Bitte.«

Er wollte ihr Kinn heben, doch sie ertrug die Berührung nicht. Drehte sich weg, wollte endlich allein sein, wollte auch die anderen, die noch fremderen Menschen nicht mehr sehen.

In der Mitte der Brücke ruckelte die Eisenbahn. Ein Radfahrer kurvte um die Fußgänger, Automobile schnurrten an den gewaltigen Stahlträgern vorbei. Ein achtloses Gedränge, eine massenhafte Sonntagsbewegung von linksrheinisch nach rechtsrheinisch und zurück, stets in der aberwitzigen Gewissheit, über das Wasser getragen zu werden.

Der Vater senkte die Stimme. »Ich kann dir nur versichern, dass alles zu deinem Besten ist.«

Schade, dass Maria nicht weiterlaufen konnte und auch zu schwach war, um über das Geländer zu springen.

»Du kennst die Umstände nicht«, sagte der Vater, »unter denen das Atelier Bertrand operiert.«

»Was soll das heißen?«

»Immerhin verkehren dort Uniformierte.«

»Woher willst du das wissen? Du hast doch gar keine Ahnung von der Modefotografie!«

»Das Bild vor dem Alpenpanorama wurde für einen Offizier angefertigt. Das hat Herr Bertrand eingeräumt.«

»Aber es war eine Ausnahme, Vater! In der Hauptsache verkehren in einem solchen Atelier nämlich Fotomodelle, Fotografen und Redakteure. Keine Soldaten und auch keine anderen gefährlichen Menschen. Du kannst dir kein Urteil erlauben, nur weil du ein einziges Mal in einem Studio gewesen bist.«

»Möglich.« Der Vater blickte über das Wasser in die Ferne. »Aber es geht gar nicht um die schlüpfrige Situation, in die wir geplatzt sind, und auch nicht darum, ob es eine Ausnahme war.«

Sondern? Maria richtete sich auf. Was wollte er denn?

»Es geht darum, dass du mein einziges Kind bist«, sagte er, und das tat ihr ganz besonders weh. Denn er war doch auch ihr einziger Vater, und sie hatte ihm vertraut! Hatte nicht immer die Wahrheit gesagt, es allerdings ständig vorgehabt, und zwar in dem Glauben, dass er sich am Ende freuen würde, wenn sie es schaffte, ihr persönliches Glück zu finden.

»Weißt du eigentlich, wie Weihnachten dieses Mal für mich war, Vater? Oder der Jahreswechsel? Ich habe im Dunkeln gesessen, ganz alleine. Denn du hast das Band zwischen uns zerschnitten. Du bist derjenige, der von seinem einzigen Kind nichts als blinden Gehorsam verlangt. Was denkst du, was du damit erreichst?«

»Um Himmels willen, Maria! Ich habe nichts zerschnitten. Außerdem habe ich dir etliche Angebote gemacht, um dir den Hausarrest zu erleichtern und uns beide über die Zeit zu bringen.«

»Du führst mich wie ein Tier an der Leine durch die Stadt. Soll das die Erleichterung sein?«

Der Vater war grau, er ließ die Schultern hängen, und seine Hand tastete nach Maria, war knotig und beladen. Breite Männerfinger, die ihr immer so sanft vorgekommen waren. Und jetzt? Nie wieder könnte sie sich anschmiegen.

»Wie hättest du dich an meiner Stelle gefühlt?«, fragte sie. »Hättest du dir dein Leben verbieten lassen?«

Er probierte ein Lächeln, es gelang ihm nicht gut. »Zumindest das Argumentieren hast du von mir gelernt, Mary Mer.«

Getroffen kniff sie die Lippen zusammen. Das hatte sie ja wohl nicht richtig gehört? Wie kam er dazu, diesen Namen zu sagen?

»Bleib ganz ruhig, mein Kind.« Und schon nutzte er ihre Überraschung, um sie zu packen und wieder festzuhalten. »Es ist lebenswichtig, dass du jetzt zuhörst und meine Worte niemals vergisst.«

Sie stand wie ein Stock, ihr Herz geriet ins Stolpern. Der Vater beugte sich vor, sodass seine Hutkrempe sie berührte.

»Wenn dich jemand fragt, was du in Düsseldorf zu suchen hattest, antwortest du, dass du ein Fotomodell werden wolltest und die Stelle am Ende nicht antreten durftest.«

Sie konnte kaum sprechen: »Ja, was sollte ich denn sonst antworten, Vater?«

Ihre Lippen bebten, sie begriff nichts mehr, aber der Vater sah sie so eindringlich an, als hätte er auf diesen Moment gewartet.

»Sag ruhig, dass ich dir alles zerstört habe. Ich, dein Vater. Aber Herrn Ginzburg erwähnst du nicht. Hörst du? Niemals, Maria.«

Sie schnappte nach Luft. »Ich wusste es! Ihr kennt euch! Aber was ist passiert? Was ist mit Noah?«

»Das Atelier… ist kein guter Ort für dich.«

»Und für ihn? Was weißt du darüber? Woher weißt du überhaupt irgendetwas über das Atelier?«

Die Leute drehten sich um. Der Vater wandte abrupt sein Gesicht zum Rhein, doch Maria konnte jetzt nicht schweigen.

»Es hat mit dem Debattierclub zu tun, in dem du jeden zweiten Abend verbringst, stimmt's? Gehört Noah zu dem Club? Erzählst du mir deshalb nie, worüber ihr Männer redet?«

Der Vater schüttelte den Kopf und bewegte den Mund, aber erst kam nichts heraus, dann waren es nur sehr leise Worte:

»Vertrau mir, Maria. Vertrau mir ein einziges Mal.« Er sah sich um, griff in die Innentasche seines Mantels und zog einen Umschlag heraus. »Ab sofort wirst du das hier bei dir tragen, und zwar immer und überall. Der Arrest ist damit aufgehoben.«

Verblüfft nahm sie den Umschlag in Empfang. Er fühlte sich klamm an, der Vater hatte in seinem Mantel geschwitzt. Sie faltete das Papier auseinander und sah ein braunes Heft. Einen Reichsadler und ein Hakenkreuz.

»Es ist dein Ahnenpass, Maria.«

»So etwas brauche ich nicht.«

»Er reicht weit genug zurück, um dir jegliche Probleme zu ersparen. Deine Blutreinheit ist bis ins Jahr 1772 belegt.«

Sie hielt das Heft weit von sich. Sah hoch. Der Vater hatte rote Augen bekommen, seine Kehle hüpfte.

»Es ist meine Bedingung«, sagte er barsch. »Du führst den Ahnenpass bei dir und zeigst ihn vor, jederzeit, wenn es verlangt wird. Falls nicht, also falls du damit nicht einverstanden bist, setzen wir den Hausarrest fort, und zwar künftig ohne Sonntagsspaziergang.«

Eine Erpressung? Eine Einschüchterung? Maria wollte sich sträuben, aber sie erkannte, dass es dem Vater schlecht ging. Er schwankte und hielt sich am Brückengeländer fest.

»Und jetzt geh«, sagte er. »Nimm meinen Wohnungsschlüssel und geh bitte alleine nach Hause oder wohin es dich zieht.«

»Und du?«

Sie bekam Angst. Sie konnte doch nicht … wirklich mit dem Pass? Während der Vater in etwas verwickelt sein könnte, das gefährlich war? Sein Blick war gehetzt, wund und roh. Der Debattierclub. Die Männer. Warum weihte der Vater seine einzige Tochter nicht ein? Und sie durften sich doch nicht trennen, ausgerechnet jetzt, wenn es wirklich so schlimm stand?

»Was hast du vor? Papa?«

»Der Ahnenpass ist sicherer, als ich es für dich bin.«

Und so wurde es Rosenmontag. Maria stand wieder am Wohnzimmerfenster, die Gardine war zur Seite gezogen. Draußen lärmte der Umzug, eine solche Masse an Menschen hatte die Severinstraße noch nie gesehen. Wagen und Fußgruppen bahnten sich den Weg, ein wogender Lindwurm. Plakate, Fahnen und überlebensgroße Figuren aus Pappe wurden stadteinwärts getrieben. Stalins Kopf auf dem Silbertablett. Tumbe Russentypen. Eine Judenfigur mit Geldsack, viele Judenkarikaturen mit Bärten und grotesken, krummen Nasen. Der dickste Jude aus Pappe, mit Ketten gefesselt: der Deviserich.

Als der Wagen des neuen Dreigestirns heranrollte, öffnete Maria das Fenster. Prinz, Bauer und Jungfrau salutierten die Häuserfassaden hoch. Die Jungfrau war zum ersten Mal weiblich, Maria musste sie sehen. Und sie musste auch herausfinden, ob sich in den unteren Stockwerken noch jemand aus dem Fenster lehnte. Jemand, den sie kannte, aus dem Kontor vor allem, denn der Vater war in der Nacht nicht nach Hause gekommen.

Wo er wohl war? War ihm etwas passiert? Nein, Maria durfte nicht darüber nachdenken. Sie hielt sich am Fensterrahmen fest und schob sich über das Getöse, über das Meer aus Köpfen und schunkelnden Schultern. »Alaaf!«, rief die Jungfrau. Das Kontor wirkte wie tot.

Man könnte hinuntergehen und nachsehen, ob wenigstens die Inventur lief, die der Vater angesetzt hatte. Maria musste nur den Ahnenpass nehmen und konnte die Wohnung verlassen. Würde der Vater das wollen? Benötigte er Hilfe? Brauchte er jemanden, der nach ihm suchte?

Sie zog die Schublade ihres Kleiderschranks auf, den Ahnenpass hatte sie dort hineingestopft. Die kratzige Wolljacke quoll hervor, die sie im neunten Schuljahr hatte anziehen sollen. Damals hatte Maria gelogen und Dorothea weisgemacht, ein Hund habe die Jacke auf dem Schulweg zerfetzt. Heute fragte sie sich, ob Doro die Schublade nie kontrolliert hatte.

Auch der Kamm lag dort, der der Lehrerin eines Tages aus der Tasche gefallen war. Maria war ihr nachgelaufen, um ihr den Kamm zurückzugeben, aber dann hatte die Lehrerin die kleine Sarah Goldhagen am Zopf gezogen, gemein und hinterrücks, weil Sarah, das Judenkind, ihr im Weg stand. Sarah hatte keinen Piep von sich gegeben, und Maria hatte den Kamm behalten.

Sie nahm den Ahnenpass, legte ihn zur Seite und kramte noch weiter in der Schublade. Bonbonpapier. Eine schmutzige Zeichnung, die sie einmal am Bahnhof aufgehoben und erst interessant, dann aber peinlich gefunden hatte. Ein nackter Mann und eine nackte Frau.

Es klirrte, ach ja, da war auch noch das Leistungsabzeichen. Die Anstecknadel, die Maria an ihrem Schicksalstag aufgesammelt hatte, als sie in den Aufmarsch der SS geraten war. Sie hatte seitdem nicht gewusst, wie sie die Nadel wegwerfen sollte, weil am selben Tag ja schon der Hausarrest verhängt worden war und sie nicht einmal mehr den Müll hinuntertragen durfte.

Was hätten Dorothea oder der Vater wohl gedacht, wenn sie das Naziabzeichen bei Maria entdeckt hätten?

Für Leistungen im DJ. Für die rechte Gesinnung, schon bei den Kleinen. Wettlaufen, Weitspringen, Horst-Wessel-Lied-Singen.

Ob Doro vielleicht wusste, worum es in dem Debattierclub des Vaters ging? Und ob Noah mit dem Club etwas zu tun hatte? Oder machte Maria sich übertriebene Gedanken?

Lebenswichtig, hatte der Vater gesagt. Lebenswichtig, dass sie ihm zuhörte und kein Wort vergaß. Sie sollte Noah niemals erwähnen, und er, Theodor Reimer, sei nicht mehr sicher für sie. Was sollte das bloß bedeuten? Und wann würde der Vater endlich nach Hause kommen?

Maria wurde schwer zumute. Der Vater hatte sich deutlich verändert, das hatte sie ja schon länger bemerkt. Seine Last musste aber noch gewaltiger sein als gedacht. Auf der Hohenzollernbrücke war sie mit Händen zu greifen gewesen! Warum konnten sie nicht wie früher miteinander reden?

Sie trat die Schublade zu und ließ den Ahnenpass in ihrer Handtasche verschwinden. Sie würde die Wohnung verlassen, sobald der dröhnende Rosenmontagszug zu Ende wäre.

Die Menge wogte noch immer, Hüte flogen, und Trillerpfeifen schrillten. Aber im Haus gegenüber hockte inzwischen ein Mann auf dem Fensterbrett. Maria hatte ihn noch nie gesehen. Ein Bein lässig angezogen, mit weißem Oberhemd und Krawatte grüßte er herüber. Ob die Dachwohnung neue Mieter hatte? Oder gehörte der Mann zu der Familie Seewi, die vor Wochen plötzlich ausgezogen war?

Er winkte, sie hob verhalten die Hand, woraufhin er

sich wohl ermutigt fühlte, ihr etwas zuzurufen. Glaubte er wirklich, dass seine Stimme durch den Lärm dringen könnte?

Sie schüttelte den Kopf, und er schnitt eine Grimasse. Dann hielt er einen Hammer und eine Zange hoch. Was meinte er? War er ein Handwerker? Nein, nicht mit dem weißen Hemd. Als Nächstes gestikulierte er mit dem Werkzeug, bis sie verstand: Er wollte ein Regal anbringen. Der Fremde war in der Tat ein neuer Nachbar. Jemand, der sehr hartnäckig Kontakt aufnahm.

Sie schloss das Fenster, ließ die Gardine aber noch offen, denn der Mann setzte alles daran, die Verbindung nicht abreißen zu lassen. Er machte komische Faxen. Tat, als setzte er sich eine Brille auf, um Maria besser sehen zu können. Hielt dann eine Kanne in die Luft, um sie zum Tee einzuladen. Zeigte Gebäck. Zerriss schließlich, als sie immerzu den Kopf schüttelte, eine Zeitung, schrieb etwas darauf und bastelte einen Papierflieger, mit dem er auf ihr Fenster zielte. Der Flieger segelte hoch, kippte ab und stürzte in den Rosenmontagszug.

Theatralisch schlug der Mann sich vor die Stirn, und Maria zog nun doch die Gardine zu. Gerade noch rechtzeitig, denn zum ersten Mal seit Ewigkeiten musste sie lächeln.

14

Das Formular für den Antrag, im Homeoffice zu arbeiten, lag auf Sabines Wohnzimmertisch. Sie hatte nichts zu verlieren, wenn sie es ausfüllte, und selbstverständlich hatte sie sich einer heimlichen Tauglichkeitsprüfung unterzogen, um die Idee in der Praxis zu testen, bevor sie den Antrag im Jugendamt abgab. An einem Samstag hatte sie so getan, als wäre Freitag, Homeoffice-Tag, und sich früh am Morgen mit den üblichen Akten auf das Sofa gesetzt – nein: Sie hatte sich bloß setzen wollen, aber dann hatte sie sich einen weiteren Tee gekocht, und es war ihr eingefallen, dass sie mittags nicht in der Kantine essen könnte und sie daher einkaufen gehen musste. Nach ihrer Rückkehr war sie zwar guten Willens, aber auch müde gewesen. Die Arbeit der vergangenen Wochen hatte ihren Tribut gefordert.

Sie hatte zwei Schulverweigerer zugeteilt bekommen. Zwillinge von dreizehn Jahren, die seit sechs Monaten nicht mehr zum Unterricht erschienen waren. Als Sabine vor ihrer Wohnungstür aufgetaucht war, hatten sie sich halb totgelacht. Ihr Vater war vor dem Fernseher sitzen geblieben, während die Mutter sich gefreut hatte, Sabine die Videos vorführen zu können, mit denen die Zwillinge sich auf YouTube präsentierten. Hundertzweiunddreißig Follower, Tendenz leider fallend.

»Sie müssen darauf achten, dass Ihre Töchter zur Schule gehen«, hatte Sabine gesagt.

»Mache ich.«

»Sie haben Briefe von der Verwaltung bekommen und nicht beantwortet. Die Polizei war mehrfach bei Ihnen, um die Mädchen zur Schule zu begleiten.«

»Das war nicht nice.«

Also hatte Sabine die üblichen Broschüren empfohlen, war weitergefahren und hatte einem drogensüchtigen Paar einen Säugling entwendet. Ja, regelrecht entwendet, denn die Eltern hatten sich verzweifelt an das Baby geklammert. Das Kind war starr gewesen, aber es hatte geatmet.

Dazwischen immer wieder Formulare und Anträge und Besprechungen. Und die Gedanken: Hatten die Müllers die Wahrheit gesagt, als sie behauptet hatten, der Sohn sei magersüchtig gewesen, das sei aber vorbei? Hatten die Meiers ihre Wohnung nur für den Besuch vom Jugendamt aufgeräumt, und hatte über der polierten Tischplatte nicht eindeutig Müllgeruch gehangen? Oder das Lehrerpaar Schmidt: Hatte es seine Kinder wirklich einer Wehrsportgruppe zugeführt? Was war mit den blauen Flecken?

Sabine musste alles überprüfen, zwischen den Terminen und am besten noch vom Auto aus: Was ist eine Wehrsportgruppe, welche befindet sich in erreichbarer Nähe? Waren Messies in der Lage, punktuell aufzuräumen? Was durften Minderjährige auf YouTube treiben?

Misshandelte Kinder, missbrauchte Kinder, ungeliebte und überliebte Kinder. Sabine tauchte bei ihnen auf und trug nichts als einen Rettermantel. Zückte ihr Schwert, blendete mit einem Blitz und verblasste. Ließ aus der Ferne noch ein wenig Donner hören – und war längst mit etwas anderem beschäftigt.

Außerdem die Anrufe, die in ihrem Büro ankamen: »Sie sind neu im Jugendamt, Frau Schubert, was fällt Ihnen ein, über mich zu urteilen? Ich bin zweifache Mutter!« Ja, was fiel Sabine eigentlich ein?

Sie konnte das Telefon natürlich kurz abstellen, das Fenster öffnen und sich nach draußen wünschen. Die Stadt war ja immer voller Musik. An der Gießener Straße quietschten die Stahlräder der Bahnen, an der Rolshovener fuhren die Autos an und bremsten, und über die Dillenburger perlte das Gelächter der Schauspielstudenten. Aber eine solche Auszeit dauerte nie lange, denn sobald Sabine am Fenster stand, war es, als ob der Luftzug die Kollegen in den anderen Büros alarmierte: Achtung! Die Schubert macht Pause!, und schon konnte Friederike hereinkommen oder eine Klientin sich vordrängen, oder Stefan Kramer hatte eine Bitte: »Da Sie gerade Zeit haben, Frau Schubert, könnten Sie einen Blick auf diese Akte werfen? Nur eine Inobhutnahme, ich brauche eine zweite Meinung.«

In ihrer Not hatte Sabine neulich den IT-Service gefragt, ob man nicht wenigstens die Telefonnummern sperren könnte, die von außerhalb kamen und über die sie wiederholt drangsaliert worden war. Der Techniker hatte zurückgefragt, wieso ihr Büroanschluss denn öffentlich war, und sie hatte sich gegen den Eindruck wehren müssen, sie sei selbst schuld an ihrer Lage.

Es stimmte natürlich, sie hatte Aufmerksamkeit auf sich gezogen. Hatte sich kopfüber in ihre Fälle gestürzt und war zu forsch in manche Außenkontakte getreten.

»Quatsch, so was kommt durch Facebook«, hatte

Friederike gemeint. »Gib mal das Suchwort *Jugendamt Köln* ein, da wird irgendjemand deine Nummer gepostet haben.«

Jemand, für den Sabine sich vielleicht eingesetzt hatte, um ihm zu helfen? Jemand, bei dem sie trotz aller Mühe gescheitert war?

Friederike hatte ihr eine Kuchenliste hingelegt: »Du denkst an den teammäßigen Wochenabschluss?«, weil Sabine sich noch nicht eingetragen hatte, dabei brachte man im Kollegenkreis freitags reihum einen Kuchen mit. Marmorkuchen könnte sie vielleicht noch schaffen. Marmor, Stein und Eisen.

Ach, Sabine mochte das Team. Das Team hielt zusammen, das Team registrierte, wenn man kurz durchhing, und das Team hatte alles schon einmal selbst erlebt.

Trotzdem Homeoffice? Ja! Nur für einen Tag in der Woche. Um sich zu organisieren und zu stabilisieren.

Sie schielte auf das Merkblatt des Personalrats: *Homeoffice als Grenzgang und Chance.*

Grenzgang im Sinne von drohender Disziplinlosigkeit. Mitten am Tag einkaufen gehen, dann aber doch nichts zu Mittag kochen, sondern drei Plunderteilchen essen, im Angesicht der Akten, im lähmenden Schweigen der eigenen vier Wände.

Wählen Sie feste Uhrzeiten für Ihre Arbeit. Trainieren Sie den Gedankenstopp, gerade im Homeoffice.

Die Zwillinge, der Magersüchtige, die Lehrerkinder und das Baby. Und Pascal. Immer wieder Pascal, aber ihn konnte Sabine in ihrem Kopf nicht wegschieben, mit keinem Gedankenstopp der Welt. Denn wer würde sich sonst um den Jungen kümmern? Wer gab noch einen Cent auf ihn, wo er laut dem letzten Gutachten wie eine Zeitbombe tickte?

Könnte Sabine bloß einmal mit jemandem darüber sprechen. Jemanden finden, der Zeit hatte, sich mit dem Kind zu befassen, und der Sabine nicht gleich für unprofessionell hielt, nur weil sie sich Sorgen machte. Aber nein, selbst in der Supervision konnte sie mit dem Thema nicht landen. Und die Psychologin im Kinderheim, Frau Meyer-Liszt, lag ohnehin auf der Lauer, um Sabine zurechtzustutzen. Von »heiklen altruistischen Mustern« hatte Meyer-Liszt beim letzten Mal geredet, von »Sublimierung« und der »Macht des inneren Thanatos«, die den Menschen in eine ewige Wiederholungsschleife schicke. Auch beim Jugendamt gebe es diese Mechanismen, auch bei Sabine! Und dann war die Psychologin auf das Thema Mobbing gekommen, auf Wunden, die sich nie wieder schließen würden, und auf übersensible Antennen, die Sabine in der Zeit im Bürgerbüro gewachsen sein könnten und die sie jetzt, quasi in einer Übertragung, auf Pascal richten würde.

Absolut peinlich. Für Meyer-Liszt. Denn Sabine war durchaus erfahren genug, um auf derartige Provokationen nicht einzusteigen.

Bloß wie sollte sie vergessen, dass Pascal im Kinderheim seine Wange in ihre Hand geschmiegt hatte? Bestimmt hatte es ihr ein wenig geschmeichelt, wie er sich benahm, aber vor allem hatte sein Anschmusen sie zutiefst erschreckt. Sie hatte begriffen, dass Pascal nach etwas gierte, das er gar nicht finden konnte, weil es in seinem Leben nämlich nicht existierte: Liebe, Nähe.

Wer mochte den Jungen, einfach so, wenn nicht

Sabine? Er war schmuddelig, ständig, selbst wenn er ein gebügeltes Hemd trug. Er war aggressiv und am Boden zerstört, war hart vor Zorn und zog im nächsten Moment klebrige Fäden wie Mäusespeck. Nein, ihn allein zu lassen, das hätte Sabine sich nie verziehen.

Achten Sie auf Ihr Privatleben ebenso gut wie auf Ihre Arbeit.

Ja. Sehr gerne. Wenn das die Lösung war?

Sie schob die Akten tief unter die Sofakissen und füllte den Antrag für das Homeoffice aus. Sie hatte schon andere Dinge bewältigt, sie würde auch diese Aufgabe in den Griff bekommen.

Ihr Privatleben bestand seit der letzten Trennung überwiegend aus der Großmutter, dem Haus und dem Garten in Forsbach. Neuerdings mischte allerdings auch Moritz Bremer mit, der Pressesprecher und Broschürenschreiber von Nordmann & Söhne. Sabine dachte häufig an ihn, was kein Wunder war, da er in der Geschichte der Großeltern herumwühlte. Darüber hinaus hatte er eine Art, E-Mails zu schreiben und Telefonate zu führen, die Sabine ansprach. Es wirkte, als ob auch er manchmal die Grenze zwischen Beruflichem und Privatem aus den Augen verlor.

Eine halbe Stunde nachdem sie ihn angerufen hatte, kam er in den Rheinpark geradelt. Er trug eine gestrickte Mütze, die mit den blonden Locken kaum fertig wurde, und während er sein Fahrrad anschloss, hielt er das Gesicht in den Wind, als wäre das kühle, feuchte Wetter ein Vergnügen. Der Reißverschluss seiner Jacke kratzte an den Bartstoppeln, die Rasur war heute wohl ausgefallen.

»Gute Idee, sich im Rheinpark zu treffen, Frau Schubert. Wohnen Sie denn auch rechtsrheinisch?«

»Nein, aber ich bin hier oft in meinem Job unterwegs. Jugendamt, sozialer Brennpunkt, Sie verstehen?«

Nein, er verstand nicht, jedenfalls nicht genau, sie merkte es ihm an, und es gefiel ihr, dass er sie offenbar nicht im Internet gestalkt hatte.

Sie betraten den Park von der Mülheimer Seite aus. Der Verkehr brüllte oben auf der Zoobrücke, es roch nach Abgasen und Regen. Rechts vor ihnen schimmerte der Rhein durch das kahle Geäst der Sträucher, die Rasenanlagen kränkelten gelb. Moritz Bremer schritt trotzdem aus, als hätte er sich seit Tagen auf den Spaziergang gefreut.

»Wie sind Sie inzwischen mit Ihrer Großmutter verblieben?«, fragte er.

»Ich habe ihr erzählt, dass Nordmann & Söhne ein lupenreiner Nazibetrieb gewesen ist, aber der große Knall ist ausgeblieben.«

»Also wusste sie über die Firma Bescheid?«

»Ja, ich denke schon, und ich habe ihr daraufhin vorgeworfen, dass diese Tatsache in der Familie nie erwähnt worden ist. Es hat sie gequält, und unterm Strich sind wir nicht weitergekommen.«

»Manche Menschen sind vom Krieg traumatisiert, sie schaffen es nicht, sich damit auseinanderzusetzen.«

»Also verstehen Sie das bitte richtig: Meine Großmutter war kein Nazi. Sie hat sich auch nicht so benommen, als ob sie eine Schuld verheimlichen wollte, sondern sie wirkte einfach so, als würde ich sie nach Dingen fragen, die ihr wehtun oder die sie nicht ausspucken kann, weil sie zu groß und zu sperrig sind.«

»Hm.« Moritz Bremer nickte nachdenklich, und Sabine war erleichtert, dass sie nichts weiter erklären musste.

Sie hielten auf den Rosengarten zu, im Adenauerteich schwappte das Wasser auf halber Höhe. Das Laub war zusammengeharkt, die seltsamen Pergolen aus Stahl mussten frisch gestrichen worden sein.

»Hat Ihre Großmutter sich denn zu dem Foto geäußert, das bei den Unterlagen Ihres Großvaters lag?«, fragte Moritz Bremer.

»Auch nur knapp.« Sabine verzog den Mund. »Sie hat mir das Foto weggenommen und es verschwinden lassen.«

»Schade. Aber es war ja sowieso nur eine Kopie. Vielleicht besitzt Ihre Großmutter das Original?«

»Das würde mich wundern. Sie hat aus ihrer Zeit als Fotomodell kaum etwas aufgehoben.«

Sie blieben an der Wassertreppe stehen und betrachteten die denkmalgeschützten Schalen, durch die ein trübes Rinnsal floss. Zwei Gefäße waren kaputt, wildes Kraut wucherte um das alte Kunstwerk und spross durch die Bohlen des Fußwegs. Die Tafel, die an den Künstler erinnern und die Wassertreppe erklären sollte, war mit Farbe beschmiert.

Schade, dachte Sabine, aber es war auch typisch für Köln: Alles verfiel, ganz besonders auf der rechten Seite des Rheins.

»Jedenfalls brauchen Sie sich keine Sorgen wegen Ihrer Broschüre zu machen, Herr Bremer. Meine Großmutter wird Ihnen keine Steine in den Weg legen. Wobei ich ihr versprochen habe, dass ich ein Auge auf Ihre Recherche rund um meinen Großvater werfen werde.«

Den letzten Satz hatte sie halb scherzhaft gemeint, trotzdem steckte auch ein Körnchen Wahrheit darin.

Moritz Bremer lächelte. »Es geht mich wahrscheinlich nichts an. Aber wie war eigentlich das Verhältnis Ihrer Großeltern zueinander?«

Sie lächelte zurück. »Ich formuliere es mal so: Sie waren seit Ende der Dreißigerjahre zusammen. Es funktionierte ganz gut, aber ob sie sich so gekannt haben, wie ich immer dachte? Neuerdings habe ich Zweifel.«

»Seit Sie sich mit Heinrich Schuberts Tätigkeit bei Nordmann & Söhne befassen?«

»Nein. Also…«, sie geriet ins Schleudern. »Es hat eher mit einer privaten Hinterlassenschaft meines Großvaters zu tun, über die meine Großmutter sich sehr aufgeregt hat.«

Oje. Sabine hatte das Gold und das Geld erwähnt, wenn auch sehr verklausuliert. Was würde die Großmutter wohl dazu sagen?

Sie sah starr nach vorne und schlug den Weg Richtung Tanzbrunnen ein. Dort war immer viel los, und man konnte ein Gespräch leichter umbiegen.

Moritz Bremer blieb an ihrer Seite. »Sie möchten mir nicht zufällig mehr über die Hinterlassenschaft erzählen?«

»Nein.« Sie winkte ab. »Es hat für Ihre Broschüre und die Aufarbeitung der Firmengeschichte keine Bedeutung.«

»Sie können einen ganz schön neugierig machen, Frau Schubert.«

Sie grinste, aber sie rang auch mit sich, weil es ihr plötzlich schwerfiel, nicht mehr zu verraten. Moritz

Bremer war so freundlich und … angenehm, und es fühlte sich gar nicht gut an, ein Geheimnis zu hüten, von dem sie nicht einmal wusste, wie es einzuordnen war. Waren das Gold und das Geld privat, ging es wirklich nur die Familie etwas an?

»Viel Geld«, sagte sie schnell. »Wir haben in Forsbach Bargeld gefunden.«

»Aha?«

»Aber keine Reichsmark, falls Sie das denken!«

»Keine Reichsmark. Und trotzdem – wenn ich es richtig interpretiere –, trotzdem freuen Sie sich nicht über den Fund?«

Moritz Bremer berührte Sabines Arm, und sie blieben stehen. Ihr Herz holperte, sie konnte doch nicht auch noch über das Gold reden.

»Nordmann & Söhne war ein florierender Betrieb«, sagte Moritz Bremer vorsichtig. »In den Dreißigern war die Firma noch relativ klein, aber sie passte sehr gut in eine Lücke, die sich zwischen den Kölner Großunternehmen auftat. Klöckner-Humboldt-Deutz, Carlswerk, Felten & Guilleaume, das gesamte rechte Rheinufer hat damals an der Rüstungswirtschaft verdient. Die großen Fabriken haben die schweren Geschütze produziert, und Nordmann & Söhne lieferte die passende Munition dazu.«

Sabine nickte tapfer. »Also hat Heinrich Schubert sich die Taschen gefüllt?«

»Es kommt darauf an, inwiefern er am Gewinn beteiligt war. Das wissen wir nicht. Ihr Großvater war vielleicht in Versuchung, ganz oben mitzumischen, denn Nordmann & Söhne konnte ein Sprungbrett in gewisse Kreise sein. Haben Sie einmal davon gehört, dass es damals hier im Rechtsrheinischen ein Milieu gab, das ausgesprochen schick war? Am Flussufer standen Luxusvillen für die Vorstände der Rüstungsfirmen, allen voran für die Chefs von Felten & Guilleaume. Der Karnevalsball in Mülheim war ein gesellschaftliches Topereignis für Köln. Nur… ob Heinrich Schubert dabei war?«

»Mein Großvater mochte keinen Karneval. Glaube ich.«

Sie sahen sich an. Moritz Bremers Augen waren wirklich unglaublich blau.

Dann gingen sie weiter, jeder in seine Gedanken versunken, bis die Bauruine am ehemaligen Parkcafé in Sicht kam. In den Wasserbecken wuchs Moos. Die Statuen nackter Frauen waren rissig. Kaninchen jagten über den Weg, und auf einer Bank lag eine Person, die bis über beide Ohren in einen Schlafsack gewickelt war. Ein Hund saß davor und hob träge den Kopf. Ihm fehlte ein Ohr.

»Felten & Guilleaume«, Sabine ließ sich die Silben auf der Zunge zergehen. »Existieren die Luxusvillen der Firma heute noch?«

»Allerdings. Wenn wir am Rhein stadtauswärts gingen, würden wir sie sehen.«

»Mir fällt ein, dass meine Großmutter einmal an einer solchen Villa geklingelt hat. Möchten Sie die Geschichte hören?«

»Unbedingt!«

»Es war kurz vor dem Krieg, als Maria noch sehr jung war. Sie hatte gerade einen Hausarrest hinter sich, ihr Vater hatte sie wochenlang für irgendetwas bestraft. Sie wollte nur noch weg, wollte frei sein, und ist eines Tages am Rhein entlang Richtung Düsseldorf gelaufen. Aber sie kam nicht weit, denn am Mülheimer Ufer lag eine Möwe auf den Steinen. Sie war nicht tot, nur schwer verletzt. Maria hob sie auf, kletterte die Böschung hoch und lief auf das nächste Haus zu, es war wohl eine gewaltige Villa. Ein Mann mit Zwicker auf der Nase öffnete und war zuerst auch sehr hilfsbereit. Maria durfte die Möwe auf den Esstisch legen, auf das weiße Damasttuch, und der Mann tastete dem Tier die Flügel ab. Ganz feine Hände hatte er, das hat meine Großmutter mir mehrfach erzählt. Leider ist die Möwe unter seinen Fingern immer schwächer geworden.«

Moritz Bremer lauschte und schwieg.

»Und dann«, fuhr Sabine fort, »hat der Mann meine Großmutter aufgefordert, dem Tier den Hals umzudrehen. Die Möwe würde sich quälen, und weil meine Großmutter sie am Strand aufgelesen hätte, wäre es ihre Pflicht, sie zu erlösen.«

»Hat sie es getan?«

Sabine zögerte. Wie würde Maria es finden, dass ihre Geschichte weitererzählt wurde? Waren solche Erlebnisse Allgemeingut?

Sie sah zu Moritz Bremer hoch. »Wie hätten Sie sich entschieden? Hätten Sie der Möwe den Hals umgedreht?«

»Ja«, antwortete er, ohne zu zögern.

»Tja, meine Großmutter hat es ebenfalls getan, an Ort und Stelle auf dem Tischtuch. Und dann hat sie das Tier wieder hochgenommen, um zum Rheinstrand zurückzugehen und es zu begraben. Aber als sie die Villa verließ, hat sie noch nachgesehen, wer dort wohnte. Sie wollte wissen, wer der Mann war, der sich die Hände nicht schmutzig machen wollte. *Dr. Joseph Horatz* stand auf dem Klingelschild.«

»Dr. Horatz von Felten & Guilleaume?«

»Ja. Er hat das Unternehmen geleitet, und zwar sowohl während der Nazizeit als auch noch lange danach.«

Moritz Bremer zog sich die Mütze vom Kopf, die Haare sprangen in alle Richtungen. Er blickte in den Himmel und stieß die Luft aus. Dann streckte er Sabine eine Hand hin.

»Frau Schubert, könnten wir uns duzen?«

»Bitte?«

»Keine Angst, ich möchte nichts überstürzen, aber …«

»Ich habe doch keine Angst. Also, ich bin Sabine.«

»Danke.« Er hielt ihre Hand fest. »Ich bin Moritz. Und wäre es wohl möglich, auch noch deine Großmutter kennenzulernen, Sabine?«

15

Das Aufstehen morgens war leichter geworden. Maria konnte sich darauf verlassen, dass in der Wohnung gegenüber der Mann auf der Fensterbank saß und auf sie wartete. Meist las er schon die Zeitung und trank eine Tasse Kaffee, aber sobald er Maria entdeckte, lächelte er ihr zu. Ziemlich zurückhaltend war dieses Benehmen, wenn sie bedachte, wie er sich am Rosenmontag gebärdet hatte, aber sie fand sein bloßes Lächeln trotzdem schön.

Heinrich hieß er, er war ein frisch gebackener Diplom-Kaufmann, derzeit ohne Arbeit. »Das ändert sich bald«, hatte er gesagt, als er Maria neulich auf der Severinstraße abgefangen hatte. »Leute wie ich werden immer gebraucht.«

Leute wie er also. Zuversichtlich und einfallsreich. Gut aussehend im Sinne von ebenmäßig. Mittelblond und mittelgroß, aber mit einem flotten Scheitel und einem Faible für Captoe-Oxford-Schuhe. Das Sakko trug Heinrich meist über die rechte Schulter geworfen, die Hemdsärmel hochgekrempelt, auch wenn es kalt war, und er konnte exzellent pfeifen: *Das kann doch einen Seemann nicht erschüttern.* Schon zweimal hatte er Maria zu einer Dampferfahrt auf dem Rhein eingeladen, zweimal hatte sie abgelehnt.

Dreimal hatte Heinrich sie auch nach ihrem Leben

befragt, dreimal hatte sie gelogen: Ja, sie genieße die freie Zeit seit der Schule. Ja, sie bereite sich auf eine große Reise nach Übersee vor, auf der sie auf Wunsch ihres Vaters das Handelsnetz des Kontors kennenlernen sollte. Und nein, sie sei der Diskussion über Politik überdrüssig, denn sie wolle sich lieber des Lebens erfreuen, anstatt sich in den schwierigen Fragen des Deutschen Reichs zu verheddern.

Die letzte der drei Lügen war ihr besonders schwer über die Lippen gekommen, hing aber mit den ersten beiden zusammen. Oder wie sollte Maria es Heinrich erklären, dass sie wegen des eigenen Vaters nur noch traurig war? Und dass sie es außerdem kaum aushielt, angesichts der katastrophalen Zustände, die sie in Köln tagtäglich auf den Straßen sehen musste, untätig zu bleiben?

Die dunklen Automobile mit den Hakenkreuzstandarten waren zur Plage geworden. Maria versteckte sich, wenn sie die Wagen heranrollen sah, denn die Hakenkreuze verpflichteten jeden Reichsdeutschen, den Gruß mit dem Arm zu zeigen, und das war für Maria unmöglich.

Neulich war sie Selma begegnet, der Mutter des kleinen Elias, die sich das Trottoir entlanggeschleppt hatte, und Maria hatte sie sofort angesprochen, weil sie immer noch hoffte, mehr über den Verbleib des Jungen zu erfahren. »Er schickt doch Postkarten, es geht ihm gut in England«, hatte Selma geantwortet, schicksalsergeben, weil sie Marias Fragen schon kannte, aber dann hatte Selma plötzlich das Gesicht zur nächsten Hauswand gedreht, und Maria hatte einen Moment gebraucht, um zu begreifen, was geschah:

Auf der Straße näherte sich ein schwarzer Wagen, jeder kannte ihn, es war das Fahrzeug des Gauleiters Grohé persönlich. Die Passanten ringsum rissen die Arme hoch, »Heil Hitler!«, selbst Selmas Arm zuckte gegen die Hauswand, aber dann besann sie sich wohl, dass sie als Jüdin ja gar nicht grüßen durfte, und biss sich in die Hand. Marias Herz klopfte. Sie harrte stocksteif bei Selma aus und grüßte ebenfalls nicht.

Der schwarze Wagen hielt, die Fahnen an den Kotflügeln sackten schlaff nach unten. Selma tippelte noch dichter an die Wand, sodass ihre Stirn den rauen Putz berührte. Maria legte den Arm um sie, was sie zuvor noch nie getan hatte, und sah dem Gauleiter Grohé über die Schulter entgegen.

Die Autotür knallte wie ein Schuss.

»Hat die Judensau etwa gegrüßt?« Grohé stand breitbeinig vor seinem Wagen, Ober- und Unterkiefer wie eine Bulldogge, Hände wie die eines Landarbeiters.

»Wen meinen Sie?«, fragte Maria. Ihre Knie zitterten.

Das Trottoir leerte sich, Elias' Mutter wand sich, um Marias Arm abzuschütteln.

Grohé kam einen Schritt näher. »Und Sie, blondes Fräulein? Haben Sie gegrüßt?«

»Wie könnte ich das vergessen?«

Um Himmels willen. Wenn er noch näher käme, dachte Maria, würde sie den Gruß vielleicht nachholen müssen. Andererseits wirkte Grohé auf sie gar nicht so bedrohlich, wie sie immer vermutet hatte. Sie sah ihn zum ersten Mal aus so kurzer Entfernung. Er war klein und hielt den Hals gereckt wie ein x-beliebiger Gockel.

»Ich brauche Ihren Namen«, sagte er streng.

»Maria Reimer vom Handelskontor Reimer in der Severinstraße. Wir stehen im Dienst für Köln seit einhundertfünfzig Jahren.«

Sie langte in ihre Handtasche und überreichte ihm den Ahnenpass, das widerliche braune Heft. Er nahm es mit spitzen Fingern entgegen, und während er blätterte, lief Elias' Mutter davon. Grohé sah ihr nach, spuckte aus und gab Maria den Ahnenpass zurück. Dann stieg er wieder in seinen Wagen. Und seitdem konnte Maria nur inständig hoffen, dass der Vorfall ohne Folgen blieb.

Manchmal wünschte sie, mehr Menschen zu treffen, die sich den Nazis widersetzten. Von den Kommunisten hörte man viel, aber sie ließen sich kaum noch leibhaftig blicken. Ihre Botschaften tauchten allerdings an unerwarteten Stellen auf. Das Büchlein *50 Eintopfgerichte – Zum Gelingen des Winterhilfswerks*, das Maria bei Dorothea in der Küchenbibliothek entdeckt hatte, enthielt zum Beispiel kein einziges Rezept, sondern nur verbotene kommunistische Schriften.

Dorothea war entsetzt gewesen, als Maria sie darauf hingewiesen hatte, und hatte das Büchlein sofort in der Spüle verbrannt. Bloß, wie war es in die Küche gekommen? Und hatte Dorothea die *50 Eintopfgerichte* wirklich nie aufgeschlagen?

Spätnachmittags, bei Einbruch der Dunkelheit, wurde es am Rheinufer regelmäßig interessant. Aus dem Nichts tauchten geheimnisvolle Leute auf, sie waren in Marias Alter oder noch jünger. Mutig marschierten sie die Gassen hoch zum Dom, trugen Lederjacken, hakten sich unter, Mädchen und Jungen, und sangen laute Lieder. Neulich war Maria ihnen gefolgt.

Die Gruppe hatte ein Naziplakat von der Wand gerissen und zerfetzt, und Maria hatte schon aufschließen wollen, aber dann hatte sie im letzten Moment Luise in der Gruppe erkannt und war vorsichtig geworden. Luise war doch gerade erst von der SS-Bräuteschule nach Köln zurückgekehrt, wie sollte sie ihr trauen? Überall gab es Spitzel. Nichts und niemand war, wie es auf den ersten Blick schien.

Und der neue Nachbar? Heinrich Schubert? Wie war er?

Maria lächelte. Heinrich hatte schon beim ersten gemeinsamen Spaziergang nach ihren Eltern gefragt. Als sie erzählt hatte, dass sie ihre Mutter gar nicht kannte, hatte er es entsetzlich gefunden, »gerade für ein Mädchen«. Natürlich hatte sie nachgefragt, warum es denn für ein Mädchen schlimmer sein sollte, mutterlos zu sein, als für einen Jungen, und da war Heinrich sofort eine Antwort eingefallen, die sie schachmatt gesetzt hatte: »Entschuldigung, Fräulein Reimer, es ist nicht richtig, Sie ein Mädchen zu nennen, denn diesem Alter sind Sie ganz offensichtlich entwachsen.«

Das war doch keine schlechte Parade von ihm gewesen, oder?

Heinrich hatte sich auch tagelang nach Marias Vater erkundigt, nach »Theodor Reimers Befinden«, so häufig und höflich, dass sie schon überlegt hatte, ob Heinrich wohl eher ihn kennenlernen wollte als sie. Vielleicht wollte er sich im Kontor als Kaufmann bewerben, weil er ja arbeitslos war? Aber nein, Heinrich hatte diese Sorge schließlich zerstreut. Er interessierte sich schlichtweg für alles, was das »Fräulein Reimer« umgab. Selbst die Luft, die Maria atmete, wurde von ihm besprochen: War sie angenehm oder zu kalt oder zu warm? Kam der Wind zu steil von vorn, und stiegen die Pfützen auch nicht in Marias Schuhe?

Gern ließ sie sich auf diese Spielereien ein, nicht nur aus Eitelkeit, sondern auch, weil Heinrichs Komplimente nach all den Niederlagen, die sie erlitten hatte, wie Balsam wirkten.

Der Vater war nach Karneval wieder in die Wohnung zurückgekehrt, ohne zu erklären, wo er gewesen war. Er kam insgesamt nur noch selten nach Hause. Warum? Das erklärte er nicht. Die Tage waren vorbei, an denen er mit Maria zu Mittag oder zu Abend aß und mindestens eine halbe Stunde mit ihr reden wollte, bevor er in den Debattierclub aufbrach. Dabei wäre es heute wichtiger denn je, sich zu unterhalten. Maria machte sich immer noch die größten Sorgen. Seit jenem Tag auf der Hohenzollernbrücke, an dem sie den Ahnenpass erhalten hatte, wusste sie doch, dass der Vater ihr etwas verschwieg. Und dass ihm dieses Etwas Furcht einflößte.

Trotzdem hielt er sich auf Abstand, er wehrte jeden ihrer Annäherungsversuche ab. Bis spätabends blieb er im Kontor, und sie hörte meist erst nach Mitternacht, dass er die Wohnungstür aufschloss und an ihrem Zimmer vorbeischlich.

Es tat weh. Es wurde nicht mehr wie früher.

Immerhin musste sie dem Vater noch ein wenig am Herzen liegen. Auf dem Telefontischchen gab es einen Schreibblock, über den er sich auf umständliche Weise mit ihr verständigte.

Er: *Maria, ich habe dich verpasst. Hinterlasse mir bitte eine Nachricht, ob es dir gut geht.*

Sie: *Vater, warum darf ich dich nicht im Kontor besuchen?*

Er: *Die Zeiten sind schwierig. Kreuz bitte an, ob es dir gut geht. Ja / Nein*

Sie: *Ich habe Selma getroffen und nach Elias gefragt.*

Er: *Hast du die letzte Postkarte von Elias nicht bekommen? Geht es dir gut???*

Sie: *Ich habe Gauleiter Grohé getroffen. Der Ahnenpass hat geholfen.*

Er: *Ja / Nein!!! Und mehr über Grohé!*

Sie: *Grohé ist weitergefahren, kein Problem. Und wie geht es dir? Darf ich mit in den Debattierclub? Frühstücken wir gemeinsam?*

Dabei waren die wenigen Frühstücke, die sie zu zweit oder auch mit Dorothea einnahmen, alles andere als vergnüglich. Der Vater sah krank aus, und das machte Maria verrückt. Er aß kaum noch etwas. Dorothea durfte ihm nicht einmal mehr Kaffee einschenken, sondern musste lauwarmes Wasser bringen. Sein Kragen war häufig verdreckt, der Bart wuchs ohne Form, und seine Augen lagen in dunklen Höhlen.

Ob er noch Kontakt zu Noah hatte? Ob er mit Noah auch einmal über sie, Maria, gesprochen hatte? Ob Noah wusste, dass sie nahezu nichts erfuhr?

Ach, was war bloß in den fünf Monaten geschehen, seitdem sie sich im Atelier Bertrand beworben hatte? Kein Stein lag mehr auf dem anderen.

Manchmal wollte Maria in Tränen ausbrechen. Manchmal auch den Vater erwürgen. Dann wieder sich in seine Arme werfen oder ihm eine heiße Milch mit Honig bringen. Sehr oft schnürte sich ihr Hals zu, und vor allem in diesen Momenten freute sie sich auf Heinrich.

»Doro? Hast du meinen hellen Paletot gesehen?«, rief sie und durchsuchte die Garderobe.

Die Haushälterin kam mit einem Geschirrtuch in der Hand in den Flur gelaufen: »Du willst schon wieder fortgehen?«

»Der helle Paletot mit dem Pelzbesatz. In meinem Kleiderschrank ist er nicht und an der Garderobe auch nicht.«

»Wann kommst du zurück?«

»Ich weiß es nicht, Doro, und bitte hör auf, mit dem Geschirrtuch zu wedeln! Ich rieche die Zigarette, die du geraucht hast.«

Dorothea versteckte das Tuch hinter dem Rücken. »Hitler ist in Österreich einmarschiert. Vielleicht gibt es Krawall.«

»Vielleicht aber auch nicht.«

Noch einmal durchwühlte Maria die Jacken und Mäntel. So eine große Auswahl, aber nur der leichte Paletot würde gut über das Kleid passen, das sie extra für heute umgearbeitet hatte. Sie hatte den Rückenausschnitt vergrößert und die Brustpartie ein wenig enger genäht.

»Jeden Tag bist du unterwegs«, klagte Dorothea. »Es lohnt sich kaum noch, für uns zu Mittag zu kochen.«

»Ist es schlimm, wenn du wenig zu tun hast?« Maria zog statt des Paletots den langweiligen Wintermantel vom Bügel und steckte den verhassten Ahnenpass in die Innentasche. »Auch ich habe das Nichtstun lange ausgehalten, wie du weißt, Doro, ohne dass jemand Mitleid hatte.«

»Von wegen! Ich hatte Mitleid mit dir. Aber was hätte ich ändern können? Den Arrest aufheben? Außerdem wollte ich dir sehr wohl die Zeit vertreiben. Bloß waren dir Kochen und Plätten nicht aufregend genug.«

Da musste Maria lachen, und sie gab Doro einen Kuss. »Ich werde dir auf ewig dafür danken, dass du mich vor dem Plätteisen verschont hast. Und jetzt muss ich wirklich gehen, es tut mir leid. Vielleicht machen wir morgen etwas zusammen?«

»Zum Beispiel?«

»Wir flanieren am Rhein und beobachten die feinen Damen in ihren Frühjahrskleidern. Danach gehen wir ins Kino.«

»Au ja!« Doro nestelte an Marias Mantelrevers. *»Der Berg ruft* mit Luis Trenker, das würde ich gern sehen.«

»Natürlich nicht. Wir suchen uns etwas aus Amerika, und zwar mit Luise Rainer.«

»Luise Rainer ist ein freches Ding.«

»Preisgekrönt! Da schauen wir uns gern etwas ab. Deinen *Berg ruft* kannst du noch anhimmeln, wenn du achtzig bist.«

Die Haushälterin tat, als ob sie schmollte, aber dann gab sie Maria zum Abschied einen Klaps. Maria lief die Treppe hinunter, das Herz nun ein wenig leichter als eben, und tatsächlich, kaum dass die Haustür hinter ihr ins Schloss gefallen war, trat Heinrich Schubert aus der Hofeinfahrt gegenüber und leistete ihr Gesellschaft.

»Wie haben Sie geschlafen?«, fragte er.

»Gut, aber doch schlechter als sonst.«

Sie spazierten Seite an Seite die Severinstraße hoch. Heinrichs Geplauder war aufmerksam und lustig, weil er inzwischen gut wusste, wie man Maria unterhielt. Außerdem schien er sich zu wundern, dass sie heute immer weiter geradeaus ging, ohne ihn loswerden zu wollen wie an den anderen Tagen, an denen sie auf Höhe Sankt Georg einen Haken schlug, um in ihrer Lieblingsbuchhandlung ungestört herumzustöbern.

»Zieht es Sie heute nicht zu den amerikanischen Büchern und französischen Illustrierten?«, fragte er.

»Woher wissen Sie, was ich lese?«, fragte sie zurück und drohte mit dem Finger. »Sind Sie mir heimlich gefolgt?«

Aber es schmeichelte ihr schon wieder, dass er sie beobachtete und über sie nachdachte, und sie freute sich, ihn jetzt gleich mit einer Nachricht zu überraschen. Sobald sie am Bahnhof angelangt wären, würde sie sagen: »Ich brauche eine Fahrkarte, denn ich besuche heute ein Fotoatelier.« Ihm würde der Mund offen stehen bleiben, nur leider konnte sie ihm dann keine weiteren Einzelheiten nennen.

Heute war der Tag, an dem Maria vorankommen würde. Sie würde allen zeigen, dass man sie als Erwachsene zu behandeln hatte. Auf eigene Faust würde sie herausfinden, was hinter den Bemerkungen steckte, die der Vater über Noah und das Atelier Bertrand gemacht hatte.

Es wäre nicht weiter verdächtig, wenn sie in Düsseldorf an die Weiße Villa klopfte und Greta in ein Gespräch verwickelte. Sie würde Augen und Ohren offen halten und dabei schlauer werden. Ganz nebenbei würde sie es Herrn Bertrand heimzahlen. »Ich will mein Bewerbungsbild abholen«, würde sie sagen. »Bei Ihnen wird es ja nicht mehr gebraucht.« In Berlin dagegen, so wollte sie ausmalen, in Berlin würden einige Ateliers dringend darauf warten, Mary Mer kennenzulernen.

Wie Greta wohl gucken würde? Und Herr Bertrand? Und – Noah?

Noah würde sofort glauben, dass sie sich in Berlin bewerben würde. Warum auch nicht? In Berlin wurden viele Fotomodelle gesucht, mehr als im Rheinland. Sie könnte sich bei Imre von Santho vorstellen oder bei Karl Ludwig Haenchen, denn in Berlin gab es auch eine Menge Illustrierte, außer der *Dame* zum Beispiel den flotten *Silberspiegel*, und dann residierte das Deutsche Modeinstitut dort, der Deutsche Modedienst auch und die Reichsbeauftragte der Mode sowieso.

In Düsseldorf dagegen? Residierte nichts.

Heinrich Schubert sah Maria von der Seite her an. »Sie legen heute ein ordentliches Schritttempo vor.«

»Ich muss zum Bahnhof, ich verreise.« Sie bemerkte einen winzigen Schrecken auf seinem Gesicht, und da hielt sie es nicht mehr länger aus: »Heute reise ich nur eine kurze Strecke, nur nach Düsseldorf und zurück. Ich sehe mir das Atelier Bertrand an, falls Ihnen das etwas sagt.«

»Ein Maleratelier?«

»Nein, ein Fotoatelier für Mode. Aber im nächsten Monat schon, oder auch erst im Sommer, werde ich viel weiter reisen, nämlich nach Berlin.«

»Oh nein!« Er verzog das Gesicht. »Sie müssen mich doch darauf vorbereiten, wenn Sie abhandenkommen!«

»Ich bin eine freie Frau, Herr Schubert.«

»Selbstverständlich. Aber ich kann mir nicht vorstellen, dass Sie ein Fotoatelier betreten und unbeschadet wieder herauskommen. Sie werden entdeckt werden, Maria, Sie werden ein berühmtes Modell werden und sich nicht mehr mit mir abgeben wollen!«

Meinte er das ernst? Sie lachte, er lachte, er war wirklich amüsant.

»Und was wird aus Ihrem Geschwisterchen?«, fragte er. »Wenn Sie nach Berlin reisen, muss Ihr Vater das Kind ganz allein beaufsichtigen, trotz des Kontors.«

»Ich bin ein Einzelkind, das wissen Sie doch.«

»Aber …«, wandte er ein, und sie wunderte sich, dass er plötzlich verstummte und so verwirrt aussah. Doch da wurde er schon von einem Zeitungsverkäufer abgelenkt, der laut rufend vor dem Dom stand:

»Einmarsch in Österreich! Zehn Pfennig. Hitler befreit sein Heimatland!«

Heinrich lief los, um eine Zeitung zu kaufen, und Maria sah ihm nach. Ein Geschwisterkind? Hatte er ihr so schlecht zugehört, und sie hatte es nicht gemerkt?

Als er wiederkam, steckte er die Zeitung zusammengerollt in seine Tasche. »Sie interessieren sich ja leider nicht für Politik«, sagte er. »Aber ich wage es, Ihnen einen Ratschlag zu geben. In diesen Zeiten sollte jede Reise gut überlegt sein, und ich sage das nicht etwa nur, um in Ihrer Gesellschaft zu bleiben, sondern ich mache mir Gedanken um Sie. Zu Hause ist es am sichersten.«

Nein, sie hatte es satt, auf ominöse Hinweise zu reagieren und von sicheren und unsicheren Orten zu hören.

»Heinrich, wie kommen Sie darauf, dass ich ein Geschwisterkind habe?«

Rasch winkte er ab. »Vergessen Sie es, bitte. Ich bin dumm.«

»Nein, Sie sind eben nicht dumm. Und darum wundere ich mich über Ihre Bemerkung. Wo sollen Geschwister herkommen, wenn meine Mutter lange tot und mein Vater alleinstehend ist?«

Er wirkte zerknirscht, aber er tat es mit einem so seltsamen Ausdruck in den Augen, dass Maria noch einmal und noch einmal nachfragen musste. Schließlich ergab er sich, seufzte und blickte sich um, als wollte er sichergehen, dass ihn niemand belauschte.

»Es tut mir leid, Fräulein Reimer, aber möglicherweise muss ich Sie auf einen Umstand aufmerksam machen, von dem ich nicht weiß, ob er sich Ihrer Kenntnis entzieht.«

»Nun lassen Sie endlich die Schnörkel.«

»Na ja, das alles wirft kein gutes Licht auf mich selbst.« Er stockte und sprach noch leiser weiter: »Ich habe von meinem Fenster aus etwas beobachtet, und zwar mitten in der Nacht. Ich dachte, es handele sich um ein Geschwisterchen, das Sie mir – aus welchen Gründen auch immer – bisher verschwiegen haben.«

»Wie abwegig.« Maria runzelte die Stirn. »Und dass Sie nicht nur morgens, sondern auch nachts am Fenster stehen, gefällt mir nicht besonders.«

»Ich gebe zu, ich war ein wenig zu neugierig, als ich Licht im Kontorfenster sah. Vollkommen gegen den Verstand habe ich gehofft, Sie zu erblicken, Maria. Aber dann habe ich Ihren Vater erkannt. Er hatte ein kleines Kind bei sich. Warum lag es um diese Uhrzeit nicht im Bett, und was hatte es in den Geschäftsräumen verloren?«

Marias Herz setzte aus. Elias, dachte sie, es war Elias, ohne dass Heinrich ihr den geringsten Anlass dafür gegeben hätte, ausgerechnet an dieses Kind zu denken. Doch wer sollte es sonst gewesen sein, wenn nicht der Junge? Und hatte Maria nicht immer schon an der Englandreise gezweifelt? Ja, sie fühlte sich bestätigt und war entsetzt. Inwiefern hatte der Vater mit Elias zu tun? Versteckte er ihn, ein Judenkind, und beschützte ihn dabei so schlecht, dass der Nachbar sie durchs Fenster entdeckte?

»In diesen Zeiten schlafen viele Leute zu wenig«, sagte sie, um überhaupt eine Antwort zu geben. »War es denn ein kleiner Junge oder ein Mädchen?«

»Es fiel nur sehr kurz ein schwaches Licht in den Raum.« Heinrich musterte sie sorgenvoll. »Aber wenn es etwas gibt, bei dem ich Sie oder Ihren Vater unterstützen kann, tue ich es gern.«

»Sie denken doch wohl nicht …«

»Nein, nein! Es ist mir bloß entsetzlich unangenehm, Ihnen mitzuteilen, dass ich überhaupt etwas gesehen habe. Aber jetzt, da es heraus ist und Sie mein schändliches nächtliches Verhalten kennen, brauche ich aus meinem Herzen keine Mördergrube mehr zu machen. Ich denke nämlich an Sie, Maria, Tag und Nacht, und ich werde sogar an Sie denken, wenn ich bald in Lohn und Brot stehe und keine Zeit mehr habe, Sie am Fenster zu belästigen. Das ist ja auch der Grund, warum ich Sie in Sicherheit wissen möchte, Sie und Ihren Vater. Wenn Sie ihm bitte ausrichten könnten, dass das Licht aus dem Kontor auf die Straße dringt, wenn die Vorhänge einen Spalt aufweisen?«

Sie atmete durch den Mund. Ihr Pulsschlag fand nicht in den Takt, sondern zerhackte ihre Gedanken. Was sollte sie Heinrich erwidern? Wenn sie sich für seinen Hinweis bedankte, räumte sie die Möglichkeit ein, dass der Vater die Gesetze brach. Aber wenn sie

Heinrich zurückwies, vergab sie unter Umständen eine Chance, die für den Vater sehr wichtig sein könnte. Hatten die seltsamen Zustände des Vaters wohl mit Elias zu tun?

»Danke, dass Sie Ihre Hilfe anbieten, Heinrich. Was auch immer Sie damit gemeint haben. Mein Vater wird älter und vergesslicher, und was er tut, wirkt bisweilen befremdlich, selbst auf mich. Aber er kümmert sich mit viel Herzblut um seine Mitarbeiter und ihre Familien. Vor allem hat er ein großes Herz für Kinder, er ist mit den Kleinen immer zu Streichen aufgelegt. Und er ist ein Deutscher. Arisch bis ins Jahr 1772. Er kennt seine Pflichten.«

War das ausgewogen? Abgesichert nach allen Seiten hin?

Heinrich nahm Marias Hand und führte sie zu seinem Mund. Seine Lippen waren erstaunlich weich, und in ihrer Verwirrung dachte sie, dass ihr stolpernder Herzschlag wohl gut zu diesem Handkuss und zu Heinrichs Erwartungen gepasst hätte. Wenn das Stolpern nicht andere Gründe gehabt hätte. Und wenn es vor Monaten nicht diese eine Stunde unter der Hohenzollernbrücke gegeben hätte, in der es der Jude Noah Ginzburg gewesen war, der Maria geküsst hatte, und zwar auf den Mund.

Sie verabschiedete sich vor dem Bahnhof von Heinrich und wagte kaum, ihm in die Augen zu sehen. Ihm ging es offenbar ähnlich, und als er sich abwandte, wirkte er bedrückt.

Die Bahnfahrt nach Düsseldorf glich einem Schreckenstransport. Maria stand eingekeilt zwischen Männern,

Frauen und Kindern, die sich selbst kaum auf den Beinen halten konnten. Koffer und Taschen in den Armen, umklammerte mancher noch einen Säugling dazu. Sämtlich schwankten sie in jeder Kurve. Mehrmals wurde Maria gegen die Waggonwand gestoßen, und sie gab es bald auf, an ihr Kleid und den Mantel zu denken.

Die meisten Familien wollten nach Holland, das entnahm sie den geflüsterten Gesprächen, oder nach Norden auf ein Schiff, nach Amerika, nach Palästina, aber sie fürchteten, auch in der Fremde nicht willkommen zu sein.

Wenig später, als Maria durch Düsseldorf lief, über die Königsallee und den Schlageter Platz, erkannte sie die Stadt nicht wieder. Was war passiert? Was gab es noch außer Uniformen, Fahnen und verstörenden Gesichtern? Nur gebellte Befehle?

Vor der Weißen Villa besann sie sich auf ihren Plan. Es war noch wichtiger geworden, die Geheimnisse und Gefahren zu entschlüsseln.

Sie strich über ihr Haar und überprüfte die Kontur des Lippenstifts. Das Messingschild an der Wand war ihr einst so vielversprechend erschienen.

Der Türklopfer pochte hart an das Holz, und Maria hatte schon damit gerechnet, Gretas Pumps-Absätze heranklackern zu hören, aber stattdessen näherte sich ein viel festerer, ein schwerer Schritt. Die Tür flog auf, und eine Männerstimme fragte: »Ja, bitte?«

Verblüfft sah Maria eine graue Feldbluse der Waffen-SS. Einen blassroten Mund, einen spöttischen Blick. Oh, sie kannte den Mann. Es war der Obersturmbannführer, dem sie am Tag ihrer Bewerbung im Atelier begegnet war.

Sie wich zurück. »Ich wollte nur ...«

»Sind Sie das wirklich? Wie schön, kommen Sie herein.«

»Ist denn Greta ...«

»Ja, erkennen Sie mich nicht? Obersturmbannführer Becker, wenn ich mich noch einmal vorstellen darf.«

»Maria Reimer aus Köln.«

»Das weiß ich doch. Fräulein Reimer oder Fräulein Mary Mer. Ich verehre dieses wunderbare Bild, auf dem Sie so tun, als wollten Sie davonlaufen. Bitte, nun treten Sie doch ein.«

Widerstrebend gehorchte Maria, und als sie in der Halle stand, auf dem blanken Schachbrettmuster, wusste sie nicht weiter. Sie erkundigte sich erneut nach Greta und fühlte sich den verwirrenden und foppenden Bemerkungen des Obersturmbannführers nicht gewachsen.

»Viele Mädchen lassen ihre Knie fotografieren«, sagte er. »Aber Ihre Pose, so widerspenstig und vieldeutig, und dann dieser Blick! Sie verstehen es, einen Betrachter herauszufordern, Mary Mer.«

»Es war keine Absicht.«

»Warum denn so schüchtern? So plötzlich?«

Er wollte ihr aus dem Mantel helfen, aber sie zog den Stoff eng um ihre Schultern und wurde rot.

Über ihnen, in der ersten Etage der Villa, rumpelte es. Man hörte Stimmen, scharfe Worte, dann schien etwas zu Boden zu fallen. Obersturmbannführer Becker lächelte darüber hinweg.

»Herr Bertrand wird gleich Zeit für Sie haben, und er wird ebenfalls erfreut sein, Sie zu begrüßen.«

»Und Greta?«

Das Poltern wurde lauter. Jemand betrat eilig die Treppe, es war Herr Bertrand. Er hielt einen Aktenordner unterm Arm und hastete über die Stufen. Hinter ihm stürmten drei uniformierte Männer her, als jagten sie ihn. Erst kurz vor Ende der Treppe blickte Herr Bertrand auf und bemerkte Maria.

»Besuch? Sie?«

Die ganze Truppe hielt an.

»Guten Tag«, sagte Maria. »Ich war zufällig in der… Ich wollte bloß…«

»Tja, Bertrand!« Obersturmbannführer Becker nahm den Aktenordner an sich. »Das ist der deutsche Geist, den ich meine. Fräulein Reimer muss gespürt haben, dass wir heute Unterstützung gebrauchen können.« An Maria gerichtet, ergänzte er: »Wir räumen hier auf.«

Herr Bertrand jedoch schien sich über Marias Anwesenheit zu ärgern. Er hustete in seine Faust, während der Obersturmbannführer die Uniformierten aus der Halle schickte und ihnen die Akte mitgab.

»Ihr Vater hat Kenntnis, dass Sie hier sind?«, fragte Herr Bertrand mit kratziger Stimme.

Maria nickte. »Ich möchte mein Bewerbungsbild abholen.« Sie klang schwächer als erhofft.

»Welches Bewerbungsbild?«

»Das Bild, das Herr Ginzburg von mir gemacht hat und das damals nach Berlin geschickt werden sollte.«

»Aber Fräulein Reimer!«, tadelte Herr Bertrand. »Sie haben keinen Anspruch auf die Fotografie. Sie wurde in meinem Atelier und mit meinem Material angefertigt.«

»Ja, aber vielleicht können Sie mir den Preis nennen, zu dem ich sie erwerben kann?«

»Nein, das wäre nicht üblich.«

»Oder Sie bitten Herrn Ginzburg …«

»Ach!« Obersturmbannführer Becker mischte sich ein. »Macht es Ihnen Sorgen, dass Sie von einem Juden fotografiert worden sind? Sie wollen das Ergebnis verschwinden lassen?«

Herr Bertrand hob sich auf die Fußballen. »Herr Ginzburg gehört nicht mehr zu unserem Haus. Er hat sich bei uns sehr unschöne Dinge geleistet, Fräulein Reimer. Ich konnte gerade noch das Schlimmste verhindern.«

Maria sackte das Blut in die Beine. »Was ist passiert?«

»Ist Ihnen nicht gut?«

Obersturmbannführer Becker legte eine Hand an ihre Hüfte. »Noah Ginzburg hat gegen das Deutsche Reich agitiert«, sagte er. »Ja, wir waren genauso erschrocken wie Sie. Er hat dem Ausland vertrauliche Dokumente zugespielt. Dokumente aus Berlin im Übrigen, die auch für Sie interessant gewesen wären.«

»Wo … ist Herr Ginzburg jetzt?«

»Da, wo er hingehört. Aber kleinreden lässt sich der Schaden natürlich nicht. Der Jude kämpft mit abscheulichen Waffen, mit Einschleichen und Aushöhlen, mit Vergiften und Zersetzen, und er gibt keine Ruhe, bis wir ihn aus unserem Fleisch herausgeschnitten haben.«

Die Stimme des Obersturmbannführers klang hohl, schwoll an und wurde wieder leiser, sodass Maria Mühe hatte, ihm zuzuhören. Und auch nicht richtig antworten konnte, denn sie musste doch etwas dagegenhalten, etwas unternehmen, wenn so über Noah gesprochen wurde! Vor allem musste sie ihm helfen.

»Nun sieh sich einer das Fräulein Reimer an!«, rief

Herr Bertrand. »Genauso haben Greta und ich reagiert, als wir die Neuigkeiten hörten. Immerhin konnten wir endlich begreifen, warum unser Atelier seit geraumer Zeit auf der Stelle trat. Sabotage! Stellen Sie sich vor, der feine Herr Ginzburg hat unsere neueste Korrespondenz mit der Reichsbeauftragten für Mode vernichtet. Und er hat dem Ausland die Schreiben des Propagandaministers verraten, in denen der künftige Kurs der deutschen Presse und der deutschen Fotografie vertraulich dargelegt wurde.«

Herr Bertrand verströmte den Geruch von Fichtennadeln. Obersturmbannführer Becker roch nach kalter Zigarre. Maria atmete durch den Mund. Sie würde die Haustür nicht erreichen können, die Männer standen im Weg. Und sie konnte sich auch nirgendwo festhalten, alles schwankte, die schwarz-weißen Fliesen… Nein, da! Dahinten, vor dem Treppenpodest, stand immer noch der kleine Besuchersessel. Ob sie es bis dorthin schaffte? Fürs Erste und mit Stolz? Sich setzen, sich sammeln?

»Auch Sie, Mary Mer, sind ein Opfer geworden.« Der Obersturmbannführer griff erneut nach ihr und hielt sie auf. »Bedenken Sie nur, wie plötzlich der Vertrag verschwand, den das Atelier Bertrand Ihnen geschickt hatte. Auf dem Postweg abhandengekommen, so hieß es. Jaja, Ihr Vater war zu Recht verärgert. Es lief in diesem Atelier nichts mehr professionell.«

»Ich darf doch bitten«, widersprach Herr Bertrand. »Es ist ja einzig unserer Professionalität zu verdanken, dass Herr Ginzburg überhaupt erwischt wurde.«

Maria tappte über das Schachbrettmuster, bestürzt und ängstlich. Noah, erwischt. Noah, ein Spion. Aber ja, sie wusste es, sie hatte es selbst erlebt, wie er heimlich Papiere auf dem Studioschreibtisch fotografiert hatte. Wie er den kleinen silbernen Apparat in die Hosentasche geschoben hatte. Maria angesehen hatte, sie, die missliebige Bewerberin. Wo war Noah jetzt? Lebte er noch? Und könnte der Vater etwas für ihn tun, wenn er hiervon erfuhr?

»Beruhigen Sie sich, Fräulein Reimer«, sagte der Obersturmbannführer. »Es kann Ihnen nichts mehr passieren. Es wird Sie kein Jude mehr fotografieren, und kein Jude wird Ihre Schriftstücke einsehen. Die Partei hat im Atelier das Kommando übernommen. Wie gesagt, ich räume auf.«

»Wir! Wir räumen auf«, korrigierte Herr Bertrand. »Und das Kommando habe immer noch ich.«

»Ach ja?«, gab der Obersturmbannführer spitz zurück. »Wer führt denn die Geschäfte? Wer prüft die Befehle?«

Die Männer maßen sich mit Blicken. Maria erreichte endlich den kleinen Sessel, wagte nun aber doch nicht, sich zu setzen und in eine so tiefe Position zu begeben.

»Es war sowieso ganz anders«, sagte sie. Ihre Stimme schlug Kapriolen. »Mein Vater lehnt die Fotografie generell ab, so wie er jeden Beruf für mich ablehnen würde. Von dem verschwundenen Vertrag hat er nichts gewusst.«

»Nein?«, fragte der Obersturmbannführer. »Aber er hat sich doch mit Herrn Bertrand ein Wortgefecht geliefert – so wurde mir berichtet.«

»Allerdings«, entgegnete Herr Bertrand. »Doch es ging nicht nur um den fehlenden Vertrag, sondern es war ein durchaus ungünstiger Moment, in dem Fräulein Reimer mit ihrem Vater mein Studio aufgesucht hat. Ich war mit einem Spezialauftrag beschäftigt.«

»Wie darf ich das verstehen, Bertrand?«

»Ein Fotoatelier ist eigentlich ein künstlerischer Ort. Wenn die Partei hier dennoch das Kommando übernehmen will, sollte ich wohl an geeigneter Stelle, am besten in Berlin, klarmachen, mit welchen Dingen ich als Atelierchef nebenher behelligt werde. Alpenpanorama, Badenixen. Im Auftrag hochrangiger Militärs und Funktionäre.«

Obersturmbannführer Becker verschlug es die Sprache. Er ließ die Kaumuskeln spielen, dann stieß er Herrn Bertrand den Zeigefinger vor die Brust.

»Sie werden niemanden diskreditieren, Bertrand. Und Sie werden auch nicht vergessen, dass ich mich für Sie in Berlin eingesetzt habe, während Sie noch daran festhielten, den Juden zu beschäftigen.«

»Sie haben den Juden in all den Jahren persönlich kontrolliert.«

»Er war ein Franzose, Mann! Und ich habe mich auf Ihre Worte verlassen, dass es mit ihm keine Probleme gibt. Aber meine Geduld ist jetzt am Ende. Und überhaupt: Bertrand … Bertrand … Wo kommt das Französische in Ihrem Namen eigentlich her?«

»Wenn Sie das Rheinland genauer kennen würden, Herr Obersturmbannführer Becker, wüssten Sie, dass ein französisch klingender Name zu diesem Landstrich dazugehört. Oder stellen Sie meine Deutschblütigkeit infrage?«

»Sie haben das Ansinnen der Reichsmodebeauftragten in diesem Atelier nicht umgesetzt!« Becker hieb jetzt mit der Faust gegen Herrn Bertrands Brust.

»Das Nationale, das Frische, das brauchen wir, gerade am Rhein, wenn hier die Grenze zum Franzosen verschwimmt.«

Maria spannte sich an. Der Streit der Männer gab ihr den Blick auf die Haustür frei. Seitwärts schob sie sich voran, leise, geschwind über die Fliesen, die Rechte halb erhoben, um in ein, zwei Sekunden die rettende Klinke zu drücken. Aber – da! Der Obersturmbannführer wirbelte herum und schnappte nach ihrem Ärmel.

»Keine Angst vor klaren Worten, Fräulein Reimer.«

»Ich muss den Zug nach Köln erreichen.«

»Auf keinen Fall. Wir beide werden Herrn Bertrand jetzt einmal vorführen, wie man sich in Berlin Achtung verschafft. Auch wenn es ein zweiter Anlauf ist.«

»Nicht nötig!« Bertrand reckte sich. »Berlin hat meine neuen Fotomodelle längst genehmigt.«

»Herrgott, begreifen Sie nicht? Sie haben nicht länger das letzte Wort, Mann!«

Der Obersturmbannführer hielt Maria mit einer Hand fest, mit der anderen knöpfte er ihren Mantel auf. Sie sträubte sich heftig, aber sein eiserner Griff ließ nicht nach. Das enger genähte Oberteil, der tiefere Rückenausschnitt des Kleides kamen zum Vorschein.

»Das ist die Widerspenstigkeit, nach der es uns dürstet«, sagte er. »Die deutsche Kraft, an der es vielerorts fehlt und die der Propagandaminister von uns verlangt. Ab jetzt weht am Rhein ein neuer Wind. Ab jetzt bringen wir einen Typ Frau nach vorn, um den uns jeder beneidet. Bertrand! Wir reichen Fräulein Reimers Bewerbung umgehend wieder ein, aber diesmal unter meinem fachkundigen Kommando.«

»Nein, ich will nicht!«, rief Maria, doch der Obersturmbannführer schüttelte sie.

»Sie brauchen gar nichts zu tun. Los, Bertrand, suchen Sie das Bild, das der Jude von Mary Mer angefertigt hat.«

»Was?« Bertrand wehrte ab. »Jetzt, wo jeder weiß, dass es ein minderrassiges Foto ist?«

»Sie nehmen das Bewerbungsbild! Und produzieren es nach! In deutscher Qualität, verstehen Sie mich?«

Herr Bertrand wedelte mit den Armen, als wäre er drauf und dran, Maria zu befreien, doch letztlich packte er sich an den eigenen Schädel und lief ungelenk aus der Halle.

Der Obersturmbannführer forschte in Marias Gesicht. Dann lockerte er den Griff.

Sie war den Tränen nahe, vor Wut und Verachtung. Mit beiden Händen raffte sie den Mantel zusammen. Nie wieder würde sie sich anfassen lassen! Und nie wieder fotografieren lassen, vor allem nicht hier.

»Wir beide reüssieren.« Der Obersturmbannführer richtete seinen Kragen. »Freuen Sie sich, Mary Mer.«

»Nicht, wenn mein Vater sich erneut ärgern muss. Er wartet in Köln, und ich muss dringend den Zug nach Hause nehmen.«

»Ach was, das kläre ich telefonisch mit ihm.«

Sie kniff die Augen zusammen. War denn nichts mehr zu retten?

Der Obersturmbannführer missverstand ihre Miene. »Sie können auch erst allein mit Ihrem Vater telefonieren. Versichern Sie ihm, dass das Atelier rehabilitiert ist, und reichen Sie mir dann den Hörer.«

Er machte eine Geste nach hinten zu den weiß

lackierten Türen, zum Büro, und Maria kämpfte mit sich. Eine Flucht würde ihr wahrscheinlich gelingen, zur Not würde sie wild um sich schlagen – aber wäre es klug? Auch für den Vater?

»Hatte Herr Ginzburg denn … Mitstreiter bei seinen Taten?«, fragte sie bebend. »Mein Vater wird sich am Telefon für das Ausmaß interessieren.«

»Eine kopflose Gruppe, lose über das Rheinland verteilt.« Der Obersturmbannführer schnalzte mit der Zunge. »Nahezu lachhaft.«

Das Rheinland, wie schrecklich, also gehörten sie tatsächlich zusammen: Noah und der Vater und der Debattierclub in Köln. Und sie alle versteckten gemeinsam den kleinen Elias?

Der Obersturmbannführer musterte Maria schon wieder kritisch und seufzte. »Na schön. Lassen wir es gut sein für heute. Nehmen Sie den nächsten Zug, und beruhigen Sie Ihren Vater und Ihre Nerven, aber halten Sie sich unbedingt für meinen Anruf bereit. Alles wird gut, das garantiere ich Ihnen, Mary Mer. Die Partei und die Reichsmodebeauftragte werden von uns begeistert sein.«

16

Der Winterjasmin im Vorgarten verlor die letzten gelben Blüten, Sabine kehrte sie unter dem kritischen Blick der Großmutter auf. Verblühtes durfte entsorgt werden, aber Sabine erledigte nur das Nötigste, denn es tat ihr und der Großmutter um jeden einzelnen Farbtupfer leid, der auf den Kompost wandern musste.

Sie liebten die wilden alten Beete, und Sabine liebte ganz besonders den Winterjasmin, den noch der Großvater gepflanzt hatte. In den dunklen Monaten, wenn die anderen Pflanzen schliefen, ergoss sich der Strauch in einer Fontäne vor der Hauswand. Allerdings musste man in jedem Frühjahr den Garten putzen, denn die kleinen Blüten klebten zu Tausenden auf dem Plattenweg. Der Weg wurde zu rutschig für die Großmutter, die neuerdings täglich um ihr Haus herumgehen und nach dem Rechten sehen wollte.

Der Postbote hielt auf der Straße und bockte das Fahrrad auf. »Schönen guten Tag!«, rief er. »Ich habe Sie schon lange nicht mehr gemeinsam bei der Arbeit gesehen.«

»Ich führe nur die Aufsicht«, antwortete Maria munter. »Meine Enkelin braucht die frische Luft und die Bewegung gegen den Stress in ihrem Kopf.«

Sabine warf eine Handvoll Laub nach der Großmutter, und der Bote zog einen Umschlag aus seiner Tasche.

»Post für Sie, Maria Schubert. Soll ich den Brief hier vorn in den Kasten stecken?«

Das Kuvert war schmal und grün-weiß gemustert. Sabine kniff die Augen zusammen. Na endlich! Es musste sich um das Schreiben handeln, von dem Moritz schon vor Tagen erzählt hatte. Die Einladung von Nordmann & Söhne.

Die Großmutter stieg über die Harke, die im Weg lag, und nahm das Kuvert am Tor in Empfang. Der Postbote radelte weiter, und Sabine tat vorsichtshalber, als vertiefte sie sich wieder in ihre Arbeit. Aus dem Augenwinkel aber beobachtete sie, dass Maria den Brief nicht öffnete. Sie las den Absender immer wieder und drehte den Umschlag hin und her. Dann ließ sie den Brief in den Kehreimer fallen.

»Werbung«, sagte sie.

»Moment.« Sabine streifte die Arbeitshandschuhe ab und griff in den Eimer. N&S. »Das hier ist das Zeichen von Nordmann & Söhne, Oma.«

»Wirf es weg.«

»Moritz Bremer will dich im Namen der Geschäftsführung einladen.«

»Ach, du weißt, was in dem Brief steht? Warum hast du mir nichts davon gesagt?«

Tatsächlich spürte Sabine ein kleines schlechtes Gewissen. »Es ist keine große Sache. Moritz Bremer würde dich gern einmal treffen. Er könnte dich bei Nordmann & Söhne durch die Produktionshallen führen, und anschließend würdet ihr eine Kleinigkeit essen und …«

»Nein. Nein, wirklich nicht. Nichts gegen deinen Herrn Bremer, aber nach all den Jahren will ich mit

Nordmann & Söhne nichts mehr zu tun haben und erst recht nicht das Firmengelände betreten.«

Ruppig nahm Maria den Brief wieder an sich, schritt über den Plattenweg zu der großen Mülltonne, die neben der Garage stand, und warf das Schreiben hinein. Dann knallte sie den Deckel zu und verließ hoch erhobenen Hauptes den Vorgarten.

Sabine seufzte und fegte die restlichen Blüten auf. Vielleicht hatten Moritz und sie noch immer nicht verstanden, wie schwer die Vergangenheit zu knacken war. Und wie stur die Großmutter sich sträubte.

Sie suchte Maria im Haus und fand sie am Wohnzimmerfenster, ein Glas Wasser in der Hand. Stolz stand sie da und blickte auf die Terrasse. Ihre Perlenohrringe schimmerten, als wären sie mit Wut aufgeladen.

»Sei mir nicht böse, Sabine«, sagte sie, »aber ich habe schlicht eine andere Einstellung zu den Dingen als du. Von mir aus kann Nordmann & Söhne die alte Zeit in aller Ausführlichkeit aufarbeiten. Ja, ich wünsche mir sogar, dass die Firma für einiges geradesteht. Bloß ich persönlich habe kein Interesse, mich mit ihr auseinanderzusetzen.«

»Und was ist mit der Firmenbroschüre? Wollten wir nicht mithelfen und Einfluss auf das nehmen, was über Großvater geschrieben wird?«

Maria nickte knapp. »Natürlich, du denkst an deinen Großvater.«

»Du nicht?«

»Du denkst auch an das Gold, immer wieder. Ich bereue, dass ich die Vertäfelung in der Kellerbar aufgebrochen habe.«

Nein, dachte Sabine, bereuen sollte die Großmutter nur, dass sie sich seitdem im Kreis drehte.

»Moritz Bremer weiß von den Tausendmarkscheinen, Oma. Ich habe ihm erzählt, was unter dem Wohnzimmerteppich lag, und er hat es sofort für möglich gehalten, dass das Geld mit der Firma zusammenhängt. Denn wenn Nordmann & Söhne eine schwarze Kasse hatte, war sie wohl gut gefüllt.«

Offenbar brauchte Maria eine Weile, um das Gehörte zu verarbeiten, mehrfach setzte sie zu einer Entgegnung an. Dann verschränkte sie die Arme.

»Mehr hat Herr Bremer nicht gesagt? Nur dass es eventuell eine schwarze Kasse gab?«

»Es ist ein erster Ansatz, findest du nicht?«

Die Großmutter warf Sabine einen langen Blick zu. »Ich finde es schwach oder sogar noch schwächer als schwach, dass er nicht mehr herausbekommt.«

»Bitte? Du kannst doch die Arbeit von Moritz nicht kritisieren und ihm gleichzeitig Steine in den Weg legen, indem du nicht mit ihm redest!«

»Moritz?« Maria kam näher. »So weit seid ihr schon?«

»Ich bin froh, dass er nett ist, und es würde mir gefallen, wenn er vorankäme.«

»Gut.« Marias Augen funkelten. »Dann sag ihm, ich bedanke mich für die Einladung. Von mir aus lernen wir uns kennen, aber nicht auf dem Firmengelände, sondern hier in Forsbach bei einer Tasse heißem Tee.«

Die Sonne schien auf das Dorf, blass, im Tiefflug, fast noch ein Vortrupp des Frühlings. Moritz und Sabine waren zu Fuß unterwegs, um vor dem Termin mit Maria einen Spaziergang durch die Straßen zu machen.

»Man merkt, dass du hier aufgewachsen bist«, sagte Moritz. »Nicht nur, weil dich alle grüßen, sondern auch, weil du es so eilig hast.«

»Ich kann mich doch nicht festquatschen.« Sabine lachte. »Außerdem dachte ich, du willst möglichst viel von meiner alten Heimat sehen?«

Sie freute sich über die gemeinsame Zeit. Das Teetrinken am Julweg würde anstrengend werden, und es fügte sich gut, dass sie Moritz vorher noch etwas besser kennenlernen konnte.

»Lass uns zum Whisky Bill gehen«, schlug sie vor. »Mein Großvater hat dort viele Abende verbracht, mit seinen Geschäftsfreunden bekanntlich.«

»Gerne!« Moritz schob die Hände unternehmungslustig in die Jacke.

Sie liefen im Gleichschritt, ganz automatisch, und Sabine musste nur über die neugierigen Nachbarn hinwegsehen, die praktisch hinter jeder Ecke standen. Moritz schien es nicht zu stören, angestarrt zu werden. Groß und gelockt, war er es vielleicht gewohnt, Aufsehen zu erregen. Sein Lachen rollte durch das Dorf, zwei Bassoktaven unter normal.

Als sie den Whisky Bill erreichten, schoss er ein paar Fotos mit dem Handy. Das Kneipenschild blitzte in der Sonne, und Moritz bewunderte den seltsamen Western-Look der historischen Schenke.

»So krass habe ich es mir nicht vorgestellt. Was soll das sein: *Golden Hill* und *Saloon*?« Er rüttelte neugierig an der Türklinke, aber der Whisky Bill hatte schon wieder geschlossen.

»Du kannst die Gaststätte für Veranstaltungen mieten«, sagte Sabine. »Wenn du einen speziellen Geschmack hast.«

»Und du? Hast du früher Cowboystiefel getragen?«

»Oh. Da verweigere ich die Auskunft.«

Sie trat hinter Moritz, während er die Infotafel des Geschichtsvereins las, die an der Wand angebracht war. Er hatte ein kleines Muttermal oben im Nacken. Es kam zum Vorschein, wenn der Wind von der Seite wehte und die Locken wegschob. Seine Haut war gebräunt, vom Wandern oder von einem Winterurlaub auf den Kanaren.

»Bis nach dem Krieg war das hier eine ganz normale Dorfkneipe«, erzählte Sabine. »Urdeutsch und düster. Aber dann kam ein neuer Besitzer, ein Western-Fan. Er hat umdekoriert und sich mit Cowboyhut und Colt hinter den Tresen gestellt. Die Leute waren begeistert.«

»Sicher? Der Wirt trug einen echten Colt?«

»*High Noon* in Forsbach.«

Moritz fotografierte die Infotafel und drehte sich zu Sabine um. »Würdest du einmal mit mir tanzen gehen?«, fragte er.

»Hier?«

Nein, er lachte sie aus, und sie stimmte mit ein, aber sie musste unbedingt versuchen, sich nicht bei ihm zu verfangen. Seine Augen waren heute noch blauer als sonst, blanker als die windige Luft, und so konnte es zu leicht beginnen: hübsch und im Spiel, und man vergaß, dass es nicht ernst gemeint war.

Ein paar Meter weiter, am Wohnhaus, bewegte sich die Häkelgardine. Sabine sah auf die Uhr.

»Es wird Zeit. Lass uns zum Julweg gehen, damit wir pünktlich sind.«

Sie spazierten und plauschten genauso entspannt wie eben. Moritz erkundigte sich nach dem Leben im Dorf, nach der Strecke zur Haltestelle, an der Sabine früher in den Schulbus gestiegen war, und nach dem Weg zum Haus der Familie oben auf dem Berg.

»Weißt du, was mich wundert?«, fragte er. »Dein Großvater hat doch in der Firma so getan, als ob er nicht in Forsbach, sondern in Köln in der Severinstraße wohnte. Warum hat er seine Geschäftsabende dann im Whisky Bill abgehalten? So nah an seinem echten Zuhause?«

»Wahrscheinlich, weil es für ihn bequemer war. Wenn der Abend lang wurde, konnte er innerhalb weniger Minuten in seinem eigenen Bett liegen.«

»Aber zumindest die Chefsekretärin hätte bemerken müssen, dass er nach diesen Terminen nicht mit ihr zurück nach Köln fuhr, sondern im Dorf blieb.«

»Die Sekretärin war dabei?«

»Greta Bertrand, das Urgestein. Von ihr gibt es einen ganzen Batzen Zettel und Notizen über die Besprechungen im Whisky Bill.«

»Besprechungen«, sagte Sabine, »soso.«

Sie zuckte mit den Schultern, wollte spotten, musste aber in Wahrheit den Großvater vor sich sehen, wie er genau diese Straße hochging, heim zur Familie, nach alkoholgeschwängerten Stunden in der Kneipe. Greta Bertrand war gewiss eine reizvolle Frau gewesen, die ihr Fünfzigerjahre-Dekolleté gern an seinem Sektglas gekühlt hatte.

Moritz blieb am Fuße des Julwegs plötzlich stehen.

»Es muss blöd für dich sein, dass ich ständig deinen Großvater erwähne. Immer klingt es falsch! So als ob ich ihm auf Biegen und Brechen etwas anhängen möchte.«

»Über mich brauchst du dir keine Gedanken zu machen«, sagte Sabine. »Aber wir sollten überlegen, wie es für meine Großmutter sein wird, wenn du über frühere Zeiten und Vergnügen sprichst.«

»Ich werde jedes Wort auf die Goldwaage legen. Und ich werde auseinanderhalten, was Heinrich Schuberts Privatsache ist – und mich nichts angeht – und welche Informationen ich für meinen Job brauche.«

Auseinanderhalten?, dachte Sabine. Eigentlich vermischte sich doch gerade alles miteinander: die Firmenrecherche und die Familienforschung, die Kooperation mit Nordmann & Söhne und ein angedeutetes oder eingebildetes Date.

Der Julweg wurde steiler. Ein Getränkelaster ratterte bergab, der Fahrer hupte, und Sabine hob die Hand, um zu grüßen. Sie musste etwas tun. Gleich würde sie mit Moritz und Maria beim Tee sitzen. Moritz würde sich ein Bild von Großmutter und Enkelin machen und glauben, etwas Wahres über Sabine zu erfahren. Aber nein, so wollte sie das nicht. Er durfte sich auf keinen Fall täuschen.

»Ich muss dir etwas sagen.« Sie bat ihn, noch einmal anzuhalten. »Ich bin gar nicht richtig in Forsbach aufgewachsen. Die ersten neun Jahre meines Lebens musste ich pendeln, und zwar zwischen dem Julweg und der Wohnung in Köln.«

»Ja?« Moritz zögerte. »Also lebten deine Eltern in Köln?«

»Meine Mutter. Die aber sehr wenig Zeit hatte. Während in Forsbach meine Großeltern wohnten.«

»Und was hat sich nach den neun Jahren geändert?«

Nur selten kam Sabine in die Situation, darüber zu reden. Es fiel ihr unglaublich schwer.

»Meine Mutter ist gestorben. Sie hat sich umgebracht, in unserem Haus in Forsbach. Also genau gesagt, hat sie sich in der Garage erhängt, als ich neun Jahre alt war.«

»Scheiße.«

Er packte ihre Schultern, und sofort bereute sie es, ihn eingeweiht zu haben. Das Erzählen war das eine; das andere war, die Reaktionen auszuhalten. Moritz stand der Schreck im Gesicht, und er übertrug sich mit voller Wucht auf sie.

»Entschuldige«, sagte sie. »Ich habe wenig Übung darin, das alles zu erzählen.«

»Nein. Ich bin froh, dass ich das weiß.«

Er zog sie an sich, sehr fest. Sie roch Waschmittel und fühlte durch die Jacken hindurch sein Herz heftig schlagen.

Zeit, dachte sie und war überrascht: Wir werden noch viel Zeit haben, um miteinander zu reden.

Sie liefen den Julweg hoch, im Sturmschritt und mit verschränkten Fingern, und lösten sich erst voneinander, als sie in Sichtweite des Hauses kamen. Moritz stieß das Gartentor auf und staunte über das große Grundstück und die Beete. Der Plattenweg war immer noch sauber, und aus dem Rindenmulch lugten die grünen Spitzen der Tulpen. Auch die Garage war deutlich zu sehen, grau und kahl vom Winter. Moritz nahm alles aufmerksam zur Kenntnis, ging dann aber weiter zur Haustür und drückte auf die Klingel, die in die Mauer eingelassen war.

»Nächsten Samstag?«, fragte Sabine. »Tanzen?«

Er lächelte nur.

Die Großmutter ließ lange auf sich warten, und Sabine wollte schon ihren eigenen Schlüssel aus der Tasche holen, da ging die Tür doch noch auf, und Maria stand vor ihnen. Sie sah phänomenal aus.

Der Hosenanzug war neu. Auf Taille geschnitten, hellgrau und modern. Sie hatte die Augen anders geschminkt, sodass sie noch größer und klarer erschienen als sonst. Das Haar war seltsam zurechtgemacht, zu einer Art langem Pagenkopf, an den Schläfen in altmodische Wellen gelegt.

»Ihr seid zu Fuß gekommen?«, fragte die Großmutter freundlich.

»Der Nissan steht unten im Dorf«, antwortete Sabine und stellte ihr Moritz Bremer vor. Maria legte den Kopf in den Nacken, um ihm ins Gesicht sehen zu können. Ihre Mundwinkel zuckten nach oben, zum Glück.

Sie gingen ins Haus, das Wohnzimmer war stark geheizt. Auf dem Tisch stand das gute Teeservice. Silberne Löffel, ein filigranes Stövchen. Auf einer ovalen Platte mit Goldrand türmten sich himbeerfarbene Macarons.

»Setz dich ruhig neben Herrn Bremer auf das Sofa«, sagte Maria. »Und nehmt euch von allem. Es muss ja sehr anstrengend gewesen sein, den langen Julweg zu gehen.«

Sie zog eine Braue in die Höhe, und Sabine beschlich der Verdacht, der Spaziergang könnte schon mit den Nachbarn besprochen worden sein.

»Die Luft hier draußen ist herrlich«, sagte Moritz. »Ich bin froh, dass ich Ihre Enkelin überreden konnte, mir die Gegend zu zeigen. Wir waren am Whisky Bill.«

»Na gut, Herr Bremer.« Auch Maria setzte sich und legte die Hände flach auf den Schoß. »Mir ist bekannt, dass Sie eine Broschüre zusammenstellen, um die Nazigeschichte von Nordmann & Söhne zu rekonstruieren. Wahrscheinlich wissen Sie bereits, dass ich nicht gern von früher erzähle. Wollen wir es nicht schnell hinter uns bringen? Die Sache abarbeiten und die übrige Zeit auf etwas Schöneres verwenden?«

»Gern.«

Moritz lachte, und auch Sabine schüttelte überrascht den Kopf. War das wirklich ihre Großmutter? Erst zierte sie sich wochenlang, und dann verblüffte sie alle mit ihrem Tempo?

Elegant erhob Maria sich und öffnete den Wohnzimmerschrank. Sie holte die Mappe von Nordmann & Söhne heraus, die sie von Moritz bekommen hatten und in der die Erinnerungsstücke an den Großvater gesammelt waren. Ohne Umschweife schüttete sie den Inhalt auf den Teetisch, und Sabine suchte sofort nach dem schönen schwarz-weißen Foto, aber es war nicht zu sehen.

»Bon, on commence.« Maria stocherte in dem Stapel. »Schauen wir nach, was Heinrich uns hinterlassen hat, und beginnen wir doch mit dem Whisky Bill, wenn ihr einverstanden seid.«

Sie klaubte eine alte Quittung auf, aber so, wie sie dabei guckte, hatte Sabine plötzlich das Gefühl, auf alles gefasst sein zu müssen.

»Heinrich hat im Whisky Bill viel Geld gelassen«,

hob Maria an. »Firmengeld, natürlich. Wobei die Western-Gaststätte eine ziemlich üble Farce war, wie heutzutage kaum noch jemand weiß. Nur wenige Jahre vorher, im Krieg nämlich, hauste in denselben Räumen ein Feldgericht. Eine Ansammlung brutaler Männer. Soldaten der Dritten Fallschirmjägerdivision der Wehrmacht.«

Sie geriet ins Stocken und schien sich darüber zu ärgern, aber als Sabine sie bat, sich beim Erzählen wenigstens hinzusetzen, lehnte sie ab.

»In Frankreich«, fuhr sie fort, »in Reims, waren die deutschen Fallschirmjäger geschlagen worden, und es ging ihnen gegen die Ehre, dass sie als Verlierer in die Heimat zurückkehren mussten. Sie haben sich hier in Forsbach einquartiert, im heutigen Whisky Bill, und ihre Launen ausgelassen. Ich weiß, dass sie junge Kerle erschossen haben, mitten auf der Straße.«

»Davon hast du mir nie etwas erzählt, Oma.«

»In Forsbach erzählt dir das niemand mehr, Sabine. Man tut, als wäre die Gaststätte immer unbelastet gewesen.«

Moritz rutschte auf dem Sofa nach vorn. »Was wusste man bei Nordmann & Söhne darüber?«, fragte er. »Wie kam die Kölner Firma darauf, ausgerechnet dieses Lokal in Forsbach für lustige Abende auszuwählen?«

Maria hielt die alte Quittung hoch, als handelte es sich um ein Beweisstück. Ihre Hand zitterte.

»Nun, die Firma versuchte das, was man heute einen Imagewechsel nennt. Schon vor dem Krieg hatte Nordmann & Söhne für die Nazis gearbeitet. Dann, nach dem Krieg, sollte das schnell in Vergessenheit geraten. Aus den Produktionsmaschinen am Hardtgenbuscher Kirchweg kamen plötzlich keine Torpedogeschosse mehr, sondern Spielzeugautos aus Metall, ganz harmlos. Der Firmenchef, Kurt Postel, war sehr einfallsreich, wenn es darum ging, sich reinzuwaschen. Aber sein Charakter blieb natürlich bestehen. Postel liebte Waffen, und eigentlich mochte er auch den Krieg, das Kämpfen von Männern. Nur konnte er es in den Fünfzigerjahren nicht mehr ausleben. Als er aber eines Tages hörte, dass hier draußen im Dorf ein Westernsaloon entstand, fühlte er sich sofort inspiriert. Ich habe der Firma damals persönlich mitgeteilt, dass im Whisky Bill Blut am Tresen klebt! Aber Kurt Postel fand es spannend. Wenn die Altnazis von Nordmann & Söhne plötzlich Spielzeug herstellen konnten, warum sollten im ehemaligen Feldgericht der Fallschirmjäger keine Platzpatronen knallen?«

Sabine schluckte. »Und Großvater?«, fragte sie. »Was hat er dazu gesagt?«

Maria sah Sabine fest in die Augen. »Dein Großvater bekam von seinem Chef, Kurt Postel, den Auftrag, die Geschäftsfreunde in den Whisky Bill auszuführen und Cowboy zu spielen.«

»Also wollte Großvater das nicht? Er wurde gezwungen?«

Maria zögerte, dann nickte sie stumm. Leider nur stumm, Sabine wartete auf mehr, aber es folgte nichts. Kein lautstarkes Bekenntnis. Keine echte Fürsprache für den Großvater.

Beklommen half Sabine der Großmutter in den Sessel und stellte fest, dass Maria schwitzte. Sie drehte die Heizung herunter und öffnete ein Fenster. Draußen sangen die Vögel.

Moritz stöberte in dem Papierstapel auf dem Tisch und zog einen weiteren Zettel hervor. Es war die schriftliche Anfrage des Großvaters bei dem Chef:

Verehrter Herr Postel, meine Frau Maria bittet um Nachricht, was wir Ihnen am Freitagabend bei Tisch servieren dürfen.

»Ich würde es gerne verstehen«, sagte Moritz. »Sie haben Kurt Postel persönlich gekannt, Frau Schubert. Sie haben ihn sogar zum Essen eingeladen. Hier in dieses Haus?«

»Nein, das muss in Köln gewesen sein. Wir wohnten bis Anfang der Fünfzigerjahre in Köln in der Severinstraße, und dort kam einmal Kurt Postel vorbei. Von einer Einladung möchte ich dabei nicht sprechen. Später, hier in Forsbach, haben wir Herrn Postel nicht mehr empfangen.«

»Sind Sie ganz sicher?«

»Selbstverständlich. Worauf wollen Sie hinaus, Herr Bremer?«

»Ich plage mich mit einer Adressenfrage. Ihre Enkelin hat es Ihnen vielleicht schon erzählt. In der Firma scheint man nicht gewusst zu haben, dass Sie in den Fünfzigerjahren umgezogen sind. Es war weiterhin nur Ihre Anschrift in der Kölner Severinstraße bekannt.«

Maria schüttelte den Kopf. »Da irren Sie sich. Wir haben die Wohnung in der Severinstraße noch lange behalten, das stimmt. Heinrich nutzte sie wie ein Büro in der Stadt, was sehr praktisch war, und es fiel uns auch aus nostalgischen Gründen schwer, die Kölner Adresse aufzugeben.«

»Das wusste ich gar nicht«, warf Sabine ein.

»Nein? Aber du warst ja auch ein Kind. Wir haben die Wohnung verkauft, als dein Großvater in Rente ging.«

»1980! Da war ich schon sieben Jahre alt. Ich würde meine Hand dafür ins Feuer legen, dass ihr über die Zweitwohnung nie ein Wort verloren habt.«

Die Großmutter wurde starr, für einen winzigen Augenblick. »Ich kann nur sagen, dass es kein Geheimnis war, als wir nach Forsbach gezogen sind. Zum Beispiel hat uns die Sekretärin von Nordmann & Söhne häufig besucht.«

»Greta Bertrand?«, fragte Moritz.

»Ja, genau! Haben Sie ... wissen Sie ...?« Maria verstummte, und es zog an Sabines Herz.

»Wie gut kannten Sie Greta Bertrand?«, fragte Moritz vorsichtig. »Sie ist vor vielen Jahren gestorben, soweit ich weiß.«

»Greta war meine beste Freundin«, antwortete Maria so schlicht und selbstverständlich, als wäre in diesem Haus jemals von einer besten Freundin die Rede gewesen.

17

Sie: *Vater, bitte, es ist dringend!*

Er:

Sie: *Bist du denn nicht nach Hause gekommen? Ich muss dich unbedingt sprechen.*

Er:

Sie: *Es kann doch nicht sein, dass du immer im Kontor übernachtest?! Ja / Nein*

Er:

Sie: ???

Er:

Sie: *Setz wenigstens ein Häkchen! Ja / Nein. Klopf an meine Tür! Oder komm mittags zum Essen, so wie früher. Ich muss dich sprechen. Debattierclub, Düsseldorf usw.*

Er:

Notiz: *Liebe Maria, wenn du selbst öfter zu Hause wärst, hättest du mitbekommen, dass dein Vater seit Tagen unterwegs ist. Gez. Dorothea*

Unterwegs? Was bedeutete: unterwegs? Schon wieder weg, ohne sich abzumelden? Maria riss den Zettel von dem Schreibblock, der auf dem Telefontischchen zur toten Leitung verkümmert war. Sie schlotterte am ganzen Körper. Seit vier Nächten hatte sie kaum geschlafen, war von der Erinnerung an den Obersturmbannführer im Atelier Bertrand gepeinigt gewesen und hatte sich mit ängstlichen Fragen gequält. Welches Nachspiel würde ihr Auftreten in Düsseldorf haben? Was war mit Noah Ginzburg passiert, und inwiefern konnte der Vater betroffen oder sogar darin verwickelt sein? Gehörte er zu Noahs Widerstandsgruppe? War Elias bei ihm? Bei dem furchtsamen Vater, dem schweigenden, verschwundenen Vater?

Stunde um Stunde hatte Maria gewartet, dass sie ihn sprechen durfte. Sie war um das Kontor herumgestrichen, um ihn zu treffen, hatte es aber nicht gewagt, die Mitarbeiter nach ihm zu befragen, sondern war auf Heinrich Schubert ausgewichen. Unter tausend Windungen und Ausflüchten hatte sie sich bei ihm erkundigt, ob er neue nächtliche Beobachtungen zu schildern hätte. Aber nichts! Also war sie weitergegangen, zum Bahnhof, um die Zeitungen abzusuchen. Sie hatte sämtliche Berichte über Spione und Verräter gelesen, auch in den Illustrierten in der Buchhandlung und auf den Flugblättern am Dom. Aber in keinem einzigen Artikel war ein Fotograf erwähnt worden, ein Kölner Handelskontor oder ein Debattierclub.

Die Angst ließ Maria sehr einsam werden und zermürbte sie. Sie hatte es nicht geschafft, den Vater zu verstehen, als es noch möglich gewesen war. Wahrscheinlich war sie ihm noch nie eine gute Gesprächspartnerin gewesen.

»Kind! Da brauchst du doch nicht zu weinen!«, rief Dorothea, die in den Flur gestürzt kam.

»Warum hat mir keiner etwas gesagt? Wohin ist Vater unterwegs?«

»Nun mach ihm keine Vorwürfe! Es ist nicht so einfach, mit dir ins Reine zu kommen, gerade für ihn nicht. Und dann auch noch über Notizzettel!«

Dorothea holte ein Taschentuch aus der Schürze, lavendelweiches Leinen. Es war gebügelt, und auch das war zum Heulen, denn nur bei Doro konnten die Dinge Bestand haben.

»Warum kann Vater denn nicht mit mir reden?« Maria drückte sich das Tuch an die Augen. »Ich warte auf ihn, ich will ihm die Hand reichen, und er weiß auch, dass ich mir Sorgen mache.«

»Ja, aber sieh dich doch an! Du bist ja nur noch ein Nervenbündel. Man muss sich hüten, in deiner Nähe zu husten. So, und jetzt kommst du mit in die Küche, es wird gefrühstückt, ob du willst oder nicht.«

»Ich will ja, Doro! Ich würde auch öfter zu Hause bleiben und alles tun, was ihr verlangt, aber ich muss endlich wissen, was los ist.«

Da legte Dorothea einen Zeigefinger auf die Lippen und blickte bedeutungsvoll zur Wohnungstür. War denn dort jemand? Knackte es wieder im Treppenhaus? Maria erstickte ihre Fragen mit dem Taschentuch und stolperte in die Küche. Sie ließ sich von Doro auf einen Stuhl drücken, den alten Stuhl, auf dem sie früher jeden Morgen gewartet hatte, dass ihre Brotdose für die Schule gefüllt wurde, und musste verwirrt zusehen, wie Doro jetzt die Küchentür schloss, nämlich so behutsam, als wäre das Holz Dynamit und die Klinke könnte Funken schlagen.

»Gut, du bist alt genug.« Doro flüsterte. »Theodor ist mit Selma nach England gefahren.«

»Mit Selma? Mit Elias' Mutter?«

»Psst!«

Aber wieso? Warum sollte Maria leise sein, wer hörte denn zu? Und überhaupt: Theodor? Seit wann nannte Dorothea den Vater Theodor?

»Er wollte dich nicht beunruhigen«, Doro setzte sich zu ihr wie jemand, der schon wieder auf dem Sprung war. »Manchmal ist es besser, nicht allzu viel zu wissen, Maria. Vor allem, weil du dich mit Leuten herumtreibst, die kein Mensch kennt. Dein Vater hat sich viele Gedanken über deine Anbändelei mit dem jungen Herrn von gegenüber gemacht.«

»Ich habe nicht angebändelt! Und wenn es Vater interessiert hätte, hätte er mich fragen können, was es mit Heinrich Schubert auf sich hat!«

Oh, es kostete Mühe, nicht lauter zu werden. Und es war so ungeheuerlich, schon wieder Kritik zu hören! Maria schnäuzte sich, es war ein großes Geräusch.

Die Haushälterin runzelte die Stirn und zischte durch die Zähne. »Reg dich nicht auf, Kind, sonst sage ich gar nichts mehr!« Sie beugte sich vor. »Es geht um Elias und seine Eltern. Sie waren so unvernünftig. Haben sich zu lange geweigert, Köln zu verlassen, als ob die alten Zeiten noch mal zurückkämen und man wieder Briefe austragen könnte wie früher. Aber jetzt hat die Gestapo zugeschlagen. Sie haben ihn geholt. Den Vater von Elias. Keiner weiß, wo er inzwischen ist.«

»Oh nein! Wie furchtbar. Und Elias? Wieso fährt Selma denn ausgerechnet jetzt nach England? Und dann auch noch mit meinem Vater?«

Doro kämpfte mit sich. Ihre Augen begannen zu glänzen, aber sie drückte den Rücken durch und faltete die Hände fest auf dem Tisch.

»Du hast die Postkarten von Elias gesehen. Du

denkst, der Junge ist längst weg, längst in England in Sicherheit. Aber das stimmt nicht, Maria. Die Postkarten hat ein Kontaktmann abgeschickt, er hat sie in London abstempeln lassen. Und der Junge, der freche kleine Elias, hat die ganze Zeit über in der kleinen Kammer hinter dem Büro deines Vater gesessen.«

»Mein Vater hat ihn versteckt? Seit wann?«

»Selma konnte ihn nachts besuchen. Die gute Frau ist fast verrückt geworden vor Sorge.«

»Seit wann, Doro, und warum?«

»Ach, Kind! Du weißt doch, dass man Elias verprügelt hat, als er sich ein Bonbon kaufen wollte. Wie ein Bündel Lumpen hat man ihn in den Hinterhof geworfen.«

»Aber das war vor Monaten, noch im vergangenen Jahr!«

»Seitdem ist eins zum anderen gekommen. Denn damals hat ein gutherziger Mensch Elias aufgehoben und zu deinem Vater gebracht.«

»Warum nicht zu Elias' Eltern?«

»Unterbrich mich nicht ständig, Maria! Die Gestapo war damals schon bei Elias' Eltern, angeblich hatte der Junge im Bonbongeschäft den Führer beleidigt. Die Gestapo wollte die ganze Familie mitnehmen, aber weil der Junge nicht zu Hause war, mussten sie abwarten, ob er noch auftaucht.«

Nun brannten auch Marias Augen. So viel Schlimmes war um sie herum geschehen, und sie hatte nichts davon bemerkt.

»Seit wann weißt du über all das Bescheid, Doro?«

»Einer musste ja für die Verpflegung sorgen. Elias war im Versteck immer so hungrig.« Doros Gesicht hellte sich auf, aber nicht für lange. »Der kleine Elias hat nach dem Bonbon-Vorfall brav in der Kammer gehockt. Die Gestapo ist jeden Tag bei seinen Eltern gewesen und hat sie ausgefragt. Nach zwei Wochen hat Selma die Nerven verloren. Sie wollte freiwillig ins EL-DE-Haus gehen und alles auf sich nehmen. Sie dachte, dass ihr Sohn dadurch verschont werden könnte. Aber ob das gelungen wäre? Und was wäre mit Theodor geschehen? Am Ende hätte die Gestapo noch erfahren, wie er der Familie geholfen hat. Nein, plötzlich hingen wir alle mit drin.« Doro schüttelte den Kopf. »Es blieb nichts anderes übrig, als auf Nummer sicher zu gehen und Elias und seine Eltern ins Ausland zu schicken.«

»Das verstehe ich nicht«, sagte Maria. »Ist Elias damals also doch nach England gefahren? Eben hast du gesagt, die Postkarten …«

»Wir haben es versucht! Aber alles ging schief! Ach, wie soll ich dir das erklären?«

Doros Stimme versagte. Maria wagte vor Anspannung kaum noch zu atmen.

»Sie sollten in zwei Etappen reisen«, flüsterte Doro. »Zuerst Elias mit einem Kurier, den Theodor organisiert hatte. Dann sollten die Eltern direkt hinterherkommen. Aber an der Grenze wurden sie geschnappt.«

»Wer wurde geschnappt? Die Eltern?«

»Elias und der Kurier! Elias hat um sich geschlagen. Sich ein Bein gebrochen, einen Arm ausgekugelt. Und der Kurier hat … Er hat einen Soldaten verletzt, soweit wir wissen, und ist seitdem verschwunden. Auf seiner Flucht muss er aber noch eine Rettung für den Jungen organisiert haben, es kann nicht anders sein. Denn Elias ist zu uns zurückgekommen, Anfang des Jahres, in einem Schrankkoffer versteckt. Kannst du dir das vorstellen?«

»Wer hat den Koffer gebracht?«

»Ein Schiff, das Teppiche für das Kontor über den Rhein transportiert hat. Dein Vater hat den Koffer gesehen und sich gewundert, und dann lag der Junge darin! Halb tot und ohne Erinnerung, wie er in den Koffer oder auf den Frachter gekommen war.«

»Aber Doro! Wenn er verletzt war… Habt ihr herausgefunden, wer das getan hat?«

»Wie denn? Sollten wir eine Untersuchung verlangen? Kind! Der arme Elias ist zurück in sein altes Versteck gekrochen, in die kleine Kammer, und hat dort sehr viele Wochen verbracht. Er musste doch gesund werden, das Bein war schlimm. Theodor hat in der Zwischenzeit dafür gesorgt, dass die Postkarten aus England verschickt wurden, weil in Köln niemand mehr nach dem Kind suchen sollte.«

»Das kann doch nicht funktioniert haben!« Ungläubig lehnte Maria sich über den Tisch. »Die Gestapo soll plötzlich Elias' Eltern in Ruhe gelassen haben? Und sich auch nicht geärgert haben, dass der Junge entwischt ist?«

»Nein. Die Gestapo hat niemanden in Ruhe gelassen. Elias' Eltern wurden beschattet, und vielleicht stand auch das Kontor im Visier. Inzwischen wimmelt die gesamte Südstadt vor Gestapo-Männern, und wir befürchten, dass sie den Fall Elias hoch eingestuft haben. Gerade weil der Junge die Postkarten geschickt hat oder angeblich geschickt hat, könnte man sich provoziert gefühlt haben und denken, dass der Junge hier ziemlich viele Helfer und Helfershelfer hatte.«

Eine Gruppe, lose über das Rheinland verteilt.

»Kennst du die Helfer, Doro?«

»Den Kurier, den Mann in England ... Also, sie beschäftigen sich nicht nur mit dem Kind, sondern eher mit anderen, noch komplizierteren Dingen. Aber Namen kenne ich keine und würde ich auch nicht nennen.«

Spione, Fluchthelfer, Informanten. Und Noah! Maria ballte die Hände. Noah Ginzburg könnte von Düsseldorf aus ... mit dem Vater ... bis nach England?

»Doro, erinnerst du dich an den Fotografen, der einmal hier zu Besuch war und meinen Hausarrest ausgelöst hat?«

»Ach, was soll das denn jetzt?«

»Ich war neulich noch einmal im Atelier Bertrand in Düsseldorf und habe etwas über Noah erfahren.«

»Verdammt noch mal! Keine Namen!«

Unwirsch kniff Doro die Lippen zusammen, sie benahm sich wirklich, als ob die Gestapo am Schlüsselloch hinge, aber Maria wollte sich nicht zum Schweigen bringen lassen.

»Auch Noah ist verhaftet worden, und wenn er zu Vaters Gruppe gehört, ist das von Belang.«

Abrupt stand Doro auf und rupfte ein Poliertuch vom Haken. Dann kippte sie den Kasten mit dem Silberbesteck auf den Arbeitstisch, dass es krachte, und fing wie von Sinnen an, die Löffel abzureiben.

»Jedenfalls konnte es nicht mehr so weitergehen. Elias krank im Versteck. Sein Vater von der Gestapo abgeholt, seine Mutter am Ende ihrer Kraft. Also hat Theodor ...«, Doro brach ab und drohte Maria mit dem Finger. »Du wirst diese Information für dich behalten!«

»Ja, selbstverständlich!«

»Theodor hat seit einiger Zeit die Möglichkeit, Ausweispapiere zu besorgen. Und er wollte diesmal keinen Kurier verschleißen. Darum ist er persönlich mit Selma und Elias nach England unterwegs.«

Maria schluckte. Nach dieser Vorgeschichte! Ein solches Risiko einzugehen! Und überhaupt wäre Maria nie auf die Idee gekommen, dass der Vater Ausweise fälschen lassen konnte. Nicht in ihren kühnsten Träumen.

»Wann kommt er wieder?«, fragte sie.

Doro war kaum noch zu verstehen. »Sie reisen als Familie. Sie sind Wilhelm und Erika Hake aus Forsbach bei Köln mit ihrem kleinen Sohn Fritz. Das Kind trägt immer noch eine Schiene am verletzten Bein. So, und jetzt habe ich selbst Namen genannt.«

»Warum Forsbach?«

»Das kann ich dir nicht sagen.«

»Bist du... Gehörst du zum Debattierclub, Dorothea?«

»Ich bin nur eine Haushälterin.« Sie legte das Poliertuch weg und wischte sich über die Augen. »Aber eines weiß ich genau: Dieser ganze Irrsinn mit Rasse und Volk hat seine Wurzeln im Kapitalismus. Wer nur danach trachtet, sich zu bereichern, dem liegt es wohl nahe, anderen Menschen etwas wegzunehmen. Erst das Geld, dann die Würde, dann das Leben.«

Maria senkte den Kopf. Plopp, fiel eine Träne auf den Tisch. Klack, klack, machte Doro am Besteckkasten.

Und wann?, wollte Maria fragen, wann hatte Doro zuletzt etwas von dem Vater gehört? Wann würde er zurückkehren, wenn es klappte? Und wenn es nicht klappte?

»Maria, dein Vater hat dir ›Auf Wiedersehen‹ gesagt«, meinte Doro leise. »Ich stand dabei. Du hast geschlafen, endlich einmal, und du hast im Schlaf geweint. Theodor hat dir übers Haar gestrichen und sich ganz vorsichtig über dich gebeugt und dich geküsst.«

Da rannte Maria aus der Küche in den Flur. Sie riss die Wohnungstür auf, niemand lauschte im Treppenhaus, Doro hatte übertrieben. Sie pfefferte die Tür wieder zu, warf sich in ihrem Zimmer auf das Bett und schluchzte wild in die Kissen. Die Beine, der Bauch, alles tat weh. Alles schrie: Bitte komm wieder! Und bitte, lass nichts passieren, niemandem, dem Vater nicht, Elias nicht, auch Selma nicht und dem alten Briefträger auch nicht.

Aber wie konnte es denn sein, dass ein kleiner Junge wie Elias so hartnäckig verfolgt wurde? Und dass die Gestapo so viel Zeit aufbrachte, an der Ecke zu stehen und die Menschen zu beobachten, die diesen Jungen gernhatten? Und wie konnte es so heikel sein, eine Mutter und ihr Kind außer Landes zu bringen, wo doch täglich Teppiche, Reis, Matrosen und Koffer die Grenzen überquerten?

Ein Gedanke schoss quer und verlief. Vielleicht hatte Marias Vater die Situation selbst verschlimmert, indem er Elias nach dem Bonbon-Vorfall versteckt hatte, heimlich im Büro, in der Kammer? Anstatt nach draußen zu gehen und der Gestapo offen entgegenzutreten? Kämpferisch zu sein – ja, wäre es nicht möglich gewesen? Damals war es doch nur um ein kleines Kind gegangen, das naschen wollte!

Ach, Vater, dachte Maria verzweifelt und setzte sich auf. Wie überheblich sie schon wieder war. Sie wusste doch nichts! Hatte auch selbst nur Geheimnisse zu bieten und war allen bloß zur Last gefallen, anstatt offen zu kämpfen.

Es war dunkel, als Maria über die Holztreppe nach unten schlich. Der Zugang zum Kontor war mit mehreren Schlössern versperrt, aber der Vater hatte seinen Schlüsselbund nicht mit nach England genommen. Es klirrte, es klapperte leise, im Haus schienen alle zu schlafen.

Auf Zehenspitzen betrat Maria die alten Dielen. Früher hatte sie sich im Kontor bestens ausgekannt, sie hätte blind durch die Räume laufen können. Seitdem sie aber nicht mehr zur Schule ging und alles so schwierig geworden war, hatte sie sich vom Familiengeschäft entfremdet. Es war ihr wie ein Hohn vorgekommen, das Arbeitsleben so nah bei sich zu wissen und selbst nicht mitmischen zu dürfen.

Es roch nach Papier und fremden Gewürzen. Sie tastete sich an der Wand entlang, stieß an eine Leiter und fing sie gerade noch auf. Blieb mit dem Ellbogen an einer Registratur hängen, der Pullover bekam ein Loch. Natürlich durfte sie kein Licht einschalten. Gegenüber, auf der anderen Seite der Severinstraße, konnte Heinrich Schubert am Fenster stehen.

Die Tür zum Büro des Vaters stand offen. Maria tastete sich vor. Jetzt, wo der Kontorchef weg war, mussten die Angestellten seine Post durchsehen, den Telefonapparat bedienen und die Lieferscheine abheften. Eine günstige Situation im Grunde, denn wenn jeder in diesem Büro ein und aus ging, würde Marias nächtlicher Besuch nicht auffallen, selbst wenn sie aus Versehen etwas umstieß.

Wie finster ein Zimmer sein konnte. Die dicken, schweren Samtvorhänge waren sorgfältig geschlossen. Wo die Tür zu der kleinen Kammer war, die Maria suchte, wusste sie ungefähr, und doch war es schwierig, den Knauf zu finden. Die Wand, in der die Tür saß, schien zugestellt zu sein. Maria fühlte Regalbretter, Buchrücken, dicke Packen Papier.

Sachte zog sie an dem Regal. Es knackte und schwankte. Vielleicht sollte sie doch für etwas Licht sorgen, den Vorhang am Fenster wegziehen oder ein Streichholz anzünden? Nein, nein, sie würde äußerst umsichtig bleiben, auch wenn es Mühe kostete.

Brett für Brett legte sie frei und achtete darauf, die Bücher und Papiere so auf dem Boden zu positionieren, dass sie die Reihenfolge später wiederherstellen könnte. Sie war aufgeregt. Sie wusste nicht, was sie in der Kammer vorfinden würde. Decken, Kissen von Elias – oder vielleicht auch etwas vom Vater?

Als kleines Mädchen hatte Maria in der Kammer manchmal Kaufladen gespielt, der Vater war als Kunde vorbeigekommen und hatte mit Lakritz bezahlt. Praktischerweise war der Raum sein Vorratsschrank gewesen. Süßigkeiten, Schnaps und Likör wurden darin aufbewahrt und den Geschäftsfreunden angeboten, wenn sie im Büro konferierten. Maria hatte sich in der Kammer auf den Boden legen können, aber rechts und links mit den Fingerspitzen die Wände berührt.

Wie hatte Elias in all den Wochen dort geschlafen? Wo hatte er gegessen, welche Toilette benutzt? Maria seufzte aus tiefstem Herzen.

»Maria?«

Hatte sie … ihren Namen gehört? Hatte da jemand …?

Sie hielt im Dunkeln still. Sie atmete nicht, gebückt, wie sie war, einen Stapel Bücher in den Händen, den sie gerade auf den Teppich hatte legen wollen. Ihr Rücken verkrampfte, aber das war nicht schlimm. Schlimm war das Sausen in den Ohren bei der gleichzeitigen Stille. Das Lauschen.

Hatte sie ihren Namen gehört oder nicht?

Nein. Nicht.

Es dauerte zu lange, sie brauchte Luft, musste den Mund öffnen und ganz leise einatmen. Ausatmen auch. Langsam, noch langsamer die Bücher absetzen. Unten bleiben, am besten in der Hocke verharren mit dem harten Rücken und warten.

»Sag doch was, Maria!«

Ach nein, das Flüstern kam vom Eingang des Büros. Maria war sofort verzweifelt: Sie könnte nicht einmal mehr weglaufen! Kleine hellgelbe Flecken jagten durch die Dunkelheit, Augeneffekte vom Starren.

»Hab keine Angst.«

Gehauchte, stimmlose Worte. Und wie laut Kleidung war, wenn man sie trug. Sie schabte und raschelte und knitterte gefährlich. Die fremde Person kam näher.

»Halt!«, befahl Maria, und die Geräusche stoppten.

Zwei Sekunden, zehn Sekunden.

»Maria, ich bin es, Noah.«

»Nein!«

Es musste eine Falle sein, alles andere wäre … Die Stimme? Sie kannte doch Noahs Stimme?

»Bist du allein hier?«, fragte er. *»Est-que tu es seule?«*

Im Flüstern waren sich Stimmen so ähnlich!

»Maria, ich komme jetzt näher. Ich krieche auf allen vieren.«

»Noah! Hier liegt etwas … Nein, warte.«

Konfus tastete sie sich in die Mitte des Raumes. Noah Ginzburg? Im Kontor?

Mit links stieß sie gegen seinen Körper, gegen seine Schulter, er packte ihren Arm und zog sie sachte heran.

»Tu ne me reconnais pas?«, flüsterte er. »Ich habe dich gleich erkannt, an deinem Schleichen und an deinem Seufzen.«

Er kniete offenbar vor ihr, hielt still und ließ sich berühren. Seine Haare, ja, sie erkannte den Schopf wieder, die Locken, das schmale Gesicht und die Stirn. Aber bärtig war er geworden, struppig. Mit beiden Händen befühlte sie seine Wangen. Er schien zu lächeln.

»Sie haben dich verhaftet«, sagte sie. »Du kannst gar nicht im Kontor sein.«

»Ich bin frei.« Wieder lächelte er. *»Libre pour le moment.«*

»Und du wolltest … Was machst du hier?«

»Hast du inzwischen verstanden, warum du nicht im Atelier Bertrand arbeiten darfst?«

Sie war so froh, dass er lebte. Und dass er frei war! Nichts anderes spielte eine Rolle, sie würde jetzt nicht über Obersturmbannführer Becker reden.

Stattdessen beugte sie sich vor, spürte seinen Atem, und dann endlich, wie damals unter der Hohenzollernbrücke, küssten sie sich.

Es gab Geräusche, zu viele Geräusche, auf die sie wohl hätten achten müssen, aber Maria war schwindelig vor Glück und Ungläubigkeit.

»Ich bin noch einmal im Atelier gewesen«, sagte sie an Noahs Ohr. »Herr Bertrand sagt, du bist ein Spion.«

»Ich bin bloß ein Fotograf, im Spionieren war ich

nicht sehr erfolgreich.« Er legte einen Finger auf ihre Lippen. »Aber die Gestapo war auch unvorsichtig! Als sie mich in eine neue Zelle bringen wollten, bin ich aus dem Fenster gesprungen.«

»Ich habe etwas gehört über … die Gruppe.«

»Du kennst die Gruppe? Maria!«

»Ich kenne niemanden. Ich weiß nur, dass mein Vater gerade ein Kind und seine Mutter nach England bringt.«

»Den kleinen Jungen?« Noah fuhr zurück. »In dieser Situation?«

»Was meinst du? Sie sind schon seit Tagen unterwegs. Ist ihnen etwas passiert?«

Noah küsste sie wieder, doch sie hatte den Eindruck, dass er sie damit vor allem zum Schweigen bringen wollte. Ihr Herz schlug wie verrückt.

»Was weißt du über meinen Vater?«

»Also, meine Nachricht hat ihn wohl nicht mehr erreicht. Es ist riskant, die Nazis suchen nicht nur nach mir, sondern auch nach dem Mittelsmann, der die Papiere, die ich ausspioniert habe, nach Frankreich geschafft hat.«

»Mein Vater ist dein Mittelsmann?«

»Vertrau mir, Maria. Ich bin ein Amateur, aber ich habe der Gestapo keine Silbe verraten, sondern sie mit lauter erfundenen Geschichten beschäftigt. Trotzdem hätte ich nicht hierherkommen dürfen, zu euch nach Köln. Ich dachte, das Kontor wäre halbwegs sicher. Dein Vater hat mir signalisiert, ich könnte mich jederzeit an ihn wenden. Aber jetzt, wo er selbst …?«

»Er kümmert sich um Elias und Selma. Danach ist er wieder hier.«

Noah berührte Marias Hals und ihre Schultern,

erst beruhigend, dann zärtlich und drängend. Er fuhr mit einem Finger über ihr Dekolleté, und sie war sehr durcheinander. Ihr Kinn brannte von den bärtigen Küssen, und sie hatte noch so viel zu sagen.

»Im Atelier habe ich Obersturmbannführer Becker getroffen. Er schwärmt für unsere Fotografie«

»Keine Sorge, ich habe das Original behalten. Er wird es nicht bekommen.«

»Aber sie wollen mich wieder in Berlin präsentieren, Herr Bertrand soll neue Aufnahmen machen.«

»Oh! *C'est mauvais.* Wann soll das sein?«

»Ich werde nicht mehr vor der Kamera stehen, für dieses Atelier jedenfalls nicht.«

Noah rückte von ihr ab, es raschelte. Offenbar zog er sein Hemd über den Kopf. Dann nahm er Marias Hand und schob sie über seinen Brustkorb. Entsetzt spürte sie Striemen. Harte, verschorfte Linien, dicht an dicht, auch an den Seiten und auf dem Rücken.

»Was ist das?«

»Ce n'était rien pour moi. Aber diese Leute sind nicht zimperlich. Ich will nicht, dass du Kontakt nach Berlin hast, Maria. Man würde dein gesamtes Umfeld durchleuchten, und es wäre gefährlich für dich, für deinen Vater, Dorothea und uns alle.«

Sie spreizte die Finger, um noch mehr von ihm zu ertasten. Er fror, sie spürte seine Gänsehaut. Auf Höhe der Nieren war er frisch verletzt, ihre Hand wurde nass. Er blutete!

»Wir brauchen Verbandszeug für dich.«

»Nein.«

»Aber ja! Und dann müssen wir die kleine Kammer freiräumen.«

»Auf keinen Fall.« Er hielt ihr Handgelenk fest. »Ich gehe, Maria. *Maintenant.* Ich brauche Platz und Licht und die Gewissheit, dass du nicht in Gefahr bist. Ach, wie konnte ich nur denken, es würde gut gehen?«

Beim letzten Wort ließ er sie los, er stieß ihre Hand förmlich weg, und Maria hörte ein eiliges Geraschel, er zog sein Hemd wieder an. Er wollte doch nicht etwa …?

»Lass dir helfen, Noah.«

»Die Regel ist, dass immer nur einer von uns ein Risiko eingeht, niemals dürfen zwei Leute zur gleichen Zeit eine Schwachstelle sein. Und jetzt werde ich gesucht, und außerdem ist dein Vater unterwegs, und du, wenn du nach Berlin … oder wenn wir beide, wenn wir uns …«

Er verstummte und atmete nur.

»So lange hatte ich Sehnsucht nach dir«, flüsterte sie, aber es klang unsicher, weil es ja nicht um sie selbst gehen durfte.

Noah gab einen Laut von sich, als müsste er weinen. Dann liebkoste er sie von Neuem, hastig, ihren Mund, die Augen, die Nase, und erst als sie ihn dichter zu sich heranziehen wollte, stemmte er sie wieder weg.

»Mary Mer, ich werde immer an dich denken.«

»Sag mir wenigstens, wo ich dich finden kann«, flehte sie. Sie kam um vor Angst!

Schweigen.

Bittend griff sie nach vorne, ins Dunkle – ins Leere.

»Noah?«

Sie stolperte, stieß etwas um. Einen Karton, und da war eine Tischkante. Und sonst nichts?

Nein. Nur wieder Stille. Und nicht einmal mehr ein Schleichen auf den Dielen.

18

»Das nennst du also tanzen?«, fragte Sabine, schon halb im Schlaf.

Sie wickelte die Wolldecke um sich und um Moritz. Das Sofa war schmal, es war auch viel zu kurz, vor allem für ihn, aber bisher hatte es sie nicht gestört.

Sie beobachtete ihn aus halb geschlossenen Augen. Wie tief sein Atem ging, wie hoch seine Brust sich hob. Und wie hell seine Haut war, nur nicht an den Händen, im Gesicht und am Hals. Wenn sie seine Seite berührte, fühlte es sich fremd an. Fremd im Sinne von interessant.

Er umschlang ihre Hüfte mit einem Bein und ließ den Kopf nach hinten über die Lehne fallen. »Durst!«

»Soll ich aufstehen, Moritz?«

»Nein.«

Es regnete. Perlen auf dem Dachfenster, rund, prall, und auf der Straße unten zischte Verkehr wie Brandungswellen am Strand. Irgendwann, dachte Sabine, müsste sie doch einmal das Licht einschalten, aber noch nicht jetzt. Sie öffnete den Kühlschrank und nahm zwei Bierflaschen heraus. Eine Tomate lag unten im Fach, eiskalt, erfrischend.

Während sie aß, betrachtete sie ihre Beine im Kühlschranklampenlicht. Rechts hatte sich ein Muster vom

Sofapolster eingedrückt, links war der Oberschenkel fleckig. Sie zog das T-Shirt tiefer, als könnte sie dadurch alles bewahren.

Moritz tappte in die Küche und schmiegte sich von hinten an. »Möchtest du, dass ich hier übernachte?«

»Hm. Ich weiß nicht. Vollgas, sofort?«

»Ich mag diese Rennfahrer-Sprache.«

Sie lachte, schloss den Kühlschrank und schob Moritz ein Stück Tomate in den Mund. »Denk nicht, dass ich auf alles vorbereitet bin, aber ich könnte dir tatsächlich eine Zahnbürste geben.«

Fast zeremoniell ließen sie die Bierflaschen klirren und lehnten sich an die Küchentheke oder lehnten sich eher aneinander. Das Bier tat gut, ließ einen am Boden bleiben, sie sahen sich an, albern und voneinander gefangen. Nein, dachte Sabine, so wie jetzt hatte sie sich noch nie gefühlt.

Da hielt sie Händchen, in der eigenen Wohnung, und sie hätte nicht einmal gedacht, dass sie so etwas leiden könnte. Moritz wusste, wie man es richtig machte, nämlich locker verhakt.

»Was sind das für Bilder?«, fragte er und deutete mit der Flasche zur Wand neben dem Kühlschrank.

»Handgemalte Geschenke«, antwortete sie. »Der Künstler ist neun Jahre alt.«

Die Wachsmalkreide schimmerte seidig, die Bilder hatten Eselsohren. Es gab ein kleines und ein großes Strichmännchen, das sollten Pascal und Sabine im Rheinpark sein. Eine Schraffierung lief um sie herum, das war der Rasen. Blumen wuchsen darauf, ein dürres Gerüst stellte die Schaukel dar. Das dick ausgemalte Band ganz oben war der Rhein.

»Ich sehe ein Herz«, sagte Moritz.

»Du bist aber nicht eifersüchtig auf ein Kind?«

Er zog Sabine wieder an sich. »Ich soll hier übernachten, also darf ich alles wissen, was wichtig ist.«

»Okay.« Sie lächelte. »Ich mag den Jungen. Aber was ich nicht mag, ist, wenn ich mich dafür rechtfertigen muss. So wie manchmal vor meiner Großmutter, die Angst hat, ich könnte mich für den Jungen verausgaben.«

»Also ist es ein Kind vom Jugendamt?«

»Ja und nein. Ich habe Pascal zwar beruflich kennengelernt, aber inzwischen treffe ich ihn privat. Ganz einfach, eigentlich.«

»Ich kann mir vorstellen, was deiner Großmutter daran nicht gefällt.«

»Sie neigt selbst zu unkonventionellen Ideen. Neulich hat sie vorgeschlagen, mir Arbeit und Stress abzunehmen, indem sie Pascal zu sich nach Forsbach einlädt. Sie könnte mit ihm Krocket spielen, meinte sie. Sie hätte doch viel mehr Freizeit als ich.«

»Ist das nicht nett?«

»Und wie. Aber Pascal bedeutet erstens nicht Arbeit und Stress für mich. Zweitens befürchte ich, dass meine Großmutter etwas durcheinanderwirft. Sie hat mir von einem Kind erzählt, einem gewissen Elias, mit dem sie vor Jahrzehnten etwas Trauriges erlebt haben muss. Und jetzt werde ich den Verdacht nicht los, dass sie sich für Pascal vor allem deshalb interessiert, weil Altlasten hochkommen. Das kann man mit einem Kind aber nicht machen, mit einem Heimkind erst recht nicht. Auch nicht unbewusst und mit guter Absicht.«

Moritz stellte sein Bier ab und hob Sabine hoch, ein paar Zentimeter nur, aber es reichte.

»Ich glaube, wir beide sind viel zu verkopft«, sagte er und schleppte sie ins Wohnzimmer zurück. »Es kann niemals verkehrt sein, wenn man sich umeinander kümmert, Altlasten hin oder her.«

»Das kann sehr wohl verkehrt sein«, widersprach sie und schubste ihn auf das Sofa.

Es regnete immer noch, und es war inzwischen so spät, dass sich das Zähneputzen gar nicht mehr lohnte. Der Wecker würde gleich klingeln, dachte Sabine, und dann müsste sie gucken, was sie zum Frühstück auftreiben könnte. Wasser, auf jeden Fall.

»Wie deine Großmutter wohl reagiert, wenn sie hiervon erfährt?«, murmelte Moritz.

»Das regele ich. Hör auf, es kitzelt.«

Das Kalk-Karree sah aus wie frisch gewaschen. Nasse rote Ziegelsteine, feuchtblanke Fenster. Im Aufzug lehnte ein Regenschirm, den jemand vergessen hatte und der wohl niemand anderem gefiel.

Sabine brachte ihre Tasche ins Büro und suchte nach Friederike. Sie fand sie in der Teeküche, wo sie, obwohl es nicht ihre Aufgabe war, die kleine Spülmaschine ausräumte.

»Du bist früh dran, Frau Schubert«, sagte Friederike und stutzte. »Oops! Wie siehst du denn aus?«

Sabine sah an sich herunter. Die Stiefel, ja, sie waren fast neu – oder meinte Friederike etwa … Oh nein. Hastig kämmte sie sich mit den Fingern die Haare.

Friederike rollte mit den Augen. »Wie kann man sich nur so gehen lassen. Gratuliere!«

Dann gab sie Sabine einen Kuss auf die Wange, und

Sabine war glücklich wie lange nicht mehr. Sehr, sehr lange nicht mehr.

»Ich brauche einen Urlaubsantrag«, sagte sie.

»Nur wenn ich mehr Details zu hören bekomme. Wie heißt er, und wo hast du ihn kennengelernt?«

»Wir können ja zusammen Mittagspause machen«, schlug Sabine vor.

»Von wegen! Guck mal in deinen Kalender, oder willst du die Supervision schon wieder sausen lassen?«

In diesem Moment betrat der Chef die Teeküche. Er hatte Friederikes letzte Bemerkung wahrscheinlich gehört, denn er warf das Kilo Kaffeebohnen, das er jeden Monat spendierte, auf den Tisch und bat Sabine mit ernster Stimme in sein Büro.

Dort schloss er die Tür und rückte zwei Stühle zurecht. »Ihr Homeoffice wurde bewilligt, herzlichen Glückwunsch, Frau Schubert, aber Sie kennen trotzdem den Wert der Supervision?«

»Selbstverständlich. Ich nehme den Termin heute garantiert wahr.«

»Das freut mich.« Er goss zwei Wassergläser voll. »Mir hilft die Beratungsstunde immer, und auch Sie sollten darauf nicht verzichten. Wobei … Man spiegelt Ihnen hoffentlich, wie dankbar wir für die Arbeit sind, die Sie leisten?«

»Ich komme gut klar, Herr Kramer. Wirklich.«

»Gut. Dann … noch etwas.« Er schob zwei Flyer der Jugendhilfe als Untersetzer unter die Gläser. »Es gibt leider ein Problem. Trauen Sie sich zu, ein paar Akten mehr zu schaffen, Frau Schubert?«

»Akten?«

Der Chef leerte sein Glas in einem Zug und bedeutete

Sabine, ebenfalls zu trinken. Aus seinen Augenbrauen ragten weiße Haare hervor, die er sonst offenbar getrimmt hatte.

»Zwei Kolleginnen fallen aus«, sagte er, »und zwar für längere Zeit. Ich kann mich auf den Kopf stellen, aber ich bekomme keinen Ersatz.«

Wie bitte? Wie sollte Sabine noch mehr Arbeit übernehmen?

»Ich kann nicht kommunizieren, um welche Kolleginnen es sich handelt«, fuhr der Chef fort. »Das hat personalrechtliche und datenschutztechnische Gründe. Aber ich kann schon einmal fleißig nach Lösungen suchen.«

»Also ... Ich weiß nicht, woher ich die Kapazitäten ...«

»Sie sind ein Glücksfall für uns, Frau Schubert. Wenn ich nur an die Sache im Schwimmbad denke, das hätte sich nicht jeder getraut. Es war mir eine Ehre, mich hinter Sie zu stellen, wirklich, und ich denke, dass ich Ihnen damit auch die nötige Motivation gegeben habe, sich bei uns im Jugendamt voll reinzuhängen. Übrigens habe ich Ihre positive Entwicklung auch in der großen Konferenz zur Sprache gebracht, als es um den langfristigen Stellenplan ging.«

»Auch mein Tag hat nur vierundzwanzig Stunden, und meine Klienten haben einen Anspruch auf ...«

»Sie kennen noch den Kollegen Klimke aus dem Bürgerbüro? Er scheint Sie schmerzlich zu vermissen.«

Sabines Augenlid begann zu zucken. Klimke mit dem Fresskorb Deep Throat?

»Sagten Sie eben: Stellenplan?«, fragte sie zögernd.

»Sie sind uns ja quasi nur ausgeliehen worden, Frau Schubert, Ihre Stelle liegt formal noch beim Bürgerbüro, und der Kollege Klimke hat in der Konferenz einige Wünsche dazu geäußert. Aber keine Sorge, ich habe mich einmal mehr vor Sie gestellt. Ich hatte ja auch einen Strauß an guten Argumenten. Ihr phänomenales Engagement und dann die große Lücke, die gestopft werden muss, wenn uns die beiden Kolleginnen verlassen.«

Er schenkte Wasser nach, aber nur sich selbst, und während er mit großen Schlucken trank, blickte Sabine auf seine nikotinverfärbten Finger wie auf zwei Punkte in einem Wimmelbild. Sie wurde erpresst, das begriff sie. Und sie begriff auch, dass Stefan Kramer sich dafür schämte.

»Ich will Sie behalten, Frau Schubert. Vorausgesetzt, Sie schaffen das. Im Klartext geht es um acht weitere Klienten für Sie, das klingt erst mal nach viel, darum breche ich es gerne herunter: Anderthalb zusätzliche Familien pro Tag, wobei … am Freitag, an Ihrem Homeoffice-Tag, sind es natürlich zwei.«

19

War es in der Weißen Villa immer so still gewesen? Die Halle wirkte wie tot, der Durchgang zu den Büros war ein Albtraum aus fensterlosem Kalkputz. Maria stand steif und stumm an der Ecke zum Studio. Herr Bertrand musterte sie und befeuchtete dabei seine Zigarre.

»Sie sollten ein anderes Kleid tragen, Fräulein Reimer. Es kann durchaus hochgeschlossen sein, sollte aber nicht alles verbergen. Außerdem könnte ein wenig Rouge nicht schaden.«

»Die deutsche Frau darf ungeschminkt bleiben. Habe ich einmal gehört.«

»Greta wird Ihnen helfen.«

Er wedelte mit der Hand, um Maria ins Studio zu treiben, und so konnte sie es nicht mehr länger hinauszögern, sondern musste den Raum betreten, in dem ihr Leben schon zweimal eine überraschende Wendung genommen hatte: mit Noah, als er sie als Mary Mer fotografiert hatte, und mit dem Vater, als er sie aus ihren Träumen gerissen hatte.

Die Atelierkamera stand bereit, das Licht war gedämpft. Das Alpenpanorama fehlte zum Glück, stattdessen war als Hintergrund für die Aufnahmen das grüne Papier aufgezogen, das auch Noah damals ausgesucht hatte.

Mimikry, Täuschung und Anpassung. Maria würde sich heute zusammenreißen, weil sie Herrn Bertrand und den Obersturmbannführer ruhig halten musste. Sie durfte keine Nachfragen provozieren, erst recht keine Fragen über den Vater.

Der Vater war seit fast vier Wochen verschwunden, auch von Elias und Selma gab es kein Lebenszeichen. Im Kontor herrschte Verwirrung. Der Bürovorsteher, die rechte Hand des Vaters, hatte vorübergehend die Leitung übernommen und hielt die Geschäfte halbwegs am Laufen, während oben in der Wohnung die Tage vollends vor sich hin dümpelten. Dorothea und Maria schwankten zwischen Trübsal und Verzweiflung, und als neulich das Telefon geklingelt hatte und Herr Bertrand persönlich an der Strippe gewesen war, hatten sie kaum einen klaren Gedanken fassen können.

Herr Bertrand hatte verkündet, dass Berlin an Maria interessiert sei und weitere Bilder sehen wolle, und Maria hatte sich zusammenreißen und bedanken müssen. Für Doro und sie war es ein langer, trauriger Abend geworden, aber sie hatten begriffen, wie groß ihre Verantwortung war. Düsseldorf und Berlin durften nicht gereizt werden. Maria musste Mary Mer sein, für eine Weile, um den Vater, Elias und Selma nicht zu gefährden.

Den neuen Atelier-Vertrag, der vollkommen problemlos mit der Post zugestellt worden war, hatte Dorothea unterschrieben. Der Schriftzug *Dr. Theodor Reimer* war ihr leicht von der Hand gegangen. Sie hatte außerdem Marias Kleid gebügelt und eine Duftseife gekauft. »Ich will meinen kleinen Teil beitragen«, hatte Doro gesagt und am Morgen, vor der Fahrt nach Düsseldorf, noch ein Proviantpaket für Maria bereitgehalten.

Maria hatte die Brote allerdings nicht annehmen können. »Wenn ich hungrig werde, will ich nach Hause kommen, Doro. Bitte lass mir diesen einzigen angenehmen Gedanken.«

Dann hatte Maria sich mit mittelgroßen Schritten auf den Weg zum Bahnhof gemacht. Heinrich Schubert war nicht da gewesen, er stand seit Neuestem in Lohn und Brot bei einer Firma im Rechtsrheinischen. Hätte er Maria allerdings gesehen, hätte er sich gewundert: Sie war nicht schlampig, aber auch nicht elegant gekleidet. Trug keine finstere Miene zur Schau, aber auch keine strahlend helle. Sie zitterte nicht vor Aufregung und war trotzdem nicht ruhig. Sie war Durchschnitt, innen und außen, und sie fand es gut.

Nie wieder wollte sie hervorstechen, selbst vor der Kamera wollte sie Langeweile verbreiten, sodass man im Atelier und vor allem in Berlin rasch das Interesse an ihr verlöre.

»Jetzt lächeln Sie doch einmal«, sagte Herr Bertrand. »Alles wird gut, die Reichsmodebeauftragte hat uns eine zuversichtliche Note geschickt, und übrigens hört man auch aus dem Propagandaministerium Erfreuliches.«

»Es gibt so viele Fotomodelle.«

»Aber niemanden, der so ist wie Sie – oder wie ich, der ich Sie als Fotograf in Szene setzen kann. Außerdem steigt der Bedarf an herausragenden Darstellerinnen und Modekünstlern im Deutschen Reich ins Unermessliche. Sie brauchen keine Befürchtung zu hegen, Fräulein Reimer. Oder ist Ihnen nicht aufgefallen, welch frischer Wind weht, seitdem auch in der Kunst die Reihen gesäubert sind? Der Blick auf das Erhabene und Reine ist endlich frei von störenden Einflüssen.«

»Was ist mit den jüdischen Fotografen passiert?«

»Fräulein Reimer, Sie sind jung. Aber glauben Sie mir, diese Subjekte sind es nicht wert, dass wir darüber reden. Besser, Sie begreifen unsere Arbeit als eine Art Wettlauf der Besten, und wer wollte nicht vorne mitrennen? Sehen Sie doch, wer alles im Kampf steht, ganz unverdrossen. Selbst die Ateliers in Wien: Heim ins Reich. Lücken, die nach dem Weggang der jüdischen Elemente entstanden sind, müssen und wollen genutzt werden. Haben Sie den Aufstieg der vortrefflichen Kollegin Kitty Hoffmann verfolgt? Ich bewundere Kitty und lerne von ihr. Wobei für mich persönlich eher die Lücke interessant wäre, die Yva hinterlassen hat.«

Maria hatte keine Lust, dem Redestrom zu folgen, aber jetzt merkte sie auf: »Yva fotografiert nicht mehr? Die berühmte Yva aus Berlin?«

»Ja, da nützt es ihr nichts, wie man sie früher in der Presse umschmeichelt hat. Konnten Sie sich als deutschblütige Frau jemals in Yvas Arbeiten wiedererkennen? Fräulein Reimer, ich bitte Sie! Für mich war seit Lilli-Cilli Schluss! Als ich das gesehen und gelesen habe: *Lilli kocht, Cilli tippt und Hilli studiert, weil sie die Klügste ist.* Die Klügste! Was sollte das denn für eine Aussage sein? Die Klügste kocht also nicht? Warum hat die deutsche Presse das überhaupt gedruckt und verbreitet? Wirklich, Fräulein Reimer, an diesem Beispiel erkennen Sie das Problem. Es geht nicht nur um das Jüdische an sich, die Rasse als Äußerlichkeit, für die der arme Mensch ja nichts kann, auch Yva oder Herr Ginzburg nicht. Sondern es geht um das Gedankengut, das mit dem Jüdischen zusammenhängt, um die Fäulnis, die sich – auch über die Kunst! Auch über die Modefotografie! – in die Volksgemeinschaft eingeschlichen hat.«

Erregt saugte Herr Bertrand an der Zigarre und stieß den Rauch aus. Graue Schwaden, Maria bemühte sich, flach zu atmen.

»Verzeihung, Herr Bertrand, aber ich … ich ertrage es schlecht, wenn Sie so über …«, sie brach ab. Ihr Herz schlug bis zum Hals. Sie hatte sich so viel vorgenommen und musste unauffällig bleiben. Aber jetzt? Jetzt würde sie ersticken, wenn sie nichts sagte!

»Es tut mir leid, Herr Bertrand, wenn ich Sie verärgere. Ich halte es nicht aus, wenn Sie so über Herrn Ginzburg und das Jüdische reden.«

Herrn Bertrands Miene verschwand hinter einer neuen, dicken Rauchwolke. War dies das Ende? Würde er jetzt gleich anfangen zu brüllen?

Aber nein, er seufzte und sah dem Rauch hinterher.

»Selbstverständlich meine ich mit der Fäulnis nicht Ihr Bewerbungsbild, Mary Mer. Obwohl es von einem Juden angefertigt wurde. Bitte berücksichtigen Sie, dass wir diesen Ursprung des Bildes von nun an nicht mehr erwähnen. Das habe ich mit Obersturmbannführer Becker abgesprochen, und nur so können wir in die Zukunft blicken.«

Er nickte zur Bekräftigung und schien allerdings selbst ein wenig durcheinander. Maria nickte auch, mehr konnte sie für den Moment nicht tun.

»Was Yva angeht …«, Herr Bertrand ließ einen keckernden Laut hören, mit dem er seine Kehle befreite. »Das Deutsche Reich hat durchaus Humor! Yva bleibt gewissermaßen im fotografischen Metier. Sie darf in einem Krankenhaus für Juden arbeiten. Als Röntgenassistentin!«

Sein Lachen klang angestrengt, und schon scheuchte er Maria mit großen Gesten an den Schminktisch, wo sie für die Fotoaufnahmen vorbereitet werden sollte.

»Greta! Arbeit!«, rief er dabei in die Weite der Villa, aber er bekam keine Antwort.

Maria betrachtete sich im Schein der Spiegellampen. Würde sie alles schaffen? Würde sie sich aufspreizen können zwischen der Verantwortung für den Vater und der Notwendigkeit, den Naziparolen entgegenzutreten? Blass und schmal war sie, und sie musste aufpassen, die Lippen nicht nach innen zu ziehen. Die Haare lagen nicht gut, der Blick loderte wenig vertrauenerweckend.

Grafische Grundposition. Die Pariser Art, zu gehen und zu stehen. Nein, Maria fand kein Echo mehr in ihrem Körper, ihr Leib schien weit von ihrem Kopf entfernt zu sein.

Da hörte sie das Scheppern eines Rollwagens hinter sich. Greta tauchte auf, vornehm und lächelnd wie immer. Sie schob einen Garderobenständer vor sich her, an dem einige Kleider hingen. Keine *Couture* vermutlich, sondern deutsche Hochmode, aber das war egal. Wichtig war ein Rüstzeug für Mary Mer.

Maria faltete vor dem Schminktisch die Hände. Mimikry hieß, dass eine Fliege das Aussehen einer Wespe annehmen konnte, ohne selbst eine Wespe zu werden.

Im Spiegel fing sie einen Blick von Herrn Bertrand auf, der sie aus einiger Entfernung belauerte.

Greta löste Marias Haare und nahm eine weiche Bürste aus dem Regal. »Wir werden uns jetzt einmal anstrengen«, sagte sie.

»Sehr gut«, Herr Bertrand näherte sich. »Ich riet Fräulein Mer zu etwas Entspanntem. Wenn hochgeschlossen, dann elegant. Wenn schulterfrei, dann erhaben. Und, Greta, entlocke dem Mädchen bitte ein Lächeln.«

»Mein Lieber«, Greta spitzte die Lippen. »Willst du uns räuchern? Dein Qualm treibt uns die Tränen in die Augen, und Fräulein Reimer sollte doch Wimperncreme benutzen.«

»Nicht zu viel Wimperncreme!« Herr Bertrand ließ die Zigarre sinken und trollte sich grummelnd aus dem Studio.

Maria atmete aus. Immer nur aus, sie wollte den Brustkorb leeren, das Einatmen kam von allein. Seit wann waren Greta und Herr Bertrand ein Paar? Oder war da gerade nichts zwischen ihnen gewesen? Es hatte auf Maria früher immer so gewirkt, als würde Greta sich zu Noah … Und jetzt … Ach, wie ahnungslos sie war.

Greta stupste sie an. »Leg nicht die Stirn in Falten, Liebes, und halt die Schultern ein wenig locker. Du wirst nicht zum Schafott geführt, stell dir vor.«

»Wissen Sie, ob Herr Bertrand die kleine Leica benutzen wird?«, wagte Maria zu fragen und fügte leise an: »Noah Ginzburg musste ihm wohl sämtliche Ausrüstung hierlassen?«

»Nenn mich ›du‹ und ›Greta‹, zum tausendsten Mal, sonst muss ich mir alt vorkommen. Und frag mich bitte nicht noch einmal nach Noah! Ich weiß nichts, und ich werde nichts wissen, und dasselbe rate ich dir.«

»Ich fragte ja nach der Leica.« Maria zwang sich zu einer Grimasse. »Weil ich dachte, dass Sie … dass du besonders gut weißt, womit Herr Bertrand gerne arbeitet.«

»Hm.« Greta konnte darauf nicht antworten, weil Haarnadeln zwischen ihren Lippen klemmten. Im Spiegel aber war zu erkennen, dass sie nun selbst die Stirn runzelte und Marias Blick auswich. Die schöne Greta mit der schimmernden Olympiarolle und dem Kostüm von Schiaparelli aus Italien. Unvermittelt weitete sich Marias Herz, und sie fühlte sich noch schwächer.

Als Greta den Pageboy neu arrangierte, zog und ziepte es an Marias Kopf. Das elektrische Licht warf harte Schatten, im Dekolleté fehlte noch Puder. Stück für Stück aber sah sie aus dem Spiegel auch eine Ahnung von Mary Mer hervortreten, und es war seltsam, sie zu begrüßen. Marias Rücken straffte sich, die Haut wurde wärmer. Sie erinnerte sich vielleicht doch noch ganz dunkel an den Kontrapost, in den Noah sie gebracht hatte. Wenn Taille und Schultern gegenläufige Linien verfolgten.

Routiniert schraubte Greta die Tube mit der Wimperncreme auf und beugte sich über Marias Gesicht.

»Es gibt schon wieder neue Vorschriften für die Modefotografie«, sagte sie leise. »Wir sind geschmackserziehend und stilbildend für die Frau im Deutschen Reich. Wir schminken nur noch dezent.«

»Einverstanden.«

»Dezent ist allerdings ein dehnbarer Begriff, und wir müssen uns einigen. Obersturmbannführer Becker hat es gern sinnlich, Ferdinand Bertrand möchte vorsichtig sein.«

»Welcher von beiden hat das letzte Wort?«

»Stets nur wir beide, Maria. Allerdings diskret.«

Maria musste lächeln. »Du wirst wissen, was das Beste ist.«

Greta bestrich ein Stäbchen mit der Creme und forderte sie auf, nach oben zu schauen und stillzuhalten.

»Dichte, geschwungene Wimpern«, lobte Greta. »Nur leider etwas blond. Aber hör mal, du kannst es immer noch bis in die *Dame* schaffen, und ich möchte dich bitten, dieses Ziel auch ernsthaft zu verfolgen. Es geht nicht nur um dich.«

»Sondern?«

Argwöhnisch drehte Maria den Kopf, wurde aber von Greta mit einem Knuff zum Stillhalten gebracht.

»Es geht um unseren Ruf und um die Zukunft des Ateliers.« Greta fing an zu flüstern. »Ferdinand hat ein paar Fehler gemacht, ja, zugegeben, und er hat auch das Personal nicht streng genug geführt. Aber die Partei ist bereit zu verzeihen, wenn wir einen gewissen Bedarf decken. Erinnerst du dich: Eine frische Frau mit Interesse an deutscher Mode?«

Ein Stich ging durch Marias Brust, sie durfte nicht an damals denken. Nicht an die Zeitungsannonce, nicht an ihre Bewerbung.

Sie verfiel ebenfalls ins Flüstern: »Wie kommst du darauf, dass ich mir keine Mühe geben könnte?«

Greta kam noch tiefer, noch näher an Marias Ohr. »Hüte dich, den Obersturmbannführer zu enttäuschen. Und vertrau mir.«

Dann nickte sie, als ob damit alles geklärt wäre, langte an den Garderobenständer und suchte ein Kleid aus. Dunkelblau, fast schwarz und schulterfrei.

»Meisterhaft«, sagte Greta. *»Magistral.* Ich liebe diesen geheimnisvollen Changeant.«

»Aber Herr Bertrand wünscht…«

»Sicher, obenrum ist es etwas freizügig, aber das regeln wir mit einem Schattenwurf durch die Lampen.«

Na gut, Maria war es egal. Jeder meldete Ansprüche an oder hatte Wünsche, und sie musste bloß Zeit herumbringen.

»Konzentrier dich!«, befahl Greta.

Folgsam berührte Maria das Kleid. »Woher stammt der Schnitt? Ist es ein Duplikat?«

»Es stammt aus dem Deutschen Reich«, sagte Greta. »Wo es seine Inspiration gefunden hat, tut nichts zur Sache.«

Sie half Maria, das Kleid anzuziehen, zupfte hier und richtete da. In der Taille saß es wie angegossen, war allerdings am Bein ein wenig zu lang, nur zwei oder drei Zentimeter.

»Schön«, meinte Greta. »Wie wäre es mit einem Paar langer Handschuhe dazu? Feinstes Ziegenleder bis zu den Ellbogen. Wir würden damit Hautpartien bedecken, ohne ins Biedere zu rutschen.«

Sie griff in eine Schublade und wühlte zwischen verschiedenen Handschuhmodellen herum. Maria drehte sich vor dem Spiegel. Nein, sie sah wirklich nicht perfekt aus, aber genau das war ja der Plan.

»Nun nimm schon!« Greta bot ihr ungeduldig zwei Handschuhe an und lief wieselflink aus dem Studio, um Herrn Bertrand zu holen.

Schicksalsergeben steckte Maria eine Hand in den Schaft, das Leder war weich und eng. Links saß der Handschuh recht gut, aber rechts kam sie mit den Fingern nicht weiter, sondern stieß gegen ein Hindernis. Was war das? Sie stülpte das Leder um. Ein Stück

Papier fiel heraus, ein zusammengekniffenes Blatt. Verblüfft faltete sie es auseinander und sah Stempel und Unterschriften. Es war etwas Offizielles, oh, es handelte sich um ein Dokument! Auf Französisch! Von Noah?

Vom Flur her hörte sie Gretas Stimme: »Fräulein Reimer ist so weit, du wirst begeistert sein, mein Lieber!«

Maria stopfte das Papier in ihre Handtasche und streifte sich in Windeseile das Ziegenleder über. Ihr war flau im Magen. Greta ließ die Absätze extra laut klackern, als wollte sie Maria warnen. Hatte sie ihr das Dokument mit Absicht zugesteckt?

»Um Himmels willen!«, rief Herr Bertrand, als er Maria vor dem Spiegel erblickte. »Hochgeschlossen, habe ich gesagt!«

Es war Nacht, Maria saß vor ihrem Bett auf dem Teppich. Die kleine Nachttischlampe hatte sie neben sich gestellt, der Lichtkegel fiel auf das Dokument, das sie nicht mehr weglegen mochte. Auf der Rückfahrt von Düsseldorf, im Zug, hatte sie es schon verstohlen studiert, es aber die meiste Zeit in der Handtasche verborgen, so kostbar war es ihr erschienen – und so gefährlich.

Es war eine Urkunde, ein Diplom. Eine Bescheinigung für Herrn Noah Ginzburg, Fotograf zu sein. Ausgestellt in Reims in der Champagne und mit einem Bild von Noah versehen, einem winzig kleinen Ausweisbild, das für Maria die Welt war. Sie hob es näher vor ihre Augen. Noah lächelte zaghaft und schief, nur zu einer Seite, nämlich nach links. Der Ausdruck in seinen Augen war ein wenig verhalten, aber auch freundlich und stolz. Und er sah Maria aus dem Bild heraus an, das hätte sie schwören können. »Ich sehe dich.« Sie drückte ihre Lippen darauf.

Hatte Greta das Diplom so klein gefaltet? Dann war es auch Greta gewesen, die darauf geachtet hatte, bloß das Bild nicht zu knicken? Weil Greta ahnte, welches Geschenk sie Maria damit machte!

Ganz oben auf der Urkunde stand Noahs Adresse. *14, rue des Augustins, Reims.* Dort hatte er also gewohnt, als er Fotograf wurde, 1930. Vielleicht war es seine letzte Adresse in Frankreich gewesen, bevor er nach Düsseldorf zog, um im Atelier Bertrand zu arbeiten. Reims, seine Heimat. Und in der Rue des Augustins Nummer 14 stand sein Elternhaus, möglicherweise.

Würde er jetzt, da er auf der Flucht war, versuchen, dorthin zurückzugelangen? Nach Reims?

Maria suchte in ihrem Zimmer nach dem alten Schulatlas. Nantes war verzeichnet, Paris, Lyon. Die Landkarten waren unberührt und fremd, im Mädchenunterricht hatten sie keine große Rolle gespielt. Doch es gab eine Doppelseite *Südliches Europa*, blaues Meer, braune Gebirge und grüne Ebenen. Und da war Frankreich, direkt neben dem Rheinland. Und ziemlich weit oben, rechts oben in Frankreich, lag Reims. Maria maß mit den Fingern nach. Die Stadt war gar nicht weit von Köln entfernt, Noah könnte es schaffen.

Sie klappte den Atlas zu und strich das Dokument mit dem Handrücken glatt. Champagne. *Diplôme de Photographe.* Eine persönliche Spur. Ein Hoffnungsschimmer. Für ihn? Und für sie? Denn warum war das Dokument bei ihr gelandet?

Maria rief sich jeden Satz, den Greta gesagt hatte, ins Gedächtnis. Greta hatte sie gedrängt, die Handschuhe zu nehmen, und das Studio dann umgehend verlassen. Und Greta hatte warnende Geräusche gemacht, als Herr Bertrand angerückt war. Ja, es war deutlich: Greta hatte alles lanciert.

Nur warum? Was wurde von Maria erwartet?

Fiebrig vor Aufregung, zog sie sich eine Strickjacke über und stieg in flache Schuhe. Sie konnte jetzt nicht schlafen, sie brauchte genauere Angaben über Reims. Im Kontor würde es bessere Landkarten geben als im alten Schulatlas.

Sie schlich ins Treppenhaus, über die Stufen nach unten. Vor dem kleinen runden Fenster zwischen den Etagen stellte sie sich auf die Zehenspitzen und sah nach draußen. Die Severinstraße schlief tief und fest, und auch gegenüber, bei Heinrich Schubert, war es dunkel.

Heinrich war nett, Maria lächelte. Er war sogar sehr nett, aber es fügte sich bestens, dass sie sich inzwischen weniger sahen und er seinen Schlaf brauchte. Die Firma im Rechtsrheinischen, bei der er arbeitete, nahm ihn sehr in Beschlag.

Sie schloss die Tür zum Kontor auf und tastete sich, wie neulich schon, voran. An einer störenden Leiter vorbei, auch an einer Registratur, die im Weg war – aber vor dem Büro ihres Vaters blieb sie wie angewurzelt stehen. Da war jemand! Etwas flackerte, eine Kerze, und sie hörte auch Stimmen! Eine Männerstimme, aber es war nicht Noahs. Und eine Kinderstimme!

Die Fäuste vor der Brust, pirschte sie weiter. Jetzt nirgendwo anstoßen, jetzt keinen Laut von sich geben, bis sie absolut sicher sein konnte: Elias war hier! Und – »Heinrich?«

Der Mann fuhr zusammen, als hätte ihn etwas im Rücken getroffen. Heinrich Schubert! Und er kniete vor einem Kind, ja, vor Elias, und beide sahen schrecklich aus. Dunkel gefleckt, mit Blut besudelt. Eine Jodflasche stand dort, eine Schnapsflasche, der Erste-Hilfe-Kasten.

»Maria! Psst«, machte Heinrich und winkte sie näher. Das Kind hob den Kopf und versuchte zu sprechen, da legte er ihm eine Hand auf den Mund. »Ruhig bleiben, Elias, ruhig atmen, alles wird gut.«

Entsetzt versuchte Maria zu begreifen. Elias war verletzt, er lag rücklings auf dem Boden, sein Hemd hing in Fetzen. Heinrich war damit beschäftigt, die magere Brust des Jungen zu verbinden. Er hatte ein Tuch darum gewickelt, blutgetränkte Streifen, die wohl von Heinrichs Unterwäsche stammten, denn sein eigenes Oberhemd stand offen, und darunter war er nackt.

»Elias!« Maria sank auf die Knie und beugte sich über den Jungen. »Was ist passiert?«

»Ich habe ihn auf der Straße gefunden«, antwortete Heinrich hastig. »Er lag im Eingang Ihres Hauses, Maria. Die Wunden sind nicht tief.«

»Wo ist mein Vater? Wo ist seine Mutter?«

Wieder hob Elias den Kopf. »Ich … ich …«

»Ruhig!« Heinrich löste den Gürtel, der Elias' zerrissene Hose zusammenhielt. Der Junge begann in den höchsten Tönen zu wimmern. So dünn war er, so schmutzig. Die Hüftknochen ragten wie Messer hervor. Maria nahm seine kraftlose kleine Hand und streichelte sie.

»Das Problem ist sein Bein«, sagte Heinrich. »Ein alter Bruch. Jetzt wieder offen.«

Er zog dem Kind die Hose herunter. Elias schrie, dann verlor er das Bewusstsein. Sein Kopf fiel zur Seite.

»Verdammt!« Eilig horchte Heinrich an seiner Brust und an seinem Mund. »Er atmet, also gut, Maria, halten Sie ihn fest, ich muss sein Bein richten.«

Sie konnte kaum hinsehen. Der Oberschenkel war aufgerissen und eiterte. Der Unterschenkel war verdreht, und etwas Helles bohrte sich durch das Fleisch nach außen.

Heinrich säuberte seine Hände in fliegender Hast mit klarem Schnaps, während Maria Elias' Kopf auf ihren Schoß bettete. Dann holte Heinrich tief Luft, und es kamen Geräusche, wie wenn Doro ein Hähnchen auslöste. Maria wurde schlecht, sie biss die Zähne zusammen. Die Kerzenflamme tanzte wie irre.

Wo war der Vater, wo war Selma? Und wie kam Heinrich in das Kontor?

»Elias braucht einen Arzt«, sagte sie. Sie musste den Überblick behalten.

»Sicher?«, fragte Heinrich. »Ich soll jemanden ins Kontor rufen?« Er sah sie forschend an. Sie schwieg.

Noch einmal wusch Heinrich sich die Hände. Der Schnaps floss auf das Parkett, Maria würde später die Fetzen von Elias' Kleidung benutzen, um die Lache aufzuwischen und sämtliche Spuren zu entfernen. Und dann würde sie … Wo sollte Eilas bleiben?

»Der Junge ist unendlich tapfer«, sagte Heinrich. »Er hatte einen Schlüssel in der Tasche, hat sich über die Severinstraße geschleppt, schaffte es aber nicht mehr die beiden Stufen zu Ihrem Hauseingang hoch. Ich habe ihn gefunden und aufgehoben, und er hat mir ins Ohr geflüstert, wo ich ihn hinbringen soll. Hierher ins Kontor, das wollte er so! Sie verstehen doch, dass ich den Schlüssel für ihn benutzen musste?«

»Das ist keine Frage!« Maria drängte die Tränen zurück. »Sie hätten mich auch sofort rufen können, Heinrich!«

»Der Junge hatte Angst. Er hat mich angefleht, ihn nicht allein zu lassen. Ich denke, er traute mir nicht.«

»Er ist der Junge, den Sie … oder … den du einmal nachts im Kontor gesehen hast.«

»Na also, das habe ich mir gedacht. Aber dann müssen Sie … dann musst du mir jetzt vollständig Auskunft geben, Maria. Wo kommt Elias her, und wer hat ihn verletzt? Und warum musst du ihn überhaupt fragen, wo dein Vater ist?«

Sie beugte sich wieder über das Kind. Was durfte sie verraten? Heinrich hatte Elias gerettet, ihm vielleicht wirklich das Leben gerettet, ohne die Umstände zu kennen.

»Maria, rede mit mir!«, drängte er. »Es ein Judenkind, richtig? Hat deine Familie, hat dein Vater sich schuldig gemacht?«

»Ein Menschenleben zu bewahren ist keine Schuld.«

»Gut. Dann sind wir uns bis zu diesem Punkt einig. Aber wie geht es jetzt weiter? Das frage ich dich.«

20

Wieder der wasserblaue Teppich im Kinderheim. Wieder die Türen, die rechts und links abgingen, die verschrammten Klinken und das halbwegs freundliche Licht, das durch die Flurfenster fiel. Sabine wusste, in welchem Zimmer Pascal auf sie wartete und die Daumen drückte. Frau Meyer-Liszt würde auch schon angespannt an ihrem Schreibtisch sitzen, um vor dem Gespräch mit Sabine noch schnell die Akten zum Fall zu sichten. Früher hatte Sabine sich ebenfalls mit Mappen und Ordnern bewaffnet. Heute kam sie mit offenem Visier.

Die Eltern von Pascal ließen sich scheiden, das hatte Sabine in der Teambesprechung erfahren, und die Mutter, Marion Lüdtkehaus, wollte offenbar noch einmal neu durchstarten. Sie hatte dem Jugendamt mitgeteilt, dass sie Pascal in Zukunft regelmäßig besuchen wollte. Falls man ihr die Erlaubnis dazu verwehrte, würde sie vor Gericht ihr Umgangsrecht einklagen.

Vergangene Woche hatte der Chef einen Termin mit Marion Lüdtkehaus anberaumt, im Jugendamt am Freitag, an dem Tag also, an dem Sabine im Homeoffice saß. Im Nachhinein hatte der Chef dann erzählt, dass Frau Lüdtkehaus überraschend bescheiden und reumütig aufgetreten sei. »Wobei ihr das Thema Familiengericht sehr routiniert über die Lippen kam.«

Die Kollegen hatten vor sich hin gemurmelt, wahrscheinlich hatten sie darauf gewartet, dass Sabine sich aufregte. Aber das wäre Quatsch gewesen. Sie führte die Akte Pascal ja tatsächlich nicht mehr, und darüber hinaus war Marion Lüdtkehaus kein Feind, den es auszuschalten galt. Nicht, solange sich ihr Sohn noch etwas von seiner Mutter versprach.

»Herein.«

Sabine betrat das Psychologenbüro und bemerkte, dass Frau Meyer-Liszt gerade telefoniert haben musste. Den Hörer noch halb in der Hand, schrieb sie etwas auf einen Zettel und nickte geschäftig. Sabine setzte sich und wartete.

Das Fenster stand offen, ein höllischer Verkehrslärm drang von der Straße ins Büro. Ein Gewächs, das wie eine kleine Palme aussah, stand auf der Fensterbank, ein Blister Düngestäbchen lag daneben. Ein Wasserglas mit Kalkrändern hatte offenbar als Gießkanne zu dienen.

Ulkig, dachte Sabine, dass man immer nur halbherzig versuchte, einen Arbeitsplatz gemütlich zu machen. Man setzte an und brach ab und gewöhnte sich daran.

Auf dem Tisch und im Regal lagen Billigkugelschreiber. Frau Meyer-Liszt schien sie nicht gern zu benutzen, sie schrieb mit einem teuren Füller von der Sorte, die man sich zum Berufseinstieg gönnte. Als sie ihre Notizen beendet hatte, schraubte sie den Füller sorgfältig zu.

»Sie sind hartnäckig, Frau Schubert, und das ist eine Eigenschaft, die wir in der Jugendhilfe dringend brauchen.«

Sabine lächelte. »Vielleicht könnten wir einmal so

tun, als ob ich privat hier wäre? Behandeln Sie mich gerne wie eine der ehrenamtlichen Helferinnen. Sagen Sie mir, was ich zu tun habe.«

»Nein.« Die Psychologin hob die Augenbrauen. »Erstens durchlaufen die Ehrenamtlichen zuerst eine Schulung, bevor sie hier sitzen. Und zweitens gibt es niemanden, der sowohl ehrenamtlich als auch beruflich mit der stationären Jugendhilfe befasst ist.«

»Haben Sie gerade mit meinem Chef telefoniert, mit Stefan Kramer?«

»Ach, Frau Schubert, ich stehe doch auf Ihrer Seite. Der Junge, Pascal, entwickelt sich prächtig, und Sie haben zweifellos daran mitgewirkt. Von daher würde ich auch keinen Grund sehen, etwas an Ihrem Kontakt zu verändern, außer dass ich nicht weiß, wie lange Sie diesen Aufwand noch durchhalten wollen. Aber, Sie haben es bereits gehört, wir müssen uns auf eine Prüfung durch das Familiengericht einstellen, wenn es hart auf hart kommt.«

»Hart wäre alles, was dem Jungen schadet, und die Rolle, die Marion Lüdtkehaus einnehmen will, muss unabhängig von mir betrachtet werden. Ich bin für Pascal inzwischen eine Ansprechpartnerin, wenn nicht sogar eine Vertrauensperson außerhalb der Ämter.«

»Da liegt des Pudels Kern. Das Jugendamt hat zugelassen, dass ausgerechnet Sie sich zur Vertrauensperson ernennen. Die Frau also, die Pascals Mutter zuvor das Umgangsrecht entzogen hat. Spüren Sie nicht selbst die Verwicklung? Die Schwachstelle, die der Anwalt von Frau Lüdtkehaus aufreißen wird?«

»Selbstverständlich, und ich erwarte sogar, dass das Familiengericht aufmerksam nachprüft, wer wann wie und wo mit Pascal Zeit verbracht hat und wie es ihm anschließend ging.«

»Ach je.«

Frau Meyer-Liszt verzog genervt den Mund, und Sabine ahnte, dass die Psychologin am liebsten zu ihrem nächsten Termin übergehen würde.

»Frau Meyer-Liszt, ich bin nur gekommen, um sicherzustellen, dass es Pascal gut geht. Egal, wie über die Mutter oder auch mein Verhalten entschieden wird. Es muss eine Lösung möglich sein, die unabhängig von Behördenvorgängen ist.«

»Das sage ich ja. Sie müssen in den Hintergrund treten, Frau Schubert, und das Kind sollte am besten einen offiziellen Paten finden.«

»Wie soll das funktionieren? Wenn man Pascal dabei nicht unterstützt?«

Die Psychologin schraubte nervös an ihrem Füller. »Sicher wird er unterstützt, und wenn Sie eine Idee haben, wer eine Patenschaft übernehmen könnte, werden wir uns auch nicht sperren. Es sollte nur niemand aus Ihrer Familie sein, das sage ich vorsichtshalber dazu. Wir suchen Distanz.«

»Gut! Mir gefällt die Idee.«

»Der Pate muss zu Pascal passen und unsere Kurse und Schulungsmaßnahmen absolvieren. Es bedeutet einen gewissen Aufwand. Aber letztlich hätten wir einen sauberen Abschluss der Turbulenzen.«

»Haben Sie schon mit Pascal darüber gesprochen?«

»Ach. Könnten vielleicht Sie das tun… Frau Schubert?«

Im Rheinpark war die Schmalspur-Eisenbahn in Betrieb und drehte Runden auf den rostigen Schienen. Fünf Waggons, in denen Gruppen und Familien unter Sonnendächern saßen und sich filmten. Die grüngelbe Zugmaschine war einer alten Dampflok nachempfunden – im Westernstil, wie Sabine heute zum ersten Mal auffiel.

Der hintere Waggon wurde vom Kinderheim belegt. Die Praktikantin winkte Sabine zu. Pascal saß aufrecht auf seinem Platz. Der Zug gab ein lautes Signal, der Junge hielt sich fest und fuhr davon.

Moritz ließ sich auf den Rasen fallen und riss Sabine lachend nach unten. »Komm, kleine Pause.«

Sie gab ihm einen Kuss und rollte zur Seite. Ihr Shirt war verschwitzt, und statt in der Jeans wäre sie besser im Sportzeug gekommen. Dabei hatten sie nur eine halbe Stunde lang mit dem Fußball gedaddelt, zu dritt. Einer hatte im Tor gestanden, die beiden anderen hatten sich den Ball abgejagt, und nach jedem Punkt musste gewechselt werden. Pascal hatte sie schwindelig gespielt.

»Wie lange dauert eine Runde mit der Bimmelbahn?«, fragte Moritz und küsste Sabines Rücken. »Lange genug?«

»Ja«, sie lachte. »Lange genug, um sich am Eiswagen anzustellen und rechtzeitig wieder hier zu sein.«

Sie legte ihr Gesicht auf den Boden, in das herrliche Gras, und deutete auf ihre Gesäßtasche, in der das Portemonnaie steckte. Moritz protestierte schwach, aber dann lief er doch mit dem Geld los, und sie konnte ihm nachschauen. Mit einem Satz sprang er über die Schienen, nahm den Uferweg und rannte durch den Halbschatten, den die riesigen Pappeln warfen.

Ihr Herz pochte heftig. Rund um die Uhr wurde sie inzwischen von diesen Gefühlen geflutet. Es wollte nicht nachlassen.

»Sabine!«

Die Bimmelbahn kam wieder in Sicht, diesmal hing Pascal halb aus dem Waggon. Spontan ließ sie Ball und Rucksack im Stich, um für ein paar Meter neben der Bahn herlaufen zu können und den Jungen zu amüsieren. Weil es schön war, weil es verrückt und verschwenderisch war, alles nur noch aus Leibeskräften zu tun.

Am Rosengarten hielt die Bahn, Pascal drängte sich heraus. Die Praktikantin gab hektische Zeichen: Eine Viertelstunde durfte Pascal noch herumtoben, dann musste er sich wieder bei der Gruppe melden.

»Wenn du rennst, darfst du die Arme nicht so hoch nehmen«, sagte er fachmännisch zu Sabine, als er sie zum Liegeplatz begleitete. Er wunderte sich über den verlassenen Ball und blickte sich um: »Wo ist Moritz?«

»Eis kaufen.«

»Nicht weg?«

War das eine kritische oder eine hoffnungsvolle Frage? Sabine konnte es nicht einschätzen, Pascals Launen wechselten häufig. Aber er wollte jetzt gerade wohl auch gar keine Antwort haben, denn er sprintete los und übte schon wieder ein paar Fußballtricks.

In den letzten Wochen war er stabiler geworden, fand sie. Gelassener, von seinem gesamten Auftreten her. Die Haare trug er zusammengebunden, es stand ihm gut. Nur noch selten bekamen seine Augen den ungesunden Glanz.

Am liebsten hätte Sabine ihn einmal gefragt, wie oft er noch vor dem Spiegel seinen Rücken betrachtete.

Und wann er eigentlich schwimmen lernen wollte und wie es sich anfühlte, wenn andere Jungs mit bloßem Oberkörper herumliefen. Aber sie stellte diese Fragen nicht, denn wenn sie sich demnächst tatsächlich von ihm zurückziehen sollte, musste sie die Bänder lockern.

»Du kommst mich nur noch selten besuchen, Sabine!«, rief er jetzt und stellte den Fuß auf den Ball. »Weil du einen Freund hast, stimmt's?«

»Nein.«

»Doch. Dir ist langweilig mit mir.«

»Nein.« Sabine ging zu ihm. »Ich kann keine Mittagspause mehr machen, und wenn doch, schaffe ich es meistens nicht in den Rheinpark. Zu viel Arbeit. Das hat nichts mit dir zu tun, Pascal.«

»Und wie hast du Moritz gefunden, wenn du keine Zeit hast?«

»Das kann man nicht vergleichen.«

»Zeit ist Zeit.«

»Moritz habe ich im Zusammenhang mit meiner Großmutter getroffen.«

»Du hast eine Großmutter?«

Er starrte sie an, als hätte sie das siebte Weltwunder verkündet. Für wie alt hielt er sie denn? Sie schnitt eine Grimasse und nahm ihm den Ball ab.

»Achtung, Eis-Express!« Moritz kam mit hocherhobenen Händen über die Wiese. Erdbeere-Vanille.

Sie schossen sich den Ball zu, während sie aßen, und dann liefen sie zum Rhein hinunter, um sich die Hände zu waschen. Sabine beobachtete Moritz und den Jungen. Pascal mochte Moritz, war aber auch eifersüchtig. Wenn sie sich zu dritt sahen und miteinander beschäftigten, funktionierte es am besten.

Der Rhein war warm und trüb, sie zogen die Schuhe aus und stellten sich nebeneinander hinein. Ein großer Hund platschte dazu. Pascal bekam einen Schreck und fiel rückwärts auf den Kies. Sofort half Moritz ihm auf die Beine, und Sabine zog den Hund am Halsband weg. Sie lachte, der Hund war jung und roch nach Algen, und nanu, sah sie richtig? Moritz hielt den Jungen immer noch an der Hand, einfach so.

Später preschte Sabine in ihrem Nissan mit Vollgas durch den Königsforst. Noch war der Samstag nicht vorbei, noch war es hell, und sie könnte Maria in der Hollywoodschaukel antreffen. Sie hatte sich nicht einmal ein frisches Shirt angezogen, nachdem sie aus dem Rheinpark zurückgekommen waren, sondern hatte nur losfahren wollen.

Die Großmutter hatte sich schon wieder nicht gemeldet, und das machte Sabine nervös. Es war Wochen her, dass Maria von Nordmann & Söhne, dem Whisky Bill und Elias erzählt hatte. Danach hatte es nur noch ein oder zwei Nachmittage gegeben, an denen Sabine zu viel nach dem Gold und Maria zu viel nach Pascal gefragt hatte. Und letztlich, weil ihre Vorstellungen immer stärker auseinandergegangen waren, hatte Sabine sich für eine Besuchspause entschieden. Sie war nicht mehr nach Forsbach gefahren, und Maria hatte sich auch nicht darüber beschwert. Aber inzwischen … Dauerte das Schweigen nicht zu lange?

Sabine ging vom Gas und starrte auf den Motorradfahrer vor ihr, der verkrampft auf der Maschine saß. Auch am Whisky Bill musste sie bremsen, denn die Gaststätte hatte heute Abend erstaunlicherweise geöffnet. Eine Hochzeit wurde gefeiert, das Brautpaar ließ sich unter dem Saloon-Schild fotografieren, und die Blumenmädchen standen bis auf die Straße.

Der Julweg dagegen wirkte wie immer, nämlich wie ausgestorben. Sabine beschleunigte am Berg und bog mit Schwung in die Einfahrt der Großmutter ein. Komisch, die Rollläden waren schon heruntergelassen. So früh? War die Großmutter etwa ausgegangen? Mit wem?

Sie nahm die Tasche aus dem Wagen. Vom Nachbargrundstück wehte Grillgeruch herüber. Der Plattenweg durch den Garten war frisch gefegt.

An der Haustür drückte sie die Klingel und wartete. Drückte noch einmal und wartete länger. Nichts rührte sich.

Vielleicht brauchte Maria Zeit, weil sie gerade im Bad war? Sollte Sabine erst einmal nach hinten auf die Terrasse gehen?

Eine Amsel pickte im Mulch auf dem Rosenbeet. Das kleine Tor zur Straße war abgeschlossen, auch das war ungewöhnlich, und aus dem Briefkasten am Zaun guckte Post.

»Entschuldigung!« Die Nachbarin eilte über den Bürgersteig. Luise Ulbrich. »Ich habe es heute noch nicht geschafft!«, rief sie.

»Was geschafft?« Sabines Stimme klang dünn. Was war mit Maria passiert?

Wie selbstverständlich öffnete die Nachbarin das kleine Tor mit einem eigenen Schlüssel. »Die Blumen zu gießen und den Briefkasten zu leeren! Ihre Großmutter sagte, ich sollte das übernehmen, weil Sie im Moment keine Zeit hätten, nach Forsbach zu kommen.«

»Ich? Keine Zeit?« Wenn Maria im Krankenhaus war? Oder wo sonst? Wenn etwas passiert war, wäre Sabine doch sofort zur Stelle gewesen?

»Habe ich Sie erschreckt?« Frau Ulbrich verzog mitfühlend das Gesicht. »Ihre Großmutter hat Ihnen wohl gar nicht Bescheid gesagt, dass ich mich um das Haus kümmere?«

»Nein, das hat sie leider nicht.«

»Sie ist ja auch so überstürzt abgereist. Den Koffer ganz flott in der Hand, zack, ins Taxi.«

»Auch das wusste ich nicht. Wo ist sie denn hingefahren?« Mit einem Koffer? Ohne Sabine ein Sterbenswort zu verraten?

»Keine Ahnung«, sagte Frau Ulbrich. »Ich habe sie natürlich nach ihren Plänen gefragt, aber sie wusste wohl selbst nicht, wo sie landen würde. Sie ist einfach losgefahren, ins Blaue. Das fand ich toll.«

Niemals würde Maria ins Blaue fahren, dachte Sabine. Viel wahrscheinlicher war, dass sie schon wieder ein Geheimnis hegte. Was war bloß geschehen?

Sie holte die Post aus dem Kasten, gab der Nachbarin den Gemeindebrief, der doppelt gekommen war, und nahm den Rest mit ins Haus. Im Flur, in der Küche, im Wohnzimmer schaltete sie das Licht ein. Die Rollläden ließ sie geschlossen.

Kein Glas, kein Teller stand auf dem Tisch. Keine Blume steckte in der Vase. Alles war sauber und aufgeräumt, wie für eine längere Abwesenheit vorbereitet worden. Bloß im Wohnzimmer war etwas durcheinander: Auf dem Teppich stand der alte Karton, der seit dem vergangenen Herbst in der Garage versteckt worden war. Er war mit Paketband umwickelt und mehrfach verklebt, als ob niemand hineinschauen sollte. Niemand außer Sabine, denn ihr Name war dick mit Filzstift auf den Deckel geschrieben.

Nervös schnitt sie das Klebeband durch und klappte den Karton auf. Ja, da war wieder das gestapelte Gold, und dazwischen steckte der wohlbekannte Umschlag mit den Tausendmarkscheinen. Am Rand des Kartons aber war ein zweiter, neuer Umschlag platziert worden. *Für Sabine.* Die Handschrift der Großmutter.

Sei mir nicht böse, mein liebes Kind, und mach dir auch bitte keine Sorgen. Ich muss etwas erledigen, solange ich noch kann. Aber ich passe auf mich auf. Nimm du jetzt den Karton, ich schenke dir alles Geld und Gold und will nichts mehr davon sehen. Wenn ich zurückkomme, wird es ohnehin unwichtig geworden sein. Hab keine Angst, wir sehen uns wieder.
Deine Großmutter Maria

21

Lesen und Lernen waren Maria nie schwergefallen. Aber mit diesem Stoff tat sie sich schwer: Herr Bertrand hatte ihr verschiedene Abschriften und Illustrierte zukommen lassen, die sie verinnerlichen und zur Geschmacksbildung nutzen sollte, und zwar nach Feierabend, angehängt an die langen Arbeitstage im Atelier. Ihre inneren Widerstände waren groß, aber es nützte nichts. Maria musste sich nach dem Abendessen ins Wohnzimmer zurückziehen und sich auf die Texte konzentrieren, denn Obersturmbannführer Becker würde den Inhalt bei nächster Gelegenheit abfragen.

Resigniert schlug sie die *NS-Frauenwarte* auf. Nein, bitte weiterblättern, in den Fortsetzungsroman durfte sie sich nicht vertiefen. Herr Bertrand hatte allein die Gesellschaftsbeiträge markiert.

Der nationale Modestil hat sich nicht mehr an Paris zu orientieren, sondern an nordischen Grundformen. Modische Übertriebenheiten und fremdländische Einflüsse sind zu vermeiden. Der nordische Leistungstyp soll die deutsche Kleidergestaltung beherrschen.

Ach herrje. Ob die *NS-Frauenwarte* sich eines Tages dafür schämen würde? Es hielt doch keinem Nachdenken stand: Was bei der einen Frau als modische Übertriebenheit erscheinen mochte, war bei einer anderen Frau besonders hübsch anzusehen oder sogar ein großer Spaß. Wenn man zum Beispiel an den berühmten Hut dachte, den Karin Stilke für das Atelier Yva getragen hatte – als es Yva noch gab –, schwarze Seide mit einem steilen, asymmetrischen Federgesteck. Sollte ein solches Kunstwerk verbannt werden? Weil es für den nordischen Leistungstyp zu ausladend wirkte?

Überhaupt: der nordische Typ! Schmale Taille, schmales Becken, lange Beine. Und kleine Brüste, das war tatsächlich festgelegt, und wenn Maria an sich selbst herunterschaute, fand sie es peinlich. Wer wollte denn so über seinen eigenen Körper denken? Und wer wollte sich freiwillig in dieser Weise überprüfen lassen? Maria selbst wüsste es jedenfalls zu schätzen, wenn ihre Kurven noch kurviger würden, auch wenn das Nordische sich dann verlöre. Warum sollte sie, wenn sie älter wurde, nicht einen … nur wieder als Beispiel gedacht … französischen Körper annehmen? Gab es das eigentlich?

Und was Greta wohl über all das dachte? Seit dem Fotografen-Diplom im Lederhandschuh war Greta verschlossen geworden. Sie richtete kein einziges persönliches Wort mehr an Maria und vermied Situationen zu zweit. Und als es Maria trotzdem einmal gelungen war, sich für das Diplom zu bedanken, hatte Greta so getan, als wüsste sie nicht, worum es ging.

Maria setzte ein Häkchen an den Artikel, obwohl sie mehr als unzufrieden war, und legte die Zeitschrift beiseite. Sie war allein im Wohnzimmer, aber in der Wohnung standen sämtliche Türen offen. Dorothea klapperte in der Küche mit dem Geschirr, und im Nebenzimmer, in Marias altem Zimmer, unterhielten sich Heinrich und Elias.

Elias lag bestimmt schon wieder im Bett. Zwar konnte er inzwischen halbe Tage im Sitzen verbringen und stakste auch manchmal mit den kleinen Krücken durch die Wohnung, aber am liebsten verkroch er sich unter der Bettdecke und ließ den Kopf auf das weiche Kissen sinken.

Das Zimmer war zur Krankenstation umfunktioniert worden. Auf dem Frisiertisch standen Arzneien. Auch lag Verbandszeug bereit, das der Arzt ihnen im Vertrauen zur Verfügung gestellt hatte, und es gab Tücher für Umschläge, falls das Fieber zurückkehrte. Nicht zuletzt wartete im Regal ein Karton mit Spielzeug, das Dorothea vom Dachboden und aus dem Keller zusammengetragen hatte, damit Elias nicht langweilig wurde. Allerdings war er für die Bauklötze und Eisenbahn noch nicht zu begeistern gewesen, zu anstrengend war es, im Spiel das verletzte Bein mitzuziehen. Am liebsten verbrachte er seine Zeit damit, die Kuckucksuhr anzuschauen, die Heinrich im Zimmer aufgehängt hatte. Das hölzerne Pendel zerschlug die Sekunden, mit jedem Tick rückte der Krankentag weiter. Alle halbe Stunde schaute der Kuckuck nach, ob die Welt sich noch drehte und der Junge noch lebte, und ja, sie drehte sich natürlich, aber mit dem Jungen stand es trotzdem nicht zum Allerbesten. Wie denn auch? Ohne Eltern und vom Kummer gewürgt.

»Elias, Heinrich, seid ihr noch wach?«, rief Maria aus dem Wohnzimmer. Sie wollte ihre Stimmen hören. Von draußen drückte der Abend gegen das Fenster.

»Du sollst deine Texte lernen!«, rief Heinrich munter zurück. Elias gab ein paar Töne von sich, die nur mit gutem Willen als Lachen zu deuten gewesen wären.

Maria biss die Zähne zusammen. Sie konnte nicht helfen, jedenfalls nicht besser, als sie es ohnehin tat.

Wenn sie den Jungen in jener furchtbaren Nacht im Kontor in der Kammer zurückgelassen hätten, wäre er gestorben. Und wenn Heinrich nicht einen Arzt gekannt hätte, der schweigen wollte, wäre es ebenfalls nicht gut ausgegangen. Mit viel Glück und Heimlichkeit hatten sie jetzt eine erträgliche Situation geschaffen. Bloß endgültig war sie noch nicht.

Dorothea versorgte Elias tagsüber, wenn Heinrich und Maria arbeiten mussten. Maria setzte sich vor allem frühmorgens zu ihm ans Bett, und Heinrich kam abends zu Besuch, um dem Kind etwas vorzulesen. Er hatte eine lebhafte Stimme, die Elias gefiel.

Auf ewig würde Maria Heinrich dankbar sein, dass er sie und das Kind unterstützte. Mehr noch: dass er sich regelrecht verwickelte und dabei diskret blieb. Er hatte ja nun erfahren, dass im Kontor nicht alles mit rechten Dingen zuging, und verlangte trotzdem nicht, bis ins Detail informiert zu werden. Auch hatte er zur Kenntnis genommen, dass Marias Vater nicht mehr auftauchte, nicht einmal abends in den privaten Räumen, und ließ es trotzdem dabei bewenden. Also beinahe.

»Du bist allein«, hatte er festgestellt. »Minderjährig und allein.«

»Dorothea ist da.«

»Gut. Verlass dich auf mich. Ich werde mich kümmern. In meinem eigenen Interesse, Maria, doch, bitte lass mich ausreden: Ich kann nicht anders, weil ich sonst vor Sorge kein Auge mehr zumachen werde.«

Dabei hatte sie ihm noch gar nicht geschildert, unter welch entsetzlichen Umständen sie im Atelier Bertrand vor der Kamera stand. Beäugt und grob zurechtgebogen. Gemaßregelt von Obersturmbannführer Becker, der Berlin beeindrucken wollte und immer ungeduldiger wurde. Im Grunde bestand Marias Leben nur noch daraus, Sprengsätze zu erkennen und zu meiden.

In Bezug auf Elias hatte Heinrich sehr kluge Ideen gehabt. Als Erstes hatte er Dorothea und Maria auf eine Erzählung über die Herkunft des Jungen eingeschworen. Falls jemand nachfragte, sollten sie behaupten, er stamme aus Heinrichs Verwandtschaft. »Ich bin noch halbwegs neu in der Stadt«, hatte er erklärt. »Niemand kennt meine Familienverhältnisse, wer sollte also über einen Neffen staunen? Wir sagen, dass der Junge nach einem Unfall aufgepäppelt werden muss. Seine Eltern sind tot, er ist verletzt, und weil er drüben bei mir in der Wohnung zu viel allein wäre, habe ich euch, die Familie Reimer, als meine Nachbarn gefragt, ob ihr dem Kind und mir helfen könnt.«

Doro war nicht so leicht zu überzeugen gewesen. »Von wegen Schubert-Neffe. Sobald Elias wieder auf die Straße geht, werden die Leute ihn als Selmas Sohn erkennen. Als Juden.«

Heinrich hatte dennoch darauf beharrt. »Es ist vielleicht nicht die beste Lösung für später, aber die beste für jetzt. Außerdem können wir immer noch hoffen, dass seine Eltern sich melden, vor allem Selma, und die Situation sich auflöst.«

Wie meistens hatte Maria sich angestrengt, zuversichtlich zu wirken. Sie hatte genickt, dabei fiel es ihr von Tag zu Tag schwerer, an einen guten Ausgang zu glauben. Weder von Elias' Eltern noch von ihrem Vater gab es ein Lebenszeichen – und auch nicht von Noah.

Schon morgens zwang Maria sich, nicht lange zu grübeln, sondern die Beine aus dem Bett zu schwingen und sich ins Bad zu schleppen. Am Frühstückstisch ertrug sie stoisch den leeren Platz des Vaters. Stieg unerschrocken in den Zug nach Düsseldorf. Setzte, stellte oder legte sich gemäß den Anweisungen ins Fotostudio. Dachte auf der Rückfahrt nach Köln immer noch nicht nach und wollte auch keinen frischen Schreck bekommen, wenn sie die Wohnung aufschloss und den jammernden Jungen vorfand. Oder die bleiche, bekümmerte Dorothea, der die Zuversicht ebenfalls abhandenkam.

Wenn Heinrich klingelte, brachte er manchmal Blumen mit. Wenn er dem Kind vorlas, hörte Maria eine Zeit lang zu. Nachts aber träumte sie von Reims. Von den Briefen, die sie in die Rue des Augustins geschrieben hatte, ohne eine Antwort zu erhalten.

»Wir lassen uns nicht hängen«, pflegte Dorothea zu sagen. »Und wir achten darauf, was die Leute über uns sagen. Dass der junge Herr Schubert jeden Abend zu Besuch kommt, erregt ziemlich viel Aufsehen und muss bald ein Ende haben.«

»Heinrich besucht seinen Neffen«, antwortete Maria, aber Doro ließ nicht locker. »Nenn mich vermessen, aber solange Theodor … dein Vater nicht im Haus ist, fühle ich mich verantwortlich. Ab sofort werde ich meine Tage in diesem Haushalt verlängern und euch am Abend Gesellschaft leisten. Jeweils so lange, bis

Herr Schubert gut sichtbar in seine eigene Wohnung hinübergeht.«

Konnte man das von Doro verlangen, bei allem, was sie ohnehin mitmachte? Warum maß sie dem Gerede in der Severinstraße überhaupt Bedeutung zu? Ganz sicher hätte Maria dagegen aufbegehrt, wenn ihr nicht immer wieder das müde, sanfte Gesicht des Vaters in den Sinn gekommen wäre. Er würde wollen, dass sie friedlich blieb, weil es nämlich größere Ziele zu verfolgen galt.

Die Belegschaft im Kontor bot ein gutes Vorbild. Man zog an einem Strang. Man hatte begonnen, die Geschäfte gemeinschaftlich zu führen, ganz ohne Chef. Manchmal schaute Dorothea in den Büros vorbei und kam ganz beseelt zurück, und auch Maria ließ sich ab und zu im Kontor berichten, wie es den Leuten erging. Jeden Montagmorgen kam der Bürovorsteher sogar die Treppe hoch und brachte Dorothea etwas Bargeld, damit der Haushalt weiterlief.

»Maria?«, rief Heinrich aus dem Krankenzimmer. »Lernst du auch ganz bestimmt deine Texte?«

Oje, sie hatte sich schon wieder zu laut geschnäuzt. Und sie war erneut zu tief in Gedanken versunken! Ertappt steckte Maria das Taschentuch in den Ärmel und wandte sich den Abschriften und Illustrierten zu. Hochwertige Fotografie war nicht darunter. Aber das hier schien immerhin ungewöhnlich zu sein: ein Briefbogen mit einem hochherrschaftlichen Aufdruck aus Berlin.

»Heinrich! Das Propagandaministerium hat dem Atelier Bertrand eine Anweisung geschickt, wie mit den Fotomodellen umzugehen ist.«

»Und? Lies doch mal vor!«

Sie setzte sich aufrecht hin und deklamierte: »*Es ist dringend notwendig, einen Stab erstklassiger Vorführdamen und Modelle zu erziehen. Sie repräsentieren die deutsche Frau im In- und Ausland und müssen neben ihrer Berufstätigkeit unbedingt in Sprachen, Umgangsformen, Modekultur, Schönheitspflege und Gymnastik geschult werden.*«

»Du sollst erzogen werden?« Heinrich lachte bemüht. »Und du sollst im Ausland repräsentieren?«

»Ich wundere mich, dass das Propagandaministerium sich mit so etwas beschäftigt.«

Heinrich kam über den Flur ins Wohnzimmer. »Zeig mal her.«

Mit argwöhnischem Blick überflog er das Schreiben. Er sah erschöpft aus, auch er bekam in letzter Zeit zu wenig Schlaf und hatte kaum Gelegenheit, sich von der Arbeit zu erholen. Jeden Morgen um sieben Uhr musste er bei Nordmann & Söhne vor dem Fabriktor stehen, und kaum war er abends zu Hause, duschte er und kam zu Elias gelaufen. Wenigstens ließ Doro sich inzwischen dazu hinreißen, ihm ein Abendbrot zu spendieren.

»Herr Bertrand hat dir die Anweisung nicht ohne Grund zu lesen gegeben«, sagte er. »Vielleicht musst du wirklich verreisen?«

»Meinst du nicht, dass es sich um ein Sammel-Anschreiben handelt, das an sämtliche Fotoateliers verschickt worden ist?«

»Das ist egal. Berlin stellt hohe Ansprüche an euch Modelle, und ich kann verstehen, dass man gerade in dich große Hoffnungen setzt.«

»Herr Bertrand kann mich nicht im Entferntesten

so gut fotografieren wie … wie es ursprünglich möglich war.«

Sie wurde ein wenig rot, weil es ihr unangenehm war, Noah und seine Kunstfertigkeit vor Heinrich zu erwähnen. Ein einziges Mal hatte sie sich dazu hinreißen lassen, von ihrem Bewerbungsfoto zu schwärmen, und sie würde es nie wieder tun. Heinrich hatte jeden Satz falsch verstanden und Witterung aufgenommen wie ein verwundetes Tier. Hatte der Fotograf verlangt, dass Marias Knie entblößt wurde? Hatte er den Kontrapost mit ihr persönlich geübt, und wie nah war er mit seinem Fotoapparat an sie herangegangen? Verständlicherweise hatte Maria keine Antwort gegeben, aber sie hatte wohl auch ein wenig schnippisch gewirkt. Heinrich war das Blut in die Ohren geschossen.

Auch jetzt war es wieder so weit. Sie seufzte leise. Er wirkte verstimmt, dabei hatte Maria den Namen Noah gar nicht in den Mund genommen.

»Hör auf damit«, sagte er. »Das ursprüngliche Bild verschafft uns doch die Sorgen! Berlin wird keine Ruhe geben, bis du mit Bertrand etwas Vergleichbares hergestellt hast.«

»In der Modefotografie geht es um Kunst, nicht ums Herstellen.«

»Kunst? Dann lies dir die Anweisung aus Berlin noch einmal ganz genau durch.«

Er verließ das Wohnzimmer, und sie hörte ihn wieder mit Elias reden. Bedauerlich, dass sie ihn aufgeregt hatte. Andererseits könnte er auch einmal aufhören, auf Misstöne zu lauern, die sie gar nicht von sich geben wollte. Und wie war nun seine Meinung zum Erziehungsprogramm aus dem Hause Goebbels gewesen?

»Maria!«, rief Elias angestrengt aus dem Krankenzimmer. »Du darfst nicht verreisen.«

Ach, diese kleine, tapfere Stimme. Das Inland, das Ausland. Maria legte die Papiere fort und beschloss, das Lernen für heute zu beenden. Da schrillte plötzlich die Klingel. Sie sah auf die Uhr. Besuch? Jetzt noch?

Auf Zehenspitzen huschte Dorothea herbei. »Kann das der Arzt sein?«

Maria schüttelte den Kopf und ging leise zum Krankenzimmer, um dort die Tür zu schließen. Heinrich hielt Elias im Arm.

Im Treppenhaus stieg jemand die Stufen hoch. Er war nicht allein, es waren mindestens zwei Personen, und Maria merkte, wie ihre Wünsche wieder überhandnahmen. Kam der Vater nach Hause? War Selma bei ihm? Aber nein, die Schritte des Vaters würde Maria erkennen, und Selma… Es könnte auch die Gestapo sein.

Jetzt klopfte es. Herrisch. Oder vielleicht auch nur hastig. Eine der beiden Gestalten schien eine Frau zu sein.

Doro gab Maria einen Stoß: »Los doch.« Vorsichtig öffnete Maria die Tür und traute ihren Augen kaum: Greta! Und neben ihr stand Obersturmbannführer Becker.

»Heil Hitler«, sagte der Obersturmbannführer. »Entschuldigen Sie die Störung.«

Maria rang sich ein Lächeln ab. »Guten Abend.« Die Uniform, die SS-Runen – und Elias konnte manchmal sehr laut husten.

»Schön, dich zu sehen«, sagte Greta. Sie hielt eine Zeitschrift in der Hand, die *Dame*, und strahlte.

»Ja«, sagte Maria, aber sie konnte sie doch nicht hereinbitten?

Resolut schob sich Dorothea nach vorn. »Wen darf ich melden?«

»Becker. Obersturmbannführer der SS mit Sonderaufgaben des Propagandaministers in Sachen Kunst und Kultur, insbesondere der Unschädlichmachung deutschfeindlicher Elemente.«

»Aber deshalb sind wir nicht hier!«, rief Greta und fiel Maria halb um den Hals: »Wir wollten es dir unbedingt persönlich sagen. Und vor allem zeigen. Du bist in der *Dame*!«

Maria zuckte zusammen. Sie war in der … Wirklich? Und sonst war nichts?

Dorothea ließ den Besuch eintreten und bot im Wohnzimmer Kaffee oder ein Glas Wein an, während Maria nur zögernd Platz nehmen konnte. Hoffentlich blieb Elias still.

Und da war die Zeitschrift. Greta legte die *Dame* wie einen Schatz auf den Tisch. Und die Uniform saß im Sessel des Vaters.

Der Obersturmbannführer entschuldigte sich, auf die Schnelle keine Blumen besorgt zu haben, oder gebe es vielleicht eine Flasche Sekt im ehrenwerten Kontor? Der Herr des Hauses, den man ja leider immer noch nicht kennengelernt habe, würde doch gewiss an der kleinen Feier teilhaben wollen?

»Das würde mein Vater sogar sehr gern«, antwortete Maria und suchte nach Boden unter den Füßen. »Allerdings befindet er sich auf einer längeren beruflichen Reise, sodass ich ihn nur telegrafisch verständigen könnte.«

»Soll ich die Zeitschrift aufschlagen, oder willst du es selbst tun?«, fragte Greta. Sie hatte den Hut aufbehalten, ein Veilchentuff verströmte einen betörenden Duft.

Maria nickte ungewiss, also blätterte Greta die Seiten um, und Marias Hände wurden noch feuchter. Wie hatte sie sich danach gesehnt, in der *Dame* zu erscheinen. Aber jetzt? Und so?

»Das hier«, sagte der Obersturmbannführer, »entschädigt uns für viele Stunden der Mühe.«

Vielleicht. Aber auch für die Stunden, von denen nie die Rede gewesen war?

Das Bild war rechts oben platziert. Mary Mer, fotografiert von Ferdinand Bertrand. Die Redaktion hatte die Aufnahme mit dem goldenen Paillettenkleid von Strube ausgewählt. Maria stand hoch aufgerichtet da. Eine edle Skulptur vor einem hellen Hintergrund, eine Madonna. Ihr Blick war nach oben gen Himmel gerichtet, die Hände hielt sie vor der Brust. Der schimmernde Stoff umhüllte sie bis zu den Füßen.

»Schrauben Sie sich in sich selbst ein«, hatte Herr Bertrand bei der Aufnahme befohlen. »Die Hüfte seitlich und den Oberkörper noch mehr zur Kamera.« Ein Kontrapost, so übertrieben, dass er im Rücken eingerastet war. Herr Bertrand war begeistert gewesen, und jetzt, auf dem Zeitschriftenbild, konnte Maria selbst erkennen, was die Position bewirkte: Die Figur war aller Menschlichkeit entrückt.

»Wunderschön.« Dorothea schlug sich die Hand vor den Mund. Tränen standen ihr in den Augen, aber wohl kaum wegen des Bildes. Denn neben Mary Mer, auf den Hintergrund der Fotografie, fiel ein lebensgroßer Schatten. Es war die Seele, die dem Modell entwich.

»Ein überwältigender Moment«, sagte Greta, und der Obersturmbannführer fiel ein:

»Ihr Bild, Fräulein Mary Mer, verbreitet sich im gesamten Reich. Und wissen Sie was? Wir beide fahren in Kürze nach Berlin. Karl Ludwig Haenchen fotografiert Sie auf dem Kurfürstendamm. Die Filmrolle wandert anschließend direkt ins Ministerium. Man freut sich auf Sie. Wir haben niemanden enttäuscht.«

Berlin? Maria konnte weder den Kopf schütteln noch nicken. »Wirklich? Berlin?«

»Sehr wohl.« Der Obersturmbannführer schien gerührt zu sein. »Es könnte sogar erforderlich werden, dass wir für länger in der Reichshauptstadt bleiben.«

»Ah!« Ein Schrei. Aus dem Krankenzimmer. Maria fuhr zusammen, Dorothea auch. »Ah!« Elias! Er jammerte in schrillen Tönen.

»Was ist das?«, fragte Greta.

Der Obersturmbannführer blickte sich um. »War das ein Kater oder ein Kind?«

Schon ging die Tür auf und Heinrich erschien, die Hände beschwichtigend erhoben:

»Ein wenig Ruhe, wenn ich bitten darf. Der Junge ist krank.«

»Heil Hitler!« Obersturmbannführer Becker trat ihm entgegen. »Und Sie sind?«

»Heinrich Schubert. Der Nachbar von Familie Reimer.«

Aus dem Krankenzimmer drang ein heftiges Schluchzen. »Du darfst nicht nach Berlin, Maria. Bitte, bitte nicht weggehen!«, rief Elias mit aller Kraft durch die Wohnung.

Da stürzte Maria an den Männern vorbei zu dem

Jungen. Er zitterte, ins Leinen gekrallt, keuchte und flehte, als hätte ihm jemand ein Messer auf den Leib gesetzt.

»Maria, lass mich nicht allein.«

»Hab keine Angst.« Sie streichelte sein Gesicht. »Ich bleibe immer bei dir.«

Obersturmbannführer Becker schob sich mit einem Hüsteln ins Zimmer. Er nahm die Krankenausstattung zur Kenntnis. Seine Miene war ernst und deutlich kälter als eben.

»Ihr kleiner Bruder, Fräulein Mer?«

»Nein.« Heinrich ergriff das Wort. »Mein Neffe Fritz. Er hatte leider einen schweren Unfall und muss, nachdem er bereits im Krankenhaus lag, noch länger versorgt werden.«

»Warum in der Wohnung der Familie Reimer?«

»Weil es nicht anders möglich ist.« Heinrich gelang ein Lächeln. »Ich bin alleinstehend und berufstätig. Die Reimers waren so freundlich, mir ihre Hilfe anzubieten.«

Maria hielt Elias' Körper. Wie leicht er war, wie zerbrechlich. Hoffentlich sagte der Junge nichts mehr, hoffentlich widersprach er nicht, hoffentlich hörte er bald auf zu weinen.

»Der kleine Fritz Hake und ich amüsieren uns in aller Regel prächtig«, ließ Dorothea sich vernehmen. »Wenn Maria und Herr Schubert auf der Arbeit sind, üben wir das Laufen und Essen. Trotzdem hängt das Kind besonders an unserer Maria, was sicher verständlich ist.«

»Hat es keine Mutter?« Der Obersturmbannführer ging näher zum Bett. »Geht es ihm so schlecht?«

Verängstigt starrte Elias die Uniform an. Maria spürte sein Zittern über die Matratze, das gesamte Bett schien zu beben.

»Bitte, Herr Obersturmbannführer, Sie erinnern ihn an den schlimmen Unfall.«

»Also Maria!« Wie aus dem Nichts beugte sich Greta über Elias und versperrte dem Obersturmbannführer die Sicht. »Ich muss mich ja wundern, dass du uns diese Lage verschwiegen hast. Du pflegst ein fremdes krankes Kind? Wir hätten dir doch sicher eine Unterstützung organisiert.«

Nicht nötig, wollte Maria erwidern, doch der Obersturmbannführer kam ihr zuvor.

»So loben wir uns die neuen Fotomodelle. Sie stehen mitten im Leben und wissen sich doch zu kleiden. Gern wird Berlin von Ihrer Hilfsbereitschaft hören, Fräulein Mer, aber du, kleiner Mann, wirst dich damit abfinden, dass unsere Berühmtheit nicht allein dir zur Verfügung steht.«

Elias' Blick irrte umher, zu Maria, zu Greta, die dunklen Kinderaugen schwammen, aber er war tapfer: Er nickte.

Zufrieden drehte der Obersturmbannführer sich um. »An Sie, Herr Schubert, hätte ich einige Fragen.«

»Gewiss.«

Das Krankenzimmer leerte sich, Maria gab Elias einen Kuss und legte ihm einen Finger auf die Lippen. Dann bat sie Doro, bei ihm zu bleiben, und zog die Zimmertür wieder ins Schloss. Ihr Kleid war inzwischen durchgeschwitzt, aber wenn sie sich setzte, würde es kaum auffallen.

Die Herren hatten schon auf den Kanten der Wohnzimmersessel Platz genommen. Auf dem Tisch lag noch immer die *Dame*, Heinrich betrachtete das Foto mit verhaltener Anerkennung. Dann wurde er von Obersturmbannführer Becker ins Verhör genommen. Ob Heinrich klar sei, welche Verantwortung Mary Mer als Fotomodell für die deutsche Frau trage? Und wes Geistes Kind Heinrich sei, das begabte Fräulein Mer mit einer derartigen Situation zu belasten?

»Die Hilfe der Familie Reimer in Bezug auf meinen Fritz dient ebenfalls dem Deutschen Reich«, gab Heinrich selbstbewusst Auskunft. »Denn nur aufgrund dieser Hilfe kann ich meiner Arbeit bei Nordmann & Söhne Spritzguss nachgehen. Wir stellen Metallwaren her, wenn Sie verstehen. Im Rechtsrheinischen am Hardtgenbuscher Kirchweg.«

»Genauer, Mann!«

»Ich bin mit Dingen befasst, die der militärischen Geheimhaltung unterliegen. Von uns stammt aber gewiss auch Ihr Parteiabzeichen. Mit Verlaub.«

Partei? Militär? Noch nie hatte Maria in dieser Weise von Heinrichs Arbeit gehört, und sie musste ihr Erschrecken verbergen.

Auch der Obersturmbannführer riss vor Erstaunen die Augen auf: »Sie produzieren für die Partei? Nordmann & Söhne, sagten Sie?«

»Unser Betrieb wächst noch, aber wie Sie sicher wissen, kann sich der Führer auf die Kölner Wirtschaft verlassen.«

»Gut, gut, es ist ein Geben und Nehmen.«

Der Obersturmbannführer maß Heinrich von Kopf bis Fuß. Heinrich reckte das Kinn und vermied es, Maria anzusehen. Wie beherrscht er war, wie nervenstark. Aber was, wenn er die Wahrheit über seine Firma gesagt hatte?

»Was mir nicht gefällt, Herr Schubert, ist der offenbar zwanglose Umgang, den Sie als alleinstehender Mann mit unserem Fräulein Mer hegen.« Obersturmbannführer Becker nickte Maria bedeutungsvoll zu. »Berlin erwartet von erstklassigen Modellen einen erstklassigen Lebenswandel.«

»Herr Obersturmbannführer Becker!« Heinrichs Hand schnellte an die Schläfe zu einem widersinnigen Gruß. »Ich bin jung, aber ein Kerl vom alten Schlag und fordere Sie auf, sich unter vier Augen an mich zu wenden, bevor Sie meine Verlobte mit Peinlichkeiten behelligen.«

»Ihre … Verlobte?«

Das war zu viel für Maria. Empört öffnete sie den Mund – und schloss ihn wieder, als Greta eine knappe Bewegung machte. Stille breitete sich aus. Greta rückte vornehm an ihrem Hut. Die Laune des Obersturmbannführers sank sichtlich in den Keller, während sich Heinrichs Brust im Eiltempo hob und senkte.

Schließlich stand Greta auf und klatschte in die Hände.

»Was für ein erstaunlicher Abend! Und was für ein entzückender Humor, Herr Schubert. Nur wollen wir nicht alles so ernst nehmen, oder?«

Teil III
Doppelbelichtung

22

Sie war alt, sicher, sehr alt, sie wusste es, aber sie, Maria Schubert, geborene Reimer, hatte für ihre Reise trainiert. Täglich war sie mehrere Runden um ihr Haus und durch den Garten gegangen, bis sie außer Atem gewesen war. Dabei war ihr sogar ein Zufall zu Hilfe gekommen, oder eher die Umsicht und der Fleiß der Enkelin, denn ohne zu ahnen, wie passend es sich fügte, hatte Sabine den Plattenweg vom Winterjasmin gereinigt, regelmäßig, damit Maria nicht ausrutschte.

Natürlich hatte Maria deshalb ein schlechtes Gewissen. Sie müsste es Sabine eines Tages genau erklären. Aber es gab doch Umstände bei dieser Reise, über die sie im Vorfeld nicht hatte reden können, denn es war für Maria absolut notwendig, allein und unbehelligt dem eigenen, langen Leben auf die Spur zu kommen.

Die schnellen Trainingsrunden durch den Garten waren erfolgreich gewesen, sodass Maria ihr Programm zuletzt auf den Julweg verlagert hatte. Bergab, bergauf, auch mitsamt Einkaufstasche, es hatte wunderbar geklappt.

Alt. Ja. Aber nicht so alt, dass sie eingerostet wäre, eher fühlte sich der Körper unter der Anstrengung genauso an wie erwartet, und damit hatte sich für Maria jedes Argument erledigt, das eventuell gegen die Reise nach Frankreich, nach Reims gesprochen hätte.

Seit den schrecklichen Funden unter dem Wohnzimmerteppich und in der Kellerbar klopfte ihr Herz so hart. Schnell auch, unangenehm flatternd. Zuerst hatte sie es nicht wahrhaben wollen, hatte es auch gar nicht verstanden, aber jetzt wusste sie, was es ihr befehlen wollte: Raus. Sie sollte dringend raus aus Forsbach und aus dem goldenen Käfig, der sich ihr jetzt erst offenbart hatte.

Sie fand, sie war für die Reise hervorragend ausgestattet. In dem schmalen hellgrauen Hosenanzug fühlte sie sich wohl, und der kleine Koffer ließ sich gut ziehen. So gut sogar, dass Maria sich ab und zu umdrehen musste, um nachzusehen, ob er überhaupt noch da war. Das Geräusch der Rollen ging im Lärm des Kölner Hauptbahnhofs unter.

Die Fahrkarten steckten in der Handtasche. Große Fahrkarten auf stabilem Papier. Früher war vorne im Bahnhof ein Billettschalter gewesen, wo Fahrscheinzettel handschriftlich ausgestellt worden waren. Maria hätte damals eine umfangreiche Billettsammlung anlegen können, immer nur Köln–Düsseldorf und zurück. Wobei es später natürlich auch zweimal Köln–Berlin und zurück geheißen hatte.

So vieles warf man weg.

Ob sie die Treppe zum Bahnsteig mitsamt dem Koffer schaffen würde? Sie war die öffentlichen Verkehrsmittel in Köln gewohnt, die Busse und Straßenbahnen, und üblicherweise konnte sie an den Haltestellen Rolltreppen benutzen. Dass es aber am Hauptbahnhof so kompliziert sein würde! Oder war doch noch irgendwo eine Rolltreppe versteckt?

Nein. Sie spannte sich an und hob den Koffer hoch.

Selbstverständlich war es möglich, ein paar Stufen zu bezwingen. Eine Hand am Geländer. Im Grunde ging es immer nur um die Knie. Und um den Rücken. Und um das schlechte Gewissen, das drückte. Sabine würde, wenn sie dies sähe …

»Warten Sie, ich helfe Ihnen.«

Ein junger Mann von der Sorte, von der man generell abriet. Alkoholfahne, viel Metall. Aber freundliche Augen, dachte Maria. Er hatte sehr freundliche Augen.

»Meinen Sie, ich schaffe das nicht?«, fragte sie kecker als beabsichtigt.

Er lächelte. Ihm fehlten Zähne. »Ich wette, dass Sie vor sechzig Jahren noch nichts dagegen hatten, wenn man Ihnen den Koffer trug. Warum wollen Sie jetzt damit anfangen?«

Sie lächelte zurück. Er hatte recht, und sie mochte ihn. Ja, sie hatte es gewusst, die Menschen waren noch nicht tot, die netten nicht, und sie selbst konnte auch noch einiges hinbiegen. Sie konnte weg, sie konnte los, und sie konnte sich jederzeit überlegen, welches ihr eigener Weg sein müsste. Auf den allerletzten Metern.

Erst einmal würde sie den Thalys von Köln nach Paris nehmen. Fahrkarte Nummer 1. Nur dreieinhalb Stunden würde die Fahrt dauern, so kurz, wahrhaftig. Das Reisebüro hatte trotzdem zu einem Einzelsitz in einem Ruheabteil geraten, wobei Ruhe bedeutete, dass im Abteil nicht telefoniert und nicht laut geredet werden durfte. Wer das wohl überprüfen wollte?

Eine junge Frau half Maria, mit dem Koffer in den Zug zu steigen. Unerwartet leicht fand sie ihren reservierten Platz, und ohne dass sie darum bitten musste, übernahm es ein Junge, ein hübscher Junge in einem nachtblauen Jackett, den kleinen Koffer auf die Ablage zu hieven. Sie konnte sich kaum bedanken, da war er schon wieder fort. Und sie saß allein auf ihrem bequemen Platz, also gut, die anderen Fahrgäste unterhielten sich auch nicht miteinander.

Sie sah sich um. Eine internationale Eisenbahn, und sie fuhr zum ersten Mal damit. Die Sitze waren dick gepolstert und mit rotem Samt überzogen. Der Teppich war ebenfalls rot, an der Seite leuchteten rote Lampen, und selbst an der Decke des Waggons spannte sich roter Stoff. Schön und warm.

Und ruhig. Wirklich ruhig war es, selbst als der Zug anfuhr. Nichts klapperte, nichts vibrierte. Es telefonierte auch niemand. Es knisterte nur jemand mit Papier, und ein anderer hustete. Auf Wiedersehen, Köln.

Das Herz pochte zu grob. Maria klappte den Tisch herunter und legte ihre Handtasche darauf. Sich auszuruhen wäre angebracht. Sie lehnte den Kopf an das Polster.

Von vorne kam der Schaffner. Die Leute zeigten ihm ihre Handys vor. Hm, das hatte Maria nicht gewusst, aber der Schaffner würde ihr wohl glauben, dass sie ihr Gerät zu Hause gelassen hatte.

»Bonjour, Madame.«

»Bonjour, Monsieur. Mein Handy ist ausgeschaltet, aber ich kann es Ihnen nicht zeigen, es liegt zu Hause in der Schublade.«

»Les billets, s'il vous plait.«

»Oh? Ja! *Un moment, Monsieur.«*

Sie öffnete die Handtasche. Die Fahrkarten, und man sprach Französisch! Jetzt schon.

Der Schaffner nahm sich Zeit und zeigte Maria eine

Taste, mit der sie das Personal rufen könnte, falls sie etwas brauchte. Als er feststellte, wie gut sie seine Sprache verstand, erklärte er ihr auch den Weg zum nächsten Waschraum. Wieder bedankte sie sich, wurde aber mit einem Abwinken unterbrochen. Nicht nötig und *à plus tard*. Erstaunt sah sie dem Schaffner nach. Vielleicht wirkte sie zu überschwänglich, wenn sie redete, konnte das sein? Vereinsamt und überschwänglich, aber da täuschten die Leute sich.

Die Sonnenbrille. Schade, sie hatte sie vergessen. Sie kniff die Lider ein wenig zusammen und hoffte, in der Landschaft da draußen etwas wiederzuerkennen. Häuser, Felder, Bäume. Nein, es war unmöglich, alles sah anders aus als früher.

Bei ihrem ersten Versuch, nach Reims zu gelangen, war sie nach Einbruch der Dämmerung losgefahren. 1938, damals war gerade das erste Foto von ihr in der *Dame* erschienen, Heinrich hatte plötzlich eine Verlobung angedeutet, und der kleine Elias hatte noch halbe Tage im Bett gelegen. Sie war sehr aufgeregt gewesen, fast Hals über Kopf in Köln aufgebrochen und schon nach wenigen Minuten in eine Kontrolle geraten. Als Minderjährige ohne Reiseerlaubnis war sie umstandslos aus dem Zug geflogen.

Beim zweiten Mal, wenige Tage später, hatte sie es am hellen Tag probiert. Vor lauter Sorge, wieder zu scheitern, hatte sie kaum stillsitzen können. Sie erinnerte sich noch genau, wie die beiden Frauen aussahen, die damals auf der Bank gegenüber Platz genommen hatten. Beide trugen lange Mäntel mit einem Pelzbesatz, den sie vermutlich in Eigenarbeit aufgenäht hatten, um die Kleidungsstücke über die nächste

Saison zu retten. Sie unterhielten sich über Ehemänner und Lebensmittelpreise, während der Zug Kilometer um Kilometer zurücklegte und Maria sich langsam entspannte. Bis eine der Frauen eine Zeitschrift aus der Tasche holte. Die *Dame*, und zwar ausgerechnet jene gefährliche Ausgabe.

Oh ja, den Schrecken, den Maria damals bekommen hatte, würde sie wohl nie vergessen. Sie hatte sich sofort unter ihrem Hut versteckt und zur Seite gedreht wie lichtscheues Gesindel, und das musste so seltsam ausgesehen haben, dass die Soldaten, die den Wagen kontrolliert hatten, zuallererst zu ihr gekommen waren. Mit äußerster Beherrschung hatte sie die Geschichte vorgetragen, die sie eingeübt hatte: Sie sei auf dem Weg nach Frankreich, um eine Tante zu besuchen, die dort Urlaub mache. Na ja. Die Soldaten hatten einen vielsagenden Blick getauscht und sie vom Sitz gezogen, um sie aus dem Zug zu werfen. Leider hatten sie kurz vor dem Aussteigen auch noch Marias Taschen durchsucht, und darauf war sie nicht vorbereitet gewesen. Bei ihrem ersten Reiseversuch hatte man sie nicht angerührt, warum jetzt? War sie nicht geschützt, zum Beispiel durch ihren Ahnenpass?

Nein, und sie hatten ihr das Wertvollste abgenommen, das sie damals besessen hatte. Noah Ginzburgs französisches Fotografendiplom mit dem kleinen Foto von ihm; außerdem den Zeitschriftenartikel aus der *Dame*, den sie Noah nach Reims hatte mitbringen wollen. Mary Mer im goldenen Paillettenkleid.

»Soso, ein Fotomodell«, hatte der Soldat gesagt, und den beiden Frauen auf der Sitzbank waren fast die Augen aus dem Kopf gefallen.

Schrecklich. Und sonderbar, dass Maria es noch heute in den Knochen spüren konnte, wie sie sich damals gefühlt hatte, als sie in Gegenrichtung im Zug saß und wieder nach Köln zurückfuhr. Zitternd und voller Schuldgefühle, weil sie mit den Adressangaben auf dem Fotografendiplom Noah Ginzburg in Gefahr gebracht haben mochte. Und weil sie befürchten musste, dass Herr Bertrand und Obersturmbannführer Becker über den Reiseversuch nach Reims informiert werden würden.

Ratta-ta auf den Schienen. Damals hatte die Angstfahrt kein Ende genommen, heute… war Maria wohl kurz eingeschlafen.

Der Thalys hielt. Wieder klopfte Marias Herz unregelmäßig bis zum Hals. *Liège – Guillemins*, was war das, es sah nicht aus wie ein Bahnhof. Sie war doch hoffentlich richtig? Verwirrt reckte sie sich zum Fenster. Da waren unendliche Treppen unter einem Dach, das sich furchtbar gen Himmel schwang. Eine Sammelstelle womöglich? Aber menschenleer? Sie stand auf, der Koffer lag hoch über ihrem Kopf. Und da, der Junge mit dem nachtblauen Jackett lächelte ihr zu. Über die Sitzreihen hinweg machte er eine beruhigende Geste: sitzen bleiben. Sie sah auf die Uhr, so früh noch, es musste alles in Ordnung sein.

Der Thalys fuhr an, weich wie ein Kissen, niemand war zugestiegen. Draußen gab es französischsprachige Schilder in allen Farben: *Brasserie, a vendre, DVD cabins*. Ab jetzt würde Maria nicht mehr schlafen.

Sie lehnte den Kopf nur noch leicht nach hinten. Bäume standen in Gruppen, Schienen hatten Baustellen, die Arbeiter trugen leuchtende Westen. Fabrikschlote stießen Rauch aus, und was sollten die Tränen? Maria blinzelte sie weg. Da war ein großer Parkplatz voller schmutziger Lkw. Eine Kirche mit spitzen Türmchen, schmale, zweigeschossige Reihenhäuser und verglaste Hochhausfassaden. Ob Sabine schon in Forsbach gewesen war? Ob sie nach ihr suchte und, bitte nein!, ob Sabine auch in der Garage nachschaute? Ach, Maria hätte sich in dem Brief deutlicher ausdrücken müssen: *Du brauchst nicht in die Garage zu gehen, dort bin ich nicht.* Ja, das hätte sie schreiben müssen.

Die arme Sabine, die es nie verwinden würde, Irene, ihre Mutter, damals so gesehen zu haben. Am Seil. Und die arme Irene, die so verzweifelt gewesen war, dass sie sich … Ja, sie hatte sich erhängt, und die Fahrräder in der Garage, auch das Kinderfahrrad, waren wohl das Letzte gewesen, das sie auf dieser Welt noch hatte anschauen wollen. Warum? Ihre Gemütskrankheit sei nicht ererbt worden, nicht von Heinrich und nicht von Maria, hatte der Arzt damals gesagt. Die Krankheit sei vielmehr in Irene selbst gewachsen, und Heinrich und Maria hätten es gerne geglaubt. Dabei hatte Irene das Leben geliebt! Zuerst jedenfalls. Soweit Maria wusste.

Aber bei der eigenen Tochter lag man oft falsch.

Und bei der eigenen Tochter hatte Maria es auch nicht ertragen, Französisch zu hören. Irenes gesungenes *»Merci!«*, auch Heinrich hatte es sich verbeten. Heute, ja heute würden sie alles zurücknehmen.

»Entschuldigung, ich hole Kaffee. Soll ich Ihnen einen mitbringen?«

Der hübsche Junge stand schon wieder im Gang. Maria nickte und gab ihm Geld. Kaffee und ein kleines Gespräch. Ein leises und kurzes Gespräch.

Brüssel-Nord, Brüssel-Mitte. *Bruxelles-Midi.* Ziegelsteinmauern wie im Krieg.

»Wenn Sie wollen, können wir die Plätze tauschen«, sagte der Junge. »Mir macht das Rückwärtsfahren nichts aus.«

Da musste sie lachen. Wenn er wüsste! Und plötzlich ging es ihr besser. Der Schaffner kam noch einmal zu ihr, und die Sonne schien jetzt sogar durchs Fenster, denn es waren keine Häuser mehr im Weg, sondern sie fuhren übers platte Land. An Feldern vorbei, an Windrädern, und es hatte gar keine Grenzkontrollen gegeben, selbstverständlich nicht, und allein diese einfache Tatsache versprach so viel. Maria würde in Reims sein. Heute noch.

Sie schloss die Lider, lauschte auf das Herz, das einfach nicht klein beigab. Auf den Wangen spürte sie die Sonne, herrlich.

1938, nach den beiden Reise-Fehlversuchen, hatte Maria Heinrich alles gebeichtet. Er war genauso erschrocken gewesen wie sie, nur aus anderen Gründen: Wegen Noah Ginzburg, weil Noah ein Spion und Jude war und von der Gestapo gesucht wurde, und weil Maria sich selbst, Dorothea, den Vater, Elias und letztlich auch Heinrich in Gefahr gebracht hatte, indem sie Noah nachstellte. Auch machte Heinrich ihr Vorwürfe wegen Obersturmbannführer Becker, der, falls er von ihrem Hang zum Juden erführe, kein Erbarmen kennen würde. Ebenso wenig wie Herr Bertrand.

Maria hatte widersprochen: »Noah war mein erster Fotograf, und Herr Bertrand wird mir glauben, wenn ich sage, dass es mir um die Kunst ging.«

Nur um die Kunst! Worum denn sonst? Die Frage

hatte Heinrich im Gesicht gestanden, aber er hatte sich jedes weitere Wort geschenkt.

Nein, Heinrich war nicht generell gegen Juden gewesen, überhaupt nicht. Er verlangte nur einen besseren Umgang mit dem Risiko, und er beschämte Maria, weil er so fürsorglich und zuverlässig an den kleinen Elias dachte, der ebenfalls von Juden abstammte und dessen Leben von Marias und Heinrichs Wohlverhalten abhing.

Der Obersturmbannführer und Herr Bertrand hatten von Marias Zugfahrten erst einmal nichts mitbekommen, zum Glück. Obersturmbannführer Becker reiste stattdessen noch im selben Sommer mit Maria nach Berlin. Sie war zu diesem Zeitpunkt sehr erschöpft. Sie hatte ihren Vater als vermisst melden müssen, und der Obersturmbannführer hatte es sich auferlegt, sie aufzuheitern. Allerdings nicht ohne sie zu ermahnen, die persönliche Trauer vor der Kamera zu verbergen.

Sie dachte manchmal, sie müsste ihn anbrüllen, um weiteratmen zu können. Dann wieder fühlte sie sich wie ein Sprengmeister, der den richtigen Knopf nicht fand.

In Berlin posierte sie als Mary Mer auf dem Kurfürstendamm. Sie trug ein schwarz-weiß gestreiftes Kleid von Romatzky mit handgefertigten Pumps dazu, die sie anschließend wieder abgeben sollte. Der Fotograf war nicht Karl Ludwig Haenchen, sondern nur ein Assistent, der aber in Haenchens Namen agierte, und sie fragte sich, wie viele Haenchen-Aufnahmen sie wohl schon bewundert hatte, die in Wahrheit gar nicht von dem Künstler stammten.

Obersturmbannführer Becker genoss das Aufsehen,

das sie in Berlin erregten. »Zurücktreten bitte!«, rief er auf dem Kurfürstendamm. »Der Fotograf und unsere Mary Mer brauchen Platz!« Er rief so laut, dass er damit immer mehr Publikum anzog.

Berliner Männer und Frauen. Sie waren nicht unbedingt eleganter als Kölner oder Düsseldorfer, aber beschwingter im Umgang, und sie überboten sich in ihren Kommentaren. »Langer Rock, kurzer Sinn.« – »Langes Pferd, kurzer Ritt!«

Reichshauptstadtbürger.

Im Hotel hatte Maria gehört, dass der Kurfürstendamm mit Razzien überzogen wurde. Jüdische Konditoreien und Speiselokale waren am Tag zuvor abgeriegelt worden, die Gäste waren davongejagt oder auf Lastwagen geladen und weggekarrt worden. Inständig hoffte sie, nicht in ein solches Geschehen zu geraten, und gleichzeitig wünschte sie sich brennend, zur Augenzeugin zu werden, wenn eine solch enorme Sache verbrochen wurde, eine harte, extreme Angelegenheit, die jeden gesunden Menschen, also auch sie, Maria Reimer, zum Widerstand förmlich zwingen würde. Sie würde sich aufbäumen müssen und dadurch das Schweigen überwinden. Hunderte, Tausende könnten zusammenstehen und laut protestieren.

Aber nein. An die Berliner Schaufenster waren die gleichen Hetzparolen geschmiert worden wie zu Hause in Köln, und zwischen den eleganten, rauchenden und plauschenden Flaneuren sah Maria niemanden aufbegehren.

»Fräulein Mer, jetzt einmal bitte die Hände in den Nacken, unter die Haare, ja genau, und den Kopf bitte zu mir.«

Der Fotografenassistent gab sich große Mühe und blieb freundlich. Maria konnte sich trotzdem kaum beherrschen, sie wollte so gern in die andere Richtung schauen, zur Ecke Schlüterstraße, wo bis vor Kurzem noch das Atelier Yva residiert hatte. Waren auch bei Yva die Schaufenster verdorben?

»Fräulein Mer!«

Sie dachte an Heinrich. Wie er tagsüber bei Nordmann & Söhne Naziabzeichen entwerfen musste und sich am Abend zu Elias stahl, um dem Jungen vorzulesen. Zu Fritz, natürlich. Fritz hieß das Kind, und es wurde gesund, sein Körper kam täglich mehr zu Kräften, obschon sein Mund offenbar die Sprache verlor. Selbst Dorothea gelang es kaum noch, Fritz ein Wort zu entlocken.

Ja, so war die Berlinreise damals zu Ende gegangen, halb unkonzentriert, halb gelungen, und Heinrich fand, es müssten dringende Entscheidungen fallen. Einerseits brach trotz aller künstlerischen Schwächen in der Modebranche eine Welle der Begeisterung für Mary Mer los, sowohl in der Redaktion der *Dame* als auch im Propagandaministerium, zu dem der Obersturmbannführer im besten Kontakt stand. Das gestreifte Kleid auf dem Kurfürstendamm, Mary Mers blondes Haar und der laue Wind in Berlin – die Zukunft hätte sich abzeichnen können. Andererseits aber zerrann Maria alles unter den Fingern: Das Kontor musste die Hälfte der Mitarbeiter entlassen, und die arme Dorothea wurde mehrmals im EL-DE-Haus in der Gestapozentrale verhört.

Doro war ins Visier der Behörde geraten, weil sie angeschwärzt worden war, Kommunistin zu sein. Nach der Vermisstenanzeige, die Maria wegen ihres Vaters aufgegeben hatte, war sogar vermutet worden, Doro könnte hinter Dr. Theodor Reimers Verschwinden stecken. Der Kontorchef entführt von der KPD – vollkommen verrückt.

Maria hatte sich vehement für Dorothea eingesetzt. Sie stellte der Haushälterin ein erstklassiges Zeugnis aus und wollte für sie bürgen, aber ihr Alter war erneut ein Nachteil. Worte und Schriften einer Minderjährigen hatten kein Gewicht. Höchstens, wenn man sie als Mary Mer ansah, als Fotomodell mit wachsender Prominenz, aber ausgerechnet diese Prominenz machte es ja so dringend, Marias Umgebung auf schädliche Einflüsse zu überprüfen, meinte die Gestapo.

»Das muss ein Ende haben«, sagte Heinrich. »Der Fritz macht mir Sorgen. Er kann die Polizeibesuche in der Wohnung nicht länger ertragen, und wenn sie Dorothea erst in einen Dauerarrest sperren, hat Fritz niemanden mehr, der tagsüber auf ihn aufpasst.«

»Was?« Maria brach in Tränen aus. »Wenn sie Dorothea einsperren, will ich nicht mehr leben!«

Mitten in den Wirren kündigten der Obersturmbannführer und Herr Bertrand einen weiteren Termin in Berlin an, anschließend sollte Maria in Hamburg und München auftreten. Bis zum nächsten Frühjahr, so plante der Obersturmbannführer, sollte sie sogar so weit gereift sein, dass sie von Reichskanzler Hitler auf den Berghof eingeladen würde.

»Elias«, Maria legte sich am Abend zu dem kleinen Fritz ins Bett. »Wenn es etwas gibt, das uns hilft, meinen Vater zu finden, dann sag es mir. Was ist auf eurer Fahrt nach England passiert?«

Aber Fritz zuckte nur stumm mit den Schultern.

In ihrer Not suchten Heinrich und Maria schließlich die Adresse auf, die in dem gefälschten Ausweis eingetragen war, den der Vater für Fritz besorgt hatte. Familie Hake in Forsbach am Julweg. Aber Forsbach war bloß ein lebloses Dorf in der Nähe von Köln. In der Mitte thronte eine düstere Gaststätte, vor der Militärwagen parkten. Der Julweg führte immerhin den Berg hoch, idyllisch durch spätsommerliche Felder. Doch unter der Hausnummer, die angegeben war, fanden sie nichts als ein großes unbewohntes Wiesengrundstück, auf dem eine alte Gartenhütte stand. Heinrich brach in die Hütte ein und entdeckte einen Schlafsack und einen Gaskocher. Nichts, was sich Theodor Reimer zuordnen ließ.

»Fritz«, sagte Heinrich, als sie wieder in Köln waren. »Ich würde dich gern adoptieren. Als mein Sohn wärst du endgültig in Sicherheit. Aber weißt du, ich darf keine Adoption beantragen, solange ich unverheiratet bin.«

Mit großen Augen sah Fritz ihn an.

Nach dem zweiten Berlinauftrag und vor der Reise nach Hamburg und München hatte Maria stark an Gewicht verloren. Herr Bertrand war unzufrieden mit ihrem Aussehen, und Greta bereitete im Atelier alle zwei Stunden eine Zwischenmahlzeit zu. Es gab Sahne zum Kaffee und Wattepolster, mit der Marias Brüste ausgestattet wurden, weil sie nun doch allzu sehr ins Nordische gingen. Die Studiowände wurden mit aufmunternden Zeitschriftenseiten behängt. Mary Mer, das neue Gesicht. Das Idealbild der reichsdeutschen Frau, schräg von unten gesehen.

»Fräulein Reimer, wir müssen über Ihren Vormund

reden«, sagte Herr Bertrand. »Bevor irgendein Amtsvormund ernannt wird, würde ich mich gern persönlich ins Gespräch bringen. Das würde doch auch Ihnen gefallen?«

»Aber mein Vater … Ich warte auf meinen Vater!«

»Selbstverständlich. Bloß bedenken Sie, welch wunderbare Reisen in der Zwischenzeit anstehen und welche Geldbeträge möglicherweise zu verwalten sind. Ihr Vater würde es nicht gutheißen, Sie vogelfrei zu wissen, und mit Verlaub, gerade bei einer Dame mit Ihrer Strahlkraft muss das Deutsche Reich seine behördliche Pflicht erfüllen.«

Es wurde November, die Kraniche zogen über das Rheinland Richtung Champagne. Maria stand auf der Hohenzollernbrücke in Köln im Wind und breitete die Arme aus. Mager war sie, aber noch nicht leicht genug. Mit taubem Herzen, aber auch das reichte nicht, um die Küsse zu vergessen, die sie unter den Brückenbögen einmal mit Noah getauscht hatte. Verzagt war sie, aber nicht so verzagt, um Elias aufzugeben.

Der Schmerz, den sie wegen der Menschen empfand, die aus ihrem Leben verschwunden waren, verband sich immer stärker mit dem Schicksal des Jungen. Wenn es ihm gut ginge, wenn er gerettet werden könnte, hätte sich vielleicht etwas gelohnt. Und dann könnte Maria vielleicht doch noch etwas mehr Last tragen, ohne die Hoffnung zu verlieren.

Auch Heinrich stand auf der Hohenzollernbrücke, und als eine heftige Böe kam, nahm er Marias Arm.

»Für mich wäre es keine Hochzeit aus Fürsorge und reiner Freundschaft«, sagte er. »Aber ich weiß, dass es für dich anders aussieht.«

»Als Ehemann könntest du mir verbieten, arbeiten zu gehen«, erwiderte sie. »Mary Mer dürfte sterben, und ich könnte mich besser um Elias kümmern.«

»Du meinst, um Fritz. Und nein, dafür heiraten wir nicht.«

Sie strich die Haare aus ihrer Stirn. Klare Sicht auf den Rhein, flussabwärts nach Düsseldorf. Heinrichs Hände waren nicht kräftig, aber sie musste zugeben, dass er die Gegensätze in ihrem Leben zusammenhielt. All die widerstrebenden Gefühle.

»Arbeitest du bei Nordmann & Söhne wirklich für die Nazis?«, fragte sie.

»Ich verdiene Geld, und Geld bedeutet Sicherheit. Siehst du nicht, wie viele Menschen um uns herum Angst haben müssen und leiden?«

»Doch.«

»Ich würde die Vorteile nicht gern für mich allein behalten, Maria, sondern dich einbeziehen. Ich könnte über Nordmann & Söhne eine Reise nach Frankreich organisieren. Wir haben in der Champagne Firmenkontakte, und ich käme recht einfach an die Dokumente für den Grenzübertritt heran.«

»Und dann?«

»Dann schauen wir gemeinsam, was getan werden muss. Ich will nicht alles wissen, was dein Herz bewegt und was du in Reims unternimmst. Ich denke, dass dich offene Fragen umtreiben, und ich gestehe gern, dass auch mir manches durch den Kopf geht. Aber vielleicht klärt sich auf der Reise etwas für dich und somit für uns.«

In der Tat. Sobald die Gestapo von Dorothea abließ – bei einer Durchsuchung hatte man in ihrer Kammer nur leichte Romane gefunden und geschlussfolgert, der antifaschistische Kampf sei nichts für sie –, brachen Heinrich und Maria nach Frankreich auf. Sie fuhren in einem schwarzen Opel Super 6 in Richtung Südwesten. Es war ein Wagen der Nazifirma aus dem Rechtsrheinischen, und es war der 8. November 1938. In Paris hatte ein Jude einen deutschen Diplomaten erschossen, und der *Westdeutsche Beobachter* hatte schlimme Dinge prophezeit. *Die gerechte Empörung des deutschen Volkes, Rache am Weltjudentum.* Heinrich wollte die Fahrt trotzdem nicht verschieben. Einen Korb mit Brot und Käse auf der Rückbank, hielt er auf die Ardennen zu.

Maria war so aufgeregt, dass sie mit Übelkeit kämpfte. Sie freute sich auf Reims, und sie fürchtete sich. Sie konnte es kaum fassen, dass Heinrich sie zu Noah brachte! Vielleicht zu Noah. Und dass Heinrich ihr nicht einmal einen Rahmen für die Reise setzte, oder verstanden sich die Bedingungen von allein? Natürlich würden sie pünktlich zurückfahren, egal, was passierte, sie konnten ja Elias nicht allzu lange warten lassen. Dorothea hatte versprochen, in der Wohnung zu übernachten und den Jungen zu umsorgen, aber man durfte sie nicht über Gebühr strapazieren. Die liebe Dorothea.

In den Bergen schlug Heinrich eine Rast vor und steuerte einen finsteren Gasthof an. Der Wirt bekam die Zähne kaum auseinander, aber sein Kaffee war gut.

Gegen Abend erreichten sie Reims und stellten fest, dass sie gar nicht mehr gewusst hatten, wie schön es aussehen konnte, wenn keine Hakenkreuzfahnen an Gebäuden hingen. Die kleine Stadt war bezaubernd. Verschnörkelte Toreinfahrten, prachtvolle und verwunschene Gemäuer, vornehme Geschäfte. Die Menschen standen auf den Trottoirs zusammen und redeten angeregt, viele hielten eine Zeitung in der Hand.

Auch Heinrich blühte auf. Er machte Maria auf Plakatreste aufmerksam, die an Litfaßsäulen klebten. Im Sommer hatte ein deutscher Rennfahrer in Reims den Großen Preis von Frankreich gewonnen, Manfred von Brauchitsch, und als könne es jetzt auch für Heinrich um große Trophäen gehen, kurvte er mehrmals um die gewaltige Kathedrale Notre-Dame.

Maria dagegen wurde stiller. Sie hätte sich nach der langen Reise gern die Beine vertreten, und vor allem wollte sie absprechen, wie sie den Abend verbringen würden. Würde Heinrich sie allein durch die Stadt gehen lassen, oder wollte er sich an der Suche nach Noah beteiligen?

Noch einmal drehte sich das Lenkrad, noch einmal umfuhr Heinrich die Kathedrale. Dann bog er ab, gab Gas, als würde er sich auskennen, und hielt schließlich an einer Straßenecke, um Maria einen Stadtplan von Reims zu überreichen.

»Bitte, *Madame*. Ich habe noch ein paar Kleinigkeiten zu erledigen, aber ich habe dir auf dem Plan das Café Raulet angestrichen. Dort warte ich auf dich.«

Sie bedankte sich und erwähnte lieber nicht, wie viele Pläne und Skizzen von den Straßen sie bereits selbst in der Handtasche hatte. An die nächste Hauswand gestützt, wartete sie, bis Heinrich davongefahren war.

Die Luft war kalt, feucht, und es war dunkel. Ein Pärchen ging vorbei, unter einem Regenschirm eng aneinandergeschmiegt. Die Frau grüßte zerstreut: *»Bonsoir.«* Maria setzte einen Fuß vor den anderen.

Sie fand die Rue des Augustins, eine geschwungene Gasse mit freundlichen, niedrigen Häusern. Erdgeschoss, Obergeschoss, helle, glatte Fassaden. Die meisten Fensterläden waren geschlossen. Vor Nummer 14 brannte eine Laterne. Maria strich über ihren Mantel und merkte, dass ihre Hände fast taub waren. Es gab Namensschilder. Ginzburg? Nein.

Die Tür ließ sich nicht öffnen, noch wurde sie geöffnet. Und jetzt? Maria blieb unter einer Laterne in der Gasse stehen und wartete, bis im Nachbarhaus jemand aus dem Fenster sah.

»Qui cherchez-vous?«

»Noah Ginzburg! Wohnt er hier?«

»Plus depuis longtemps.« Schon lange nicht mehr.

Das Fenster schlug zu, doch ein anderes öffnete sich: *»Êtes-vous une Allemande?* Adolf Hitler?«

»Nein.«

Marias Magen schmerzte, vielleicht vor Hunger. Sie zog sich zurück und fand eine Brasserie, die einladend aussah. Nach langem Überlegen mochte sie aber doch nicht eintreten. Zu viele Menschen, zu viel Lärm.

In einer Schaufensterauslage erkannte sie die *Vogue*. Jäh schnürte sich ihr Hals zu, sie wollte weinen, aber es kam keine Träne.

Sie schlug Bögen durch andere Gassen, überquerte Plätze und stand im Schatten von Mauern an Ecken. Wie viel Zeit durfte sie noch haben? Und wie sollte sie Heinrich später gegenübertreten? Enttäuscht, während er vermutlich hoffnungsfroh war? Und dann die Rückfahrt. Wie sollte sie bloß die Rückfahrt überstehen? Oder die Entscheidungen?

Noch einmal suchte sie die Rue des Augustins auf,

es regnete, in einem Fenster brannte Licht, aber nicht in der Hausnummer 14, dort rührte sich nichts. Ein Mann sprach Maria an, bedrängte sie, berührte ihr helles Haar und verschwand. Niemand konnte eine Frage nach Noah beantworten.

Gegen Mitternacht betrat Maria das Café Raulet, inzwischen nassgeregnet bis auf die Haut. Sie fror entsetzlich und konnte sich schlecht orientieren, weil es vorne am Tresen so voll und so laut war und weil der Zigarettenrauch in den Augen biss. Heinrich saß mit einem Glas Wein im Gastraum. Behutsam half er Maria aus dem Mantel, verschaffte ihr einen Patz mit dem Rücken zu den anderen Gästen und bestellte eine heiße Schokolade. Sie hielt sich sein Taschentuch vor das Gesicht.

»Puis-je vous aider?«, fragte Madame Raulet und berührte Marias Arm.

»Wir suchen einen Fotografen«, antwortete Heinrich, als ob es ihm nichts ausmachte. »Noah Ginzburg, der möglicherweise aus Reims stammt, aber auch eine Weile in Deutschland gelebt hat.«

»So viele Künstler sind fort«, sagte Madame Raulet und schüttelte den Kopf. »Es ist traurig, wir haben sie nie wiedergesehen. Schade, *dommage, vraiment dommage.*«

Was meinte sie genau? War mit »so viele Künstler« auch Noah gemeint? Maria mochte sich nicht danach erkundigen.

Sie schliefen im Opel, es war ja nicht mehr lang bis zum Morgen, und dann fuhren sie zurück. Heinrich hatte sich neue Handschuhe zugelegt, Rennfahrerhandschuhe, die streng nach Leder rochen. Maria fühlte sich wie in Trance. Die Enttäuschung saß in ihr fest, und die alte Sorge um Noah lebte wieder auf. Dumpf hämmernd und drohend durchwirkt von der Befürchtung, Heinrich könnte bald die Geduld verlieren.

Auf freier Strecke bremste Heinrich tatsächlich ab und wandte sich Maria zu. Das Für und Wider sollte abgewogen werden. Sie hatte es geahnt.

Doch als sie sich für ihn entscheiden sollte, pochte es so heftig in ihren Schläfen, dass sie erst einmal aussteigen und einen langen Spaziergang unternehmen mussten. Im nächsten Dorf kauften sie frisches Brot, das unglaublich stark duftete.

Das Für und Wider, Für und Wider, und für alle Beteiligten sollte es das Beste sein.

Die Nacht brach an, sie näherten sich Köln. Aber was mussten sie sehen? Der Himmel färbte sich über der Stadt, rot und schwarz, ja, es brannte! Heinrich umklammerte fluchend das Lenkrad, Maria wünschte, der Wagen könnte noch schneller fahren.

Glockengasse, Roonstraße, die Synagogen standen in Flammen. Fontänen aus Funken schossen aus manchen Geschäften. Schlägertrupps der SA und der SS versperrten die Straße, Heinrich musste abbiegen, musste Umwege nehmen. Über der Südstadt hingen dichte Schwaden. Elias und Doro! Wie weit war es noch? Es gab einen Knall, die Autoscheiben vibrierten.

Ohne zu überlegen, sprang Maria aus dem Opel und rannte los, Heinrich lief ihr hinterher. Steine flogen, auf Häuser, auf Menschen. Flammen prasselten. Männer traten Türen ein, Stühle, Tische und Betten krachten auf die Straße. Fenster zerbarsten. Maria blieb stehen. Frauen huschten mit vollen Armen davon. War das nicht…? Und ein Kind lag im Rinnstein, jemand sprang darüber hinweg, ein anderer riss es hoch. Blut. Das Kind schrie wie wahnsinnig geworden.

»Weiter!« Heinrich drängte Maria nach vorn, wollte nichts hören, duldete gar nichts, wollte bloß Richtung Severinstraße. Und dahinten, endlich, das Kontor. Es brannte nicht.

»Madame? Madame!«

Maria schlug die Augen auf. Jemand rüttelte an ihrer Schulter: »Wir sind gleich in Paris, Sie müssen aussteigen.« Es war der Schaffner, sie saß im Thalys.

Der Junge in dem nachtblauen Jackett trug ihren Koffer zur Zugtür, sie taumelte hinterher. Verdammte Albträume, verdammte Vergangenheit.

23

Sabine fühlte sich auf der Severinstraße nicht wohl. Vor Jahrzehnten mochte es eine Straße mit Flair gewesen sein, die Hauptschlagader der Kölner Südstadt mit Arbeiterkneipen und kleinen Geschäften. Heute reihten sich Baustellen an Spielhallen und Zahngoldstuben. Es war eng, es war laut, und der Krater zwischen den Häusern, wo vor einigen Jahren das Historische Stadtarchiv eingestürzt und in einer unterirdischen Grube verschwunden war, passte viel zu gut zu Sabines Empfindungen.

Auf der schmalen Fahrbahn staute sich der Verkehr. Rushhour, Zweite-Reihe-Parker, Lieferwagen, Car-Sharing-Welle. Selbst auf dem Bürgersteig war es voll. Sabine bahnte sich mürrisch den Weg. Kurz vor Ladenschluss wollten Heerscharen einkaufen und die Hunde noch schnell an die Laternen pinkeln lassen.

Moritz angelte nach ihrer Hand. Er schien leichter voranzukommen, schlug manchmal kleine Haken und behielt die Hausnummern im Auge. Sie hatten noch eine lange Strecke vor sich, immer weiter Richtung Severinstorburg.

Ohne Moritz wäre Sabine gar nicht hierhergekommen, dachte sie, jedenfalls nicht im Feierabendverkehr und nicht heute, wo ihr der Kopf ohnehin schwirrte. Maria hatte sich immer noch nicht gemeldet, und niemand hatte einen Hinweis darauf, wohin sie verreist sein könnte. Die Taxizentrale hatte bloß zu berichten gewusst, dass sie zur nächsten Bahnhaltestelle gebracht worden war, dann verlor sich die Spur.

Was, wenn die Großmutter Hilfe brauchte? Sie war alt, und es sah ihr überhaupt nicht ähnlich, Sabine solche Sorgen aufzuhalsen. Ihre Reise musste eine Kurzschlusshandlung gewesen sein. Ihr Schweigen ein Versehen oder ein ganz schlechtes Zeichen. Sie wollte Sabine doch nicht ernsthaft abwimmeln?

Und dann der Karton mit dem Gold und dem Geld. Sabines kleine Wohnung war nicht einbruchsicher. Wo sollte sie den Reichtum aufbewahren?

Moritz zog an ihrer Hand. Sie ging schneller.

»Wenn meiner Großmutter etwas passiert ist, werde ich es wohl kaum erfahren.«

»Natürlich würdest du es erfahren. Aber im Moment ist es ruhig, und du musst deiner Großmutter einfach ihren Willen lassen. Sie hat dir aufgeschrieben, dass sie sich meldet. Das Klügste ist, du lenkst dich in der Zwischenzeit ab.«

Ja, ausgerechnet hier auf der Severinstraße, wo die Großeltern ihre Zweitwohnung gehabt hatten. Die Wohnung, über die nie geredet worden war und die Sabines Kopfschmerzen bestimmt noch verstärken würde.

»Guck mal, da ist es«, sagte Moritz und ließ Sabines Hand los.

Das Haus. Sabine kam es vor, als hätte sie es schon einmal auf einem Foto gesehen. Es war ein viergeschossiger Bau mit einer ungepflegten, aber stuckverzierten Fassade. Im Erdgeschoss befand sich ein spießiger Friseurladen, früher musste dort das Handelskontor der Familie Reimer gewesen sein. Soweit Sabine wusste.

»Auf welcher Etage haben deine Großeltern gewohnt?«, fragte Moritz. »Die Dachgaube sieht neu aus, wahrscheinlich ist die oberste Wohnung erst später entstanden.«

»Ich glaube, der Dachboden wurde früher zum Wäschetrocknen benutzt. Maria hat manchmal erzählt, dass sie dort oben gespielt hat. Die Wohnung ihres Vaters muss direkt darunter gewesen sein, in der dritten Etage.«

Die Wohnung von Sabines Urgroßvater Dr. Theodor Reimer. Immerhin kannte sie seinen Namen. Und sie hatte sich gemerkt, dass die Urgroßmutter früh gestorben und Theodor anschließend allein geblieben war. Alleinerziehend? Zur damaligen Zeit? Was für ein Mann war Theodor wohl gewesen, und wie war Maria mit ihm klargekommen? Ausgerechnet das hatte Sabine nie gefragt.

Moritz fotografierte das Haus mit seinem Handy. Sabine hakte sich bei ihm ein. Noch nie hatte sie einen Freund gehabt, bei dem sie ruhig missmutig sein durfte. Moritz war kaum zu erschüttern, auch nicht angesichts der Dramen, die sie ständig verbreitete. Oder angesichts der Ideen. Als sie mit ihm über die Patenschaft für Pascal gesprochen hatte, hatte er sich gefreut und sofort überlegt, ob und wie er eine solche Verantwortung tragen könnte.

»Das Haus ist größer, als ich dachte«, sagte er. »Außer deinen Großeltern müssen noch mehr Leute dort gewohnt haben. Wir klingeln irgendwo, vielleicht erfahren wir etwas.«

Sie lasen die Namensschilder und konnten sich nicht entscheiden. Außerdem wurden sie schon wieder beobachtet. Hinter der Schaufensterscheibe des Friseurgeschäfts bewegte sich jemand.

Sabine drehte dem Haus den Rücken zu. »Mein Großvater hat ursprünglich genau gegenüber gewohnt. Er hat eines Tages auf dem Fensterbrett gesessen und meiner Großmutter Handzeichen gegeben. So haben sie sich kennengelernt.«

»Wie praktisch«, sagte Moritz. »Dann brauchte er nach der Hochzeit keinen großen Umzug zu veranstalten. Einfach quer über die Straße – fertig.«

Aber warum war Heinrich eigentlich zu Maria gezogen und nicht umgekehrt Maria zu ihm? Hatte Heinrich sich gern bei dem Schwiegervater eingenistet – oder hatte Dr. Theodor Reimer damals schon nicht mehr in der Severinstraße gewohnt?

Die Tür des Friseurgeschäfts öffnete sich. Eine ältere Frau lavierte einen Rollator aus dem Salon. Die Haare frisch gelockt und blondiert, die Augenbrauen wie mit Kohle geschwärzt, sah sie Moritz und Sabine von oben bis unten an.

»Zu wem wollen Sie denn?«

»Zu jemandem, der schon möglichst lange in diesem Haus lebt«, antwortete Moritz freundlich.

Die Frau spitzte den Mund und drängte Moritz mit dem Rollator zur Seite, um die Haustür aufzuschließen.

»Kannten Sie Heinrich Schubert?«, fragte Sabine schnell. »Er war mein Großvater.«

»Ja, den kannte ich.«

Der Schlüssel der Frau fiel zu Boden, Moritz hob ihn auf, sie riss ihn ihm aus der Hand.

»Sie haben mir doch neulich das Internet aufgeschwatzt!«, schimpfte sie. »Ich erkenne Sie wieder!«

»Entschuldigung, nein. Da verwechseln Sie mich.«

Moritz machte Anstalten, der Frau den Rollator über die Schwelle zu heben, aber sie entschied sich plötzlich um, wollte gar nicht mehr so dringend ins Haus gehen, sondern verrenkte den Hals noch einmal nach Sabine.

»Ihr Großvater? Und dann war Maria Reimer ...?«

»Meine Großmutter. Als Maria Schubert, natürlich. Sie lebt noch, und zwar gar nicht weit von Köln entfernt.«

»Ja, ja. Nach dem Krieg sind die beiden zusammen aufs Land gezogen. Bei uns im Haus wurde viel darüber geredet, weil sie die Wohnung oben in der dritten Etage unbedingt behalten wollten, ohne sie zu brauchen.«

Sabines Herz schlug schneller. »Könnten Sie mir etwas mehr darüber erzählen? Über die Schuberts und die Wohnung?«

»Warum fragen Sie Ihre Großmutter nicht selbst? Oder trägt Maria Reimer die Nase immer noch so hoch?«

»Wir haben ein gutes Verhältnis zueinander. Nur ...«

Es kam Sabine nicht richtig vor, einer wildfremden Person die Schwierigkeiten auf die Nase zu binden. Außerdem brach die fremde Frau schon in ein Gelächter aus, das alles andere als herzlich zu nennen war.

»Ja, die blonde Maria. Stößt jeden vor den Kopf, der etwas von ihr haben will. Also kommen Sie rein. Erste Etage. Aber wir reden nicht mehr über das Internet, junger Mann.«

Die Wohnung war überraschend geräumig. Spärlich möbliert und gut geputzt. Der Laminatboden klang hohl. Sabine setzte sich auf das grünbeige Sofa, es war so alt, dass schon die Großeltern darauf Platz genommen haben könnten – falls sie ihre Nachbarn einmal besucht hatten.

Die Frau, *E. Scherer* stand auf dem Klingelschild, holte eine verklebte Multivitaminsaftflasche aus einer Anrichte und stellte schwere Gläser dazu.

»Mein Sohn will die Schubert-Wohnung oben in der Dritten kaufen«, sagte sie. »Und das Dachgeschoss dazu, falls Sie es genau wissen wollen.«

»Wir wollen ihm nicht in die Quere kommen, keine Sorge«, versicherte Moritz. »Wir interessieren uns wirklich nur für die Familiengeschichte.«

»Zum Beispiel«, ergänzte Sabine, »haben Sie eben das Gerede angesprochen, das aufkam, als meine Großeltern nach dem Krieg weggezogen sind und die Wohnung trotzdem nicht aufgeben wollten. Hatte das Gerede mit der Not zu tun? Im linksrheinischen Köln waren die meisten Häuser zerbombt, Wohnraum war knapp, also musste eine leerstehende Wohnung ungewöhnlich gewesen sein.«

»Ungewöhnlich! Man merkt, aus welchem Stall Sie kommen. Ich sage es Ihnen klipp und klar: Wir hatten mit Herrn Schubert alles geregelt. Es hat nie Klagen gegeben.«

»Das verstehe ich nicht. Wovon sprechen Sie?«

»Meine Eltern«, sagte Frau Scherer, »hatten viel Arbeit und ein gutes Herz. Sie wollten mit der Wohnung in der Dritten nicht in erster Linie Geld verdienen, sondern die armen Leute von der Straße holen. Ich war noch ein Kind, aber ich habe gesehen, wie wenig die Nachkriegsgestalten besaßen, nämlich nichts mehr, nur das, was sie am Leib trugen. Für ein Obdach und eine Dusche oben in der Dritten waren sie dankbar. Und alles hat seinen Preis.«

»Ihre Eltern haben die Räume meiner Großeltern vermietet?«

»Nur kurz. Und gerecht. Und nur, solange es in dieser Straße nötig war. Dann hat Herr Schubert das Schloss an der Wohnung ausgetauscht, und damit war Ende im Gelände.«

Moritz hatte sich so dicht neben Sabine gesetzt, dass ihre Beine sich berührten. »Wann haben Sie Heinrich Schubert zuletzt gesehen?«, fragte er.

»Sie stellen Fragen! Er ist zweimal die Woche hierhergekommen, jahrelang, und hat den Briefkasten geleert. Meist dienstagabends und freitagabends. Manchmal hat er sich etwas zu essen mitgebracht. Wenn Sie es genau wissen wollen: Er mochte Fischbrötchen von nebenan. Er hat ein oder zwei Stunden oben in der Wohnung verbracht und ist wieder weggefahren.«

»1980 hat er die Wohnung aufgegeben, also wohl verkauft. War er bis dahin regelmäßig hier, von Anfang der Fünfzigerjahre bis 1980?«

»Könnte sein, ja. So lange? Du meine Güte.«

Die Frau versank in Gedanken, dann schreckte sie hoch und forderte Sabine und Moritz auf, einen Schluck Saft zu trinken. Moritz gehorchte, aber Sabine musste sich drücken. An ihrem Glas klebte alter Lippenstift, und ihr Magen rebellierte.

Sie wandte sich noch einmal an Frau Scherer und versuchte, freundlich zu sein. »Was war mit meiner Großmutter? Hat Maria Schubert ihren Mann dienstags oder freitags begleitet?«

»Höchst selten, das können Sie sich denken. Sie war sich als junges Ding schon zu fein für unsere Hausgemeinschaft – und das hat sich später nicht gebessert.«

»Meine Großmutter war sich nie für jemanden zu fein. In dieser Hinsicht kenne ich sie gut.«

»Wie alt sind Sie denn? Dreißig? Vierzig? Und da wollen Sie mir beibringen, was damals gewesen ist? Hunger war da! Und Arbeitslosigkeit! Und der piekfeine Herr Dr. Theodor Reimer hätte sämtliche Möglichkeiten gehabt, die armen Ehemänner und Väter der Familien hier im Haus in Lohn und Brot zu nehmen. Sein Kontor lief doch bestens, da floss das Geld! Aber nein, Herr Dr. Reimer stellte nur handverlesene Leute ein. Leute, von denen wir später erfahren mussten, dass es Politische waren! So wie die Haushälterin, Dorothea. Meine Eltern hatten sie immer in Verdacht.«

»Politische?«, hakte Moritz nach.

Die Frau machte eine wegwerfende Handbewegung. »Auf jeden Fall hielten die Reimers und die Schuberts sich für etwas Besseres als unsereins.« Kurz atmete sie durch, dann brach es weiter aus ihr heraus. »Ich weiß noch, wie hochnäsig Maria bei uns im Schutzbunker gesessen hat. Ist immer ein Stück zur Seite gerückt, dabei sind meine Eltern ganz normal gewesen. Was damals halt normal war, haben Sie etwas dagegen? Man konnte ja nicht ahnen, was aus der Führerschaft würde. Wobei die richtigen, die harten Nazis gar nicht wegen uns ins Haus gekommen sind, sondern wegen Maria persönlich. Ja, wegen Dr. Theodor Reimers Tochter! Ironie des Schicksals, habe ich im Nachhinein gesagt.«

Sabine richtete sich auf. »Was soll Maria mit den Nazis zu tun gehabt haben?«

»Sie hat sich doch plötzlich als Fotomodell verstanden. Mary Mer, ich höre sie noch im Treppenhaus flöten: Mary Mer! Wie ein Filmstar, dabei hat sie es gar nicht zum Film geschafft. Blond war sie und groß, mehr nicht, und die Nazis sind in Uniform zu ihr ins Wohnzimmer marschiert. Ein Nazi zumindest. Ein Obersturmbannführer. In Theodor Reimers Wohnzimmer hat er gesessen, wohin unsereins nie eingeladen wurde.«

Sabine stand auf. Sie hatte weiche Knie vor Schreck und Abscheu. »Es tut mir leid«, brachte sie hervor. »Aber wie Sie über meine Familie reden, gefällt mir überhaupt nicht. Ich kann Ihnen auch nicht ohne Weiteres glauben.«

»Warum wollte Mary Mer mich nicht ein einziges Mal mit nach Düsseldorf in ihr Fotoatelier nehmen? Ich war sehr jung, ja, aber es wurden durchaus auch Kindermodelle gesucht. Maria hat es mir nicht gegönnt, mit ihr gleichzuziehen. So hochnäsig war sie. Und natürlich durfte ich auch keine Zeit mit ihrem Fritz verbringen, sie hat mich weggeschickt. Dabei hätte ich gern einen Spielkameraden gehabt. Fritz und ich waren im selben Alter.«

»Danke für die Auskünfte.« Sabine verabschiedete sich knapp. Wer war Fritz? Und wer war E. Scherer?

»Sie wären ein gutes Kindermodell gewesen«, hörte Sabine Moritz sagen. Er war ihr nur halb zur Wohnungstür gefolgt und schüttelte der Frau im Flur noch ausführlich die Hand.

»Sie wollen mir bloß schmeicheln«, wehrte Frau Scherer ihn ab. »Ihre Freundin ist beleidigt, eine echte Reimer, und Sie wollen mich um den Finger wickeln, so wie neulich.«

»Darf ich Sie noch etwas fragen?« Er klang ganz entspannt. »Besitzen Sie Fotos aus der damaligen Zeit?«

»Selbstverständlich«, antwortete die Frau. »Es sind die Alben meiner Eltern, ich halte sie in Ehren.«

»Sind die Reimers darauf zu sehen? Und Heinrich Schubert oder Fritz?«

»Fritz nicht, da durfte ja keiner zu nahe ran. Was vielleicht zu verstehen war wegen seiner Krankheiten. Wobei ich recht kräftig gewesen bin und mich garantiert nicht angesteckt hätte. Außerdem hätte ich ihm gutgetan. Für Kinder ist es immer das Beste, mit ihresgleichen in Kontakt zu sein.«

»Auf jeden Fall.«

»Kinder kriegen auch mehr mit, als man meint. Was glauben Sie, wer auf seinen kleinen Füßen zur vollen Stunde im Treppenhaus unterwegs war und gelauscht hat? Ich. Weil ich wusste, dass bei Fritz im Zimmer die schöne Kuckucksuhr hing.«

»Und was haben Sie dabei mitgekriegt?«

»Den Kuckuck. Und dass Herr Schubert von einer Frankreichreise etwas mitgebracht hatte, das sehr wertvoll war und von Frau Schubert nicht in der Wohnung geduldet wurde. Und dass Fritz nicht nur Fritz hieß. Er hatte noch einen anderen Namen.«

Elias. Sabine stieg langsam die Stufen hinunter. Fritz war Elias gewesen.

Sie registrierte, dass Moritz sich mit Frau Scherer zu einem zweiten Treffen verabredete. Es war sicher schlau von ihm, sich so zu verhalten, und vielleicht wäre auch Sabine eines Tages froh, wenn die Informationsquelle nicht versiegte. Aber jetzt gerade wurmte es sie, dass Moritz der Frau nicht die Meinung geigte.

Sabine trat auf die Severinstraße und dachte an die Kuckucksuhr, die sie einmal als kleines Mädchen in Forsbach gesehen hatte. Der Großvater hatte die Uhr in der Kellerbar aufgehängt und für Sabine in Gang gesetzt. Plötzlich war der Kuckuck herausgekommen, er hatte einen scharlachroten Schlund gehabt, aus dem eine gelbe Zunge hing. Sabine hatte sich furchtbar erschrocken. Fünfmal hatte der Kuckuck gerufen, dann war oben bei der Großmutter in der Küche etwas zu Boden gefallen. Ein Teller, eine Schale, es hatte auf jeden Fall Scherben gegeben. Sofort hatte der Großvater in der Kellerbar das Pendel angehalten. Es war totenstill geworden. Dann hatte er die Uhr von der Wand genommen, und Sabine hatte sie nie wiedergesehen.

24

Das Kontor brannte nicht, und auch die Wohnungen in den Stockwerken darüber brannten nicht. Die Gardinen waren geschlossen, alles schien ruhig zu sein. Von rechts zog ein dünner Rauchfaden an den Giebel, aber er kam aus der Nachbarschaft.

»Wir sollten uns beruhigen, bevor wir hineingehen und dem kleinen Fritz unter die Augen treten«, sagte Heinrich zu Maria und krümmte sich auf dem Gehweg unter einem Hustenanfall. Bei ihrem Lauf quer durch Köln hatten sie viel Qualm eingeatmet.

»Ja«, auch Maria rang nach Luft. »Aber wir haben doch wohl Glück gehabt?«

Wenn sie es Glück nennen durfte. Wenn sie überhaupt etwas dazu sagen durfte! Denn warum waren sie ausgerechnet jetzt auf Reisen gewesen, in Frankreich, in Reims? Weil sie, Maria, nichts anderes im Kopf gehabt hatte als sich selbst.

»Wenn Doro oder Elias etwas passiert wäre …«

»Fritz!«, unterbrach Heinrich. »Er heißt Fritz.«

»Ich hätte es mir nie verziehen.«

Sie blickte noch einmal an der Fassade hoch. Hätte sie ahnen können, dass Köln ausgerechnet in dieser Nacht verwüstet werden könnte? Wer hatte es überhaupt verbrochen? Manche Leute, die Maria im Vorbeirennen gesehen hatte, waren ihr bekannt vorgekommen.

»Das Ärgste ist vorbei«, sagte Heinrich. »Schließt du bitte die Haustür auf?«

Sie suchte in der Manteltasche nach dem Schlüssel. Noch immer flackerte der Nachthimmel. Jemand johlte am anderen Ende der Severinstraße, jemand sang das Horst-Wessel-Lied. Ein Mann lief plötzlich am Kontor vorbei, er trug eine Axt bei sich. Unter den Laternen glitzerten Splitter, auf dem Trottoir lagen verkohlte Latten. Im Rinnstein stand eine Nachttischkommode auf gebrochenen Beinen, daneben entdeckte Maria eine Brille.

»Beeil dich, bitte«, drängte Heinrich, doch da hörte sie ein Schnaufen in der Dunkelheit. Schräg gegenüber, auf der anderen Straßenseite, wurde ein Mann aus einem Hauseingang gezerrt. Es war Karl, der Straßenkehrer.

»Karl!«, rief Maria. Schnell legte ihr Heinrich eine Hand auf den Mund.

»Mach! Die Haustür!«

Was fiel ihm ein? Maria wehrte sich, der Schlüssel klirrte zu Boden, egal, denn jetzt konnte sie den Mann erkennen, der Karl drangsalierte. Es war der neue Briefträger!

»Was machen Sie da? Hören Sie auf!«

»Still!«, zischte Heinrich und bückte sich selbst nach dem Schlüssel. Mit der anderen Hand hielt er Maria am Mantel fest, aber sie stieß ihn zurück. Sie musste nach gegenüber! Der Briefträger schlug auf Karl ein, mit einem Gürtel, ja, mit der Schnalle voran schlug er Karl ins Gesicht.

»Aufhören!«, rief Maria.

Der Briefträger drehte sich um, holte mit dem Gürtel aus, sie duckte sich – und spürte schon wieder Heinrich, der sie mit seinem Körper zu schützen versuchte.

»Sind Sie verrückt, Mann?«, rief Heinrich. »Wollen Sie eine Frau schlagen? Und was veranstalten Sie da mit einem alten Straßenkehrer?«

Karl taumelte gegen die Hauswand. Der Briefträger ließ den Gürtel sinken und eilte davon. Im selben Moment aber löste sich eine weitere Gestalt aus den Schatten, ein Mann in SA-Uniform. Er schwang einen Prügel, es gab ein Geräusch, wie wenn man einen Kürbis spaltet, dann sackte Karl zu Boden.

Maria schrie, Heinrich hielt sie umklammert.

»Fräulein!«, rief der SA-Mann. »Hat die Judensau Sie belästigt?«

»Karl!«

Der SA-Mann kniete auf dem Straßenkehrer und drosch ihm die Faust ins Gesicht. Gellend rief Maria um Hilfe. Warum ließ Heinrich sie nicht los, und warum stand er Karl nicht bei? Sie schrie wie am Spieß, bis Heinrich ihr einen Stoß gab, dass sie auf den Asphalt fiel. Er selbst sprang nach vorn, zu dem SA-Mann, und versetzte ihm einen heftigen Tritt in die Seite.

»Kommen Sie zur Besinnung!«, befahl Heinrich, aber seine Stimme war nicht fest. Der SA-Mann ließ von Karl ab, und schon sah Maria ein metallisches Glänzen. Eine Waffe. Auf Heinrich gerichtet!

»Wer sind Sie?«, fragte der Mann.

Heinrich zögerte, dann verschränkte er die Arme. Was tat er denn jetzt? »Heinrich!« Warum ging er nicht in Deckung, sondern trat sogar noch einen Schritt nach vorn?

»Denken Sie nach«, sagte Heinrich zu dem SA-Mann. »Wir machen uns an einem Straßenkehrer nicht die Hände schmutzig. Oder wollen Sie jede Ratte einzeln erledigen?«

Der SA-Mann ließ sich nicht beeindrucken. Die Waffe klickte. »Ich habe nach Ihrem Namen gefragt.«

»Das habe ich gehört«, Heinrich blieb stehen. »Auch wenn es mir lieber gewesen wäre, Sie hätten mich von selbst erkannt. Sie sind doch bei der SA?«

Maria schob sich näher. Heinrich würde sterben. Er wollte dastehen wie ein Fels, dabei hörte sie genau, wie schnell er atmete, und sah, welche Angst er hatte. Auch der SA-Mann würde es bemerken. Würde schießen. Würde außerdem Maria erschießen, hier, vor dem Kontor des Vaters.

»Heil Hitler!« Heinrichs Hacken schlugen zusammen, er zeigte den Deutschen Gruß, als wäre die Schusswaffe gar nicht vorhanden.

Der SA-Mann lachte, die Welt hörte auf, sich zu drehen. Ein, zwei Sekunden. Dann steckte der Mann die Waffe weg und verschwand in der Dunkelheit.

»Heinrich!«

Doch Heinrich war schon bei Karl und tastete nach seinem Puls. Maria stürzte hinzu, sie zitterte am ganzen Leib. Karls Augen waren aus den Höhlen gequollen, die Nase, die Lippen blutig aufgeplatzt. Aber er war nicht tot, sondern zuckte und stöhnte. Heinrich legte eine Hand an seine Wange.

»Ist noch einmal gut gegangen.«

»Gut?«, rief Maria.

Ein Fenster wurde geöffnet. »Kann ich helfen? Zwei Ecken weiter wohnt ein Arzt.«

Ein junger Mann kam dazu und packte Karls Füße, während Heinrich Karls Oberkörper anhob.

»Maria, geh schon mal in die Wohnung. Schau bitte nach unserem Jungen, nach Fritz. Ob er im Bett liegt und schläft.«

Sie schleppten Karl fort, und Heinrich schien zu weinen, Maria hörte, dass er schluchzte.

Wieder blickte sie an der Fassade hoch. Oben am Wohnzimmerfenster bei Doro und Elias hatte sich etwas verändert. Die Gardine war nicht mehr geschlossen. Die beiden hatten doch nicht zugesehen?

Sie wollte sich beeilen, aber das Haustürschloss hakte. Sie brauchte schon wieder zu lange mit dem Schlüssel, und dann schlug ihr aus dem Inneren des Hauses ein merkwürdiger, scharfer Geruch entgegen. Sie drückte den Lichtschalter und fand sich in einer dunklen Pfütze wieder. Direkt hinter dem Eingang! Und vor den Postkästen…

»Hallo?«

Dort lag jemand auf dem Boden.

Eine Frau. Marias Herz setzte aus. Die Frau lag bäuchlings, das Gesicht nach unten. Und… nein, es war überhaupt nicht hell genug. So sah Doro nicht aus!

Den Rock bis zu den Hüften hochgeschoben, die Strumpfhose heruntergerissen. Die Beine verrenkt im Blut.

»Dorothea?«

Sie wollte… nicht weitergehen. Etwas schabte im Schatten des Kellereingangs. Jemand ächzte, ein Mann. »Kommunisten-Hure«, stieß er aus und stiefelte ruppig an Maria vorbei. Die Haustür schlug zu.

Dorothea?

Nur zwei schnelle Schritte, aber Maria traute sich nicht. Sie hielt sich an den Postkästen fest. Nicht genau hinschauen, doch, doch, sie musste. Die Schenkel, die Fetzen, das Blut.

Die vertraute Strickjacke.

Kaum fähig, die eigenen Glieder zu kontrollieren, kniete Maria sich neben die Schultern der Frau. Wimmerte, konnte nicht damit aufhören und drehte das Antlitz der Frau zu sich herum. Doros Gesicht. Dorotheas Wangen. Die sonst so freundlichen Lippen.

Weich und müde. Und auch die Stirn.

Dorothea war tot.

Schließlich ein neues Geräusch, es kam wieder jemand zur Haustür herein. Klack, der Lichtschalter, Maria kniete immer noch am Boden. Sie hörte ein Würgen, ein Stöhnen, es war ekelhaft. Es kam nicht von ihr.

»Maria? Oh mein Gott!«

Heinrich. Er zog sie hoch. Sie fühlte einen Kuss auf ihrem Haar und warmen Atem auf ihrer Haut.

»Komm«, flüsterte er. »Wir gehen nach oben und rufen die Polizei. Wo ist unser Fritz?«

Die Polizei kam nach zwei Stunden, aber Dorotheas Leichnam musste trotzdem vor den Postkästen liegen bleiben. Die Gestapo sollte in den Fall mit einbezogen werden wegen des Ausspruchs »Kommunisten-Hure«, vielleicht sei etwas dran?

Heinrich beriet sich mit den Polizisten, dann wurde an den anderen Wohnungstüren geklingelt. Niemand hatte etwas gehört oder gesehen. Ratlose Stimmen hallten durch das Treppenhaus, die hellen Fragen der kleinen Elisabeth Scherer. Oben in der Wohnung hielt Maria Elias oder Fritz fest im Arm.

Sie hatten den Jungen vor dem Wohnzimmerfenster gefunden. Die Schlafanzughose klatschnass, in einer Hand die Gardine. Sein Blick war panisch gewesen.

»Ich bin da«, hatte Maria geflüstert. Was sonst?

Laut weinend war Elias über den Teppich getaumelt, sie hatte ihn aufgefangen und ins Bett getragen. Da saß sie nun und sah ihn an.

Heinrich brachte ihnen etwas zu trinken. »Maria, du musst deine Kleidung wechseln.«

Sie schüttelte den Kopf. Vielleicht war sie schmutzig, aber ihr fehlte die Kraft.

Später trug Heinrich eine Waschschüssel und einen Lappen herbei und legte den Morgenmantel dazu. Dann fragte er aus diskreter Entfernung um die Erlaubnis, für sich selbst nebenan ein Nachtlager einzurichten, und blieb.

Vor allem aber schloss er die Wohnungstür ab und nahm den Schlüssel mit in sein Bett.

Eine schreckliche Woche verging, Elias sprach keine Silbe mehr und bewegte sich kaum. Maria konnte ihn gut verstehen, aber sie durfte es nicht zeigen. Sie musste selbst kämpfen, durfte nicht versinken, und trotzdem dachte sie immerzu an Dorothea und wusste, dass Elias es ebenso tat.

Wie großherzig Doro eingewilligt hatte, auf den Jungen aufzupassen, während Maria und Heinrich unterwegs waren. Wie schlimm ihre Not gewesen sein musste, als sie von ihrem Mörder gezwungen worden war, die Wohnung zu verlassen. Während der Junge im Bett gelegen und der Mob auf der Straße getobt hatte.

Oder hatte Elias gar nicht im Bett gelegen? Hatte Doros Mörder an der Tür geklingelt und sie mit nach unten genommen, gewürgt, gequält, während Elias im Treppenhaus alles mit angehört hatte?

Er erzählte nichts, er schrieb nichts auf. Er hatte jegliches Interesse an jedem verloren.

Maria fiel die Anstecknadel ein, das silberne Leistungsabzeichen der Nazijugend, das sie einmal bei einem Aufmarsch in der Altstadt gefunden hatte. Es musste noch in der Schrankschublade liegen und könnte nützlich werden, wenn Elias von der Polizei befragt würde. Sie steckte die Nadel an seine Schlafanzugjacke. »Fritz. Du heißt Fritz.«

Aber die Polizei kam nicht. Niemand wollte etwas über Dorotheas letzte Stunde wissen.

Und Fritz starrte am liebsten an Maria vorbei, immer nur zur Wand auf die Kuckucksuhr. Das Ticken war kaum zu ertragen. Zu hart, zu vorwurfsvoll. Tack, tack, wie Stiefeltritte auf dem Asphalt. Hämisch auch: falsch, falsch. Maria hätte nicht nach Reims fahren dürfen.

Nach zwei Wochen klingelte es tatsächlich einmal an der Tür, aber anstelle der Ermittler stand Greta davor. Die Krankmeldung, die das Atelier Bertrand von Heinrich am Telefon bekommen hatte, sollte nicht länger gelten.

»Auch an Düsseldorf ist die Kristallnacht nicht spurlos vorübergegangen«, sagte Greta. »Selbst aus Berlin hört man schlimme Dinge. Aber andererseits liest man offiziell nichts darüber, die Zeitungen schweigen, und der Reichsrundfunk meldet nur Erfolge. Wir sind demnach bestens beraten, zu unserer Arbeit zurückzukehren.«

Greta sprach den Namen Bertrand jetzt deutsch aus. Außerdem trug sie einen Ehering. Funkelnd und golden. Sie wirkte frisch in ihrem blauen Kostüm und mit der schwingenden Frisur. Voller Tatkraft, voller Eleganz. Sie schien höchstens ein wenig verlegen zu werden, als sie Marias Blick auf den Ring bemerkte.

»Ferdinand Bertrand ist ein guter Mann«, sagte sie. »Auch wenn er seine angenehmen Seiten oftmals versteckt. Dass der Obersturmbannführer ihm so harsch die Atelierführung entzogen hat, setzt ihm sehr zu. Wir haben beschlossen, uns gegenseitig zu stützen.«

Maria nickte und öffnete den Mund. Etwas musste herauskommen, gesagt werden. War Greta nicht auch ein wenig zuständig dafür? Greta hatte ihr den Zettel mit Noahs Adresse gegeben, Greta hatte gewollt, dass Maria zu einer Reise aufbrach.

»Ich war in Reims«, sagte Maria. »Ich habe nach Noah Ginzburg gesucht.«

Erschrocken riss Greta die Augen auf. »Nein! Wann?«

»In jener Nacht sind wir erst zurückgekommen. Zu spät.«

»Wer weiß davon?«

»Niemand. Nur Heinrich, wir sind ja zusammen gefahren, in einem Auto seiner Firma.«

Greta schlug sich die Hand vor den Mund. Maria ließ die Schultern hängen.

»Wir dachten, es wäre eine gute Idee«, sagte sie. »Der Junge … Fritz … war versorgt, Dorothea wollte Tag und Nacht … Aber jetzt …«

Sie wollte weinen, es ging nicht. Der Mund verzog sich, die Brust verkrampfte, es kratzte in der verstopften Kehle.

»Haltung, meine Liebe«, flüsterte Greta. »Auch wenn es schwerfällt.«

Sie breitete die Arme aus, und Maria durfte die Wange auf Gretas Schulter legen. Sie spürte den feinen Stoff und das eingenähte Polster. Sie roch das elegante Parfüm und dachte, dass Greta erleichtert sein konnte, weil keine Träne floss. Das blaue Kostüm wurde geschont, wenigstens das.

»Also, Maria, Bestandsaufnahme. Unten im Haus hängen Zettel. Das Kontor wird aufgegeben? Es hat hoffentlich nichts mit deiner Reise zu tun oder mit dem Verdacht, eure Dorothea könnte zu den Kommunisten …?«

»Nein. Bloß mein Vater kommt vielleicht nie mehr nach Hause.«

»Verstehe. Das Thema Vormundschaft bleibt aktuell.« Greta überlegte. »Na, ich setze erst einmal Tee auf.«

Greta stöberte in der Küche und versuchte, in dem Durcheinander einen Überblick zu gewinnen. Beiläufig fragte sie: »Gibt es in der Wohnung eine Badewanne? Gut. Dann benutze sie bitte.«

Maria fand sich unter Schaumwolken wieder. Die Haut brannte im heißen Wasser, aber der Duft nach Fichtennadeln tat gut. Sie lag starr, um sich einzugewöhnen, und betrachtete die Teetasse, die auf dem Wannenrand stand.

Irgendwann brachte Greta das große, weinrote Handtuch. Sie überwachte das Eincremen und Ankleiden und trocknete Marias Haar. Nur ab und zu verschwand sie aus dem Badezimmer, um nach dem armen Fritz zu schauen.

Dem Kind ging es seit Tagen sehr schlecht. Die Wunden waren geschlossen, aber jetzt schien etwas von innen zu schwären, so tief verkapselt, dass selbst der Arzt nicht herankam. »Es braucht Zeit«, hatte er gesagt, und Heinrich hatte Maria eingeschärft, dem Jungen keine bohrenden Fragen mehr zu stellen.

Greta dagegen konnte unbefangen ins Krankenzimmer marschieren. Sie riss das Fenster auf, und Maria hörte vom Bad aus, wie ein dichtes Flüstern anhob.

Später deckte Greta den Küchentisch. Maria sollte sich setzen, für Fritz stand ein Tablett mit Keksen bereit.

»Der Junge braucht dich«, sagte Greta. »Das versteht jeder. Aber das Atelier braucht dich auch. Es gibt neue Anfragen aus Berlin, denen wir nachkommen müssen.«

»Ich werde Fritz nicht noch einmal aus den Augen lassen.«

»Du warst in Reims. Wir müssen aufpassen, was wir tun. Gerade wenn ein Vormund ins Haus steht.«

»Warum?«

Greta rückte etwas näher. »Du hast nach einem Juden gesucht, der in die Hände der Gestapo gehört. Und wenn ich ehrlich bin …« Sie stockte. »Dein Umgang hier in der Wohnung wirkt ebenfalls seltsam.«

»Du weißt doch, wer Fritz ist. Willst du seinen Ausweis sehen? Fritz Hake aus Forsbach.«

»Ach, das ist mir doch egal. Aber du bist Mary Mer! Und nebenan ist ein Bett in Benutzung. Ein Bett, das nach Rasierwasser riecht. Maria!«

»Ach so. Heinrich Schubert ist über jeden Zweifel …«

»Dein Vater ist dauerhaft aushäusig, das Kontor ist pleite, dein Pflegekind krank, deine Haushälterin tot. Und du stellst ein Bett zur Verfügung? Noch keine einundzwanzig Jahre, Bertrand-Modell in der *Dame*, und dann das?«

Etwas Leben kehrte in Maria zurück. »Sag mir einen einzigen Umstand, den ich ändern könnte, ohne dass es sofort wieder ein schreckliches Nachspiel hätte.«

»Heinrich Schubert zum Beispiel?«

»Er ist allein wegen des Jungen in meiner Wohnung.«

»Maria! Wehe, der Obersturmbannführer erfährt davon! Er will auf dich stolz sein, und vor allem wollen die Frauen im Deutschen Reich wissen, wen sie sich zum Vorbild nehmen. Du setzt nicht nur deine eigene Karriere aufs Spiel, sondern auch den Ruf des Ateliers Bertrand.«

Greta wandte sich ab, klappte einen Taschenspiegel auf und zupfte an ihrer Frisur. Maria fühlte sich erschöpft und wollte die Diskussion gern beenden, aber da beugte Greta sich schon wieder zu ihr.

»Hör mal, als ich dir die Adresse von Noah Ginzburg in Reims zugesteckt habe, wusste ich nicht, dass ein bedrucktes Stück Papier dich zu etwas derart Wahnsinnigem hinreißen kann. Ich entschuldige mich. Und ich kann dir nur immer wieder sagen: Es lohnt sich nicht. Man hat Noah schon wieder geschnappt. Er ist nicht geschickt genug.«

Schockiert hielt Maria die Luft an. Konnte es immer noch schlimmer werden?

»Wo ist Noah jetzt?«

»Das weiß ich nicht«, antwortete Greta. »Ich kann

derzeit auch nicht nachfragen. Die Situation ist zu instabil.«

Sie klopfte Maria auf den Rücken, nahm das Tablett mit den Keksen und verschwand im Krankenzimmer, wo wieder das Flüstern ausbrach.

Maria saß wie versteinert. Und sie stürzte, sie merkte es, sie fiel im Sitzen in einen rabenschwarzen Trichter. Rasend schnell, ohne je ankommen zu dürfen.

Dann wieder die Hand auf dem Rücken, klopf, klopf, ein Raunen am Ohr: »Der Junge muss ins Krankenhaus, wir müssen sofort handeln, sonst stirbt er dir weg. Wir brauchen auch bessere Papiere für ihn! Du bringst das in Ordnung, Maria. Heirate Heinrich Schubert und sorge für anständige Verhältnisse, auch für das Kind.«

Tatsächlich. Der Ahnenpass ermöglichte einen raschen Hochzeitstermin. Deutschblütig bis ins Jahr 1772, Marias Gesundheitszeugnis war einwandfrei, und auch Heinrich bekam keine Probleme. Er nahm die Organisation in die Hand, kaufte sich einen neuen Anzug und ließ sich beim Friseur rasieren.

Vor den Stufen zum Standesamt bot er Maria den Arm und geleitete sie würdevoll durch das Portal. Sie sah ihn nicht an, aber das hatte gar nichts mit ihm zu tun.

Ihr Leben hatte sich geteilt. Es gab Mary Mer, von der wieder Fotoaufnahmen gemacht werden konnten, wenn auch mit breiter Hutkrempe im Gesicht. Und es gab Maria Reimer, die jetzt zu Maria Schubert wurde. Fritz zuliebe, den sie ins Krankenhaus gebracht hatten und den sie als verheiratetes Paar adoptieren konnten, und sich selbst zuliebe, damit Maria irgendwo ankam.

Nach der Zeremonie lud Heinrich die Trauzeugen auf

ein Glas Sekt ein. Zwei junge Kollegen waren es von Nordmann & Söhne, verlegene Männer aus dem Bergischen mit roten Ohren. Maria wusste kaum, was sie mit ihnen reden sollte. Heinrich hatte ihr versichert, es sei wichtig, seine Frau in der Firma bekannt zu machen. »Gerade wenn es Krieg geben sollte.«

Krieg?

Sie musste an den Vater denken, der aus einem Krieg erst recht nicht mehr heimkommen würde. Der irgendwo in der Fremde saß und nicht wusste, dass Dorothea tot, Elias todkrank und Maria verheiratet war.

Der Sekt kribbelte am Gaumen, sie setzte ein Lächeln auf. Ach, selbstverständlich würde sie den Vater wiedersehen, eines Tages. Wenn es für alles eine Erklärung gäbe.

Mittags fuhren Heinrich und sie mit dem Zug nach Königswinter und wanderten auf den Drachenfels. Es war nicht die Jahreszeit für einen solchen Ausflug, der Wald war kahl, und sie mussten die Wildschweine fürchten. Trotzdem war es die einzige denkbare Hochzeitsreise, und Heinrich hatte beschlossen, den Tag nicht ohne besondere Unternehmung verstreichen zu lassen.

In der Gaststätte auf dem Berg bestellten sie Gulaschsuppe mit Brot. Sie saßen nebeneinander auf einer grob gezimmerten Bank. Es war kalt, der Gastraum stand leer. Heinrich legte den Arm um Maria, ohne sie allzu eng an sich zu ziehen, und sie ließ ihn gewähren. Sie wollte in Zukunft sowieso mehr auf andere achtgeben. Bloß niemandem mehr schaden. Niemanden allein lassen. Auch Heinrich nicht kränken. Fehler vermeiden.

Er hatte natürlich seine eigene Wohnung gekündigt und war mit drei Koffern über die Straße zu ihr gezogen. Sein Bett blieb zunächst im Nebenzimmer, das hatte er Maria versprochen. Er würde die geldlichen Dinge in Ordnung bringen und sich einen Überblick verschaffen. Und er würde darauf achten, dass Elias, Fritz, zu Kräften kam und die beste medizinische Behandlung genoss. Bald wäre Heinrich ja offiziell sein Vater. Der Junge lag jetzt schon bei den Augustinerinnen, die sehr beliebt und fleißig waren und denen Heinrich zur Verstärkung viel Geld dagelassen hatte.

»Maria.« Er nahm den Arm von ihren Schultern. »Ich war als Kind selbst einmal sehr krank. Ich hatte Mumps mit einigen Komplikationen.«

»Das tut mir leid.«

»Ich will dir nur sagen … Also Mumps … Nach dem Reichs-Ehegesetz steht dir zu, die Scheidung zu verlangen, falls ich unfruchtbar sein sollte.«

Sie sah ihm in die Augen, ihr Herz war erschöpft. »Wie kannst du jetzt an so etwas denken? Ich werde nie vorhaben, die Scheidung zu verlangen.«

Er lächelte. Die Röte stieg von seinem Nacken nach vorn in sein Gesicht.

»Na ja«, er räusperte sich. »Wir haben ja außerdem unseren Fritz. Wir haben ihn sehr gern, und das soll uns erst einmal reichen.«

Als sie abends im Krankenhaus der Augustinerinnen ankamen, war die Besuchszeit schon vorbei. Doch es war beunruhigend, es kostete weder Münzen noch Überredung, sie durften augenblicklich an das Kinderbett treten.

Fritz war noch weniger geworden als am Morgen, als sie ihn zuletzt gesehen hatten. Die Lider waren rot marmoriert. Sein dunkles Haar klebte schweißnass auf dem Kissen, die Arme lagen schlaff neben dem Körper. Am Fußteil des Bettes hing das silberne Leistungsabzeichen, befestigt mit einem Streifen Klebeband.

»Mein Gott«, sagte Heinrich und sah die Krankenschwester an.

Die Augustinerin nestelte an dem Kreuz, das sie um den Hals trug, und schürzte die Lippen. »Der Junge ist ja beschnitten«, sagte sie.

»Aber doch nur aus medizinischen Gründen!«

Ringsum hoben sich die Köpfe aus den Betten, so heftig zog Heinrich die Luft durch die Zähne. Fritz dagegen regte sich nicht.

Maria schob die Hände unter den Oberkörper des Jungen und hob ihn hoch. Er war leicht wie ein Kätzchen und schlaff. Sie wiegte sich mit ihm vor und zurück und hielt ihn an sich gepresst. Nur nicht zu kräftig drücken, nur umsichtig sein.

»Maria«, sagte Heinrich. Warum war er so heiser? Sie nahm den Kopf des Kindes in die Hände und sah, dass es plötzlich die Lider geöffnet hatte.

Elias. Der kleine Junge, dem sie einmal einen Tretroller geschenkt hatte. Dessen Mutter Angst bekam, wenn er zu wild wurde und der Welt vertraute. Der Junge mit dem Leberwurstbrot. Elias, der eines Tages versuchte, ein Bonbon zu kaufen.

»Tausend Grüße«, flüsterte Maria. »Von Selma, deiner lieben Mutter. Sie hatte mit allem recht.«

Elias öffnete die Lippen, dann brach sein Blick, und sein Herz stand still.

25

Sabine grüßte den Pförtner von Nordmann & Söhne und drückte mit der Schulter das Tor auf. Wie gut, dass der Mann bei ihren Besuchen inzwischen kaum noch von seinem Handy aufsah und darum nicht auf die Idee kam nachzufragen, was sie heute in die Firma hineintrug: einen Karton mit Gold und Tausendmarkscheinen.

Sie lief über den Hof auf das Bürogebäude zu, durchquerte die Halle und bog in das Netz aus düsteren Fluren ein. Die billig abgehängten Decken und zerkratzten Bodenfliesen nahm sie mittlerweile nur noch am Rande zur Kenntnis. Auch hatte sie sich an die staubigen Vitrinen gewöhnt, in denen antiquierte Produkte ausgestellt wurden. Es war ein angemessenes Flair, dachte sie. Die Firma hatte vor Jahrzehnten die Luft angehalten und bis heute nicht ausgeatmet.

Moritz' Bürotür stand offen, er wartete ungeduldig auf Sabine. Nicht so, dass er ihr keinen Kuss zur Begrüßung gegeben hätte, aber als sie den Karton auf den Tisch stellte, sah er sofort hinein.

»Wunderschön.« Behutsam nahm er ein eckiges Goldstück heraus. »Das ist ein Fünfhundert-Gramm-Barren. Ein halbes Kilo Gold! Was das wert ist!«

»Zurzeit ungefähr sechzehntausend Euro«, sagte Sabine und ließ sich in einen der petrolfarbenen Sessel fallen. »Aber die meisten Barren in dem Karton sind kleiner. Hast du dich denn entschieden? Kannst du darauf aufpassen, solange ich in Frankreich bin?«

»Schwierig. Ich könnte das Gold nicht für eine Sekunde aus den Augen lassen. Vielleicht nimmst du dir besser ein Schließfach bei der Bank.«

»Dazu habe ich keine Zeit mehr, Moritz.«

»Wo hattest du den Karton denn bisher versteckt?«

»Erst stand er in der Garage in Forsbach, und seitdem Maria auf Reisen ist, habe ich ihn in meinem Auto herumkutschiert. Im Kofferraum.«

»In dem alten Nissan?«

»Es war die beste Tarnung, an meinem Auto würde sich nie jemand vergreifen.«

Moritz schüttelte den Kopf und setzte sich zu ihr auf die Sessellehne. Sie ließ sich gerne umarmen. Er hatte sie in den vergangenen zwei Wochen immer wieder besänftigt, während ihr die Sorge um Maria über den Kopf gewachsen war, gerade nach dem Besuch in der Severinstraße. Sie hatte die Ungewissheit gehasst, auch die Ungereimtheiten in der Familiengeschichte, und bis zu dem Anruf aus Frankreich neulich war sie manchmal sogar maßlos wütend gewesen.

»Um Pascal wirst du dich kümmern?«, fragte sie. »Wie abgesprochen?«

»Na klar! Ich habe die Formulare ausgefüllt, und der erste Termin bei eurer Frau Meyer-Liszt steht schon fest. Ich bin sehr gespannt.«

»Pascal freut sich, dass du sein Pate wirst. Das hat mir die Meyer-Liszt erzählt.«

»Gut! Ich freue mich genauso, und auch wenn ich es nicht so laut sagen darf, Sabine: Für mich gehörst du unbedingt dazu. Ich unterschreibe die Patenschaft, und trotzdem sind wir ein Team und kümmern uns beide um Pascal.«

»Mit unterschiedlichen Gewichtungen, sonst können wir uns den bürokratischen Aufwand gleich schenken.«

Sie küsste Moritz und stand auf. Es fiel ihr schwer, sich zu verabschieden, und doch wäre sie am liebsten schon längst auf der Autobahn unterwegs. Die Leute in Reims, bei denen die Großmutter untergekommen war, waren ihr am Telefon seltsam vorgekommen.

»Ich bleibe auch nicht lange weg«, sagte sie. »Mein Chef ist aus allen Wolken gefallen, dass ich Urlaub brauche.«

»Hauptsache, er hat die Notlage erkannt.« Moritz lächelte. »Also hau schon ab, und lass mir den Karton gerne hier. Ich könnte versuchen, etwas über die Herkunft der Goldbarren herauszufinden. Sie sind nummeriert, vielleicht sind sie irgendwo erfasst.«

Sabine sah noch einmal in den Karton. »Ich glaube kaum, dass es offizielle Unterlagen gibt. Nicht nach all der Geheimniskrämerei. Als ich selbst recherchiert habe, bin ich an den Berichten über das Goldverbot von 1936 hängengeblieben. Die Nazis haben damals alles einkassiert. Den Juden wurde das Gold gestohlen, und die anderen Deutschen sollten ihre Münzen und Barren bei der Reichsbank abgeben und in Geld umtauschen. Der Reichswirtschaft zuliebe. Wer nicht gehorchte, sondern sein Gold behielt, dem drohte die Todesstrafe.«

»Ob dein Großvater das riskiert hat? Außerdem sind seine Barren hier eingeschweißt. Ich bin kein Experte, aber die Folie stammt wohl kaum aus den Dreißiger- oder Vierzigerjahren.«

Sabine hielt ein Goldstück ans Licht. Unter der Folie waren Schrammen zu erkennen, die sich im Plastik nicht wiederfanden.

»Guck mal. Das Gold muss zuerst ohne Verpackung in Umlauf gewesen sein. Die Folie kann jemand Jahrzehnte später darübergezogen haben. Vielleicht mein Großvater? Womöglich wollte er das Gold schützen, bevor er es in der Kellerbar hinter die Paneele stopfte?«

»Ja!« Auch Moritz wog einen Barren in der Hand, wieder einen der größten. »Heinrich Schubert könnte die Stücke sogar bei uns in der Firma eingeschweißt haben, bei Nordmann & Söhne. Die nötigen Geräte waren bestimmt schon damals vorhanden.«

»Trotzdem erklärt das immer noch nicht, woher der Reichtum stammt.«

Moritz nahm Sabine wieder in den Arm. Sein Pullover roch nach Waschmittel wie an dem Tag, als er sie zum ersten Mal an sich gezogen hatte, und plötzlich wurde sie traurig. Waren schon so viele Wochen vergangen? Aufregende Tage zu zweit, viel zu oft aber mit der Wehmut durchsetzt, den Bodensatz des eigenen Lebens nicht zu kennen?

»Darf ich dir noch einen Kaffee machen?« Moritz legte die Hand an ihr Gesicht. »So lasse ich dich nicht fahren.«

»Gerne. Aber zum Mitnehmen.«

Sie schaffte es nicht, sich hinzusetzen, während er die Kaffeemaschine bediente, sondern lief im Büro umher. Nein, sie wollte nicht grübeln. Aber auf dem Schreibtisch türmten sich vergilbte Papiere, uralte Zeitungen, die Moritz gelesen haben musste, und auch das Regal mit den Modellautos sah nicht akkurat aus. Das

Glas war mit Fingerabdrücken übersät, Pascal war vermutlich hier gewesen und hatte mit den teuren Nordmann-Wagen gespielt.

Moritz füllte den Kaffee in einen Thermobecher. »Das Goldverbot, von dem du eben gesprochen hast, galt übrigens auch für Betriebe. Nordmann & Söhne durfte Ende der Dreißiger nur noch Edelmetall besitzen, das für die Produktion genehmigt und zugeteilt war. Außerdem durfte die Firma keine ausländischen Währungen mehr annehmen. Komisch ist nur, dass Nordmann & Söhne ja trotzdem im Ausland unterwegs war und offenbar gute Geschäfte gemacht hat. Ich frage mich, wie wurde bezahlt, wenn nicht mit Devisen oder Gold?«

Sabine zögerte. »Es gab nicht zufällig Geschäfte in Frankreich? In Reims?«

Moritz stellte den Becher ab und nahm einige Fotokopien vom Schreibtisch. »Hier. Das sind Zeitungsartikel über das Goldene Gaudiplom, das Nordmann & Söhne 1938 verliehen bekommen hat. Eine Auszeichnung für herausragende nationalsozialistische Betriebe.«

Widerstrebend überflog Sabine die Berichte. Lob sei dem Dienst am deutschen Volk:

Im Rahmen der Schulung und Ausrichtung wird bei Nordmann & Söhne täglich ein Kurzappell gehalten. Die großen politischen Reden werden durch Lautsprecher übertragen und gemeinsam erlebt. Auch an Aufmärschen wird gemeinsam teilgenommen.

»Interessant finde ich den Bericht über den Fuhrpark«, sagte Moritz. »Guck dir das Bild dazu an. Die Männer sind nur von hinten zu sehen, aber links, das muss von der Statur her der Chef gewesen sein, Kurt Postel. Und was ist mit den anderen – kannst du deinen Großvater erkennen?«

Ja. Sabines Magen zog sich zusammen. Rechts, direkt neben Postel, stand er. Auch wenn er nicht zur Kamera blickte und das Bild grobkörnig war: Dieser Mann trug als Einziger Autofahrerhandschuhe, wie es für Heinrich Schubert typisch gewesen war. Außerdem hielt er den Rücken durchgedrückt. Die Schulterlinie, das gesamte Erscheinungsbild war Sabine vertraut.

»Ich habe ihn immer nur mit Handschuhen am Lenkrad gesehen«, sagte sie rau. Mit den Rennfahrerhandschuhen, den Manfred-von-Brauchitsch-Handschuhen, wie er sie nannte.

Im nationalsozialistischen Leistungsbetrieb werden weite Strecken zurückgelegt, auch über die Reichsgrenzen hinaus. Modernste Automobile stehen zur Verfügung.

Sie wollte Moritz den Bericht zurückgeben, aber er schlug vor, dass sie die Kopien mit nach Reims zu der Großmutter nahm. Vielleicht würde es Maria zum Erzählen bringen? Sabine nickte vage, aber sie dachte, dass Maria wohl kaum einen weiteren Anstoß von außen brauchte, sondern endlich Mut und Vertrauen.

Sie nahm den Thermobecher und verabschiedete sich. Moritz hätte sie am liebsten nach vorne zum Firmentor gebracht, aber das war natürlich unmöglich. Der Karton mit dem Gold durfte auf keinen Fall unbeaufsichtigt bleiben.

Die Straße wand sich durch die Ardennen. Der Wald war dicht, nur selten riss er unvermittelt auf und gab den Blick auf Scheunen oder Höfe frei, die sich am Wegesrand duckten. Schmucklose Einfahrten, Fenster, klein wie Knöpfe, die Mauern waren aus dunklem Bruchstein gebaut. Hier und da stapelte sich verwittertes Brennholz.

Sabine fuhr langsam. Die Tanknadel stand fast auf Reserve, und das Navi hatte seit Minuten das GPS-Signal verloren. Sie hatte sich heillos verfahren, das musste sie zugeben. Die Karten im Navi waren veraltet. Ob sie wenden und denselben Weg zurück nehmen sollte, bis sie die Autobahn wiederfand? Andererseits: Wer trieb sie zur Eile an?

Es ging bergauf, um Haarnadelkurven herum, dann stieß der Weg schnurgerade ins Tal. Die Sonne schien, die Bäume standen stramm wie Soldaten. An einer Einmündung zu einem Forstweg bremste Sabine ab und stieg aus.

Was für eine klare, frische Luft. Ein paar Vögel zwitscherten, die Motorhaube knackte vor Hitze, aber hinter diesen kleinen Geräuschen stand eine herrlich ruhige Wand. Wald, nichts als Wald. Das Handy zeigte einen Balken, immerhin, sie könnte sich orten lassen, wenn sie wollte. Aber sie hatte gar keine Lust dazu.

Sie war erschöpft, ging ein paar Schritte und wollte sich strecken, aber selbst das strengte sie an. Allem Anschein nach brauchte sie eine richtige Pause, ganz für sich allein. Dass sie verspätet nach Reims käme, konnte sie sowieso nicht mehr ändern.

Außerdem würde die Großmutter gar nicht so dringend auf sie warten. Höchstens die Studenten, in deren

WG Maria wohl wohnte, könnten ungeduldig sein. Aber diese Leute hatten sich zwei Wochen lang Zeit gelassen, bevor sie zum Telefon gegriffen und Sabine angerufen hatten. Ein paar weitere Stunden sollten sie wohl auch noch aushalten.

Zwei Wochen Sorgen um Maria. Vierzehn Tage, in denen die Großmutter in Frankreich so getan hatte, als wäre sie allein auf der Welt.

Weil?

Weil Maria Abstand zu Sabine gesucht hatte? Weil Sabine sie zu sehr bedrängt hatte und ihr auf der anderen Seite keine Wünsche erfüllen wollte, wie zum Beispiel, Pascal aus dem Kinderheim kennenzulernen? Und weil Sabine versucht hatte, sich ein eigenes, unabhängiges Bild von ihrer Familie zu machen?

Gold, Tausendmarkscheine, eine heimliche Wohnung in Köln, ein Junge namens Fritz und Elias. Ein Großvater mit Geheimnissen, die weit nach seinem Tod für Aufregung sorgten.

Vielleicht musste die Großmutter inzwischen öfter daran denken, dass auch ihr Leben zu Ende ging. Selbst Sabine dachte ab und zu an den Tod, sie wollte davor ja keine Angst haben. Aber war es dann nicht besonders wichtig, miteinander ins Reine zu kommen? Musste es nicht Priorität haben, dass die Lebenden, die Letzten aus der Familie: Maria und Sabine, sich vertrugen? Die Toten hatten Schaden angerichtet, Sabines Mutter Irene, eindeutig, und irgendwie auch der Großvater, aber man musste den Schaden doch im Diesseits begrenzen?

Sabine betrat den Forstweg. Das Licht lockte, es war grün. Im Unterholz schimmerten Pilze. Ihr fiel ein, dass ihr Auto nicht abgeschlossen war, aber das war in Ordnung.

Sie dachte an ihre Mutter, an Irene, an ihren Selbstmord in der Garage und wie die Großeltern mit dem Schmerz und der Leere umgegangen waren. So oft hatten sie Sabine erzählt, dass ihre Mutter an der Gesellschaft verzweifelt sei, am Kampf gegen Atomkraft und autoritäre Fesseln. Trotzdem hatte Sabine Irenes Tod nie verstanden. Denn wie hatte sie ihre Tochter zurücklassen können, wo sie doch in anderer Hinsicht so moralisch gewesen war? Hatte sie Sabine nicht geliebt? Und wenn doch: Warum hatte es nicht zum Leben gereicht?

Vielleicht, wenn man Sabines eigene Erfahrungen bedachte, hatte auch Irene sich von der Wahrheit, dem Bodensatz der Familie, abgeschnitten gefühlt. Ausgestanzt aus dem Leben ihrer Eltern, aus der Geschichte von Heinrich und Maria Schubert. Möglicherweise hatte Irene – genauso wie Sabine heute – Fragen gestellt und nie Antworten erhalten. Und dann könnte sogar eine Verbindung zwischen ihnen bestehen, die beste Gemeinsamkeit zwischen Mutter und Kind, zwischen Irene und Sabine, und auch zwischen Maria und Irene, und Heinrich und Irene und Sabine, also zwischen ihnen allen: dass jeder in der Familie auf seine Weise allein gewesen war.

Sabine legte den Kopf in den Nacken und sah eine Weile hoch in die Bäume. Dann marschierte sie los, zwischen die Stämme und hinein in das Gestrüpp.

26

Maria lag in voller Senioren-Montur in Reims auf dem Bett, ohne Schuhe natürlich, aber doch in langer Hose und Bluse und mit Kompressionsstrümpfen und einem feuchten Lappen auf der Stirn. Die Wohnung der WG heizte sich mittags schnell auf, und in dem Zimmer, das sie benutzen durfte, ging das Fenster nach Süden. Für die jungen Studenten ein Traum, und eigentlich auch für Maria sehr angenehm, bloß war ihr Kreislauf nicht mehr der beste.

Die Kompressionsstrümpfe hatte ihr Manu mitgebracht. Emmanuel, Manu, er war der Jüngste in der WG, und ihn mochte sie heimlich am liebsten. Aber was machte er sich für Sorgen um sie? Musste er denken, dass sie betreut werden sollte? Leise und diskret hatte er ihr die Strümpfe auf den Nachttisch gelegt, und sie hatte sich umso mehr für ihre kleine Schwäche vom Vortag geschämt.

Ja, nur der Kreislauf war schuld gewesen, es konnte nicht anders sein. Ein Schwindel, ein Taumeln, und sie hatte sich gestern sehr geistesgegenwärtig an Richard festgehalten, der sie sofort zur Chaiselongue geführt hatte. Da hatten die Jungs dann um sie herumgestanden: Richard aus Paris, William aus Kanada, Louis aus Saint-Tropez und Manu aus Reims. Vier Männer, die schwiegen, während Maria auf dem Rücken lag.

Im Kopf war sie vollkommen klar gewesen. Als die vier sie gebeten hatten, ihre Namen noch einmal aufzuzählen, hatte sie selbstverständlich alles richtig gemacht, und erst später, als Manu sich dicht über sie gebeugt hatte, waren ihr die Tränen gekommen. Manu wollte wissen, ob es jemanden gebe, den sie vermisse, und seine Stimme hatte sich wie Samt auf ihre Stirn gelegt.

»Viele, Manu. Sehr viele Menschen, die mir fehlen. Kannst du für mich eine Nummer in Köln anrufen?«

Wie unerwartet! Und nicht mehr rückgängig zu machen. Maria wusste genau, dass Sabine wütend gewesen sein musste. Darum hatte Maria in der Nacht zu heute auch kaum geschlafen. Sie hatte sogar darüber nachgedacht, ob Manu die Kompressionsstrümpfe erst nach dem Telefonat mit Sabine gekauft oder schon länger bereitgehalten hatte.

Wie sollte Maria sich verhalten, wenn Sabine in Reims ankäme? Was würde die Enkelin ihr vorwerfen, und wie konnte es bloß weitergehen? Wo doch eines feststand: Maria wollte ihren Platz in der Studenten-WG nicht räumen. Noch nicht.

Heute Morgen hatte sie, um keinen Anlass zur Sorge mehr zu geben, die Beine in die Strümpfe gezwängt und war zur üblichen Runde durch Reims aufgebrochen. Von der Rue des Augustins Richtung Rue Voltaire zur Notre-Dame. Dort hatte es wie immer eine Pause gegeben, und dann war sie weitergegangen zur Pâtisserie Waïda.

Madame Waïda hielt Maria vormittags immer einen Platz frei. Nicht draußen an den Tischen, wo die eiligen Touristen aßen, sondern drinnen auf einem der rot gepolsterten Stühle, neben den stilvoll vertäfelten Wänden und unter der kunstvollen Glaserei an der Salondecke. Einen Sablé orange zum Café oder eine Madeleine, und der Tag schmeckte herrlich.

Leider hatte Maria heute nicht daran gedacht, dass die Hosenbeine hochrutschten, wenn sie sich setzte, und Madame Waïda hatte, als sie das Gebäck brachte, die Strümpfe bemerkt. Sofort hatte sie ihr Serviertablett abgestellt. Ob es Maria gut gehe, ob sie noch ein Glas Wasser brauche, ob sie wirklich noch länger bei den Studenten hausen wolle.

»Mais oui!«, hatte Maria geantwortet und die Beine versteckt. Gerade vor Madame Waïda war es wichtig, einen kräftigen Eindruck zu machen.

An dem Abend vor zwei Wochen, an dem sie in Reims angekommen war, hatte sie noch mehr geschwächelt als heute. Verwirrt, ein Bild des Jammers, hatte sie am Bahnhof gestanden, und anstatt einen furiosen Auftakt in der Stadt ihrer Träume hinzulegen, hatte sie sich überwältigen lassen:

Der Rollkoffer ließ sich nicht mehr so leicht ziehen wie noch bei der Abreise in Köln. Jemand spielte in der Bahnhofshalle Klavier, den türkischen Marsch von Mozart, sehr irritierend. Die Sonne ging schon unter, und Maria musste vor dem Bahnhof angestrengt herumspähen. Wo sollte sie hin? All die gewaltigen Fassaden, hier und da angeleuchtet wie im Theater, dazu das Pampasgras in den Beeten. War Reims schon immer so gewesen, so geputzt, so geräumig?

Von der Seite rollte eine Menschentraube heran, und Maria konnte schließlich gar nicht mehr anders, als geradeaus loszumarschieren. Aber, oh Wunder, schon nach wenigen Metern rührte sich etwas in der Tiefe ihrer Erinnerung. Lief zu einem Bild zusammen, wie mit der Zaubertinte gezeichnet, die sie einmal der kleinen Irene geschenkt hatte, und sie wusste es wieder: Sie musste bloß durch den Grünstreifen, quer über die beiden Boulevards gehen und konnte an den Subé-Brunnen gelangen.

Ja, hier hatte sie schon einmal, vor Jahrzehnten!, gestanden und war auch damals so zerrüttet gewesen. Hatte sich vergeblich zu fassen gesucht, bevor sie Heinrich unter die Augen hatte treten können, der ja im Café Raulet auf sie gewartet hatte, in der Hoffnung, dass sie Noah Ginzburg abschwören könnte.

Aber jetzt, wo war das Café geblieben? Die Jahre gerieten durcheinander, Maria in Reims. Das Café konnte nicht weit sein …

Nein, einen Moment …

Maria richtete sich auf dem Bett auf. Sie musste sich sortieren. Die eine Erinnerung gehörte in den November 1938, Café Raulet. Die andere Erinnerung gehörte zu ihrer Ankunft vor zwei Wochen.

Vor zwei Wochen war ihr Rollkoffer über die Straße geholpert, so viel Kopfsteinpflaster, es war mühsam gewesen, und dann hatte Maria plötzlich die Säulenbögen wiedererkannt, den Eingang zum Café. Die beiden tiefgezogenen Fenster, *Salon de Thé*, *Chocolats fins*.

Jemand hatte ihr die Tür aufgehalten, sie hatte den Koffer in die Pâtisserie bis vor die Vitrine mit dem Gebäck gezogen.

»Madame Raulet?«, hatte sie eindringlich und etwas verlegen gefragt, doch Madame Raulet war nicht gekommen. Sie war tot.

»Morte«, hatte die blonde Frau mit dem freundlichen Gesicht gesagt und Maria den Arm hingehalten. *»Je suis Madame Waïda.«*

Madame Waïda hatte ihr am selben Abend ein warmes Essen, ein weiches Bett und ein langes Gespräch geschenkt. Und Madame Waïda hatte Maria tausendmal versichert, dass es vollkommen menschlich und nicht etwa dumm gewesen war, nach früher zu fragen.

Dennoch. Sie hatte sich kaum beruhigen können. Ganz plötzlich hatte sie das Gewicht der Jahre gespürt. Vermutlich erstmals ohne Beschönigung. Wie war das nur möglich? Dass sie vorher nicht darüber nachgedacht hatte? Allen Berechnungen nach war sie als Einzige von damals auf der Welt übrig. Auch Noah lebte höchstwahrscheinlich nicht mehr. Er konnte doch nicht hundert Jahre alt geworden sein?

Immerhin erklärte sich jetzt der reißende Strom an Bildern, in dem Maria zu kämpfen hatte. Jeder Eindruck, jedes Gefühl konnte sich nur noch bei ihr persönlich verwirbeln, andere Haltepunkte gab es nicht mehr.

Madame Waïda hatte Maria am nächsten Morgen in die Rue des Augustins geführt und bei der Hausnummer 14 nach einem Fotografen gefragt, nach Noah Gainsbourg, von dem manche Leute in Reims angeblich noch sprachen. Gainsbourg statt Ginzburg, sagte Madame Waïda, und das hätte Noah gefallen, so wie es ihm auch Freude bereitet hätte, die Studenten zu beobachten, die in seiner alten Wohnung lebten.

Die Studenten allerdings wussten über Noah rein gar nichts, sie hatten seinen Namen noch nie gehört, egal, was Madame Waïda erzählte. Sie waren zu jung.

Aber sie hatten Maria auf merkwürdige Weise angesehen, als sie zugegeben hatte, ein Fotomodell von Noah Gainsbourg gewesen zu sein, und sie hatten sie gedrängt, in die Küche zu kommen.

»Incroyable!« Madame Waïda hatte einen Schrei ausgestoßen, und auch Maria war wie angewurzelt im Rahmen der Küchentür stehen geblieben. Über der abgewetzten Chaiselongue der WG hing eine große, schwarz-weiße Fotografie. Sie war ein wenig vergilbt, aber das junge Modell war noch gut zu erkennen. Das Knie, das schwingende Haar und vor allem der verwegene Blick.

Der Aufbruch, an den Maria 1937 noch geglaubt hatte. Die Zukunft nach dem Abschied von der Mädchenzeit. Der Gruß, von dem sie meinte, ihn noch rasch über die Schulter werfen zu können.

Madame Waïda hatte ihre Fassung kaum wiedergefunden, und auch die Studenten waren begeistert gewesen, Maria bei sich in der Küche zu haben. Sie hatten ihr einen Stuhl hingeschoben und berichtet, dass die Fotografie schon ewig in der Wohnung hing und niemand gewusst hatte, woher das Bild stammte.

»Aus dem Atelier Bertrand«, hatte Maria geantwortet und sich gewundert, an den Silben keine Spinnweben zu finden.

Dann war sie auf das Angebot der jungen Männer eingegangen, das kleine WG-Zimmer, das gerade leer stand, zu benutzen. Nur für ein paar Nächte! Madame Waida hätte Maria lieber in ein Hotel einquartiert, aber wie sollte sie der Versuchung widerstehen, in der Rue des Augustins zu schlafen? Sie versprach Madame Waïda, täglich in der Pâtisserie vorbeizukommen und vorzuführen, dass es ihr gut ging, und so hatten sie es seitdem gehandhabt.

Natürlich hatte sich Noahs Wohnhaus seit dem Krieg verändert. Nicht zum Nachteil, nein. Die Haustür war verglast worden, Licht fiel in den Hausflur, Tag und Nacht gingen junge Leute ein und aus. Im Innenhof stand ein Sonnenschirm. Eine Kabeltrommel aus Holz diente als Tisch, und am besten fand Maria die Methode, mit der Kräuter angepflanzt wurden. Man hatte Holzpaletten hochkant an die Fassade gestellt und Töpfe hineingesteckt. Wer vorbeikam, gab ihnen Wasser. Noah hätte das wunderbar fotografiert.

Außerdem lehnte neben der Haustür ein überdachtes Regal. Bücher und Zeitschriften lagen darin, zum Mitnehmen und auch zum Ablegen, der Lesestoff wälzte sich alle paar Tage um. Eines Tages wäre vielleicht eine *Vogue* zu entdecken oder eine *Modes de Paris*.

Maria streckte sich auf dem Bett. Die Sprungfedern quietschten, was für ein altertümliches Geräusch. Aber es war wirklich zu warm, die Sonne stand zu steil auf dem Zimmer. Die lange Hose, die Kompressionsstrümpfe mussten herunter, und zwar sofort.

Sie zerrte an dem engen Gewebe, und das Blut schoss in die Waden, kaum dass sie freikamen. Frisches Blut, eindeutig lebendig! Sie warf Hose und Strümpfe mit Schwung auf den Fußboden und legte sich mit nackten Beinen wieder hin.

Ja, die Bluse verknitterte. Später musste sie sich noch einmal umziehen, aber na und? Sie lachte leise – und lachte noch einmal: Die kahlen Wände machten ein junges Geräusch daraus.

Es kitzelte an den Knien. Die Sonne zupfte an der Haut. Es war auch mondän, so halb entblößt auf dem französischen Laken. Wenn Noah… Oder Heinrich.

Marias Augen fielen zu. Im Haus gegenüber dudelte ein Radio. Leises Arabisch, das war interessant. Es wäre wohl schön gewesen, noch einmal Ray Ventura zu hören oder Rina Ketty, aber Arabisch tat es im Grunde auch.

Sie war müde, ach, wenn man es genau nahm, war sie sogar ungeheuer müde. Bis Sabine eintreffen würde, würden noch Stunden vergehen. Also durfte sie schlafen?

Kommandos, wieder wie aus Zaubertinte, aber böse. Sieg Heil. Das alte Köln, die Fronstadt am Rhein. War der Nationalsozialismus erst so deutlich zutage getreten, als die Leute ihn sorglos gebrauchen konnten? Als sie den Juden den Schmuck vom Hals reißen, die Brauhäuser für sich allein reklamieren und unter den Rheinbrücken die Homosexuellen vergewaltigen konnten, ohne bestraft zu werden? Die Jubelspaliere bilden, die Aufmärsche abhalten. Hitler am Heiligen Dom begrüßen, Grohé und Goebbels auf dem Messegelände am anderen Ufer des Rheins.

Über dem blauen Wasser segelten die Möwen. Die eleganten Damen blätterten in den Zeitschriften. Wer hätte das gedacht: Heinrich hatte in Frankreich Gold eingetrieben. Heinrich Schubert, für den der Nationalsozialismus eine schwere Aufgabe war, bloß ganz anders als für Maria. Oder ihren Vater.

Ein Freitag im Spätsommer, 1. September 1939. Keine Vorkommnisse in der Wohnung in der Severinstraße in Köln. Schränke und Türen: halb geschlossen, die Vorhänge auch, um das Tageslicht halb auszusperren. Die Milch im Glas auf der Anrichte war nur zur Hälfte getrunken.

Maria hockte im ehemaligen Krankenzimmer auf dem Teppich. Von dem kleinen Elias gab es nur noch den blauen Schlafanzug, und sie überlegte, wie sie sich und den Anzug hüten musste, damit Heinrich nicht mitbekam, dass sie so oft ihr Gesicht hineinschmiegte.

Aber Heinrich war ja auf der Arbeit, wie jeden Tag, und Maria hatte noch Stunden allein zu Hause. Sie musste derzeit nicht arbeiten, zum Glück, weil sie krank und weil sie unansehnlich und unausstehlich geworden war.

Draußen auf der Straße schrie jemand: »Sieg!« Ach ja. »Sieg!«, jetzt auch im Treppenhaus. Die kleine Elisabeth Scherer war es wohl, die über die Stufen polterte. In den Räumen ganz unten, wo früher das Kontor gewesen war, wurde gehämmert.

Ruhe war alles, was Maria brauchte. Sie wickelte sich den Schlafanzug um den Kopf.

Erst spät, als sie Heinrich an der Wohnungstür bemerkte, fiel ihr auf, dass der Tag schon zu Ende war. Heinrich musste länger gearbeitet haben als sonst. Sie verstaute den Kinderschlafanzug rasch unter dem kalten Bett und registrierte, dass sie sich, wenn es darauf ankam, wohl doch noch zielführend verhalten konnte.

»Maria?«

»Hier.«

Heinrich war unzufrieden, dass die Gardinen so unordentlich hingen. Und dass Maria schon wieder bei Elias, bei Fritz, saß, vielmehr bei der vergeblichen Erinnerung an den toten Jungen. Und dass die nahrhafte Milch, die Heinrich Maria morgens hingestellt hatte, im Glas stockte.

Aber Heinrich räumte auf und schälte Kartoffeln. Dann bat er Maria, sich doch einmal, nur für eine Stunde, ein Kleid anzuziehen, und als sie bei Tisch saßen, sagte er die Worte:

»Wir stehen seit heute im Krieg.«

Wir? Seit heute?

»Was war denn das, was bisher war?«, fragte Maria.

War noch kein Krieg, als der Vater verschwand? Als Fritz starb? Als die Judenzimmer brannten, und lange vorher: als Hans, der Buchhalter, im Karneval verhaftet und der Obstladen von Konrad verwüstet worden war? Und – nein, das musste man doch wissen! – was war es gewesen, als Doro gequält und erwürgt worden war, und Elias… Elias… Was hatten die Augustinerinnen zu seiner Verteidigung getan? Wie kriegsentscheidend war es in dem Krankenhaus gewesen, dass Elias beschnitten gewesen war? Hatten die Schwestern ihn ganz bestimmt nach allen Möglichkeiten versorgt, während Heinrich und Maria auf dem Standesamt, auf dem Drachenfels… schon wieder abwesend gewesen waren.

Heinrich legte die Gabel nieder, so wie es früher der Vater getan hatte. Er betupfte auch die Lippen mit der Serviette.

»Krieg, Maria, Krieg bedeutet, dass die deutsche Wehrmacht in Polen kämpft. Von jetzt an wird Bombe mit Bombe vergolten. Der Volksdeutsche meint, seinen Lebensraum vergrößern zu müssen.«

Sie nickte, und dabei fielen ihr die Haare ins Gesicht.

Heinrich fuhr fort: »Wir beide haben leider nichts zu entscheiden. Denn Krieg bedeutet auch, dass die Männer zum Dienst an der Waffe eingezogen werden.«

Sie fuhr hoch. Er? Heinrich?

Nein, jetzt rückte er seinen Stuhl näher zu ihr. »Ich lasse dich nicht allein«, er küsste ihre Hand, so wie meistens. »Ich passe auf dich auf, damit du gesund werden kannst. Ich bleibe bei dir. Hörst du?«

»Auf dem Drachenfels gibt es ein Telefon«, sagte sie. »Man hätte uns aus dem Krankenhaus anrufen können. Wenn die Augustinerinnen sich ernsthaft mit Elias beschäftigt hätten.«

»Mit Fritz«, entgegnete Heinrich, aber dann sah sie mit Schrecken, wie seine Augen feucht wurden. Sein Fritz, sein Junge. Der Sohn, den er nun doch nie haben würde.

»Damit ich bei dir bleiben kann«, Heinrich räusperte sich, »müssen wir uns an einige Regeln halten. Die Firma ist unser Hafen, das müssen wir verstehen. Wir müssen viel für Nordmann & Söhne tun.«

Sie war gerührt, weil er seine Tränen wegblinzelte. Sie hätte ihn gerne gefüttert, die Kartoffel auf dem Teller war schon in kleine Stücke zerlegt. Aber nein, sie faltete die Hände.

»In Reims hatten wir keinen Telefonapparat zur Verfügung, Heinrich, oder? Niemand konnte uns Bescheid sagen, dass in Köln die Kristallnacht kam, und wir haben auch die Zeitungen nicht gelesen. Wir waren nur für anderthalb Tage unterwegs und durften davon ausgehen, dass Dorothea und Elias gemütlich zu Hause in der Wohnung saßen.«

»Richtig, Maria, davon durften wir ausgehen, und

niemand hat uns über etwas anderes informiert. Aber bei Nordmann & Söhne bin ich stets für dich zu erreichen. Ich habe eine Sekretärin, die nimmt meine Telefonate als Erste an. Dann klopft sie an meine Bürotür und sagt: ›Herr Schubert, Ihre Frau ist am Apparat.‹ Wie klingt das, Maria? Meine Frau.«

»Schön.«

»Ich werde künftig etwas länger im Büro bleiben müssen. Ich werde zusehen, dass ich eine wichtige Position erlange. Unsere Metallprodukte sind für den Krieg unverzichtbar, wir haben bereits darüber gesprochen, erinnerst du dich? Jedenfalls muss ich jetzt dafür sorgen, dass auch ich als Person fest verankert werde. Damit ich in Köln bleiben kann, bei dir, und damit ich auf niemanden schießen muss.«

»Gut.«

»Aber, Maria, dafür brauche ich dich. Du musst mir helfen. Ich freue mich, dass wir zusammenstehen.«

Ihr Kopf sackte nach unten. Sie konnte nie, niemals eine Hilfe sein.

»Du bist meine Frau. Maria Schubert, ehemalige Mary Mer, und natürlich kennen meine Kollegen die strahlenden Fotos von dir. Man hat auch Verständnis, man weiß um unseren Verlust und um die Trauer, mit der du dich zurückgezogen hast. Du würdest dich wundern, wie viel Mitgefühl wir erfahren, von allen Seiten, und ich spüre dennoch die Hoffnung, dass du ins Leben zurückkehren kannst. An meine Seite. Denn es wird Zeit, Maria. Krieg! Krieg. Wir dürfen nicht auseinandergerissen werden. Also rapple dich ein einziges Mal hoch, tu mir den Gefallen, und lass dich am Hardtgenbuscher Kirchweg in der Firma blicken.

Bring mir einfach ein Pausenbrot vorbei. Es muss nicht lange dauern. Du schüttelst dem Chef, Herrn Postel, die Hand, du wirst alle bezaubern, und dann kann ich Herrn Postel bald zum Essen einladen.«

»Zum Essen – wohin einladen?«, fragte Maria klein wie eine Murmel, kannte die Antwort allerdings schon.

Vier Wochen später fingen die Glocken in Köln an zu läuten. Sämtliche Kirchenglocken, jeden Mittag für eine ganze Stunde zum Dank für den Sieg in Polen. Das christliche Dröhnen lähmte Maria und drückte sie noch tiefer in die Wohnung.

Doch eines Nachts stand sie auf und fand Heinrich nicht im Bett und nicht in der Küche. Er stand im kalten Krankenzimmer vor der Wand und hängte die Kuckucksuhr ab. Ist es möglich?, dachte sie und erschrak, weil er so heftig schluchzte, dass er die Uhr kaum packen konnte. Sie umarmte ihn von hinten. Er war etwas runder und fester als die wenigen anderen Körper, die sie kannte. Als der Körper von N… Als ein… französischer Körper. Und Heinrich fror, er zitterte und zuckte und schluchzte, aber je länger Maria ihn hielt, umso ruhiger wurde er.

Dann stand er still und drehte sich nicht um, und sie merkte, dass sie ihm guttat. Also musste sie ihn auch nicht loslassen. Ihn bloß zum Bett schieben und immer weiter von hinten wärmen. Und so machten sie es die ganze Woche, sie waren ja auch schon fast ein Jahr verheiratet, und plötzlich ergab es einen Sinn. Jemanden zu haben. Sich auf das Zubettgehen zu freuen. Wenn es dunkel war, kroch Maria an Heinrich heran, und die Gedanken hörten auf. Es wurde dann auch nicht mehr über das Pausenbrot gesprochen, das sie zum Hardtgenbuscher Kirchweg bringen sollte.

Am Ende der Woche und auch in den Wochen danach häuften sich allerdings die Bombenangriffe. Die Nächte wurden noch kürzer und unruhiger, und falls jemand behauptet hatte, der Sieg in Polen hätte für das Deutsche Reich etwas vorangebracht, wurde er widerlegt. Die Mäntel mussten jetzt ständig neben dem Bett liegen, und anstatt sich gegenseitig zu wärmen, half Heinrich Maria, in die Ärmel zu schlüpfen, wenn die Sirenen gingen. Er führte sie durch das Treppenhaus, über die Straße, wo ein Luftschutzkellerraum ausgewiesen war, und da saßen sie dicht an dicht. Die Schuberts, die Scherers, die Bardelds und die Müllersiepens. Hüften und Schultern berührten sich auf der Bank, für den Vater wäre es ein Graus gewesen, er hatte Maria schon immer vor den Nachbarn gewarnt.

»Heil Hitler«, grüßte Frau Bardeld, und nachdem außer den Schuberts jeder geantwortet hatte, sagte auch Heinrich: »Heil.«

Herr Müllersiepen zwirbelte den Schnurrbart, einen Kölner Schnurrbart mit Spitzen, die wie Lanzen rechts und links aus dem Gesicht stießen.

»Ich opfere gern meinen Schlaf«, sagte er. »Was die deutsche Luftwaffe in Polen versprochen hat, wird sie jetzt in England und Frankreich halten. Zitat Göring Ende.«

In Frankreich? Maria spürte Heinrichs Blick. Aber was wusste sie schon über den Krieg? Zu wenig.

Sie beobachtete die kleine Elisabeth Scherer. Das Mädchen hatte Angst. Neulich hatte sie noch fotografiert werden wollen, genauso wie Maria.

Ein Krachen, noch ein Jaulen über Köln. Dann war es vorbei. In der Severinstraße richteten die Bomben keinen großen Schaden an. »Noch nicht«, sagte Heinrich.

Im Januar stand Greta Bertrand vor der Tür. Ungewohnt derangiert und mit einer Lebensmittelkarte als Geschenk anstelle von Blumen. Ihr Gatte, Ferdinand Bertrand, war zur Wehrmacht eingezogen worden oder vielleicht auch freiwillig gegangen, Greta hielt sich bedeckt. Das Atelier war jedenfalls geschlossen worden – war das ein Vorwurf an die kranke und unergiebige Mary Mer? Aber nein, Greta war nur nach Köln gekommen, um eine neue Arbeitsstelle zu finden. Sie wollte dem Fahr- und Räumdienst entgehen, der den arbeitslosen Frauen drohte, wie sie sagte.

»Allen Frauen droht Dienst?«, fragte Maria.

»Meine Liebe, es ist Krieg.«

»Aber ich… Wie geht es Obersturmbannführer Becker?«

Greta zog die Brauen hoch, die immer noch nachgezeichnet waren. »Ich für meinen Teil suche eine Arbeit mit Stil«, sagte sie und musste sich sichtlich beherrschen, über Marias schäbigen Hausmantel hinwegzusehen.

Es wiederholte sich, was bereits nach Dorotheas Tod geschehen war: Greta badete Maria in Fichtennadelschaum und bereitete in der Küche einen Imbiss zu, auch wenn er recht mager ausfiel. Als abends Heinrich nach Hause kam, saß Greta immer noch in der Wohnung, und Heinrich blieb der Mund offen stehen.

»Welchen Einfluss Sie auf meine Frau haben!« Er küsste auch Greta die Hand.

Die Idee wuchs von allein, Greta bei Nordmann & Söhne einzuarbeiten. Heinrich empfand es als Ehre, denn Greta tat Maria gut, und wenn es Maria gut ging, konnte sie wiederum Heinrich guttun. Außerdem war Greta rassisch über jeden Zweifel erhaben.

Wenn Heinrich nun morgens aus dem Haus ging, malte Maria sich aus, wie er bei Nordmann & Söhne auf Greta traf. Vielleicht plauderten die beiden in den Pausen? Der Gedanke gefiel ihr. Die Firma belebte sich in ihrer Vorstellung, bekam etwas Vertrautes und rückte näher an ihre Welt heran.

Prompt meinte sie, endlich verstehen zu können, worin ihre Aufgabe bestand. Sie nahm den Haushalt in die Hand. Sie putzte und ging einkaufen, beziehungsweise eintauschen, obwohl sie das System mit den Lebensmittelmarken umständlich fand. Ungerecht fand sie es auch, himmelschreiend, hätte sie zu anderen Zeiten laut gesagt. Aber jetzt musste sie sich bemühen, die neuen Methoden anzuwenden, und zwar bestmöglich und schweigend. Wenngleich sie kaum verhehlen konnte, dass sie Ausschau nach den Leuten hielt, die keine Marken bekamen.

Es gab eine Frau, die manchmal am Rheinufer ihre Zeit verbrachte. Rani aus dem Zigeunerhaus, früher hatte sie sich auf den Frachtschiffen ihr Brot verdient. Maria hätte Rani gern in die warme Wohnung eingeladen, der Rhein roch nach Eis. Aber Rani lehnte regelmäßig ab. Sie wollte am Fluss bleiben, auf offener Fläche, wo sich niemand unbemerkt anpirschen konnte. Sie nahm immerhin einen Apfel als Geschenk, später eine Tüte Bohnen, ein halbes Brot.

Und dann gab es kaum noch eine Nacht, in der keine

Bomben fielen. Keine Ruhe mehr für Heinrich und Maria, meist sprangen sie schon wieder aus den Betten, noch bevor sie richtig darin lagen. Und einmal konnten sie nicht mehr, es reichte ihnen, die Nächte mit den Nachbarn zu verbringen, und sie huschten in ihren eigenen kleinen Keller, wo sie sich küssten. Ja wirklich! Oben qualmte es, es zog durch die Kellerfensterritzen, und unten im Dunklen hielt Maria nicht nur still. Denn Heinrichs Küsse waren überraschend sicher. Respektvoll und schmackhaft, und bestimmt ließen sie sich eines Tages im Hellen wiederholen, das meinte Maria fast schon zu fühlen. Weil Heinrichs Küsse sie vielleicht gesund machen könnten. Weil diese Küsse sie nämlich nicht aus ihr heraus führten, sondern nur zu ihr hin.

Zwangsläufig folgte der Tag, an dem Maria mit einem Pausenbrot in der Tasche die Wohnung verließ. Deutsche Siege hatten sich an deutsche Siege gereiht, und trotzdem konnte Köln nicht auf ein Kriegsende hoffen. Immer mehr Männer wurden an die Front gerufen, auch aus der Severinstraße, darum wollte Maria etwas unternehmen.

Sie überlegte, wie weit wohl der Weg zu Fuß von der Wohnung bis zu Nordmann & Söhne sein würde. Es könnte interessant sein, über eine Brücke auf die andere Rheinseite zu gelangen. Im Fluss schwamm noch Eis, das sah sie gern, und sie brauchte ja auch nicht unbedingt über die Hohenzollernbrücke zu gehen.

Sie schützte ihr Gesicht mit einem Schal vor der beißenden Kälte und wählte die Deutzer Hängebrücke aus. Der Rhein wogte erhaben, das Eis hüpfte federleicht auf den Wellen und klackerte sacht gegen die Betonfundamente.

Nach wenigen Metern traf sie Rani, die ebenfalls in den Fluss schaute. Rani war inzwischen dünn wie eine Fahnenstange und dunkelblau um den Mund. Das Pausenbrot in Marias Tasche hatte zwei Hälften. Heinrich würde mit einer einzigen zufrieden sein.

Während Rani aß, unterhielt Maria sich mit ihr, doch ein Mann, ein dürrer kleiner Kerl, beobachtete sie dabei. Er packte sie beide am Arm und fragte Maria herrisch, ob sie von Rani bestohlen worden sei.

»Loslassen!«, fauchte sie genauso herrisch zurück, woraufhin er nur Rani losließ und sich auf Maria konzentrierte. Er schimpfte und schüttelte sie, und sie lief am Ende zur Promenade zurück, um ihn loszuwerden.

Also ging es nun doch nicht anders, sie musste eine andere Brücke wählen. Die Hohenzollernbrücke, ach, es war ja nicht ihre freie Entscheidung. Sie biss die Zähne zusammen und lief schneller, als die alten Bilder in ihren Kopf kommen konnten.

Drüben, am rechten Rheinufer, gelangte sie zum Messegelände. Sie wusste, dass die Gebäude benutzt wurden, um Ausländer und Politische gefangen zu halten. Man sollte kein Mitleid haben, hatte sie in der Zeitung und auf Plakaten gelesen. Das Leben der abscheulichen Subjekte sei weit weniger wert als das Leben eines einzigen deutschen Frontsoldaten. Bloß, was hatte sie sich unter der Beschreibung vorgestellt?

Vor dem Messegelände herrschte reger Verkehr. Große Menschengruppen drängten sich innen und außen und wurden scharf bewacht. Gefangene mit hängenden Köpfen und langen, schmutzigen Mänteln. Die meisten von ihnen waren Männer. Plötzlich schrillte ein Pfiff. Das Trottoir wurde geräumt. Zwei reichsdeutsche Frauen mit Einkaufstaschen schlenderten vorbei.

Maria blieb stehen.

Ein Lkw rollte heran und bremste ruckartig vor dem Tor zum Messegelände. Auf der Ladefläche stolperten Frauen und Kinder gegeneinander, manche drohten herunterzufallen.

»Vorsicht!« Maria war zu langsam, ihr Körper war kalt. Mit Mühe klaubte sie das halbe Brot aus ihrer Tasche und reckte sich hoch zu den Kindern.

»Merci!«, rief eine Frau. Die Krümel flogen. *»Aide-moi!«,* hilf mir, rief ein Kind.

Ein Wachmann kam um den Lastwagen gepirscht, das Gewehr auf Maria gerichtet. Der Schrei blieb ihr im Hals stecken, aber er senkte die Waffe schon und musterte sie: ihr blondes Haar, den dicken Mantel, die sauberen Schuhe. Dann zielte er mit dem Gewehr auf die Ladefläche und feixte. Maria rempelte ihn heftig an, erschrak selbst darüber und lief weg.

Sie rannte, so schnell sie konnte. Rannte zur nächsten Bahnhaltestelle, stieg in die falsche Linie, fuhr zurück, stieg aus und wieder ein, noch mal und noch mal, an Haltestellen quer durch das rechtsrheinische Köln, bis sie endlich und außer Atem am Hardtgenbuscher Kirchweg angekommen war.

Ihr Haar klebte vor Schweiß. Sie teilte dem Pförtner von Nordmann & Söhne ihren Namen mit, wünschte aber, zunächst nur Greta zu sehen. Greta tat, als wunderte sie sich über nichts, und lotste sie in einen Waschraum. Nachdem das Nötigste gerichtet war, riet Greta ihr aber, sich ruhiger zu bewegen und nichts zu erzählen. Sie brachte Maria bis zu Heinrichs Bürotür und gab ihr einen Kuss auf die Wange.

Heinrich saß an einem kleinen Schreibtisch, hinter ihm hing ein gerahmtes Bild vom Führer. Ein Hakenkreuzwimpel stand auf der Fensterbank.

»Maria! Warum klopfst du nicht an?« Er stand hastig auf. »Ich freue mich, dass du kommst.«

»Das Brot…«, sie sah sich um. »Ich habe gar nicht gewusst…«

Er legte ihr den Finger auf die Lippen und zog sie an sich. Doch aus dem Augenwinkel sah sie einen braunen Umschlag auf dem Tisch liegen. Der Umschlag stand offen, etwas Dickes steckte darin. Etwas Glänzendes. Es schimmerte wie Gold.

Maria wachte auf, weil sie Stimmen im WG-Flur hörte. Ihr war kalt, trotz der Sonne, die immer noch schien. Durch das gekippte Fenster zog eine Brise über die bloßen Beine. Ihr Gesicht war nass, kein Wunder, und in ihrer Brust tobte wieder das Gefühl, das sie nicht leiden konnte. Diese unruhige Stimmung, dieser dringende Wunsch, loszulaufen oder sogar zu schlagen.

Sie wollte vom Bett aufstehen, es quietschte erbärmlich. Die Stimmen auf dem Flur wurden lauter, vorwurfsvoll, zischend. Da! Da war Sabine.

Maria beugte sich vor. Sie musste sich etwas anziehen, wo war die lange Hose? Neben dem Bett auf dem Boden, aber alles drehte sich, rechts herum, viel zu wild. Sie kroch zurück auf die Matratze und hielt sich am Bettgestell fest.

Sabine! Und dass es nun doch so schön war, sie zu

hören. So anrührend, dass es sie überhaupt gab. Irenes Tochter. So erleichternd, sie am Leben zu wissen.

Die Türklinke bewegte sich wie in Zeitlupe und knarzte.

»Hast du dir Sorgen um mich gemacht?«, rief Maria. »Es tut mir von ganzem Herzen leid!«

Und Sabine antwortete schnell, noch fast hinter der Tür: »Mir tut es auch leid, Oma, und ich habe dich vermisst.«

Später saßen sie in der Küche auf der Bank. Sabine hielt Marias Hand, allerdings so, dass Maria überlegen musste, ob die Enkelin ihr nicht heimlich den Puls fühlte. Verrückt, Sabine schien nur noch besorgt zu sein, dabei musste sie selbst vor Erschöpfung kaum gucken können. Fast doppelt so lang wie geplant hatte ihre Fahrt von Köln nach Reims gedauert, sie hatte in den Ardennen den Weg verloren. Und ganz bestimmt hatte sie unterwegs auch gegrübelt. Maria wusste, wie es zuging, wenn man stundenlang mit niemand anderem redete als mit sich selbst.

Sie verschränkte ihre Finger sorgsam mit Sabines und lächelte. Ihre Enkelin blickte unverwandt auf die Wand gegenüber, an der das alte Foto von Mary Mer hing.

Emmanuel stand weiter hinten am Herd. Er kochte Suppe und goss reichlich Wein in den Topf. Dann fragte er, ob jemand einen Löffel voll probieren wollte. Offenbar hoffte er dabei auf Sabine, aber sie lehnte ab.

Jahrzehnte, dachte Maria, und: Geht es schon wieder los? Die Jahrzehnte ließen sich manchmal schlecht voneinander trennen. Wer einmal gekocht hatte –

Dorothea, Greta, Heinrich. Wer einmal probieren sollte – Maria, Sabine, Irene. Wie sollte sie sich konzentrieren? Die Zeit zu erleben war, wie bei voller Fahrt durch eine offene Waggontür nach draußen zu sehen. Besser, man hielt sich fest.

»Du bist von dem Fotografen aber nicht schwanger gewesen?«, wollte Sabine mit einem Mal wissen. »Also, du hast von Noah Ginzburg nicht zufällig meine Mutter bekommen?«

»Sabine! Nein.«

»Was wusste meine Mutter denn über ihn?«

»Nichts.«

»Nichts?«

Maria zögerte, dann legte sie den Kopf an Sabines Schulter. »Ich will dich nicht wieder enttäuschen, auf keinen Fall, du sollst alles über mich erfahren. Auch über Noah und Heinrich, über den Krieg und die Firma, in der Heinrich gearbeitet hat. Bloß leider, über deine Mutter kann ich dir kaum etwas Neues erzählen. Ich weiß, dass du immerzu darauf hoffst, aber du kanntest sie wahrscheinlich besser als ich.«

»Ich war doch nur ein Kind! Neun Jahre alt, als sie starb.«

»Ja. Aber dich hat sie geliebt. Anders als …«

Maria zuckte zusammen. Ihr Herz kniff sich zu. So stechend und eng, es ließ nichts mehr durch.

»Oma?«

Sie stöhnte. Was, wenn es jetzt kaputtging? Wenn alles vorbei war? Es schmerzte, und es drückte und nahm ihr die Luft.

Sie merkte, dass Sabine sie gepackt hielt. Manu rief laut um Hilfe. Der Junge. Zimmertüren schlugen, aber dann gab es einen Ruck, Maria rutschte auf den Boden, auch das tat weh. Und Sabines Gesicht war da. Zum Glück. Sabine, an der man eigentlich alles wiedergutmachen sollte. Grüne Augen, so schön, genau wie die Augen von Irene. Verschreckt, riesengroß und voller Wärme.

27

Heinrich wollte, dass sie ein Kind bekamen. »Wieder ein Kind«, sagte er und stieg aus dem Bett. »Trotz Krieg.«

»Du meinst, wieder ein Kind trotz der Vorgänge um Elias?«, fragte Maria, und ihre Hände wurden kalt.

»Rede nicht so.« Er zog sein Oberhemd an.

Aber Maria konnte das nicht schaffen! Sie konnte nicht noch einmal an einem Krankenbett sitzen, selbst wenn es sich nur um eine Mandelentzündung handeln sollte. Sie würde es nicht aushalten, wenn noch einmal ein Kind seine Hoffnung auf sie richten würde.

»Fritz war eine Ausnahmesituation«, sagte Heinrich rau. »Vielleicht bekommen wir auch ein Mädchen.«

Maria zog die Bettdecke zum Kinn. Was war mit dem Geständnis, das Heinrich ihr am Tag der Hochzeit auf dem Drachenfels gemacht hatte? Dass er unfruchtbar sein könnte? Er hatte doch nicht gelogen, sie hatten bisher nie aufgepasst, nicht aufpassen müssen, und trotzdem war die Nähe unter der Bettdecke ohne Konsequenzen geblieben. Und darüber konnten sie froh sein, hatte sie gedacht. Es war ihr einziges, dauerhaft friedliches Terrain, Heinrichs und Marias privates Gebiet, auf dem sie sich finden und alles andere vergessen konnten.

»Mann und Frau.« Heinrich schloss den obersten

Kragenknopf. »Und das Deutsche Reich. Eine Ehe, aus der keine Kinder hervorgehen, ist dem Führer ein Dorn im Auge.«

»Das ist der wahre Grund?«

»Selbstverständlich nicht.«

Er band seinen Schlips und warf Maria im Spiegel einen Blick zu. Nie wurde er laut, seitdem sein Fritz gestorben war, nie stritt er erbittert.

Sie fasste sich ein Herz. »Heinrich, du hast einmal erwähnt, du hättest Mumps gehabt. Mit Komplikationen, die sich auf deine Fruchtbarkeit ausgewirkt hätten.«

»Ich meinte damit, es könnte sein, dass ich … Nicht, es müsste sein.« Er trat zu ihr ans Bett. »Würdest du dich denn nicht über ein Kind freuen?«

»Ich bin … überrascht.«

»Es wäre das Natürlichste der Welt, und ich denke, du würdest es genauso empfinden, wenn du deinen Alltag etwas anders gestalten würdest.« Er stützte sich auf die Bettkante und sah Maria intensiv an. »Ich habe davon gehört, was du den ganzen Tag treibst. Du fährst kreuz und quer durch Köln, um die Lager zu besuchen und dich mit Zigeunern und Juden zu befassen. Neulich warst du bei den Ostarbeitern von Felten & Guilleaume, und ich mache mir schon Sorgen, dass du eines Tages im Klingelpütz nach den Politischen fragst oder in der Sankt-Apern-Straße unsere Lebensmittelmarken verteilst.«

»Wir teilen unser Brot gerne mit denen, die es brauchen. Das hast du selbst gesagt, Heinrich, und so bin ich auch von meinem Vater erzogen worden.«

»Teilen funktioniert nur, solange man selbst genug

auf dem Teller hat. Ich finde, du setzt zu viel aufs Spiel.«

»Die Menschen verhungern in den Lagern. Du weißt gar nicht, wie mit ihnen umgegangen wird! Man tritt und spuckt nach ihnen, man stößt sie mit Gewehren vor sich her. Am Messebahnhof werden sie wie Vieh in die Waggons gedrängt und weggeschafft. Und keiner kommt zurück.«

»Sind dir diese Leute wichtiger als unsere Familie?«

»Es ist nicht dein Ernst, dass du so redest! Ich will nur ein Mensch bleiben, Heinrich, auch nach zwei Jahren im Krieg.«

»Aber du bringst uns in Gefahr. Es ist allzu offensichtlich. Kinderlos und eine Freundin der Juden, wie soll das gehen? Wenn man bei Nordmann & Söhne von deinem Treiben erfährt, kann ich für nichts mehr garantieren. Auch nicht dafür, dass ich in Köln bleiben darf.« Er trat einen Schritt vom Bett zurück. »Ich hätte es nie gedacht, aber ich muss wohl von meinem Recht als Ehemann Gebrauch machen. Ich verbiete dir deine Lagerbesuche, Maria. Ab sofort.«

Bitte was? Maria warf die Bettdecke von sich und sprang mit einem Satz auf. Dass sie immer noch nackt war, wurde ihr erst bewusst, als Heinrich den Blick niederschlug.

»Ich lasse mir doch nichts verbieten!«, rief sie. »Ich erkenne dich gar nicht mehr wieder, Heinrich!«

»Dann denk einmal nach! Oder sprich die Wahrheit aus. Warum benimmst du dich so? Geht es dir im Grunde darum, mich loszuwerden? Mich an die Front zu bringen?«

»Wie kommst du denn darauf?«

»Für die Juden ist dir kein Weg zu weit, aber mich besuchst du höchst selten im Büro.«

»Bei Nordmann & Söhne stehen Munitionskisten auf dem Hof. Munition für dieselben Gewehre, die ich in den Lagern wiedersehe. Das finde ich widerlich.«

»Ach ja? Und wie findest du mich? Meinst du, mir macht es Spaß, mich jeden Tag mit dem Nazipack abzugeben und Geschosse zu bauen? Ich würde auch lieber spazieren gehen oder mit dem Dampfer fahren wie früher. Aber es gibt keine andere Möglichkeit für mich, für uns, um zu überleben, verdammt noch mal.«

»Also tust du es widerwillig, was am Hardtgenbuscher Kirchweg von dir verlangt wird? Sag es mir.«

Heinrich nickte, und Maria hielt inne. Sie war ungewohnt laut geworden, aber es tat ihr gut. Es sollte endlich einmal alles auf den Tisch kommen, auch von Heinrichs Seite. Sie stemmte die Fäuste in die bloßen Hüften.

»Und was ist mit den Geschäften, die ihr nebenher betreibt?«, fragte sie. »Ich habe auf deinem Schreibtisch im Büro einmal einen dicken Umschlag gesehen. Ich kann es nicht vergessen. Was war darin? Gold? Und das soll nicht gefährlich sein? Wo hattest du es her?«

Heinrich erschrak sichtlich, dann zog er finster die Brauen zusammen. Maria wusste, dass sie eine Grenze überschritten hatte. Ihr stand es nicht zu, sich in seine beruflichen Belange einzumischen. Andererseits hatte er selbst das Gespräch auf die Firma gebracht.

»Bedecke dich bitte«, sagte er knapp. »So wollen wir nicht miteinander umgehen.«

Aber Maria war zu aufgeregt, um den Morgenmantel zu holen. Sollte Heinrich sie ruhig unmöglich finden, sie fand ihn ebenfalls unmöglich. Warum antwortete er nicht? Wo war ihr alter Gefährte geblieben?

»Früher hattest du ein Gewissen«, sagte sie. »Du hast dem Straßenkehrer Karl geholfen, als man ihn verprügelt hat. Vor aller Augen hast du ihn weggetragen! Und du hast auch für deinen Fritz gelogen, sogar vor dem Obersturmbannführer. Wo ist dein Herz geblieben?«

Heinrich drehte sich weg. »Wirf nicht alles in einen Topf.«

Ohne sie anzusehen, reichte er Maria den Morgenmantel, dann setzte er sich auf den Stuhl vor dem Spiegel.

»Das Gold gehört meinem Chef, Kurt Postel. Ich musste es für ihn bei unseren Schuldnern eintreiben. Schlimm genug. Aber dass es so offen auf meinem Schreibtisch lag, war wohl ein großer Fehler.«

»Ihr gebt das Gold bei der Reichsbank ab, wie es das Gesetz vorschreibt?«

»Nein, denn Kurt Postel befolgt seine eigenen Gesetze. Vielleicht bin ich sogar der Einzige, der von seinem verbotenen Reichtum weiß. Es wäre nicht das Schlechteste, Maria. Falls wir eines Tages einmal etwas von Postel erbitten müssen, kennen wir sein Lindenblatt.«

Heinrich knetete die Hände, und Maria merkte, dass seine Selbstsicherheit schwand. Gold. Wo Goldbesitz unter Todesstrafe stand. Und er wollte seiner Ehefrau Vorschriften machen?

Sie zog sich an. Haken griffen in Ösen, Stoff wurde über die Schenkel gezogen. Heinrich vergrub plötzlich sein Gesicht in den Händen.

»Kurt Postel kann von den Goldbarren gar nicht genug kriegen. Ich muss Rechnungsposten eintreiben, die zum Teil noch vor dem Krieg entstanden sind. So wie damals in Frankreich, vor drei Jahren, als ich mit dir nach Reims gefahren bin.«

Sie erstarrte. »Du hast… was?«

»Was dachtest du, warum wir den Firmenwagen benutzen durften? Es war für mich nicht leicht. Ich musste in Reims ein paar heikle Aufträge erledigen, obwohl ich viel lieber dabei gewesen wäre, als du vor dem Haus des Fotografen standest. Du warst so durcheinander, so enttäuscht und hast wegen dieses Mannes so schrecklich gelitten. Und dann, als wir wieder in Köln waren und erst Karl… und dann Dorothea… Wir brauchen nicht mehr darüber zu reden.«

Seine Stimme erstarb, Maria dagegen spürte einen Pulsschlag aus Stahl.

»Du hast mich drei Jahre lang in dem Glauben gelassen, wir seien nur meinetwegen nach Reims gefahren? Wir hätten nur meinetwegen Dorothea und Elias im Stich gelassen? Ich habe gedacht, ich bin schuld, dass die beiden tot sind. Ich allein!«

»Schuld. Ich habe dir diesen Vorwurf niemals gemacht, sondern dir geraten, die Dinge anders zu sehen.«

»Deinen Anteil an unserer Abwesenheit in der Kristallnacht hast du nie eingestanden.«

Sie ballte die Hände und öffnete sie wieder. Ballte und öffnete. Heinrich kauerte auf dem Stuhl. Wie tief er in sich versinken konnte, allein durch eine Körperhaltung.

Er räusperte sich, er hustete, dann sagte er mit schwerer Zunge: »Ich weiß, warum du jeden Tag zu den Lagern fährst, Maria. Du suchst in Wahrheit immer noch nach deinem Franzosen.«

Sie schlug sich vor die Brust. Wie kam er darauf?

Woher wusste er? Was sie so sorgfältig … auch vor sich selbst …

Beide schwiegen. Schweißgeruch hing in der Luft. Erst die Vereinigung im Bett, dann der Streit, dann die Wahrheit.

Maria sah sich am Lagerzaun stehen, gestern erst in Köln-Müngersdorf am Fort V. Uralte Gemäuer und Kasematten, neue Baracken daneben. Wieder war ein Lastwagen vorgefahren, der Menschen ablud. Männer, die im Gänsemarsch hineingehen mussten. Drinnen schon Dutzende Kinder, die sich nackt an Gitterstäbe drängten. Wenn sie noch länger hungerten, würden sie hindurchpassen.

»Jaja«, hatte ein reichsdeutsches Mädchen gesagt, das mit dem Fahrrad neben Maria hielt. »So viele Juden.«

»Von wo kommen sie denn?«, hatte Maria gefragt und die schreckliche Antwort bekommen:

»Alle aus Köln. Denkt man gar nicht, dass die immer noch in unseren Häusern waren.«

Später, ebenfalls gestern, ein anderes Lager, zum fünften Mal ein Besuch am Messegelände. Hier hatte Maria Französisch gehört, hier musste man etwas wissen! Aber nein, das Lager war überfüllt, wo sollte sie anfangen zu suchen? Und dann, als zwei Frauen zu Maria an den Zaun gelaufen kamen, schämte sie sich wieder. Wie sollte sie nach Noah fragen, den Namen eines Einzelnen nennen, wo Tausende eingepfercht und auf Hilfe angewiesen waren? *»Manger. Et de l'eau.«*

»Maria.« Heinrich packte sie bei den Schultern und zwang sie aufs Bett. »Du musst akzeptieren, in welchen Zeiten wir leben.«

»Du hättest mir früher sagen müssen, dass du in Reims eigene Ziele verfolgt hast. Dass du ebenfalls Schuld auf dich geladen hast!«

»Erinnere dich, du warst damals nicht ansprechbar. Auf der Reise nicht und erst recht nicht nach der Kristallnacht oder nach dem Tod von Fritz. Kein Gramm Leid wollte ich dir mehr zumuten. Mein Ziel musste sein, dir auf die Beine zu helfen. Dich in sichere Verhältnisse zu bringen, und ich meine, das habe ich geschafft.«

»Sichere Verhältnisse. Ja.« Sie war so leer.

Heinrich nahm ihre Hand. »Haben wir uns nicht gut aneinander gewöhnt? Oder – mehr sogar?«

»Das stimmt.«

Die Küsse im Keller, das Vertraute unter der Bettdecke. All das war möglich gewesen. Trotz allem.

»Ich bringe uns durch die Kriegsjahre. Vertrau mir, Maria, ich werde es schaffen.«

»Es stimmt aber, ich gebe es zu, ich suche in den Lagern nach Noah Ginzburg. Und nach meinem Vater. Ich kann nicht anders, Heinrich, es geht nicht.«

Er atmete schwer ein und aus. Dann tupfte er Maria mit dem Knöchel eine Träne von der Wange.

»Mann und Frau. Das ist unsere Situation. Und für morgen habe ich meinen Chef, Herrn Postel, zum Essen eingeladen.«

Am Vormittag kam Greta und brachte das Fleisch. Ein noch rohes Stück in einem gusseisernen Topf.

»Liebes, du kennst dich mit Rheinischem Sauerbraten aus?«

»Pferdefleisch?«, fragte Maria. »Nein.«

»Dann helfe ich dir.«

Greta hob den Deckel. Das Fleisch schwamm in Rotwein und Essig, mit Wacholderbeeren wie mit schwarzen Pocken. Die Marinade konnte nicht erst heute oder gestern angesetzt worden sein. Das Essen mit Postel hatte Heinrich lange geplant.

Doch Greta wollte nicht diskutieren, sondern machte sich in der Küche zu schaffen. Bald zischte der Braten auf großer Flamme. Außerdem legte Greta ein Kochbuch auf den Tisch und verlangte, dass Maria das Rezept für Kartoffelklöße studierte.

»Euer Abendessen wird vorbeigehen, Liebes, und egal, was du denkst, behalt es für dich. Ich kenne Männer wie Herrn Postel. Er kann amüsant sein, wenn du ihm nicht auf die Zehen trittst. Am besten schaust du dir etwas von Heinrich ab.«

»Ich mache mir um mein Benehmen keine Sorgen.«

»Nun, Heinrich hat mir recht verzweifelt erzählt, dass du dich in der Stadt herumtreibst. Wirklich, ich verstehe dich, aber klug bist du nicht.«

Maria beugte sich über das Kochbuch. Mit dem Zeigefinger fuhr sie über die Zutatenliste. Kartoffeln, Mehl, Eier, Salz.

»Wann hast du zuletzt etwas über Noah Ginzburg gehört?«, fragte sie leise, aber entschlossen.

»Ach je.« Greta steckte sich eine Rosine in den Mund. »Du bist verheiratet, Kind.«

»Noah war sogar dir einmal wichtig, Greta. Und mein Vater könnte …«

»Dein Vater! Was hat er denn erreicht? Also im Ernst.« Greta bremste sich. »Du hast krause Ideen von deinem Vater bekommen, aber ich erkenne keinen guten Plan.«

Maria schlug das Kochbuch zu. »Mein Vater wusste, wie man Anstand buchstabiert.«

»Ha!« Greta kam näher, ihr Mund duftete süß. »Würde dein Vater nicht wollen, dass du dich schützt?«

»Ich schütze mich, bloß anders als ihr. Ich passe auf, nicht von innen zu verlottern.«

Greta lachte, holte das Kartoffelmesser und fing emsig an zu schälen. Na gut, dann sollte sie die Klöße halt alleine zubereiten.

Maria zog sich zurück und bügelte das weinrote schulterfreie Kleid. »Bordeauxrot« durfte man in Hitlerdeutschland nicht mehr sagen. Aber man durfte es anziehen.

Man durfte als Ehefrau auch auffallen, jedenfalls solange es dem Ehemann genehm war – also am besten in den eigenen vier Wänden. Der Gemahl sollte sich vom Tagewerk erholen, und der Chef durfte ihm die Gemahlin ruhig ein wenig neiden.

Das Plätteisen glitt über den Stoff, und Maria hätte sich am liebsten noch selbst gebügelt. Sie hatte es sich mit Heinrich zu lange bequem gemacht und ihm die Entscheidungen überlassen, die sie beide betrafen. Er hatte es ja ausdrücklich gesagt: Sie war ihm unfähig vorgekommen, noch ein Gramm Leid zu ertragen.

Dabei hatte sie es schon als Mädchen nicht gemocht, wenn man die Verhältnisse für sie zurechtbog. Es hatte sie aufgeregt, wenn der Vater gemeint hatte, hinter ihrem Rücken Risiken abwenden und Maria beschützen zu müssen. Sie hatte es für ihr Recht gehalten, Gefahren persönlich kennenzulernen, Umstände zu durchleuchten, auch die luxuriösen, unter denen sie lebte. Sie wollte die Welt und die Menschen sehen, wie sie in Wirklichkeit waren – jedenfalls hatte sie sich eingebildet, das zu können. Ganz bestimmt aber war es ihr heute ein Anliegen, über den eigenen Ehemann, so wie er war, also auch über seine Fehler, Bescheid zu wissen.

Heinrichs Gefühle für sie konnte sie glauben, er liebte seine Maria wohl. Und sie mochte ihn auch, sie brauchte nur an seinen Umgang mit Elias zu denken. Aber trotzdem. Reims! Und das Gold. Und dass er geschwiegen hatte, aus Angst wohl – vor seiner Ehefrau.

Ab heute, das stand fest, ab heute würde Maria sich verändern. Sie würde ihre Belange selbst in die Hand nehmen, und niemand sollte mehr für sie entscheiden. Vor allem sollte niemand mehr festlegen, welches Gramm Leid wohl zu viel für sie wäre.

»Haute couture. Oh, là là«, sagte Greta. Sie lehnte im Türrahmen. »Oder Deutsche Hochmode.«

»Ein Kleid, das seine Zwecke erfüllt«, antwortete Maria.

Greta lächelte. »Welche Zwecke das sind, brauche ich nicht zu fragen.«

»Falsch. Es ist nicht das, was du denkst, sondern ich trage das Kleid, in dem ich mich wohlfühle. Denn mich selbst zu malträtieren, danach steht mir heute Abend garantiert nicht der Sinn.«

Greta verzog den Mund, aber sie ließ durchblicken, dass Maria ihr gefiel.

Sie deckten den Tisch und sprachen über das, was im Krieg aus der Mode und der Fotografie geworden war: nämlich nichts. Die Frauen im Deutschen Reich hatten kein Geld und keine Stoffe mehr, um sich etwas zu nähen, und die Illustrierten waren langweilig geworden, weil die kreativen Ateliers und die Künstler verschwunden waren. Die einzigen Fotografen, die noch die Erlaubnis besaßen zu veröffentlichen, die also deutschblütig waren, schafften es beim besten Willen nicht, Flair in die Zeitschriften zu bringen.

»Ich bin froh, zu nichts mehr verpflichtet zu sein und die Branche gewechselt zu haben«, sagte Greta.

»Froh bin ich nicht«, erwiderte Maria. »Es wäre so viel Schönes möglich gewesen, wenn die richtigen Leute das Sagen gehabt hätten.«

»Zum Beispiel mein Ferdinand Bertrand?«

Maria lächelte, Greta hatte den Namen französisch ausgesprochen.

Als wäre nichts dabei, erzählte Greta, dass Herr Bertrand von der Frontlinie aus noch immer versuchte, Kontakt zur Modeabteilung des Führers zu halten. Außerdem hatte er auf einem Heimaturlaub die neusten Geschichten über Magda Goebbels und ihre Fehltritte in Sachen Make-up und Garderobe zum Besten gegeben. Frau Goebbels litt unter dem Verlust an Glamour im gesäuberten Berlin, und Maria musste lachen. Das Geplauder mit Greta war plötzlich so leicht, das Essen garte von allein in der Küche, und der bevorstehende Besuch, der Abendtermin mit Kurt Postel, geriet in den Hintergrund. Schließlich wünschte Maria sogar, Greta könnte einfach bei ihr bleiben.

Doch Greta schenkte ihr bloß noch einen Lippenstift, den sie nicht mehr brauchte, und verließ pünktlich und eilig die Wohnung. Ihre Schritte klangen durchs Treppenhaus. Maria lauschte wehmütig und dachte an die Pariser Art zu schreiten, mit der Greta früher in der Weißen Villa die Stufen genommen hatte.

Wann sie sich wohl jemandem unverstellt zeigte?

Als es Zeit wurde, zündete Maria die Kerzen auf dem Esstisch an und blickte aus dem Fenster, ob Heinrich und sein Chef schon kämen. Zur Probe schraubte sie auch Gretas Lippenstift auf und konnte es nicht fassen! Denn – fast bekannt: Ein Zettel fiel heraus.

Lager Hoffnungsthal, voll mit Franzosen. Soldaten zwar, Gefangene der Wehrmacht, aber wer weiß? Richtung Königsforst, hinter dem Schießplatz.

Sie drückte die Botschaft an sich, aus ganzem Herzen dankbar. Dann holte sie die Streichholzschachtel und verbrannte den Zettel in der Spüle.

Kurt Postel war ein gepflegter Mann. Den schmalen Nacken hatte er hoch ausrasiert, den Scheitel scharf gezogen. Als er sich zum Essen setzte, fielen seine Proportionen auf. Im Stehen hatte er Maria kaum bis zur Nase gereicht, aber im Sitzen erweckte er den Eindruck eines Zwei-Meter-Mannes.

»Ich freue mich«, sagte er. »Welche Ehre, der herausragenden Mary Mer zu begegnen und sogar mit ihr speisen zu dürfen.«

»Und mit Mary Mers Gatten«, erwiderte Maria und lächelte Heinrich zu, denn sein Blick brannte. Beinahe ratlos sah er auf das weinrote Kleid. Am liebsten hätte er Maria ein Tuch um die Schultern gelegt, das verriet seine Miene.

Sie saß am Kopfende des Tisches, die Herren rechts und links. »Sie mögen einen Rheinischen Sauerbraten, Herr Postel? Wobei mein Mann das sicher mit Ihnen abgestimmt hat?«

Kurt Postel nickte. »Ein Junggeselle, wie ich es bin, kommt ja nicht so häufig in den Genuss einer hausgemachten Mahlzeit.«

»Ich schneide das Fleisch«, warf Heinrich ein und nahm das Tranchiermesser.

Postel lobte ihn mit einer weltmännischen Armbewegung: »So ist es richtig«, und dann schilderte er ausführlich sein eigenes Vorgehen, wenn er bei der Jagd ein Tier in freier Wildbahn zerteilte.

»Früher habe ich die Stücke im Brauhaus am Dom abgegeben und wurde zum Dank sonntags verköstigt. Aber die Jagd hat sich derzeit erledigt. Man kann leider nicht mehr ungefährdet durch die Wälder streifen, die schönsten Gewehre bleiben im Schrank.«

»Möchten Sie lieber das Endstück oder eine Scheibe aus der Mitte?«, fragte Heinrich.

»Erst wählt die Dame des Hauses, selbstverständlich.«

»Ich nehme das Ende«, sagte Maria, auch wenn sie wusste, dass sie den Braten nicht anrühren würde.

Ob sie Heinrich beschwichtigen sollte? Sie hatte ja gar nicht vor, ihn vor seinem Chef zu brüskieren. Auf der anderen Seite hatte er es sich selbst zuzuschreiben, dass er nervös sein musste.

Sie aßen und tranken, und schon kam Postel auf die Firma zu sprechen. Nordmann & Söhne hatte die Torpedogeschosse verbessert, und Heinrich hatte sich mit Brücken- und Sperrgerät verdient gemacht. Postel war mit ihm offenbar äußerst zufrieden, und Heinrich blickte verstohlen zu Maria. Sie schluckte jedweden Kommentar herunter und dachte bloß: So gingen die Herren am Hardtgenbuscher Kirchweg miteinander um? Freundlich und lobend?

Postel missinterpretierte ihr Schweigen. »Oje, Sie finden uns gewiss langweilig. Also Schluss mit den Geschäften, Heinrich, und bitte, Frau Schubert, erzählen Sie einmal von sich. Werden Sie bald wieder vor der Kamera stehen?«

»Das Atelier, für das ich gearbeitet habe, wurde geschlossen.«

»Ach. Und kann man dagegen nichts tun?«

»Es gibt auch den Fotografen nicht mehr. Alles ist hin.«

Heinrich spannte sich an. »Der Bedarf an Modefotografie ist während des Krieges ohnehin ein ganz anderer als zu den Erfolgszeiten meiner Frau im Atelier.«

»Nein, das glaube ich nicht.« Postel fuchtelte gut gelaunt mit der Gabel. »Ich sehe doch die Zeitschriften überall liegen, auch die *Dame*, die von unseren Sekretärinnen sehr geschätzt wird. Es muss eine enorme Sehnsucht nach Bildern geben.«

Heinrichs Wangen zuckten. »Meine Frau war in einem erstklassigen Rahmen beschäftigt, sie hat in Düsseldorf und Berlin auf höchstem Niveau gearbeitet.«

»Sicher, Niveau.« Kurt Postel wandte sich an Maria. »Ein Kleid aus Goldpailletten, stimmt's? Und Aufnahmen auf dem Kurfürstendamm, Respekt! Haben Sie denn in Berlin auch einmal Frau Goebbels kennengelernt? Sie soll ja ebenfalls ein Händchen für Mode haben.«

»Mir blieb leider keine Zeit für Gesellschaftstermine«, erwiderte Maria.

»Man muss sich aber auf dem Laufenden halten.« Postel drückte vertraulich ihren Arm. »Wissen Sie, was ich in Übersee gesehen habe? Wunderbare Damen, die als Fotomodelle in Industriehallen posieren.«

Heinrich unternahm einen Versuch, das Gespräch in

andere Bahnen zu lenken: »Wann waren Sie in Übersee?«

Aber der Chef wischte die Frage beiseite. »Die Damen liegen auf lackierten Karosserien oder lehnen an schweren Maschinen. Ungewohnt, aber man guckt wirklich zweimal hin. Und wissen Sie was? Wo wir hier so schön beisammensitzen, kommt mir eine Idee. Mary Mer, wäre ein Experiment in unserer Firma nicht attraktiv für Sie? Unsere Produkte würden sich an Ihrer Seite sehr modern ablichten lassen.«

»Danke, nein, das ist nichts für mich«, stellte Maria klar.

»Weil es keine Kunstfotografie wäre«, ergänzte Heinrich.

»Wo ist der Unterschied?« Postel beugte sich vor. »Warum soll bei Nordmann & Söhne nicht möglich sein, was in Übersee funktioniert?«

»Weil ...«, Heinrich wägte jedes Wort mit Bedacht ab. »Weil sich unsereins das Posieren zu einfach vorstellt. Ich weiß von meiner Frau, mit wie viel Aufwand eine Fotoaufnahme verbunden ist. Das kann in einer Firmenhalle nicht umgesetzt werden. Jedenfalls nicht in diesen Zeiten.«

»Ach, das Deutsche, das Erhabene, ich bitte Sie.« Wieder musterte Postel Maria. »Mir stehen sehr viele Möglichkeiten vor Augen. Und ich möchte Ihnen natürlich nicht zu nahe treten, aber eine Mary Mer gehört eindeutig vor die Kamera.«

Maria lächelte schmal und fing wieder einen Blick von Heinrich auf. Flackernd, irritierend, du liebe Güte, Heinrich rang offenbar um Beherrschung. Unerwartet tippte er mit dem Messerrücken an sein Weinglas:

»Wie dem auch sei. Wir haben etwas zu verkünden. Meine Frau will sich in nächster Zeit schonen, denn wir möchten endlich Nachwuchs bekommen, nicht wahr, Maria? Eine erneute Berufstätigkeit kommt für sie darum gar nicht infrage.«

Bitte?

»Nein, geschont werden muss ich nicht.« Maria hob das Kinn. »Aber trotzdem will ich nicht …«

»Maria!« Heinrichs Ohren liefen rot an.

Kurt Postel sah amüsiert von einem zum anderen: »Nicht, dass ich mit meinen Ideen für Streit sorge. Mein lieber Heinrich, solche Dinge müssen Sie unter sich besprechen. Aber mein Vorschlag ist durchaus ernst gemeint. Ich stelle Nordmann & Söhne als Ersatzatelier gern zur Verfügung, denn Mary Mer hatte und hat so viele Bewunderer, auch im Krieg, und nebenher würde die Bekanntheit unserer Produkte steigen.«

Heinrich hatte offenbar genug. Er faltete seine Serviette zusammen und erhob sich.

»Nein. Es tut mir leid. Ich muss das ablehnen.«

»Sie sind bei mir angestellt. Sie müssen im Firmeninteresse denken und den Ehemann im Zweifelsfall zurückstellen.« Spöttisch riss Postel die Augen auf. »Keine Sorge, ich denke nur an anspruchsvolle Fotografien.«

»Anspruchsvoll geht es eben nicht.« Heinrich stand stramm. »Im Krieg findet sich kein passender Rahmen für eine Mary Mer.«

Verblüfft sah Maria zu ihm hoch. Heinrich widersprach seinem Chef? Hatte er sich das gut überlegt? Oder wollte er ihn jetzt gleich noch mit seinem Wissen über den heimlichen Goldschatz erpressen?

Postel genoss es deutlich, Heinrich zu provozieren. »Wie würde denn ein passender Rahmen für Ihre Frau aussehen?«, fragte er spitz.

»Sie braucht dreierlei«, schnappte Heinrich zurück. »Beste Technik, gutes Licht und einen Fotografen mit Gespür.«

»Ha! Das alles kann man kaufen! Und wer verfügt über das nötige Kleingeld, wenn nicht ich?«

Triumphierend zwinkerte Kurt Postel Maria zu, und in diesem Moment sah sie ihn als das, was er war: als einen Mann, der seine eigenen Vorschriften erließ und eigene Moralvorstellungen hegte, der sich der Obrigkeit anschmiegte, aber gewinn- und machtsüchtig war, ein Mann, der in dem Bewusstsein lebte, immer eine Lösung zu finden, die ihm am meisten nützte.

»Magda Goebbels ist neulich in Berlin über den Kurfürstendamm spaziert«, sagte Maria. »Ich habe gehört, dass ihr die Studios und Ateliers auffielen, die inzwischen geschlossen haben und in denen Frau Goebbels nun keine Inspiration mehr findet. ›Es gibt keine Brillanz mehr im Deutschen Reich‹, soll sie gerufen haben. ›Keine Eleganz mehr, seitdem mein Mann mir die Juden genommen hat.‹«

»Das …«, Heinrich schluckte. »Tut mir leid, Herr Postel.«

Doch Postel hakte nach. »Ich glaube, ich verstehe den Witz nicht richtig?«

»Es ist kein Witz«, sagte Maria. »Wer einen wirklich guten Fotografen haben will, der muss sich heutzutage nach der Decke strecken. Oder sich an denen bedienen, die offiziell nicht mehr zur Verfügung stehen.«

Postel schien schnell zu begreifen. »Das Personal

wäre also noch greifbar, wenn man vorhätte … zu brillieren?«

»Ja.«

»Wenn man in einer spartanischen Firmenhalle üppige Aufnahmen mit exzellenten Modellen plante?«

»Dann erst recht.« Marias Stimme verriet ihre Erregung, aber Postel mochte es als Begeisterung verstehen.

»Man müsste«, sagte sie, »ein paar Sammelstellen abfragen und diskret sein. Die Fotografen können sich ja nicht in Luft aufgelöst haben.«

Postel dachte nach, hatte wohl aber längst Feuer gefangen. Er ließ den Wein im Glas kreisen und lächelte.

»Gut«, sagte er. »Wenn Sie versprechen, mit mir zu kooperieren, Mary Mer, werde ich einverstanden sein.«

Heinrich verließ den Raum. Die Schultern wie ein Brett, die Schritte klein. Genauso war er damals aus dem Krankenhaus der Augustinerinnen gegangen, nachdem die Mutter Oberin dem verstorbenen, aber beschnittenen Fritz ein letztes Gebet verweigert hatte.

Mit aller Kraft drängte Maria die Bilder zurück und nickte Postel zu, der sich zufrieden zurücklehnte.

»Heinrich, wo sind Sie?«, rief er. »Haben Sie nicht gehört? Ein paar Sammelstellen abfragen und diskret sein! Das übernehmen Sie.«

28

Sabine spazierte über den Nordfriedhof von Reims und versuchte sich zu merken, welche Abzweigungen sie schon genommen hatte und welche Gräber sie noch in Augenschein nehmen wollte. Umgestürzte Marmortafeln, zerbrochene Stelen und geköpfte Statuen, dazwischen erstklassig erhaltene Kunstwerke, Figuren und Grabplatten. Der Nordfriedhof war der älteste Friedhof von Reims und wirkte wie eine Mischung aus einem englischen Garten und dem Hinterhof eines Bildhauerkollektivs.

Noah Ginzburg oder auch Gainsbourg, hatte die Großmutter gesagt. Sabine trat zwischen die Gräber und legte Inschriften frei, aber der Name war bisher nirgendwo zu lesen.

Der Rücken tat ihr weh, und sie verlor langsam die Lust. Seit wie vielen Tagen wanderte sie schon durch die Stadt und suchte nach einem Mann, von dessen Existenz sie bis neulich nichts gewusst hatte? Sie hatte nicht einmal einen Anhaltspunkt, ob er wirklich in Reims gestorben war, und doch konnte sie nicht aufgeben.

»Es wäre schön, wenn du meine Suche fortsetzt«, hatte die Großmutter im Krankenhaus gesagt. »Selbst wenn sich am Ende herausstellt, dass er gar nicht hier in Reims begraben liegt.«

Also wäre jedes Ergebnis besser als keins? Konnte

Sabine dazu beitragen, dass Maria wieder auf die Beine kam? Sie hatte solche Angst gehabt, die Großmutter könnte sterben, und wollte alles für sie tun. Nur manchmal hatte sie Zweifel, ob der Plan nicht zu gewaltig war. Und ob sie, Sabine, wirklich die Richtige war, um nach dem Konkurrenten des Großvaters zu fahnden. Er war doch ein Konkurrent gewesen?

Noah Ginzburg, Fotograf. Geboren in Reims, ausgebildet in der Champagne und in Paris zu Zeiten, als die Modefotografie boomte. Angestellt in Düsseldorf in den Dreißigerjahren. Er war der Entdecker von Mary Mer gewesen, aber auch Mitglied in einer Widerstandsgruppe, gemeinsam mit Theodor Reimer und möglicherweise mit Greta Bertrand. Verhaftet von der Gestapo im Jahr 1938, dann nach Frankreich geflohen, um sich dort der französischen Armee anzuschließen. Als Soldat gefangen genommen von der deutschen Wehrmacht, inhaftiert im Kriegsgefangenenlager Hoffnungstal bei Köln. Anfang der Vierzigerjahre erster Fremdarbeiter bei Nordmann & Söhne. Und dann?

Die Großmutter weinte zu viel. Wenn Sabine bei ihr im Krankenhaus saß, nahm Maria sich zusammen, aber wenn sie allein war, das hatte Sabine von den Krankenschwestern erfahren, starrte sie aus dem Fenster und ließ die Tränen laufen.

Ihre Geschichte, die Geschichte von Mary Mer, war die Geschichte von drei Menschen, die wie alle anderen ihren Platz auf der Welt gesucht hatten und manchmal meinten, jemandem etwas wegnehmen zu müssen. Sie hatten unter dem Einfluss von weiteren Menschen, eigenen und äußeren Umständen gelebt, sich darauf einen Reim gemacht und Konsequenzen gezogen. Hätten sie auch anders handeln können? Hätten sie bessere Plätze im Leben gefunden, wenn sie sich selbst besser gekannt hätten und ehrlicher zueinander gewesen wären?

Es gab kein richtiges Leben im falschen, das stimmte. Und wo Freiheit im Allgemeinen beschnitten wurde, konnte Freiheit auch nicht vom Einzelnen erreicht werden.

»Wie kam Großvater damit zurecht, dass du immer wieder nach Noah Ginzburg gesucht hast?«, hatte Sabine die Großmutter gefragt.

»Zuerst war er schockiert.« Maria hatte gelächelt, aber auf die traurige Art. »Als das Abendessen damals vorbei war und Kurt Postel endlich unsere Wohnung verlassen hatte, haben Heinrich und ich uns die ganze Nacht gestritten. Zum Glück wurde es schon am folgenden Wochenende wieder friedlicher. Heinrich hielt es nicht lange aus, wenn wir uns zankten. Ich habe ihn überredet, sich die Gefangenenlager in Köln einmal persönlich anzusehen. Inzwischen waren es schon Hunderte Lager, über das Stadtgebiet verteilt. Juden, Ostarbeiter, Kriegsgefangene. Menschen aus allen möglichen europäischen Ländern waren in Kölner Brauhäusern, Fabriken und Baracken eingesperrt. Zu Hunderten, ach was, zu Tausenden mussten sie vor sich hin vegetieren. Oder sterben. Oft waren sie nur durch einfache Maschendrahtzäune von uns abgetrennt. Mit Stacheldraht obenauf und scharfer Bewachung natürlich, aber man konnte von außen einiges sehen. Die Stadt Köln fand nicht, dass es etwas zu vertuschen gab. Im Gegenteil, ganz im Sinne von Gauleiter Grohé war man stolz auf die Rassenpflege am Rhein. Mischehen und Mischlingskinder wurden in Köln so früh und hart verfolgt wie kaum irgendwo sonst in Nazideutschland. Und wer in den Lagern saß und halbwegs gesund erschien, der musste für die Herrenrasse arbeiten. Jeden Morgen wurden Gefangene in großen Trupps durch die Straßen getrieben. Vor aller Augen gequält, in Fabriken und auf Baustellen geschunden. Die Kölner gewöhnten sich an den Anblick. Ja, was denkst du denn? Bald drehte sich niemand mehr um, nur ungern blieb man stehen. Und als immer mehr Häuser in Trümmern lagen, bediente sich die Kölner Stadtverwaltung noch an den Häftlingen aus dem KZ Buchenwald. Köln wurde zur Außenstelle des Konzentrationslagers, Köln war die erste Stadt mit einer eigenen SS-Baubrigade. Hunderte KZ-Häftlinge wurden aus Buchenwald herangekarrt und mussten in unserer Stadt Steine schleppen. Kennst du die Bilder von den gestreiften Anzügen?«

Bei dieser Erzählung hatte Sabine stumm dagesessen, und auch die Krankenschwester war im Zimmer stehen geblieben. Sie verstand kein Deutsch, aber sie hatte wohl begriffen, dass es um etwas Wichtiges ging. Da war eine Großmutter, eine Enkelin. Und ein Herzmonitor, den es im Auge zu behalten galt.

»Auch für Heinrich war die Situation der Juden und anderen Gefangenen nicht neu«, hatte Maria gesagt und an die Decke gesehen. »Aber als wir in Köln-Müngersdorf am Fort standen, war er trotzdem erschrocken. Als ob es zum ersten Mal richtig zu ihm durchdrang, was mit den Menschen geschah. Er packte mich am Oberarm, dass ich blaue Flecke bekam, und riss mich vom Zaun weg, wollte sofort zum nächsten Laden, um Brot zu kaufen. Wir hatten unsere Lebensmittelmarken dabei, aber beim Bäcker waren die Regale leer, es gab auch keine Milch nebenan. Das Einzige, was wir eintauschen konnten, war Fisch. Eine glitschige Barbe aus dem Rhein. War das gut? Wir wussten es nicht, aber wir haben den Fisch über den Zaun auf das Lagergelände geworfen, roh, und die Menschen haben sich darauf gestürzt. Ein Tumult, und … ach, wir sind schnell nach Hause zurückgefahren, und dann hat Heinrich … das habe ich ihm nie vergessen … Er hat gesagt: Ich bin einverstanden.«

»Einverstanden?«

»Er war einverstanden, Noah Ginzburg zu suchen. Damit Noah zu Nordmann & Söhne kam.«

»Als Zwangsarbeiter! Oma! Und seit wann brauchst du eine Erlaubnis, um einen Menschen zu retten?«

»Ich weiß, aus heutiger Sicht muss man sich mit keinem Ehemann einigen. Aber damals war es eine ungeheure Erleichterung und Hilfe für mich.«

»Hat Großvater denn … hat er dir irgendwelche Bedingungen gestellt? Er muss doch Angst gehabt haben, dich zu verlieren, wenn du wieder Kontakt zu Noah hattest.«

Die winzige Pause, die Maria eingelegt hatte, bevor sie antwortete, war auffällig gewesen.

»Nein. Keine Bedingungen. So war Heinrich nicht, selbst wenn er manchmal so auftrat.«

Sabine lief auf dem Friedhof an einer Gärtnerin vorbei. *»Bonjour, Madame.«* Dann entdeckte sie ein prächtiges Mausoleum am Wegesrand und steckte den Kopf hinein. Eine aufwendige Andachtsstätte, drei Meter hoch und verschnörkelt, aber auch hier suchte sie vergebens. Eine Namenstafel gab es nicht.

Das steinerne Dach war vermoost, darunter zeigten sich Risse. Jederzeit konnte das Mausoleum zusammenbrechen. In Deutschland wäre der Friedhof längst abgesperrt worden, hier in Reims passte man wohl auf sich selbst auf.

Die Stadt war hübsch, sehr freundlich und voller Überraschungen. Am Vormittag hatte Sabine den *War Room* besucht, in dem der Zweite Weltkrieg zu Ende gegangen war. Der Raum war ein umfunktioniertes Lehrerzimmer. Das Hauptquartier der Amerikaner hatte sich mitten in einer Schule befunden, und die Schüler hatten als lebende Schutzschilde gedient. Ahnungslos hatten die Kinder 1945 im Unterricht gesessen, während sich in ihrem Gebäude der geheimste aller geheimen Orte befunden hatte.

Die Schule existierte heute noch, aber der *War Room* war zu einem kleinen Museum umgestaltet worden. An den Wänden hingen Landkarten wie im Erdkundeunterricht, nur dass an den Rändern Frontverläufe und Zahlen von Toten notiert waren. Um einen langen Tisch in der Mitte des Raumes standen einfache Holzstühle. Man konnte lesen, wer wo gesessen hatte, als Deutschland kapituliert hatte, am 7. Mai 1945, hier in der französischen Provinz. Von Seiten der Wehrmacht: Admiral von Friedeburg, General Oberst Jodl, Major Oxenius. Beim Anblick der Aschenbecher hatte Sabine eine Gänsehaut bekommen.

Und dann war sie doch schon wieder ins Krankenhaus gelaufen, und die Großmutter hatte sie hoffnungsvoll angesehen: »Hast du Noah gefunden?«

Nein. Leider, leider nicht. Aber gab es nicht auch noch etwas anderes zu erzählen? Mehr über Heinrich zum Beispiel, die Ehe mit ihm, seine Arbeit bei Nordmann & Söhne?

»Alles der Reihe nach«, hatte Maria gesagt.

Sabine machte ein paar Fotos von dem Mausoleum und ließ den Friedhof hinter sich. Sie hatte Hunger und konnte schon von Weitem erkennen, dass die Markthalle geöffnet hatte. Unter anderen Umständen, also wenn sie hier einmal Urlaub machen sollte, würde sie den ganzen Tag lang Reimser Delikatessen essen, *pain* fotografieren und Champagner trinken, so wie Madame Waïda es ihr täglich empfahl.

Sie sehnte sich nach Moritz. Und nach Pascal. Sie sehnte sich sogar nach ihrem Arbeitsalltag in Köln, wobei es im Jugendamt mittlerweile drunter und drüber gehen musste. Wenn sie wieder in einer Teambesprechung säße, würde es ihr schnell zu viel werden. Oder wenn sie von Reims aus ein einziges Mal in ihre E-Mails schauen würde … Nein. Sie hatte ihren Jahresurlaub genommen.

Als sie vor der Markthalle stand, nahm sie ihr Handy und rief in Köln an.

»Moritz, ich komme bald wieder.«

»Ja! Geht es deiner Großmutter besser?«, fragte er. »Ich vermisse dich.«

»Sobald sie aus dem Krankenhaus darf, packe ich sie ins Auto und fahre los. Es kann nicht mehr lange dauern, sagen die Ärzte, Maria macht sich gut.«

»Will sie denn überhaupt zurück?«

»Sie muss. Sie kann nicht ewig bei den Studenten

bleiben, das Zimmer ist vermietet. Außerdem haben wir bald alles abgeklappert, was sie sich vorgenommen hatte. Wir werden Noah Ginzburg nicht finden, fürchte ich. Auch nicht sein Grab.«

Sie hörte Moritz atmen und drückte das Gerät an ihr Ohr. Er schien zu lächeln.

»Hast du deine Großmutter nach dem Gold gefragt?«, wollte er wissen.

»Noch nicht. Heute Nachmittag frage ich vielleicht. Spätestens morgen, versprochen.«

Ja, er lächelte, er war ein Meister in hörbarer Mimik.

»Ich muss dich unbedingt …«, sagte sie. »Ich halte es gar nicht mehr aus. – Was ist los?«

»Ich habe den Jungen bei mir. Pascal, komm ruhig her.«

Pause, Rascheln. Moritz lachte, und Sabine schloss die Augen. Es kam überfallartig, es schoss ihr in die Beine. Sie war glücklich.

»Sabine!«, rief Pascal. »Moritz und ich fahren zusammen in den Urlaub!«

»Ach ja? Wann?« Ihr Herz zog sich zusammen, sie wäre selbst eine gute Patin für das Kind gewesen.

»Und du fährst mit!«, rief Pascal. »Egal, wann es klappt.«

Sie setzte sich, wo sie stand, auf den Boden. Kopfsteinpflaster, glatt und warm von der Sonne. Es war unglaublich, das Leben war schrill. Sie fühlte sich frei.

29

Die Linie K fuhr bis in den Königsforst. Heinrich und Maria waren zuletzt vor gut drei Jahren in der Gegend gewesen, als sie nachgeforscht hatten, was es mit dem gefälschten Ausweis von Elias auf sich hatte. Damals waren sie von der Endhaltestelle gen Nordosten ins Bergische bis nach Forsbach gewandert, zu der Adresse, die auf dem Papier stand. Julweg, Fritz Hake. Sie hatten ein Wiesengrundstück mit einem verlassenen Gartenhaus gefunden, die Erinnerung tat weh.

Heute marschierten sie weiter südlich durch den Wald, und wieder schwiegen sie bedrückt. Das Lager Hoffnungsthal lag etwas versteckt, und der Weg dorthin war gefährlich. Sie bewegten sich durch militärisches Sperrgebiet, die Wehrmacht hatte im Königsforst Munition und Waffen vergraben. Aber das Schlimmste war die Angst vor dem Anblick, der auf Maria und Heinrich am Lagerzaun wartete.

Maria hatte sich das Gelände schon einige Male allein angesehen. Obwohl es Hunderte Polen und Franzosen waren, die im Lager Hoffnungsthal gefangen waren, hatte sie gleich beim ersten Mal Noah entdeckt. Er hatte vor einer der Baracken gehockt. Ein kauerndes Skelett, das seinen Schädel festhielt. Kaum wiederzuerkennen, und doch … die Hände, die Arme. Die Haare, die eine andere Farbe hatten, aber gelockt waren. Das Hin- und Herwiegen auf den Fersen. Eine Bewegung aus der Hölle.

Maria hätte schreien, Noah auf sich aufmerksam machen wollen, hätte wüst am Zaun gerüttelt: Hilfe ist da! Aber sie hatte natürlich nichts dergleichen getan, sondern sich lautlos gekrümmt, vor Schmerz und Wut, vor Freude und gleichzeitig vor Scham, überhaupt so etwas wie Freude empfinden zu können, nur weil sie ihn endlich gefunden hatte. An einem solchen Ort.

Später, in der Linie K zurück nach Hause, hatte sie ununterbrochen geweint – um im Morgengrauen rasch noch einmal in den Königsforst zu fahren und nachzusehen, ob sie sich nicht getäuscht hatte. Ob es wirklich Noah sein konnte, der in diesem Lager saß.

Ja, er war es, sie entdeckte ihn wieder und kämpfte doch um Gewissheit. Und dann verbrachte sie weitere Besuche am Zaun damit, die Organisation des Lagers zu studieren. Wer war zuständig? Gab es Zeiten, zu denen Noah nicht auf dem Gelände war? Was könnte schiefgehen, wenn Nordmann & Söhne einen der Verantwortlichen auf genau diesen Häftling ansprach?

Verantwortlich schienen alle zu sein, die eine Uniform trugen. Die Wachleute traten und schlugen, sie übergossen die Gefangenen, wenn sie nicht spurten, aus dem Stegreif mit Wasser. Einmal hörte Maria einen Schuss. Gebrüllt wurde selten.

In regelmäßigen Abständen stellten die Wächter Trupps aus vierzig, fünfzig Häftlingen zusammen und trieben sie auf Lkw oder zu Fuß in den Wald. Oft mussten sie Spitzhacken oder Schaufeln schultern, sie wurden zu Baustellen gebracht, und wenn sie später zurückkamen, wurden sie am Lagertor noch einmal in

Augenschein genommen. Manche Männer konnten kaum laufen. Die Wachleute stießen die Schwächsten zu Boden. Mit dem Gewehrkolben ins Gesicht. Sie blieben liegen und waren irgendwann verschwunden.

Hoffnungsthal? Wussten die Franzosen und Polen, was dieses Wort bedeutete? Noah würde es übersetzen können.

Heinrich nahm Marias Hand und drückte sie tröstend. Sie hätte ihn gern angelächelt, hier, im Sonnenschein auf dem Waldweg, aber seit sie nicht mehr schlief, seit sechs Tagen, genauer: seit sie Noah gefunden hatte, musste sie mit allem haushalten.

Musste sie auch mit dem Getöse und Gesumme in ihrem Kopf fertigwerden, mit der Furcht im Becken und in den Knien und mit dem Horst-Wessel-Lied, das zwischen den Ohren festhing.

Die Straße frei den braunen Bataillonen!
Die Straße frei dem Sturmabteilungsmann!
Es schau'n aufs Hakenkreuz voll Hoffnung schon Millionen.

Wo auch immer sie ging, selbst jetzt gerade im Unterholz, befürchtete sie, im Takt zu marschieren. Stolperte lieber, huschte, schlich. Wollte die Melodie loswerden und verlor sich gerade dann in ihr, wenn sie möglichst wenig an sie denken wollte.

Heinrich verstand das. Auch er hatte sich verändert. Er war wachsamer, kämpferischer als zuvor und zog mit Maria an einem Strang. Es war unerwartet gekommen, aber sie hatten wieder ein gemeinsames Ziel, nämlich Noah aus dem Lager zu holen. Manchmal bezweifelte Maria, ob das gemeinsame Ziel auch bedeutete, dass sie sich einig waren. Vielleicht half Heinrich nur deshalb bei Noahs Rettung mit, weil ihm nach Postels Befehlen, einen Fotografen zu organisieren, nichts anderes mehr übrig blieb? Oder er half, um eine größere Chance zu haben, Maria zu beobachten?

Mann und Frau.

»Wir gehören zusammen.« Heinrich hatte sich in der vergangenen Nacht eng an Maria geschmiegt. »Außerdem bin ich kein schlechter Mensch, nur weil ich für Kurt Postel arbeite. Eines Tages wirst du das verstehen.«

»Ich verstehe es doch jetzt schon. Sonst hätte ich dich nicht geheiratet.«

Ja, sie wollte versöhnlich sein. Mehr daran denken, wie er damals mit Elias umgegangen war und wie verwirrt und erschüttert er gewesen war, als er neulich zum ersten Mal an einem Lagerzaun gestanden hatte. Mittlerweile, wenn Maria ihm morgens ein Pausenbrot schmierte, ließ er es auf dem Küchentisch liegen, damit sie es verschenkte. Vor einer Woche hatte er sogar einen Geldschein in einem Hemd zurückgelassen, das sie im Wäschekorb fand. Also konnte sie sich doch nicht beklagen? Er war ihr wieder nähergerückt, und sie könnte sich ein Beispiel daran nehmen.

Sie marschierten und duckten sich dann.

Der Zaun um das Lager Hoffnungsthal war sicher fünf Meter hoch. Ein Strauch gab ihnen Sichtschutz, sie spähten durch die Zweige und Maschen zu den Baracken hinüber. Eines der Gebäude war im Stil eines Fachwerkhauses gebaut, ein eigenartiger Anblick. Die

Vögel sangen, die Sonne schien weiter, und aus dem Lager kamen gedämpfte Geräusche. Ein leises Klirren und Schaben. Hätte Maria die Augen geschlossen, wäre sie nie darauf gekommen, dass dieser Ort vor Menschen wimmelte.

Lebende Tote. Schatten, an denen Fetzen aus Stoff hingen. Knochenbündel. Manche scharrten im Boden, als suchten sie etwas. Manche kratzten sich monoton. Stützten sich, lagen beieinander, schauten in den Himmel. Hunderte auf dem staubigen Platz vor den Baracken.

Wachmänner schritten in Uniform das Lager ab, immer zu zweit, sie ließen die Gewehre baumeln und bewegten sich lässig. Heinrich und Maria versteckten sich sorgfältig hinter dem Strauch, dabei interessierten sich die Wachleute gar nicht für diese Seite des Zauns.

Die Sonne blendete. Ameisen liefen, der Waldboden roch verdächtig. Wo war Noah?

Maria umklammerte einen Stock und wagte nicht, Heinrich anzusehen, weil sie fürchtete, er könne drängeln. Sie würde ihm den Fotografen zeigen, gleich, sie brauchte bloß noch eine kleine Minute, um die Hundertschaften und das Gelände abzusuchen.

Und da! Sie streckte den Finger vor. Da hockte Noah! Wieder ein wenig abseits, das Gesicht nach unten, aber die Knie stachen typisch nach vorn. Die Ellbogen hielt er umklammert, und die Haare, ja, die Haare waren eindeutig seine. In diesem Lager wurde nicht geschoren.

Heinrichs Kiefer spannten sich an. Sein Gesicht war aus Stein, dann zerfloss es.

»Hält er noch durch?«, flüsterte er, und für diese

Frage hätte Maria ihn nun doch verlassen können. Denn er sprach aus, was absolut undenkbar war, und wollte er wirklich sein weiteres Vorgehen davon abhängig machen, was Noah noch schaffte? Was er leistete? Was er aushalten konnte?

»Sag Postel, es ist so weit«, flüsterte Maria. »Der Fotograf kann kommen.«

Die Ankunft von Noah Ginzburg bei Nordmann & Söhne geriet zum Spektakel. Ein Lkw fuhr am Hardtgenbuscher Kirchweg vor, Noah stolperte von der Ladefläche und hielt sich am Firmentor fest.

Der Pförtner öffnete per Knopfdruck, ohne die Loge zu verlassen, und der Fotograf wankte auf den Hof.

Sämtliche Mitarbeiter der Firma hatten sich versammelt, sie wichen zurück. Nur Kurt Postel trat vor und hob einen Arm:

»Noah Ginzburg?«

Noah nickte, selbst das schien mühsam zu sein.

»So können Sie meine Firma nicht betreten«, sagte Postel. »Ich muss zugeben, ich hatte Sie mir anders vorgestellt.«

Jemand lachte. Heinrich, Maria und Greta, die eigentlich am Bürokomplex warten wollten, sahen sich an. Dann hakte Greta Maria unter und zog sie mit nach vorn.

»Ja, das ist der Mann, der in Düsseldorf bei uns gearbeitet hat«, verkündete Greta.

Noah zuckte zusammen. Sah auch zu Maria, sein Mund machte furchtbare Bewegungen. Die Haut saß dünn und straff auf dem Kiefer, die Zähne drückten sich durch.

»Noah«, sagte Maria, aber Greta brachte sie mit einem Ruck zum Schweigen.

»Also was machen wir mit ihm?«, fragte Postel und verzog das Gesicht. »Unzumutbar, ich rieche es bis hierhin. Tut mir leid, Mary Mer. Warum ist der Transporter bloß schon wieder weggefahren?«

Noah hielt sich den Magen oder das, was vom Magen übrig war. Er zitterte am ganzen Leib, und auch Maria fing an zu zittern. Da spürte sie Heinrich an ihrer Seite.

»Wir statten den Mann aus«, sagte Heinrich ruhig und für alle gut hörbar. »Wir machen einen Menschen aus ihm und entscheiden anschließend, was sich für uns lohnt.«

Maria machte sich frei und ging auf Noah zu. Plump, steif unternahm sie drei Schritte. Taub gegen die Stimmen der anderen, stumpf gegen die Luft, in der die Erde sich drehte und die nur von einem einzigen Geruch geschwängert war, nämlich dem widerlichen Geruch nach Metall. Eins, zwei, stopp.

»Herr Ginzburg, wir kennen uns. Erinnern Sie sich?«

Er nickte, und sie sah, dass er sich bemühte, aufrechter zu stehen. Und plötzlich konnte sie sich selbst kaum halten, bekam auch kaum Luft, aber wie vermessen, wie unverschämt von ihr, denn wenn er sich anstrengte, sollte sie es erst recht tun!

Ich sehe dich, dachte sie und sagte: »Ich freue mich, Sie wiederzusehen. Der Chef dieser Firma, Herr Postel, dort drüben steht er, hätte eine Aufgabe für Sie. Könnten Sie sich vorstellen, Ihre Spezialkenntnisse hier bei Nordmann & Söhne einzusetzen?«

Schon wieder lachte jemand. Und wieder nickte

Noah Maria zu, aber dann knickten seine Knie ein. Sie streckte die Arme nach ihm aus, er sollte nicht straucheln, da wurde sie zurückgerissen, von Greta, von Heinrich, es war sicher klüger. Besser auch, dachte sie, dass es am Ende Greta war, die Noah auf die Füße half.

»Meine Damen!«, protestierte Kurt Postel. »Das brauchen Sie nicht! Lassen Sie das.«

»Er lebt im Wald, soviel ich weiß«, sagte Greta gelassen. »Aber wir werden nicht erlauben, dass er sich vor der Arbeit drückt. Darum denke ich, wir schicken ihn in den Waschraum und sehen, was dabei herauskommt. Genau, wie Herr Schubert es vorgeschlagen hat.«

Allgemeine Unruhe. Einer der Mitarbeiter rief: »Chef! Wir sollen uns das Waschbecken mit einem Ostarbeiter teilen? Andere Betriebe machen das nicht so.«

»Der Mann ist kein Ostarbeiter.« Auch Postel hob die Stimme. »Er ist ein französischer Kriegsgefangener und wird unsere Befehle ausführen.«

»Ist es so weit? Kommen die Fremdarbeiter jetzt auch zu uns?«

»Nordmann & Söhne wird genau prüfen, ob wir diesen Schritt unternehmen. Dazu ist dieser Mann heute hier, als Testfall und weil er uns aus früheren Zusammenhängen bekannt ist. Er verfügt über gewisse Fertigkeiten, und wir werden Versuche mit ihm durchführen. Sie alle lassen uns bitte in Ruhe und arbeiten wie gewohnt. Das Projekt wird nur ein oder zwei Tage in Anspruch nehmen.«

Als bleiche Gestalt kam Noah aus dem Waschraum zurück. Die Augen in noch dunkleren Höhlen. Die Haare nass gekringelt am Kopf, es gab kahle Stellen dazwischen. Greta hatte ihm einen Blaumann besorgt, der Stoff schlackerte um seinen Körper, war aber an Armen und Beinen zu kurz. Die Haut an Noahs Hand- und Fußgelenken war mit Stichen und Bissen übersät. Rote, entzündete Punkte.

Maria wusste, dass Noah nicht in der Lage sein würde, die Kamera zu bedienen. Kraftlos kniete er in der Produktionshalle, mit dem Apparat in der Hand, er konnte nicht stehen. Selbst der Lederriemen der Kamera schien zu schwer für ihn zu sein.

Postel kommentierte das Erscheinungsbild mit einem Brummen, wollte aber unbeirrt seinen Plan umsetzen. Er ließ einige Munitionskisten aufeinanderstapeln und erklärte Maria, welche Posen und Gesten gewünscht waren – und welche Produkte von Nordmann & Söhne sie präsentieren sollte. Sie hielt zur Probe Geschosse im Arm und stützte sich auf Bauteile von Pioniergerät.

Der Firmenname, der mit schwungvollen Buchstaben in das Holz der Munitionskisten eingebrannt war, wurde nach vorn zur Kamera gerückt. Maria warf den Kopf in den Nacken und wog Granaten in der Hand. Sie fragte gern, ob sie alles richtig machte, denn jeder Schmollmund war erlaubt, dachte sie, jedes schmeichlerische, widerwärtige Verhalten, solange sie Zeit schinden konnte. Minuten, in denen Noah in relativer Sicherheit war.

Heinrich war in sein Büro geschickt worden. Als er sich von Maria verabschiedet hatte – nur bis zur Mittagspause –, hatte er seine Wange an ihr Gesicht gelegt und geflüstert: »Du bist schön. Viel Glück.« Nett war das wahrscheinlich gewesen, aber auch boshaft banal, als ginge es wahrhaftig ums Posieren.

Greta dagegen hatte in der Zwischenzeit eine Flasche Milch und einen ganzen Marmorkuchen organisiert. Sie reichte Noah vor Postels Augen einen Becher, als wäre es das Selbstverständlichste der Welt, und ließ sich auch nicht davon abhalten, den Kuchen zu schneiden und auf der Werkbank auszubreiten, als wären sie alle gleichermaßen zum Essen eingeladen: Kurt Postel, Maria, Noah und Greta selbst.

»Geht es Ihnen gut?«, fragte Postel Maria. »Haben Sie alles, was Sie brauchen, Frau Mer?«

»Danke, ja. Ich überlege nur gerade, ob ich aus der Übung gekommen bin.«

»Keineswegs! Sie wissen gar nicht, wie Sie ... Und ... Sie strahlen. Und das, obwohl sich die Prozedur immer noch in die Länge zieht.«

»Früher saßen wir tagelang an einer einzelnen Fotografie. Man muss so viel beachten, Herr Postel, das habe ich gelernt, es muss alles zueinanderpassen.«

»Jaja, ich weiß: Technik, Licht und Kamera.«

Maria ließ ein Lachen hören. »Nicht nur. Es braucht Verstand und Begabung, gutes Licht und Chemie. Und es braucht Ruhe für den Fotografen, damit er das Modell in der Örtlichkeit positionieren kann.«

»Hm. Ob er das schafft?«

Postel maß Noah mit skeptischer Miene. Auf Noahs Stirn stand Schweiß. Greta hatte sich kuchenessend zu ihm gesetzt und griff nach dem Belichtungsmesser, aber Maria meinte, auch beobachtet zu haben, dass Greta ein Stück Kuchen in Noahs Blaumanntasche geschoben hatte.

Er drückte auf den Auslöser, irgendwie, und die Filmrolle wurde voll. Greta übernahm den Botengang zum Fotolabor, die Bilder sollten schnellstmöglich und diskret entwickelt werden. Noah musste die Kleidung wieder abgeben und wurde in die Pförtnerloge gesperrt, um auf den Lkw zurück ins Lager zu warten. Postel klagte unterdessen über Hüftschmerzen vom langen Stehen in der Halle und befragte Maria unter vier Augen nach ihren Eindrücken vom Tag.

Sie entschied sich für ein Sowohl-als-auch. Sehr ausführlich sprach sie über die Geheimnisse des Kontraposts und fügte an, die Körperspannung sei ihr heute nicht so gelungen wie früher, da sie viel Routine verlange. Trotzdem sei das Erlebnis, wieder vor der Kamera zu stehen, das höchste Vergnügen gewesen, auch ohne an die alte Form einer Mary Mer angeknüpft zu haben.

Postel reagierte wie erwartet. Er telefonierte mit dem Arbeitsamt und der Verwaltung des Lagers Hoffnungsthal, um Noah für einen zweiten Tag anzufordern. »Wenn Sie noch kein perfektes Gefühl haben, Mary Mer, habe ich es auch nicht.«

Der Lkw kam wieder am Morgen an den Hardtgenbuscher Kirchweg, aber diesmal gab es keine Mitarbeiterversammlung auf dem Hof, denn Postel ließ keine Pausen mehr zu. Nicht einmal Heinrich durfte dabei sein, als Noah am Pförtner vorbeistolperte.

Greta schickte den Fotografen erneut in den Waschraum und gab ihm diesmal einen eigenen Beutel mit. »Seife, auch für die Haare«, aber man konnte vermuten, dass noch sehr viel mehr in der prallen kleinen Tasche steckte.

Maria musste sich an den Munitionskisten bereithalten. Greta und Noah würden exakt zur Fotoaufnahme erscheinen, das hatte Postel befohlen. Das Verfahren werde deutlich straffer ablaufen als beim letzten Mal, um weniger Arbeitskraft zu binden. Maria hatte genickt und versprochen, sich gut zu konzentrieren, denn sie kannte den wahren Grund für Postels schlechte Laune. Die erstaunliche Greta hatte ihm enttäuschende Nachrichten aus dem Fotolabor überbracht. Die Chemikalien seien dort zur Neige gegangen, die Bilder der ersten Filmrolle würden noch einige Zeit brauchen, bis sie fertig würden.

Die Kisten waren rau, so intensiv hatte man sie für den Fototermin abgebürstet. Maria setzte sich angespannt darauf. Zu allem Überfluss war sie übernächtigt, obwohl sie in der vergangenen Nacht nicht auf die Sirenen geachtet hatte und früh zu Bett gegangen war. Aber kaum dass ihr Kopf das Kissen berührt hatte – das weiche, saubere, duftende, das ihr aus unerklärlichen Gründen zustand –, hatte sie heftig geweint. Heinrich hatte sie in die Arme schließen müssen, und dann waren auch bei ihm die Tränen geflossen. Bis er schließlich die Bettdecke über ihre Köpfe gezogen und alles unternommen hatte, um sie abzulenken. Oder um sie alles vergessen zu lassen, und das wäre unter Umständen sogar hilfreich gewesen.

Aber dann war plötzlich etwas Grobes zum Vorschein gekommen, etwas Verzweifeltes zwischen ihnen. Noch nie war Maria Heinrich so begegnet. Fest zupackend. Sich aufbäumend. Im Kampf, den anderen zu erledigen, ihn niederzustoßen, dabei aber auch selbst gern Schaden zu nehmen. Sich vollkommen zu verausgaben und dann zu fallen. Den Leib möglichst in Stücke gerissen. Dazuliegen, und wenn es noch Kraft gab, sich von vorne zusammenzusuchen, sich unbedingt noch einmal hochzukämpfen, um erneut zu fallen, in Stücken zu liegen, bis nichts mehr zu retten war.

Verstört und erschrocken hatten sie später vermieden, sich anzusehen. Hatten aber doch nebeneinander geatmet und waren dann weit nach Mitternacht so überdreht gewesen, dass sie angefangen hatten zu lachen. Heinrich war aufgesprungen und hatte Kurt Postel nachgeahmt, »das Deutsche, das Erhabene, ich bitte Sie«, und dann hatte er Schnaps ins Schlafzimmer geholt. »Alles wird gut.«

Er hatte die Decke noch einmal über sie gezogen, die letzte Kraft aus ihnen herausgepresst, und endlich war Maria eingeschlafen, hatte sogar fast geträumt, dann aber doch keine Zeit mehr gehabt.

Und jetzt konnte sie nur darauf hoffen zu funktionieren, während sie auf den Munitionskisten hockte und wartete. Sie durfte nicht an gestern denken oder an heute Abend, wenn Noah wieder abgeholt würde. Er war für heute hier, sie war hier, er wurde für einige Stunden versorgt. Sie tat ja alles, was in ihrer Macht stand.

In die Stille hinein hörte sie plötzlich Heinrichs Räuspern draußen auf dem Hof. Schritte. Da war auch Kurt Postel, die beiden blieben in der Nähe des offenen Hallentors stehen.

Postel klang erregt. »Mir geht das zu langsam. Ich will wissen, was der Franzose zustande bringt. Fahren Sie später in das Labor, Heinrich. Als Mann erreichen Sie mehr als Greta.«

Heinrich stimmte zu. »Das mache ich gerne, aber es ist wirklich alles sehr umständlich. Andere Betriebe haben es leichter, wenn sie die Arbeiter über viele Wochen am Stück bestellen.«

»Wochen – bloß nicht! Der Kerl sorgt jetzt schon für Unruhe. Sagen Sie, ist es ein Jude?«

Maria stieg vorsichtig von den Kisten und schlich näher an das Tor heran.

Heinrich klang beruhigend und sicher. »Er gehörte der französischen Armee an«, sagte er. »Mehr weiß ich nicht.«

»Hinterher tritt er hier noch mit einem gelben Stern auf!«, schimpfte Postel.

»Das empfinde ich ebenso. Also diese Unruhe, die von ihm ausgeht. Aber unabhängig davon ist es an der Zeit, dass wir uns Gedanken um uns selbst machen. Ein Drittel unserer Belegschaft ist bereits an der Front, und im nächsten Monat werden weitere Einsatzbefehle dazukommen. Sehr ungünstig, die Auftragsbücher sind voll.«

»Uns wurden zum Ausgleich Ukrainerinnen angeboten«, sagte Postel. »Nicht aus den bestehenden Lagern, sondern man fängt die Kräftigsten in ihrer Heimat ein und bringt sie ohne Umwege zu uns. Aber ich weiß nicht …«

»Von wem angeboten?«

»Ich kann doch nicht irgendwelche Ukrainerinnen zu unseren deutschen Arbeitern stellen!«

Maria hörte ein Streichholz, vermutlich zündeten sich die Männer Zigaretten an. Ein kurzes Schweigen, dann sprach wieder Kurt Postel.

»Andererseits habe ich mir überlegt, die Wiese hinter der Firma zu mieten. Die Stadt Köln macht mir einen guten Preis. Wir bauen firmeneigene Baracken, dann brauchen wir uns mit niemandem abzusprechen, sondern haben die Arbeiter rund um die Uhr zur Verfügung. Wir könnten sogar handverlesen, wen wir überhaupt bei uns behalten wollen.«

»Gute Idee«, Heinrich räusperte sich wieder. »Sollen es denn unbedingt Frauen sein?«

»Zwei Dutzend Ukrainerinnen, warum eigentlich nicht? Wenn sie frisch und sauber sind. Das Auge isst mit.«

»Bestens, Herr Postel. Und was ist dann mit dem Franzosen?«

»Der ist doch bald wieder weg.«

»Aber stellen Sie sich einmal vor, die Bilder von der ersten Filmrolle sind nichts geworden. Und von der zweiten Rolle auch nicht, der Franzose ist ja in einem verheerenden Zustand. Er könnte immer behaupten, der Hunger sei schuld. Oder sogar das Modell sei schuld, nämlich meine Frau, weil sie ihn blenden würde! Ich fürchte, dem Franzosen wird jede Ausrede recht sein, Hauptsache, er muss die Werbefotos für Nordmann & Söhne nicht abliefern. Wir sind sein Feind, bedenken Sie das. Wollen Sie ihn damit durchkommen lassen?«

»Der verlauste Hund!«

»Herr Postel, darf ich einen Vorschlag unterbreiten? Der Mann könnte unser erster fester Fremdarbeiter werden, rund um die Uhr, solange die Ukrainerinnen noch nicht angekommen sind. Wir bringen ihn gezielt auf die Beine, damit Knie und Hände nicht mehr wackeln und er sich nicht länger herausreden kann. Und für den Aufwand lassen wir uns entschädigen. Wir setzen ihn vollumfänglich im Betrieb ein. Er soll Lücken stopfen, ruhig zwölf, vierzehn Stunden am Tag, und damit der Dreck im Lager Hoffnungsthal ihn nicht immer wieder verdirbt, soll er in der Firma wohnen. Irgendwo in einer Ecke.«

Postel war skeptisch, aber Heinrich spielte den Plan Punkt für Punkt durch und zerstreute die Zweifel. Tückisch. Raffiniert. Und großartig, dachte Maria, unfassbar großartig von Heinrich, der sogar darauf geachtet hatte, dass seine Ehefrau mithörte.

Die Fotografien waren schlecht. Zum Teil unscharf, zum Teil wurden die Bilder von Greta, die eine gewisse Fachkompetenz für sich beanspruchte, für langweilig erklärt. Postel schnürte erregt über den Hof, immer im Kreis wie ein Fuchs.

»Ich habe recherchieren lassen, welche Aufnahmen von Ihnen, Mary Mer, in der *Dame* erschienen sind. Und was höre ich? Als Ihre Fotografen sind Ferdinand Bertrand und Karl Ludwig Haenchen verzeichnet. Warum haben wir Noah Ginzburg aus dem Lager geholt?«

»Die Namen waren doch bloß Atelier-Politik«, warf Greta ein. »Stellen Sie sich vor, auf Ihren Munitionskisten würde eines Tages geschrieben stehen: Hergestellt von Ukrainerinnen! Nein, der Name richtet sich immer nach dem Chef, auch in der Kunst, und der niedere Handwerker dahinter, der Fotograf, tritt nicht in Erscheinung.«

»Ach, Sie! Frau Bertrand! Mal ist der Franzose ein niederer Geselle, mal ein Künstler. Was denn nun?«

»Ich kann Ihnen ein Bild zeigen, das Sie überzeugen wird«, sagte Greta in Seelenruhe. »Es handelt sich um das sogenannte Bewerbungsbild von Mary Mer, die erste Aufnahme, die Noah Ginzburg im Auftrag meines Mannes von Maria angefertigt hat. Ich habe das Original recht gut abgelichtet. Mary Mer in Schwarz-Weiß, als sie loslaufen will.«

Greta brachte gleich mehrere Exemplare des abfotografierten Bildes in die Firma. Kurt Postel nahm sie an sich. Kalt ließ ihn der Anblick nicht.

Abends regte Heinrich sich zu Hause auf. Es sei abgrundtief peinlich, wie Maria in der Firma zur Schau gestellt werde. Das fliegende Blondhaar, das bloße Knie, der wilde Gesichtsausdruck der eigenen Ehefrau. War das nötig gewesen, und war das überhaupt mit ihm, Heinrich, abgesprochen?

»Es tut mir leid«, sagte Maria.

Noah musste nicht mehr in den Lkw steigen, »vorübergehend«, sondern wurde bei Nordmann & Söhne nachts in einen Lagerraum gesperrt. Er schlief auf sauberen Decken und bekam wenig, aber regelmäßig zu essen und zu trinken. Schon bald hielt er sich aufrechter, trotz der harten Arbeit an den Produktionsmaschinen, und seine Haut nahm Farbe an. Wenn Maria ihn sah, schwappte etwas in ihr über. Aber sie konnte ihn nicht ansprechen, ihn nicht einmal grüßen. Ihr Einsatz als Fotomodell war von Postel zunächst auf Eis gelegt worden.

Greta ermahnte sie, nicht mehr so häufig in die Firma zu kommen, denn ohne Fotoaufnahmen gab es keinen offiziellen Anlass dafür. Und auch Heinrich nahm sein Pausenbrot nicht mehr so gern aus ihrer Hand in Empfang. Hatte sie im Haushalt nichts zu tun? Man würde ihr schon Bescheid sagen, wenn die Werbeaktion fortgeführt würde.

Nein, sie hatte nichts zu tun, und sie fühlte sich in der Severinstraße ausgebremst und von den Informationen abgeschnitten. Nach all der Anspannung sollte sie die Hände in den Schoß legen? Wie könnte ihr das genug sein? Dass Noah sich erholte, fand sie wunderbar, es machte sie glücklich, doch sein Leben hing immer noch von Kurt Postel ab!

Ein Gedanke wurde zur Lawine. Morgens, beim Aufwachen, löste er sich als Steinchen von Marias Innenwand und riss sie im Laufe des Tages mit. Beim Einschlafen brannte ihre Haut: Sie hatte zu kurz gedacht. Sie durfte Noah nie wieder allein lassen.

Sie hatte ihn geliebt, dachte sie. Wusste sie. Damals unter der Hohenzollernbrücke und auch in jener Nacht im Kontor. Geliebt in Dutzenden weiteren, einsamen Nächten, auch aus Versehen, nämlich im Traum. Inzwischen war sie verheiratet, und Heinrich, ihr Ehemann, half ihnen allen, er half ausdrücklich auch Noah. Außerdem herrschte Krieg, dadurch hatte sich zweifellos etwas verändert. Aber eben nur etwas, nicht alles.

»Also?«, fragte Heinrich abends im Bett. »Wie ist es jetzt mit Noah Ginzburg und dir?«

»Was willst du wissen?«

Heinrichs Hand fuhr unter Marias Nachthemd, sie streckte sich. Die Hände von Noah waren Fotografenhände gewesen. Neuerdings sah man das nicht mehr. Mehrere seiner Finger schienen einmal gebrochen gewesen und schief zusammengewachsen zu sein.

Maria rollte sich zur Seite. »Ich habe Angst, Heinrich.«

»Wir sind zusammen.« Er umschlang sie von hinten. »Und ich fürchte mich doch genauso wie du.«

Und schon wieder heulten die Sirenen. Den allgemeinen Luftschutzkeller gab es nicht mehr, in der Severinstraße standen sowieso nur noch wenige Häuser. Heinrich zog Maria in den kleinen Kellerraum, in dem sie schon manches überlebt hatten. Die Wände zitterten unter den Bombeneinschlägen, der Kalk rieselte von der Decke. Im Kellerabteil nebenan sang die kleine Elisabeth Scherer gemeinsam mit ihrer Mutter Kirchenlieder.

Fremdarbeiter durften keinen Schutz suchen, dachte Maria. Fremdarbeiter durften weder Keller noch Bunker betreten, weil sie als minderwertig galten. Wo lag Noah in den Bombennächten? Mit wem sprach er über seine Angst?

Sie wehrte Heinrichs Küsse ab und rückte an die Wand.

»Mach mich nicht verantwortlich«, sagte Heinrich rau. »Außerdem fehlt es dir an nichts.«

Es überraschte Maria, wie einfach es war, Schlüssel von Nordmann & Söhne zu kopieren. Sie nahm in der Nacht Heinrichs Bund aus der Manteltasche und drückte drei Schlüssel in einen zähen Teig. Dann suchte sie Konrad auf, der früher Obst verkauft hatte und seit seiner Entlassung aus dem Gestapo-Gefängnis für vieles zur Verfügung stand, nur nicht für den Militärdienst, weil seine linke Körperhälfte gelähmt war.

»Wenn die rechte Hand den Deutschen Gruß schafft, kann sie auch drei Schlüssel feilen, liebe Maria.«

»Willst du nicht wissen, woher… oder wofür…?«

»Ich sage dasselbe wie damals zu eurer Dorothea. Du erinnerst dich?« Er zwinkerte, aber es geriet zu einer schiefen Grimasse. »Mein Kunde heißt immer noch Josef Goebbels, und er braucht immer noch alles für seine Kölner Geliebte.«

Maria bedankte sich und hatte ein schlechtes Gewissen.

Mittwochabends begleitete Heinrich Kurt Postel zu einem Stammtisch rechtsrheinischer Unternehmer. Aus Sicherheitsgründen fand das Treffen kaum noch an öffentlichen Orten statt, sondern man wechselte zwischen den Villen am Rheinufer hin und her. Meist wurde es Mitternacht, bis Heinrich nach Hause kam, und immer hatte Maria im Badezimmer den Schlafanzug für ihn bereitgelegt. Eine Geste, die sie auf keinen Fall unterlassen durfte, gerade jetzt nicht. Nichts durfte auffällig sein.

Sie schlich eines Nachts über die Wiese an das Gelände von Nordmann & Söhne heran. Bizarr, wie eingefroren, standen Baumaschinen herum. Die Baracken für die Ukrainerinnen waren bald fertig, und Maria konnte sich gut dazwischen verstecken.

Vor ihr, in den Produktionshallen, brannte Licht, die Spätschicht arbeitete noch, während der Lagerraum, in dem Noah eingesperrt war, vollkommen im Dunkeln lag.

Sie zog die Mütze tief über die hellen Haare. Die Schuhsohlen waren weich, die Kleidung saß eng und raschelte nicht.

Drei Schlüssel, drei mögliche Versuche, aber die Tür sprang schon beim ersten Mal auf. Maria huschte in den Lagerraum, schloss wieder ab und lauschte. Niemand hatte sie gesehen oder gehört, weder drinnen noch draußen rührte sich etwas.

»Noah? Bist du hier?«

Metall klirrte. »Maria?«

Er lag offenbar in der hinteren Ecke, sie tastete sich in die Richtung, die Hände voran, die Schritte mehr ein Schieben oder Gleiten. Aber je weiter sie kam, umso hektischer wurde das Geräusch.

»Verschwinde!«, hörte sie Noah zischen, ja, das kannte sie gut. Seit ihrer allerersten Begegnung hatte er sie von sich gewiesen.

Bald stieß sie auf dem Boden an etwas Weiches und hockte sich hin. Stockdunkel war es, und trotzdem konnte sie Noah erkennen. Roch Seife, spürte sein Atmen und streckte die Finger nach ihm aus.

Er packte sie. »Bist du wahnsinnig?«

»Noah, ich ...«

Er quetschte ihr die Hand. »Wer schickt dich?«

»Ich will nur wissen, wie ich dir ...«

»Helfen? Es ist alles in Ordnung! Mir geht es gut, Maria, hau ab!«

Sie tastete über den Boden. Noah war mit einer schweren Kette gefesselt, die im Beton verschraubt war. Die Wolldecke, auf der er lag, war dünn und klamm.

»Ich habe dich wiedergefunden«, sagte sie. »Und jetzt gebe ich ganz bestimmt nicht auf.«

»Mach nichts kaputt.«

»Sobald dir ein gutes Foto gelungen ist, das Kurt Postel für seine Werbung verwenden kann, und sobald die Frauen aus der Ukraine hier eintreffen, wird Postel dich zurückschicken, Noah. Du kommst wieder ins Lager Hoffnungsthal oder nach Theresienstadt oder Buchenwald.«

»Denkst du, ich weiß das nicht? Es gibt keinen Platz mehr für mich. Nicht bei den Deutschen und nicht bei den Franzosen, die Nazis sind überall. Was also willst du hier?«

Es war sein Recht, ihr nichts zuzutrauen. Er litt, wie sie es sich nicht ausmalen konnte, und er war bitter allein. Selbst wenn ihm mittags inmitten der Belegschaft ein Stück Brot gereicht wurde, schlug ihm nur Hohn und Verachtung entgegen. Trotzdem lebte er, und Maria konnte mit ihm sprechen, es war das bestmögliche Wunder und doch nur ein erster Schritt.

»Bei mir zu Hause …«, begann sie vorsichtig. »Es gibt einen Keller. Wenn wir eine Idee haben …?«

Noah schwieg, nur die Kette klirrte. Draußen quietschte ein Tor, vermutlich an der Produktionshalle, jemand pfiff ein fröhliches Lied, es wurde lauter, dann wieder leiser. Das Pfeifen erstarb.

Dreimal schlich Maria zu Noah. Dreimal mittwochs, aber nicht in aufeinanderfolgenden Wochen, und nie vergaß sie, wenn sie in die Wohnung in der Severinstraße zurückkehrte, Heinrichs Schlafanzug ins Bad zu legen, bevor sie ins Bett schlüpfte und so tat, als schliefe sie schon seit Stunden.

Sie kochte für Heinrich Essen, wusch Wäsche und lief mit ihm vor den britischen Bomben weg. Sie ließ sich nichts anmerken.

Köln versank in Schutt und Asche. Brandbomben, Sprengbomben fielen nicht mehr nur nachts. In den Pausen mischten sich die Schreie der Verletzten mit dem Kreischen der Raben. Ein Kind sprang in den Rhein, weil seine Kleidung brannte. Paare stürzten sich Hand in Hand von den Brücken, weil sie nicht mehr wollten.

Auf der Rheinpromenade wurde erzählt, was mit den Juden und Polen geschah und wohin die Eisenbahnen fuhren, die Köln täglich verließen. Zu Tausenden, hieß es, wurden die Elemente ermordet.

»Weil der Jude uns immer gehasst hat«, sagte Elisabeth Scherer beim Seilspringen vor den Postkästen unten im Haus. »Aber jetzt brauchen wir keine Angst mehr vor ihm zu haben.«

Einmal begegnete Maria Kurt Postel in der Stadt. Er kam gerade aus dem EL-DE-Haus, der Gestapozentrale am Appellhofplatz. Unter dem Arm trug er Papiere, die er, als er Maria entdeckte, sorgsam verbarg.

»Sie sehen in letzter Zeit etwas blass aus, Frau Schubert. Sie werden doch nicht krank? Der Franzose mausert sich als Fremdarbeiter recht gut, bald starten wir einen neuen Fotoversuch, da müssen Sie gesund sein.«

»Ich bin zur Stelle, das wissen Sie doch.«

»Ach, natürlich, Frau Schubert, wir beide… Ich würde Ihnen so gern… Also, ich habe mich über den Franzosen informiert. Er ist ein Jude, wie so viele Fotografen es waren, und Sie wissen wohl bestens über ihn Bescheid, Mary Mer. Seien Sie mir nicht böse, ich bin es meiner Firma schuldig, Erkundigungen einzuholen, und es ist ja auch alles gut! Ich bin bloß noch nie dazu gekommen, Ihnen mein Mitgefühl auszusprechen, dass ausgerechnet Ihr Vater Ihnen so viel Kummer bereitet hat.«

»Mein Vater? Was ist mit ihm?«

»Nichts, was Sie nicht ohnehin wüssten. Das Kontor wurde wohl nicht ganz sauber geführt, aber wen kümmert es heute noch? Ihr Vater hat Sie im Stich gelassen, und es ist inzwischen sogar egal, ob Sie in der Partei sind oder nicht und ob Sie den Führer verehren oder nicht. Sie sind Deutsche, Mary Mer, genauso arisch wie ich oder unser Pfarrer oder Heinrich oder Ihr Vater oder der ehemalige Obsthändler Konrad, bei dem man Sie neulich gesehen hat.«

»Konrad ist…«

»Selbstverständlich! Aber wissen Sie, was ich glaube? Wenn wir heute im Kampf nachlassen und dem Feind erlauben würden, vor unserer Tür zu stehen, dann würde der Feind zwischen uns nicht mehr unterscheiden. Er würde uns alle umbringen, mit einer einzigen Bewegung, denn wir sind eine Rasse, ein Volk, wir sind Deutsche. Insofern hat der Krieg das Reich sogar vereint. Nationalsozialisten, Querköpfe, Demokraten, egal. Alles Deutsche ist dem Hass der Welt ausgesetzt, wir müssen gemeinsam gewinnen oder kollektiv untergehen. Und welche Schlüsse ziehen wir daraus? Wir machen mit! Auch Sie und ich, oder?«

Maria lauschte dem Trommelfeuer der Flak, dem schaurigen Knattern und Zischen der Bomben. Sie sah die Kegel der Scheinwerfer, die den Himmel absuchten, die Leuchtkugeln und brennenden Flugzeuge. Vielleicht stimmte es, vielleicht war alles Deutsche gleich geworden, wenn es das Deutsche überhaupt gab. Aber Menschen unterschieden sich voneinander, und auf den Einzelnen kam es an.

Der Vater hatte keine Gemeinsamkeit mit Kurt Postel, ebenso wenig wie Dorothea. Heinrich war auch nicht gleichzusetzen mit seinen Kollegen oder mit

Obersturmbannführer Becker von früher. Oder gar mit Dr. Horatz von Felten & Guilleaume, der Maria einmal gezwungen hatte, einer Möwe den Hals umzudrehen. Und demnach stimmte es doch: Maria konnte begründet einen guten Kern in manchem entdecken.

Dennoch ließ ihr Mut nach. Sie wurde verzagter im Laufe der Wochen, sie spürte es, denn ihr Herz sah vielleicht doch nur das Große und Ganze, das Elend, und wurde schwächer.

Immerzu die Unwahrheit zu sagen kostete Kraft und war riskant. Sie sollte dringend Heinrich in die Kellerpläne für Noah einweihen. Heinrich musste zwar nicht erfahren, was mittwochabends passiert war und mit welchen Gefühlen Maria sich plagte, aber er sollte wissen, welche Bedeutung ihm persönlich zufiel. Denn Noahs Leben hing von ihm ab. Von ihm und von seiner Frau, von dem Ehepaar Schubert, das sich einmal mehr beweisen musste.

Die letzten Häuser in der Severinstraße stürzten zusammen. Nur das Haus von Maria und Heinrich nicht. Im Erdgeschoss, im ehemaligen Kontor, waren die Fenster zersprungen, die Gardinen flatterten braun verkokelt im Wind. Die Etagen darüber aber waren intakt, fast jedenfalls. Sie vibrierten bei Einschlägen und kamen immer wieder zur Ruhe.

Um das Haus zu erreichen, musste man inzwischen über Balken steigen, die von den Nachbargebäuden gefallen waren. Manchmal räumte Heinrich etwas beiseite, und er behielt auch die Risse in den Wänden im Blick. Nach jedem Angriff lief er durch die Wohnung und war erst beruhigt, wenn er wusste, dass das

Krankenzimmer, Elias' Zimmer, unbeschädigt geblieben war.

Sämtliche Nachbarn waren tot oder verschwunden oder dienten an der Front. Auch Elisabeth Scherer und ihre Mutter aus der unteren Wohnung hatten einen Koffer gepackt und sich in die Fußmärsche eingereiht, die ins Bergische oder in die Eifel zogen, um den Krieg draußen auf dem Land abzuwarten.

Nur sie, Maria Schubert, geborene Reimer, stand noch auf der Straße und kramte nach dem Haustürschlüssel wie eh und je.

»Es ist das Erbe deines Vaters«, sagte Heinrich. »Dein Herz hängt doch bestimmt an der Wohnung, und so geht es auch mir, obwohl ich Dr. Theodor Reimer kaum kannte.«

»Ob mein Vater noch einmal zurückkommt?«

Heinrich küsste sie. »Wenn er kommt, dann sollten wir unbedingt hier an Ort und Stelle sein.«

Und Heinrich plante sogar noch mehr. Jetzt, wo man annehmen musste, dass der Ruf des Kontors kein Geheimnis mehr war, selbst nicht vor Kurt Postel, wollte er geschickt damit umgehen.

»Wir könnten im Kontor Essen ausgeben, den Obdachlosen ein Bett bereitstellen oder, noch besser, Kindern Unterschlupf gewähren.«

»Ach ja. Und am Eingang würden wir die Ahnenpässe kontrollieren?«, fragte Maria, weil sie den Vorschlag nicht ernst nahm.

»Ich dachte, es würde dir gefallen. Ich tue doch alles, um es dir recht zu machen, Maria.«

Heinrich zog die Vorhänge zu. Maria deckte den Tisch, sie aßen immer noch von demselben Porzellan.

Aber als Maria das Besteck anfasste und schon wieder an früher dachte, zerbröselte die letzte Hemmung.

»Heinrich. Weißt du, was mit Noah passiert, wenn Postel ihn nicht mehr braucht?«

»Du meinst«, Heinrich lief rot an, »dass der Fotograf wieder ins Lager muss?«

»Wir haben ihn nur für den Moment gerettet, und wenn wir ab jetzt bloß zuschauen, wird er trotzdem sterben.«

»Also willst du ... Soll er weglaufen? Soll ich ihm Geld geben, damit er sich durchschlagen kann? Vielleicht das Gold von Kurt Postel, mit dem ich dir und mir eines Tages eigentlich ...«

»Es gibt keine sicheren Fluchtwege aus Köln heraus, auch nicht für Gold.«

»Eben, Maria.«

Sie nahm einen neuen Anlauf: »Ich will, dass wir Noah hierher zu uns bringen. Wir werden ihn im Keller verstecken.«

»Nein!«

»Heinrich, ich bitte dich.«

»Was maßt du dir an?«

»Ich verstehe, wenn du es als Zumutung empfindest. Aber wäre es nicht eine größere Zumutung, ihn in den Tod ziehen zu lassen?«

»Schieb mir nicht eine solche Verantwortung zu. Ich denke auch nicht einen Augenblick über private Empfindlichkeiten nach. Aber ich darf es durchaus eine Anmaßung nennen, wenn meine Frau sich einer Kreatur bemächtigt, die sich nicht wehren kann.«

»Wenn ich ... was?«

»Sind es keine egoistischen Gründe, aus denen du

Noah Ginzburg in unseren Keller verfrachten willst? Hast du ihn gefragt, ob er das überhaupt möchte?«

»Als ob er eine Wahl hätte! Als ob er auf irgendjemanden sonst, außer auf uns beide, hoffen könnte!«

»Du hoffst, dich selbst besser zu fühlen. Aber niemand garantiert dir, dass du ungeschoren davonkommst mit deinem waghalsigen Plan. Oder dass Noah Ginzburg überlebt oder auch dein Ehemann, der möglicherweise seinen Kopf hinhalten muss.«

»Ja, ich fühle mich besser, wenn Noah bei uns ist. Bei uns beiden, Heinrich, denn gegen deinen Willen wird es nicht gehen. Es wird allerdings auch nicht gehen, dass wir unsere Ehe weiterführen wie bisher, wenn du dich weigerst.«

Heinrich legte das Besteck ab und hielt sich an der Tischkante fest. Aber – so sah kein Mann voller Zorn aus, dachte Maria. So sah jemand Verlorenes aus, der entsetzt resignierte.

»Dies ist der letzte Mittwoch, an dem ich komme.« Maria gab Noah etwas Milch. »Es wird zu gefährlich. Wir müssen es endlich wagen. Du kommst zu uns.«

Er legte die Hände zusammen. »Du lässt mich wohl niemals in Ruhe.«

»*Non, jamais.* Außerdem wird Heinrich uns helfen.«

»Das ist nicht wahr! Dein Mann?«

»Heinrich weiß etwas über Kurt Postel, womit wir uns absichern können. Postel hat pures Gold gehortet, aus heimlichen Geschäften. Falls er uns hinterherschnüffelt, nachdem du vom Firmengelände verschwunden bist, werden wir ihn bändigen können. Heinrich hat es mir versprochen, und ich vertraue ihm.«

»Dein Heinrich hat mir nie signalisiert... Ich sehe ihn manchmal auf dem Hof, aber er bleibt immer kühl. Ich kann es nicht glauben!«

Noah riss an der Kette, Maria schlang die Arme um ihn. Sie küsste ihn nicht, wagte es nicht, auch wegen Heinrich. Aber bald würde sie ihn in dem kleinen Keller versorgen, und Heinrich würde dann ebenfalls zufrieden sein können. Erst eines Tages, wenn der Krieg zu Ende wäre, würden neue Entscheidungen anstehen.

»Warum tut dein Heinrich das?«, fragte Noah erneut. Er war heiser. Maria drückte ihn noch fester an sich.

»Weil er weiß, dass ich mich abwende, wenn er nicht mithilft.«

»Das ist keine gute Voraussetzung, weder für euch noch für mich.«

»Es gibt keine Regeln mehr, Noah.«

Sie bedauerte seine Scheu, sie ebenfalls zu umarmen, und dann wollte er sich auch noch bei ihr bedanken. Er fühlte sich schuldig, weil er sie immer wieder in Gefahr brachte, aber sie schnitt ihm das Wort ab. Beschämt war sie, denn sie hörte in seinen Worten ein Echo von Heinrichs Vorwürfen. Es stimmte ja, sie missachtete Risiken, und sie dachte unter Umständen zu viel an sich. Aber es gab zu ihrem Verhalten doch keine Alternative! Es war doch eine zwingende Pflicht, für einen anderen Menschen zu kämpfen.

»Wirklich?«, fragte Noah. »Würdest du mich auch retten wollen, wenn wir nie unter der Hohenzollernbrücke gewesen wären? Wenn wir uns nicht im Kontor im Dunkeln geküsst hätten und vielleicht zusammengehören könnten, in einem anderen Land, zu einer anderen Zeit?«

»Frag das nicht, Noah, oder traust du mir ein ›Nein‹ zu?« Maria konnte kaum sprechen. »Wenn ich darüber nachdenke, ob ich Gründe brauche, um dir zu helfen, fühle ich nichts als Einsamkeit. Vielleicht kenne ich mich nicht gut genug, aber ich halte mich an dieser Vorstellung fest: Sollte ich je einem Menschen die Hilfe verweigern, nur weil er mir fremd ist, will ich auf der Stelle verdorren.«

Noah schwieg, und was dann geschah, war weder durchdacht noch seltsam. Sie küssten sich lange, endlich, und schmiedeten Pläne. Sie redeten über die Flucht und auch über Heinrich, als stünde es ihnen zu. Oder als wäre Heinrich derjenige, der am Ende ihre Unterstützung bräuchte.

Wenige Tage später saß Maria alleine beim Frühstück. Sie hatte kein Brot mehr, aber eine Tasse Milch und etwas Zwieback. Es ging ihr gut, sie war zuversichtlich und überraschend wenig aufgeregt. Selbst in der Nacht hatte sie wie ein Baby geschlafen.

Nur einmal war sie aufgewacht, weil ihr zu warm geworden war und weil Heinrich geschnarcht hatte. Als sie an ihm gerüttelt hatte, war ihr sein durchgeschwitztes Hemd aufgefallen. Er hatte den Schlafanzug über die Tageswäsche gezogen, anstatt sie auszuziehen. So vieles war durcheinander.

Sie lächelte am Frühstückstisch. Die meisten anderen Nächte verbrachte Heinrich inzwischen in Elias' altem Bett. Er konnte – und sollte – den Jungen nicht vergessen. Dass er ausgerechnet in dieser Nacht wieder ins eheliche Schlafzimmer gekommen war, hatte Maria zuerst verstört, aber dann hatte es ihr sogar etwas

Mut eingeflößt. Alles war zu schaffen, alles, auch zu dritt.

Ab heute Abend würde Noah im Keller sein, und morgen früh schon würde Maria den größeren Topf nehmen müssen, um Milch zu erwärmen. Sie würde den Zwieback brechen, den Heinrich mitgebracht hatte, und sie würde vorsichtig sein.

Heinrich müsste sich eingewöhnen, aber bald würde er wissen, dass seine Frau ihn nicht vergaß. Auch für ihn würden die Tage besser werden. Nie wieder würde er am Abend eine Maria vorfinden, die traurig aus dem Fenster blickte oder für ihn nicht zu sprechen war. Sie würde ihm dutzendfach vergelten, was er geleistet hatte. Er war ihr jede Freundlichkeit wert.

Voller Zuversicht brachte sie ihre Tasse in die Küche, um sie zu spülen, da hörte sie ihren Mann plötzlich nach Hause kommen. Ungewohnt leise stellte er die Tasche ab und legte die Schlüssel auf das Telefontischchen. An der Garderobe klickten die Bügel verstohlen gegeneinander, und dann stand Heinrich schon vor ihr, den Hut noch auf dem Kopf.

Marias Herz setzte aus. Heinrich sagte nichts, sondern schaute nur, aber seine Lippen hielten nicht still. Den Rücken gerade, die Beine durchgedrückt, schien er nach Worten zu suchen.

Langsam legte Maria das Geschirrtuch ab. War Noah tot?

»In Postels Büro wurde eingebrochen«, sagte Heinrich endlich und faltete die Hände. »Das Gold ist weg. Zwölf Kilo sollen es gewesen sein. Das hat Postel mir im Vertrauen gesagt.«

»Und jetzt? Kannst du nicht mehr für uns …?«

Heinrich bat sie, einen Stuhl zu nehmen, aber das wollte sie nicht. Sie wollte sich auch nicht an die Spüle lehnen und sich erst recht nicht berühren lassen. Der Mund, Heinrichs Mund hatte noch nicht alles gesagt.

»Es war Noah Ginzburg, Maria. Er hat das Gold genommen. Wieso hat er gewusst, dass es in Postels Büro war?«

»Was habt ihr mit Noah gemacht? Was?«

»Nichts. Wie denn auch? Er hat sich in Luft aufgelöst. Es tut mir leid, Maria, aber Noah Ginzburg ist spurlos verschwunden.«

30

Maria saß in Forsbach in der Hollywoodschaukel und versuchte, sich mit den Zehenspitzen vom Boden abzustoßen. Entweder war sie im Krankenhaus in Reims geschrumpft, oder die Schaukel war höher geworden. Sie musste sich anstrengen, die Füße strecken. Das Gestänge quietschte. Sie gab es auf und lehnte sich zurück.

Die Grisbirnen. Schade, dass man sie von der Terrasse aus nicht sehen konnte, sie wuchsen so wild, und sie mussten wieder reif sein, Sabine sollte sich darum kümmern. Grau und fahl würden die Früchte an den Zweigen hängen – so wie Heinrich, der drüben über dem Rasen schwebte. Die Hosenträger stramm, die großen Ohren hellrot, den Apfelpflücker in der Hand. Er war ja bloß ein Gespenst, aber ein freundliches.

Er winkte. Sie schüttelte den Kopf.

So oft hatte sie ihn in Verdacht gehabt, das Gold genommen zu haben. Hatte es heimlich für möglich gehalten, dass er selbst in Postels Büro eingebrochen war und sich bereichert hatte. Dass er Noah ein paar Barren abgegeben und ihn von der Kette losgemacht hatte, um ihn zu verjagen. Aber dann war sie immer wieder von diesem Gedanken abgekommen.

Als Heinrich nach dem Krieg das Grundstück in Forsbach gekauft hatte, hatte sie ihn nach dem Preis gefragt. »Können wir uns das leisten?« Aber sie war auch gerührt gewesen, dass es ihn so stark zu dieser Adresse hinzog. An den Julweg. Zu der Anschrift aus dem letzten Ausweis von Elias.

»Außerdem ist es die letzte Spur, die wir von deinem Vater haben«, hatte Heinrich ergänzt. »Theodor muss in dieser Gartenhütte gewesen sein, hier hatte der Widerstand die gefälschten Dokumente gelagert. Ich will, dass wir den Ort in Ehren halten.«

Der Widerstand! Maria musste husten. Heinrich und der Widerstand. Na ja, sie war letztlich froh gewesen, nach Forsbach umzuziehen, ins Grüne, raus aus Köln.

Die Schwangerschaft hatte eine Rolle gespielt. Der Krieg lag erst wenige Jahre zurück, da hatte sich Irene angekündigt. Ganz unverhofft. Bloß wie hätte Maria in der Wohnung in der Severinstraße ein Kind großziehen können, womöglich noch in Elias' altem Krankenzimmer? Ausgeschlossen, auch für Heinrich, und darum war Forsbach eine gute Idee gewesen.

Außerdem hatten sie einen Garten für das Kind gewollt. Einen Neuanfang. So viele Gründe. Ob es für Heinrich auch wichtig gewesen war, Spuren zu verwischen? Damit Noah, wenn er noch einmal nach Köln käme, Maria nicht wiederfinden und ihr nichts erzählen könnte, nicht aus der Nacht, in der er verschwunden war?

Fahl und grau, Heinrich winkte von den Obstbäumen, er warf Maria sogar eine Kusshand zu. Nein, nicht jetzt. Sie wandte sich ab, und… In Reims hatten sie ihr wohl zu viele Medikamente verschrieben. Sabine sollte die Beipackzettel noch einmal durchlesen, ob sich die Tabletten miteinander vertrugen.

»Kannst du dir das leisten?«, hatte Maria Heinrich auch gefragt, als er ihr nach Irenes Geburt den goldenen Armreif geschenkt hatte. Und später, zu einem der Hochzeitstage, den selbst entworfenen Ring! Einen Stern aus Brillanten mit einem Smaragd in der Mitte. Wirklich in Sternform. Wie ein Judenstern?, hatte sie gleich gedacht und sich gescholten. Weil sie partout nicht loslassen konnte. Und weil sie sich damals einbilden wollte, dass Heinrich nicht mehr an Noah dachte und jeder Stern bloß ein Zufall war.

Zu Anfang, vor der Schwangerschaft, war Noahs Flucht ein großes und lautes Thema zwischen ihnen gewesen. Heinrich hatte Maria akribisch befragt, ob sie Noah etwas über das Gold verraten hatte. Ob sie für den Diebstahl Verantwortung trug! Sie hatte es abstreiten müssen, hatte die Schleicherei mittwochabends in die Lagerstätte nicht eingestehen können, und auch nicht, dass sie dort am letzten Abend tatsächlich das Gold erwähnt hatte.

Sie hatte sich verlassen gefühlt, ängstlich, voller Schuld. Und über die Sorge um Noah hinaus hatte Heinrich ihr ein doppelt schlechtes Gewissen gemacht, denn er hatte die Folgen der Flucht in der Firma zu tragen gehabt.

Ungeheuerlich, wie Postel mit Heinrich umgesprungen war. Heinrich war morgens nur noch zittrig zur Arbeit gegangen und hatte sich regelmäßig auf der Firmentoilette übergeben.

»Postel riecht, dass zwischen dir und mir und Noah mehr gewesen ist, als er dachte.«

»Mehr?«, hatte Maria gefragt.

»Wir wollten Noah doch helfen! Oder nicht?«

Fast hätte Postels Wut Heinrich ruiniert. Zwölf Kilo Gold waren gestohlen worden – verbotenes Gold zum Glück, sodass der Diebstahl nicht angezeigt werden konnte. Postel hatte getobt und die Schuberts der Fluchthilfe bezichtigt, nur um ein Ventil zu haben. Beweise hatte er keine gefunden.

Wenn Maria an diese Zeit zurückdachte, schnürte sich alles zu. Auch wenn sie überlegte, wie hart Heinrich ihr gegenüber aufgetreten war, während er doch als Einziger gewusst hatte, was wirklich geschehen war.

Ja, was hatte er in Wahrheit mit Noah gemacht? Und was hatte er über Marias Mittwochsbesuche gewusst? Plötzlich hatte sie wieder Heinrichs Stimme von damals in der Küche im Ohr. Klar und gefasst, aber auch ohne Triumph: »Er hat sich in Luft aufgelöst. Es tut mir leid, Maria, aber Noah Ginzburg ist spurlos verschwunden.«

Verschwunden wie der Vater, von dem sie nie wieder etwas gehört hatten. Der Suchauftrag beim Roten Kreuz war irgendwann gelöscht worden. Marias Hoffnung war schwieriger auszumerzen gewesen.

Als der Krieg zu Ende gewesen war, hatte sie erst einmal versucht, nach Reims zu gelangen, aus der Besatzungszone heraus. Die Soldaten hatten sie kurz hinter Köln aufgehalten. *»You are not allowed to leave the British sector, Mrs Schubert. Your husband hasn't answered the denazification-sheet, yet.«*

Was hatte die Ehe aushalten müssen: Der Mann musste erst mit der Frau mitschwingen und dann die Frau mit dem Mann, gerade weil er über dem Abgrund hing. Als wäre die Entnazifizierung von irgendeiner Bedeutung gewesen. Ausgerechnet Kurt Postel war geschmeidig durchgekommen. Er hatte den Brief einer Ukrainerin vorgelegt. Darin stand, er habe für sie gesorgt und die Arbeiterinnen vor den Nazis beschützt.

In Wahrheit hatte Postel mit den Frauen höchstens gesungen. Wenn es Abend geworden war, hatten die Ukrainerinnen vor ihren Baracken gesessen und Lieder angestimmt, die so traurig gewesen waren, dass die Kinder auf der Straße zugehört und geweint hatten. Maria hatte es selbst erlebt. Und sie hatte auch manchmal gedacht, dass Postel wohl Angst vor den Frauenliedern gehabt haben musste, denn er hatte sich so oft wie möglich mit seiner Gitarre dazugesetzt und für andere Melodien gesorgt. Und für weniger einsame Abende als alleinstehender Mann.

»Deine Entnazifizierung könnte einfacher sein«, hatte Maria eines Tages zu Heinrich gesagt. »Wenn wir nach Noah Ginzburg suchen lassen, wird er zu deinen Gunsten aussagen. Er wird bezeugen, dass du …«

»Nein!« Heinrich war direkt böse geworden. »Warum soll ich das nicht alleine schaffen?«

Natürlich, so war es gekommen, es war ihm alleine gelungen, und nach kurzer Zeit konnte sogar der Betrieb bei Nordmann & Söhne wieder laufen. Spielzeugautos aus Metall wurden hergestellt, und Postel musste sich mit Heinrich arrangieren, weil er ihn für die Kalkulationen brauchte. Luxuskarossen in klein, was für eine Idee.

Maria sortierte damals in der Severinstraße Ziegelsteine und hatte Schmerzen. In jeder elenden Gestalt, die sich über die Trümmer schleppte, wollte sie Noah entdecken. Einmal meinte sie, sie hätte ihn tatsächlich gesehen, aber da musste sie sich getäuscht haben.

Heinrich setzte sich nach Feierabend zu Maria an den Tisch und aß, verschwand aber am liebsten in Elias' Zimmer. Er tat ihr leid, sie gab sich Mühe, seinetwegen und ihretwegen, weil sie sonst am schlechten Gewissen und an der Angst zu ersticken drohte. Konnte sie noch einmal zu ihrem alten Heinrich finden? Ihrem Ehemann?

Eines Tages weihte sie Greta in die Probleme ein, auch in die Sache mit dem Gold, und wie sich herausstellte, hatte Greta schon das meiste in der Firma mitbekommen.

»Wenn unser Noah einen Funken Verstand hat«, sagte sie, »und wenn er den Krieg überlebt hat, macht er sich mit dem Gold ein schönes Leben in der Champagne.«

»Wie kann ich herausfinden, ob er überlebt hat?«, wollte Maria wissen.

Greta zog an ihrer Zigarette und dachte nach. »Liebes, ich wiederhole es ungern, aber du bist verheiratet. Erstens. Und zweitens: Wenn Noah lebt und beschließt, sich nicht bei dir zu melden, hat er begriffen, was eine deutsche Ehe bedeutet.«

»Mit deutsch hat das gar nichts zu tun!«

»Nein? Sieh dich um. Wir bauen auf. Wir gehen tanzen und besuchen Cafés, und wir waschen unsere Gardinen. Und jetzt überlege, was ein Mann wie Noah Ginzburg in dieser Stadt erlitten hat. Wird er mit dem Gardinenweiß jemals zurechtkommen?«

Wahrscheinlich hatte Greta nicht ahnen können, dass Maria in ein derart verzweifeltes Schluchzen ausbrechen würde. Greta hatte ja auch eine Art… und Maria… Am Ende gab Greta ihr einen Kuss, leichthin auf den Mund.

»Vielleicht beruhigt es dich, Liebes, dass noch Fragen offen sind. Wie viel Gold, sagst du, wurde vermisst?«

»Zwölf Kilo.«

»Hm. Kann sein, dass ich mich täusche, aber war der gute, halb verhungerte Noah wirklich in der Lage, mit zwölf Kilo in der Tasche zu rennen? Oder hätte er nicht weniger genommen, um bloß schneller zu sein?«

Wie recht Greta gehabt hatte. Und heute, da Maria auch so weit war, der Wahrheit ins Auge zu blicken, konnte sie nur noch inständig hoffen, dass Heinrich ein paar Barren in Noahs Taschen geschoben und ihm wirklich geholfen hatte. Und nicht etwa … ihn irgendwo abgeliefert hatte.

Sechs Kilo Gold waren heutzutage noch übrig, sechs Kilo hatte Maria aus der Vertäfelung in der Kellerbar geholt. Wie viel mochte Heinrich im Laufe der Jahre schon ausgegeben haben? Er musste ja Angst gehabt haben, dass Maria ihn ertappte. Zwei oder drei Kilo für das Grundstück, den Schmuck, für die Reise in den Siebzigern nach Sizilien? Vier oder fünf Kilo? Vermutlich hatte er die Barren in kleinen Stückzahlen verkauft, um kein Aufsehen zu erregen. Die Tausendmarkscheine, die er dafür bekam, konnte er in der Wohnung in der Severinstraße aufbewahrt haben. Später in Forsbach lagen sie sicher und trocken unter dem Teppich.

Irgendwann musste Heinrich die Geschäfte leid gewesen sein, oder es wurde ihm zu brenzlig, weil Maria anfing, sich für die Finanzen zu interessieren. Oder er hatte nach der Euro-Umstellung nicht mehr weitergewusst? Oder es schlicht nicht mehr ertragen, an früher zu denken?

Denn wenn Heinrich Noah damals nichts von dem Gold abgegeben hatte, ja, auch darüber musste Maria grübeln: Wenn Heinrich Noah nicht etwa die Flucht ermöglicht, sondern ihn verraten hatte, wäre er je damit fertiggeworden?

Er könnte die Kette gelöst haben. »Lauf, Noah, die Straße runter. Viel Glück!« Und unten an der Straße hätte die SS gestanden und Noah erschossen. Oder ihn zu Tode geprügelt oder nach Buchenwald geschafft.

Wollte Maria ihrem Ehemann das wirklich zutrauen? Im Nachhinein?

Sie zog sich an dem Gestänge der Hollywoodschaukel hoch. Entsetzlich schwer fiel ihr das Stehen.

Heinrich?

Da war er, wieder an den Apfelbäumen, und jetzt winkte sie ihm zu, und er wollte nicht gucken, der sture Kerl.

Sie hatten sich in der zweiten Hälfte geliebt, doch ja, das konnte man in gewisser Weise behaupten. Schon nachdem Irene geboren worden war und sie endlich in Forsbach wohnten, war es besser geworden. »Kein privater Kontakt mehr zu Nordmann & Söhne.« Heinrich war rigoros gewesen. Nur bei Greta hatte er eine Ausnahme gemacht, Greta durfte an den Julweg kommen.

In der Severinstraße hatten Heinrich und Maria ihre Erinnerungen verwaltet. In Forsbach pflegten sie das blitzblanke Neue. Jedenfalls bis es mit Irene schwierig wurde.

Irene?

Ach, Irene zeigte sich natürlich nicht im Garten. Sie war bestimmt drüben an der Garage, wo Sabine heute werkelte. Die Nachbarn hatten sich sehr dafür interessiert, die Garage zu mieten, Luise Ulbrich konnte ihren Wohnwagen unterstellen. Aber dafür musste die Garage natürlich ausgeräumt werden. Dass Sabine das schaffte! Sie war wirklich enorm.

»Ich möchte bei dir einziehen«, hatte sie gesagt. »Lass uns noch eine schöne Zeit genießen.«

»Und dein Herrenbesuch?«, hatte Maria gefragt, um in ihrer Freude nicht ganz davonzuschwimmen.

»Ich pendele, damit kenne ich mich aus. Forsbach, Moritz, Pascal und Jugendamt. Kein Problem.«

Das arme Mädchen. Man hatte früher gar nicht gewusst, was man Sabine antat. Alle wollten ihr ein Zuhause geben. Eines, wie man es selbst gern gehabt hätte. Anstatt sie nach ihren Wünschen zu fragen.

»Oma!« Da kam sie über den Plattenweg gefegt, gleich würde sie ausrutschen. »Du solltest in der Schaukel sitzen bleiben, Oma!«

Starke Arme hatte Sabine, das musste man sagen, und ja, es war auch ein wenig schön, wie sie einen zur Hollywoodschaukel zurückbrachte. Obwohl sie ein Buch in der Hand hielt.

»Ich kann dir helfen in der Garage«, sagte Maria und ließ sich erschöpft auf das Polster fallen.

»Ein anderes Mal.« Sabine setzte sich neben sie. Auch das war sehr, sehr schön.

»Guck mal, Oma, was ich gefunden habe.«

An dem Buch war nichts zu erkennen, so klein war die Schrift.

»Reportagen aus dem Nachkriegsdeutschland«, las Sabine vor. »Rate, wem das Buch gehört hat?«

»Ich kenne nur einen, der seinen Namen in jedes Buch schreiben musste, das er besaß.«

»Richtig. Und rate, warum Opa das Buch gekauft hat?«

»Köln kommt vor?«

Das Frage-Antwort-Spiel war zu anstrengend, Maria meinte sogar, ihre Zunge wäre dick. Das konnte sie Sabine nicht antun, wenn sie jetzt anfing zu lallen.

»Fotoreporter aus ganz Europa«, las Sabine. »Zehn Fotografen haben ihre Bilder beigesteuert. Und einer heißt …?«

»Nein!«

»Doch. Das Buch ist von 1952. Noah Ginzburg oder Gainsbourg muss in dem Jahr davor in Deutschland gewesen sein. Er hat den Krieg überlebt, Oma!«

Überlebt, irgendwie. Und er war zurückgekommen, um zu fotografieren?

»Guck mal, wie schön seine Bilder sind.«

Maria konnte nichts erkennen. Köln? Die Hohenzollernbrücke etwa?

1951. Vielleicht an dem Tag, an dem Maria gedacht hatte, Noah in der Severinstraße gesehen zu haben? Er war schnell wieder um die Ecke verschwunden, und sie hatte ihm nicht hinterherlaufen können, ihr Bauch war zu dick gewesen von der Schwangerschaft. Damals hatte sie sich nur mühsam beruhigt: Wenn es wirklich Noah gewesen war, warum sollte er sich vor ihr verstecken? Ihr Bauch könnte ihn verscheucht haben, sicher, das wäre eine Möglichkeit gewesen, er hatte die Familie nicht stören wollen. Heute aber dachte sie, dass Noah damals auch Heinrich getroffen und gesprochen haben könnte. Oder dass er es nicht über sich gebracht hatte, Maria die Wahrheit über ihren Ehemann zu sagen.

»Verbindung«, las Sabine. »Was für eine schöne Bildunterschrift.«

»Bitte?«

»Noah Ginzburg hat die Hohenzollernbrücke ins Buch gesetzt, und das Bild heißt … Oma?«

Heinrich hatte es gelesen. Er hatte alles gewusst.

»Nicht weinen, Oma. Oder doch. Mach das ruhig, ich bleibe hier sitzen.«

»Egal, was war. Noah lebt«, sagte Maria.

»Er hat zumindest gelebt.« Sabine legte den Arm um sie. »In den Fünfzigerjahren noch. Komm her, lehn dich an und ruh dich aus.«

Die Zunge wurde wieder dünner, und Heinrich turnte auf dem Rasen, der Quatschmacher. Die braunen Captoe-Schuhe wurden feucht, aber da! Der Vater! Vater, wo bist du nur gewesen? Warum hast du mir nicht ein einziges Mal …? Ach, hätten wir doch immer zusammengehalten. Hättest du mir nur gesagt, was du in dem Debattierclub …

»Oma!«

Vater und Heinrich, wie lustig, dass sie sich kannten. Und Irene. Endlich Irene! Sie ging barfuß, kam wirklich von der Garage. Hielt vor der Hollywoodschaukel und sah so lieb auf Sabine. Grafische Grundposition? Nein, fast.

Sah Sabine an und auch Maria.

Nachwort

Diesen Roman zu schreiben fühlte sich manchmal an, wie im Rhein zu baden. Gefährlich und unerwartet schmutzig.

Seit Generationen stammt ein Zweig meiner Familie aus Köln. Dass auch ich, obwohl in Ostwestfalen geboren, den Großteil meines Lebens in dieser Stadt verbringe, hat sicher mit der Anziehungskraft meiner Großeltern und ihren wunderbaren Erzählungen über das Rheinland zu tun. Vielleicht aber habe ich Köln erst jetzt richtig kennengelernt.

Meine Großmutter Maria Reymer war ein Mädchen aus der Kölner Südstadt. Als Tochter aus gutem Hause, Jahrgang 1906, liebte sie das städtisch-mondäne Leben, die Cafés und bunten Geschäfte, den Karneval und die Schiffe auf dem Rhein. Nach dem Ende ihrer Schulzeit wollte sie einen Beruf erlernen und arbeiten gehen, aber sie durfte nicht. Ihr Vater befahl ihr, auf einen Ehemann zu warten.

Damals, in den 1920er-Jahren, blühte in der Weimarer Republik die Modefotografie auf, eine elegante und glamouröse Szene, zu der meine Großmutter sich hingezogen fühlte. Sie bewarb sich heimlich in einem Düsseldorfer Atelier als Modell und wurde genommen – als Mary Mer. Weil sie aber noch minderjährig war, musste sie ihren Vater um eine Unterschrift bitten. Er tobte, fuhr persönlich nach Düsseldorf und machte ihre Karriere schreiend zunichte.

Es folgte ein Hausarrest, aber Maria Reymer ließ sich nicht einfangen. Im Fenster des gegenüberliegenden Hauses in der Kölner Südstadt tauchte mein Großvater Heinrich auf, ein kleiner Angestellter, eine schlechte und für Maria gerade deshalb interessante Partie. Sie nahm Kontakt zu ihm auf, und schon bald brannten sie gemeinsam durch.

Jahrzehnte später, nach einer langen Ehe mit Kindern und Enkelkindern, starb mein Großvater. Maria räumte das Haus aus, das sie in Forsbach bei Köln gebaut hatten und das mit ihnen gealtert war. Ich half ihr und machte eine ungeheure Entdeckung: Ich fand wertvolle Dinge, die mein Großvater Heinrich vor langer Zeit in dem Haus versteckt haben musste – aus Gründen, die bis heute ungeklärt sind.

Meine Großmutter war fassungslos und wütend nach diesem Fund. Sie fühlte sich von Heinrich hintergangen, weil er sie in den Reichtum, den sie besaßen, nicht eingeweiht hatte. Außerdem erinnerte sie sich plötzlich auch wieder an ihren Vater, der ihr als junge Frau die Unabhängigkeit, die Laufbahn als Fotomodell verweigert hatte. Sollte das die Bilanz ihres Lebens sein? Dass zwei Männer sie daran gehindert hatten, aus dem Vollen zu schöpfen?

Meine Großmutter beschloss, ihr gesamtes Vermögen bis zu ihrem achtzigsten Geburtstag auf den Kopf zu hauen, und sie hat es geschafft. Die Jahre, die ihr anschließend noch blieben, waren nur mehr ein unerbetener Bonus, wenig mondän und von alten Enttäuschungen geprägt.

In dem Roman »Das Mädchen aus der Severinstraße« finden sich einzelne Erlebnisse der Maria Reymer, wie ich sie kannte, wieder, und trotzdem zeichne ich ihr Leben nicht nach. Die echte Maria bewarb sich in den 1920er-Jahren – und nicht 1937 – in einem Düsseldorfer Atelier, sie stand während der NS-Zeit nicht vor der Kamera und kannte keinen Fotografen namens Noah Ginzburg. Auch die Herkunft des Vermögens, das im Roman in Forsbach entdeckt wird, ist frei erfunden. Ich habe modifiziert und private Details in einen neuen Zusammenhang gestellt, um eine Geschichte erzählen zu können, die über Einzelschicksale hinausweist.

Herausgekommen ist – auch – eine Geschichte über Köln zur Nazizeit, über Gewalt und Verbrechen in der Südstadt und über rechtsrheinische Ignoranz. Wo immer möglich, lehnt der Roman sich eng an historische Gegebenheiten an – und das war der bedrückende Teil, den ich beim Schreiben zu spüren bekam.

Vor Jahren noch hatte ich gelesen, Köln habe besonderen Widerstand gegen den Nationalsozialismus geleistet. Inzwischen gibt es andere Darstellungen, oder besser gesagt: Enthüllungen, denen zufolge die Nazis hier in den Dreißigerjahren sehr gut Fuß fassen konnten. Bei der Recherche habe ich Dokumente gesichtet, die Köln in einem frühen und lebhaften Nazitaumel zeigen. Es wirkt, als hätte sich damals am Rhein ein kollektives Streben nach Bedeutung entladen.

Intensiv waren auch die Kölner Politik und die Wirtschaft darum bemüht, der Führung in Berlin zu gefallen. Eifrig und in rasendem Tempo wurde gleichgeschaltet. Bestens belegt ist das gewaltsame Vorgehen gegen Kölner Juden bereits 1933.

Im Herzen der Stadt, im EL-DE-Haus am Appellhofplatz, residierte von 1935 bis 1945 die Geheime Staatspolizei mit ihren Folterkellern und dem Hinrichtungsplatz. Heute ist in dem Gebäude das NS-Dokumentationszentrum untergebracht. Hier wird historisches Material gesammelt, sortiert und erforscht. Bei meiner Recherche im NS-Dokumentationszentrum wurde ich geduldig unterstützt, und ich konnte zur Aktenlage sogar etwas Eigenes beitragen: Mein Großvater hatte direkt nach dem Krieg bei der Firma Prämeta in Köln-Ostheim am Hardtgenbuscher Kirchweg gearbeitet. Als ich die Geschichte dieser Firma genauer untersuchte, stellte ich fest, dass sie auf bisher kaum bekannte Weise mit einem ehemaligen Rüstungsunternehmen verzahnt war, nämlich mit der Firma Kurt Postel Spritzguss aus Köln-Höhenberg.

Im Roman arbeitet Heinrich bei »Nordmann & Söhne«. Mit diesem fiktiven Unternehmen habe ich die neuralgischen Punkte der realen Firmen Postel Spritzguss und Prämeta zusammengefasst.

Laut Akten im Bundesarchiv wurden bei Postel in Köln-Höhenberg Rüstungsgüter wie Torpedogeschosse und Munition für schwere Infanterie hergestellt. Junge Frauen aus der Ukraine wurden als Zwangsarbeiterinnen eingesetzt, später kamen männliche sogenannte Ostarbeiter hinzu. Nach Kriegsende wurde der Betrieb von den Alliierten stillgelegt, Kurt Postel erhielt ein Berufsverbot, aber er wollte wohl nicht untätig bleiben. Mir wurde berichtet, dass Kurt Postel – im Berufsverbot – neue Metall-Erzeugnisse erfand: Scharniere und Modellautos. Weil er diese Produkte aber weder herstellen noch verkaufen durfte, gab ein Kölner Jurist

Hilfestellung: Freiherr Dr. Ferdinand von Soiron, Sohn eines Vorstands des NS-Rüstungsgiganten Felten & Guilleaume. Dr. von Soiron gründete die Firma Prämeta als blütenweiße Handelsgesellschaft und brachte die Postel-Produkte, die es eigentlich nicht hätte geben dürfen, auf den Markt. Kurt Postels Idee, dieselben Spritzgussmaschinen, die die Torpedogeschosse hergestellt hatten, für Spielzeugautos aus Metall zu nutzen, war kostengünstig und lukrativ.

In Kooperation mit Prämeta wurden die Aufziehmotoren und das Design der Autos fortan verfeinert. Heute sind die Wagen als »Prämeta-Wagen« oder »Kölner Automodelle« begehrte und teure Sammlerobjekte.

Beide Firmen, Prämeta und Postel, existieren noch – wenngleich in veränderter Form und an neuen Standorten in der Kölner Region. Die Familie Postel war mir gegenüber auskunftsbereit und unterstützte die Vorarbeit zu diesem Roman. Darüber hinaus konnte ich historische Berichte auftreiben, zum Beispiel über das »Gaudiplom«, mit dem Kurt Postel Spritzguss 1938 als Vorzeigebetrieb mit nationalsozialistischer Gesinnung ausgezeichnet wurde.

Ein eigenes Archiv zur Firmengeschichte existiert weder bei Postel noch bei Prämeta. Auch hat es nach Auskunft der Unternehmen keine eigenen Maßnahmen zur Aufarbeitung gegeben. Allerdings standen um die Jahrtausendwende zwei der ehemaligen Zwangsarbeiterinnen von Postel in Kontakt zur Stadt Köln. Eine fast achtzigjährige Frau aus der Ukraine erhielt über eine Stiftung eine Entschädigung von etwa zweitausend Euro. Eine zweite Ukrainerin bat bloß um eine schriftliche Bestätigung, dass sie von Ende 1942 bis Anfang 1945 in Köln festgehalten und in Köln-Höhenberg zur Arbeit gezwungen worden war; als Adresse gab sie die Anschrift von Postel Spritzguss an. Ihre Aussagen wurden als plausibel eingestuft, doch dann brach der Kontakt ab. Die Frau muss als Sechzehnjährige aus ihrer Heimat nach Köln verschleppt worden sein.

Parallel zu der Firmen- und stadthistorischen Recherche habe ich mich für den Roman mit der Modefotografie zur NS-Zeit befasst. Dabei wurde ich auf einer ganz anderen Ebene verblüfft: Die NS-Führung in Berlin hat erstaunlich wilde Versuche unternommen, das Deutsche Reich gegen ausländische Modeeinflüsse abzuschotten. Auch gerieten die einzelnen Institutionen in Berlin in Streit miteinander, weil von verschiedenen Seiten um die Hoheit im Modefach gerungen wurde. Es ging um Wirtschaftsinteressen, aber auch darum, über die Mode Einfluss auf das deutsche Frauenbild zu nehmen. Schließlich versuchten sich an einer staatlichen Modelenkung unter anderem: das Deutsche Modeamt, aus dem das Deutsche Mode-Institut mit einer eigenen Manufaktur hervorging, die Berliner Modelle GmbH, der Reichsmodebeauftragte, die Deutsche Arbeitsfront mit einem Modebeauftragten des Führers, das Wirtschaftsministerium, das Propagandaministerium und das Erziehungsministerium. Jede Abteilung erteilte den Fotografen eigene Anweisungen.

Manche Fotografen jüdischer Herkunft konnten noch Mitte der 1930er-Jahre arbeiten, denn es gab kaum Ersatz für sie, und man fürchtete eine Unterversorgung im kreativen Bereich. Dann aber durften doch nur noch »arische« Fotografen veröffentlichen. Im Roman wird das Schicksal von Else Neuländer, genannt Yva, beispielhaft angeführt.

Die Bemerkung von Magda Goebbels, die im Roman erwähnt wird, soll tatsächlich von ihr stammen: »Wir wissen doch alle, mit den Juden verschwindet die Eleganz aus Berlin.«

So hat mich die Arbeit an diesem Buch auf eine bunte, erschreckende und überaus erhellende Reise durch die Geschichte geschickt. Besonders bewegt haben mich immer wieder die Augenzeugenberichte aus Köln zur NS-Zeit. Als Tonaufnahme habe ich die Schilderung eines Mannes gehört, der als kleiner Junge abends gern durch Köln-Höhenberg spaziert war. Die Zwangsarbeiterinnen von Kurt Postel, so erzählte er, hätten vor den Baracken gesessen und gesungen. So schön sei es gewesen und so schwermütig, dass ihm als Kind die Tränen über die Wangen gelaufen seien.

Die »echte« Maria Reymer, Großmutter der Autorin und Vorbild für die Figur der Maria Reimer aus dem Roman

Maria und Heinrich, die Großeltern der Autorin.
Ausflug in den Königsforst zwischen Köln und Forsbach

Schachspiel in der Wohnung

Kaffeeklatsch auf dem Balkon. An der Häuserfassade im Hintergrund sieht man die Einschusslöcher aus dem Zweiten Weltkrieg.

Literatur für alle, die mehr wissen wollen

Beckers, Marion, Moortgat, Elisabeth: Else Neulaender – Yva. Modephotographie der Dreißiger Jahre. Edition A. B. Fischer, Berlin 2009.

Bopf, Britta: »Arisierung« in Köln. Die wirtschaftliche Existenzvernichtung der Juden 1933-1945. Schriften des NS-Dokumentationszentrums Band 10, Emons, Köln 2004.

Dietmar, Carl: Köln in der NS-Zeit. DuMont, Köln 2013.

Fings, Karola: Messelager Köln. Ein KZ-Außenlager im Zentrum der Stadt. Schriften des NS-Dokumentationszentrums Band 3, Emons, Köln 1996.

Guenther, Irene: Nazi Chic? Fashioning women in the Third Reich. Berg, Oxford 2004.

Matzerath, Horst: Köln in der Zeit des Nationalsozialismus 1933-1945, Geschichte der Stadt Köln Band 12. Greven-Verlag, Köln 2009.

Moderegger, Johannes Christoph: Modefotografie in Deutschland, 1929-1955. Libri BoD, Norderstedt 2000.

Pösche, Helge Jonas: Josef Grohé – ein Gauleiter als »Held« der Familie, in: Geschichte in Köln. SH-Verlag, Köln, Heft 58/2011.

Rheindorf, Hermann: Köln im Dritten Reich. Dreiteilige Filmdokumentation. Kölnprogramm, Köln 2013.

Soenius, Ulrich S.: Die Industrie- und Handelskammer im Nationalsozialismus, in: Eyll, Henning, Schulz (Hg.): Die Geschichte der unternehmerischen Selbstverwaltung in Köln 1914-1997. Rheinisch-Westfälisches Wirtschaftsarchiv, Köln 1997.

Danke!

Ein großes Danke an alle, die mich unterstützt und den Roman möglich gemacht haben. Allen voran Anja Franzen als Lektorin und das Team im Blanvalet Verlag sowie Andrea Wildgruber von der Agence Hoffman als Literaturagentin und Angela Kuepper als Redakteurin.

Ohne das NS-Dokumentationszentrum Köln wäre die Recherche nicht so erfolgreich gewesen. Ebenso halfen mir die Geschichtswerkstatt Köln-Mülheim und der Geschichts- und Heimatverein rechtsrheinisches Köln mit wichtigen Informationen.

Der Historiker Helge Jonas Pösche gab geduldig Auskunft über seinen Großonkel, Gauleiter Josef Grohé. Und sicher nicht selbstverständlich, aber umso bemerkenswerter waren die Gespräche, die ich mit Ernst und Kay Postel, dem Neffen und dem Großneffen von Kurt Postel, führen durfte.

Bärbel Weiss-Castillon zeigte mir mit grandiosem Engagement ihre Wahlheimat Reims, insbesondere den War Room, die Rue des Augustins und die Pâtisserie Waïda, vormals Raulet. Außerdem steuerte sie Französisch-Passagen bei.

Freunde und Bekannte kümmerten sich akribisch um Details: Dr. Christiane Fügemann (Jugendhilfe), Max Füllbier (Fotografie), Ralph Jansen (Kölner Historie), Maria Knissel (Probleme von A bis Z), Gabrielle

Levy (Vokabeln), Carsten Sommerfeld (Eisenbahngeschichte).

Monika Hense schaffte erstaunliche Familiendokumente herbei. Erika Klug stellte inspirierende Fotos bereit.

Nicht zuletzt und ganz besonders ausdrücklich bedanke ich mich bei S. N. und L. M. W. – dafür, dass sie da sind.